죽어도 되는

아이

죽어도 되는 아이
ⓒ방진호 2018

초판1쇄 인쇄	2018년 4월 27일
초판1쇄 발행	2018년 5월 3일
지은이	방진호
펴낸이	박대일
편집	이문영 · 임유리 · 신지연 · 전보라
교정	이재일
마케팅	송재진 · 임유미
디자인	박현주
펴낸곳	파란미디어
출판등록	2004년 9월 14일 제313-2004-00214호
주소	03992 서울특별시 마포구 동교로23길 14, 국제빌딩 6층
전화	02.3141.5589 영업부 070.4616.2012 편집부
팩스	02.3141.5590
전자우편	paranbook@gmail.com
카페	http://cafe.naver.com/paranmedia
페이스북	http://www.facebook.com/paranbook
ISBN	978-89-6371-512-4(03810)

죽어도 되는 아이

a kid good to die

방진호 장편소설

새파란상상

"반드시 태어나야만 하는 아이가 따로 있는 게 아닌 것처럼,
세상에 죽어도 되는 아이는 없다."

Contents

a kid good to die

도끼다.

날쌘 칼이 아니라 무식하게 생긴 손도끼다.

도끼는 칼과 다르게 오로지 휘두르는 동작밖에 할 수 없다. 권투로 치면 돌려 치는 훅과 같다.

놈은 내 머리를 노리고 도끼를 있는 힘껏 휘둘렀고 나는 바깥쪽으로 고개를 젖혀서 피했다. 도끼와 함께 내 머리 옆으로 지나간 놈의 손목을 잡아당겨 바깥쪽으로 비틀었다.

자판기에서 음료수가 나오듯 놈의 손에서 도끼가 떨어져 내렸다. 떨어지는 도끼를 잡는 순간 눈에 들어오는 대로 내리찍었다. 놈의 다리였다.

"아악!"

다친 곳을 반사적으로 부여잡는 놈의 손도 내리쳤다. 손목을 노렸지만 잘못 맞는 바람에 애꿎은 손가락 두 개만 떨어져 나갔다.

비명을 지르며 주저앉은 놈은 다리를 질질 끌며 어딘가로 기어가면서도 악에 받친 목소리로 고함을 질렀다.

"애 때문에 그래? 네 애도 아니잖아!"

도끼질은 번거로운 게 하나 있다. 필요 이상으로 피가 많이 튄다는 점이다.

"넌 애 없잖아요!"

겁을 먹어서 말이 헛나온 건지 말하는 도중에 예의가 생겨난 건지 모르지만 놈은 분명 그렇게 말했다.

"넌 애 없잖아요……."

말끝에 울음을 터뜨리는 놈에게 뭐라고 설명하는 게 좋을까. 이건 애가 있고 없고의 문제가 아니라 신뢰의 문제라고 하면 알아들을까? 이런 양아치가 신뢰라는 단어 뜻을 알기는 할까?

"살려 주세요. 살려 주세요."

놈에게서 허세가 빠져나가고 간절함이 대신 자리했다. 흐느끼는 목소리는 가늘게 떨리고 있었지만 난 대꾸하지 않았다. 그러자 엎어져 있던 놈의 눈에 다시 독기가 서리며 악에 받친 소리가 터져 나왔다.

"살려 달라고! 살려 달라고, 이 개새끼야! 살려 줘!"

이렇게 당당하게 살려 달라는 놈은 처음이다.

"그럴 거야."

의외로 순순히 대답하는 내 말에 놈이 놀란 얼굴로 나를 바라보았다. 난 온화한 미소를 지으며 말을 이었다.

"살인은 피할 생각이거든."

도끼를 빙글 돌려 도끼머리로 놈의 뒤통수를 내리쳤다. 눈동자가 하얗게 뒤집히며 넘어가더니 경련을 일으키기 시작했다. 빗맞은 것이다.

"쯧."

숨 쉬는 거 빼고는 뭐든 오랜만에 하면 실수를 하는 법이다. 톱질하는 나무를 밟듯 놈의 종아리를 밟아 고정시키고는 도끼날을 아킬레스건에 조준했다.

이번엔 실수하지 않기 위해 두세 번 잰 다음 내리찍었다. 팽팽했던 힘줄은 끊어진 고무줄처럼 몸 안쪽으로 말려 들어갔다.

비명 소리가 너무 컸기에 짜증이 치밀어 올랐다. 나도 모르게 놈의 머리끄덩이를 잡고 도낏자루로 턱을 후려쳤다. 고개가 돌아가고 이빨이 몇 개 부러져 나왔지만 정신을 잃은 놈은 더 이상 비명을 지르지 못했다.

일을 마치고 주변을 돌아보았다. 몇 개의 객실을 터서 꾸민 모텔 VIP 룸은 난장판이 되어 있었고 소파가 있는 거실에는 신체에 영구적 손상을 입은 세 남자가 쓰러져 있었다.

맹세컨대 이런 풍경만큼은 피하고 싶었다. 미성년자가 얽힌 일이었기에 19금 사태는 만들고 싶지 않았다.

"윤지야! 김윤지!"

방을 돌아다니며 애의 이름을 불렀지만 빈집처럼 기척도 없었다. 스마트폰 앱은 여전히 그 애가 이곳에 있다고 빨간 점으로 나타내고 있었지만 도무지 찾을 수가 없었다. 어쩌면 아이는 이곳에 처음부터 없었던 걸지도 모른다는 생각이 들었다. 시간이 흐를수록 초조해졌다.

밖에서 어수선한 소리가 들렸다. 구둣발 소리가 무더기로 들리는 순간 19금 사태를 피할 수 없다는 것을 깨달았다.

현관문이 열리자마자 손잡이에 천을 감은 회칼부터 보였다. 칼을 든 놈의 머리가 보이자마자 그쪽으로 도끼를 날리고 놈 쪽으로 내달렸다.

도끼가 머리에 박힌 놈이 쓰러지기 전에 놈의 손에서 회칼을 빼앗아 뒤이어 들어오는 놈의 허벅지를 베었다.

주저앉는 놈의 목을 회칼로 그으며 그다음 놈이 휘두르는 쇠파이프를 피했다. 쇠파이프를 휘두르느라 몸이 돌아간 놈의 목에 칼을 깊숙이 꽂았다가 비틀어 뽑았다.

연속 세 명이 당한 것을 본 무리들은 더 이상 안으로 밀고 들어오지 못하고 주춤거렸다. 금세라도 덤빌 것처럼 스텝을 밟고 주먹을 허공에 휘둘렀지만 들어오진 못했다.

다수를 상대할 땐 좁은 곳이 유리하기에 다른 상황이라면 이대로 버텼겠지만, 시간이 없는 건 놈들이 아니라 나였다. 그제야 놈들이 겁이 나서 안으로 못 들어오는 게 아니라 날 여기에 붙잡아 두려는 것임을 깨달았다.

놈들은 시간을 벌고 있는 중이고, 시간을 버는 목적은 내 머릿속에 한 가지만 떠올랐다. 윤지를 어딘가로 옮기고 있는 게 분명했다.

그렇다는 건 방금 아킬레스건을 잘린 놈 말고 다른 놈이 배후에 있다는 것을 뜻했다.

등신들에게 속았다는 생각이 들자 귀까지 빨갛게 물들었다.

"이 개새끼들이……."

홧김에 욕설은 튀어 나갔지만 뚫고 나가기엔 놈들의 수가 너무 많았다. 창문 밖으로 뛰어내리는 방법도 생각해 봤지만 7층에서 뛰어내려서 살아 나갈 수 있다는 생각은 들지 않았다.

할 수 없이 뒤춤에서 권총을 꺼내 들었다. 다시 한 번 강조하지만 19금 이야기를 만들고 싶진 않았다.

제일 앞에 선 탓에 권총을 제일 먼저 본 놈이 놀라 도망치려 했지만 뒤에 몰려 있는 동료들 때문에 도망치질 못했다. 총을 겨눈 것도 아닌데 들고 있는 것만 보고 놈은 얼굴이 하얗게 질려서 소리 질렀다.

"총! 총! 총이라고 총!"

그 고함 소리에 놈들은 물 맞은 개미처럼 흩어져 도망치기 시작했다. 나도 놈들을 따라 달리기 시작했다.

뒤쫓아 오는 내 모습에 놈들은 기겁을 하며 비명을 질렀고 달리다가 넘어진 놈은 몸을 굴려 구석으로 기어가서 웅크리고 앉았다.

"살, 살려 줘! 살려 달……."

살려 달라는 말을 마치기도 전에 그놈 앞을 지나쳐 갔다. 죽이는 게 목적이 아니라 윤지를 찾는 게 급선무니까.

나를 뒤에 둔 놈들은 정신없이 계단을 뛰어 내려갔다. 미친

개를 만난 것처럼 도망치다 저희끼리 엉켜서 넘어지고 굴렀다.

넘어지는 바람에 본의 아니게 계단을 가로막은 놈들을 밟고 아래로 계속 달렸다.

그때 뒤에서 살기가 느껴졌다. 공을 세우려는 놈은 어느 무리에나 하나씩 있다.

칼을 들고 뒤에서 달려드는 놈의 얼굴에 총을 쏘았다. 총소리는 계단을 타고 건물 전체로 퍼졌다.

뒤통수가 반쯤 날아간 채 쓰러지는 놈의 꼴을 지켜보고 싶었지만 그럴 시간이 없었다.

모텔 밖으로 뛰어나오자 이미 차 한 대는 빠져나갔고 남은 차 한 대가 급히 출발하려고 했다. 빌어먹게도 바로 내 차였다.

난 제자리에 서서 정문으로 치고 나가는 내 차의 운전석을 향해 조준사격을 했다. 총소리와 함께 앞 유리에 피가 튀는 게 분명 보였지만 차는 동요하지 않고 출발했다. 빗맞은 모양이다.

뒤에서 들리는 기척에 돌아서서 몇 명을 더 해치우고, 모텔 주차장 밖으로 뛰어나가 저만치 가고 있는 차를 향해 또다시 총을 쏘았다.

총소리가 주변 산에 울려 퍼졌고 차는 미친 듯이 앞으로 돌진해 나갔다. 조금만 더 멀어지면 사정거리를 벗어나기 때문에 가슴을 졸이며 지켜보았다. 차는 그대로 직진을 하더니 나무를 거세게 들이받고는 멈춰 섰다.

내 차가 부서져 나가는 모습을 지켜보고 있으니 가슴이 찢어지는 것 같았다. 제발 엔진만이라도 멀쩡하기를 빌었다.

차에 거의 다다랐을 때 뒤에서 엽총 소리와 함께 주변으로 총알이 날아들었다.

깜짝 놀란 난 뒤를 보지도 않고 응사를 하며 운전석을 열었다. 머리를 맞은 놈이 뇌수와 피를 질질 흘리며 차 안을 잔뜩 더럽히고 있었고, 조수석에 앉아 있었을 여자는 앞 유리를 뚫고 튀어 나가 상체가 보닛 위에 걸쳐 있었다. 애꾸눈처럼 한쪽 눈에 안대를 한 여자의 남은 눈에서 생명의 기운은 이미 빠져나간 뒤였다.

점점 가까워지는 엽총 소리에, 급한 대로 운전석의 시체를 끌어내리고는 차에 올라앉아 시동을 걸었지만 제대로 걸리지 않았다.

총소리와 함께 몇 장 남지 않은 자동차 유리창과 미등이 터져 나갔다. 유리 조각들이 얼굴을 할퀴고 지나갔지만 그게 문제가 아니었다.

내 소망과 달리 엔진도 부서진 게 분명했다.

"염병할!"

나도 모르게 욕이 튀어나왔다. 앞서 도망간 차는 보이지도 않아 다른 방법을 강구할 수밖에 없었다.

내가 웅크리고 있자 기고만장해진 엽총 사수는 할리우드 영화 주인공처럼 나를 향해 걸어오며 총을 쏘았다.

난 웅크린 자세 그대로 차에서 내려 쪼그리고 앉아 놈을 향해 조준했다.

놈의 뒤쪽 모텔 주차장에 몇 놈이 더 있는 걸 확인하고는 안

심하고 놈의 얼굴을 조준했다.

권총의 명중률이 떨어진다는 건 옛말이다. 요새 권총은 성능이 좋아져 이 정도 거리의 조준사격은 웬만한 소총보다 낫다.

첫 발은 빗나갔지만 두 번째 총알은 놈의 목을 관통했다. 놈이 쓰러지는 것을 확인한 나는 모텔을 향해 미친 듯이 뛰었다. 남은 놈들이 도망쳐 버리면 윤지의 행방을 캐낼 방법이 없었기 때문이다.

믿었던 엽총 사수가 죽는 것을 본 놈들은 말 그대로 사방으로 흩어졌다. 모텔이 있는 주변엔 숲뿐이었지만 거친 수풀을 잘도 헤쳐 나갔다.

"동작 그만! 동작 그만!"

난 소리를 질렀지만 놈들이 내 말을 들을 리가 만무했다.

그 자리에 서서 도망치는 놈들 머리 세 개를 더 날리고 나서야 말이 먹혔다.

"동작 그만!"

남은 세 명이 얼음땡 놀이를 하는 것처럼 그 자리에 멈춰 섰다. 난 그들을 향해 총을 겨눈 채 조금씩 다가서며 물었다.

"윤지 어디로 데려갔어! 어디로 데려갔어!"

한 놈이 몸을 심하게 떨었다. 더 늦기 전에 도망칠지 말지 내적 갈등을 겪는 게 분명해 보였다.

난 권총의 탄창을 갈아 끼우는 척 빼내는 소리를 냈다. 그러자 놈이 기다렸다는 듯이 달리기 시작했다.

탄창을 다시 끼우고 총을 쏘는 데까지 0.1초도 걸리지 않았다.

놈의 머리가 터져 나가는 걸 지켜본 남은 두 명은 벌벌 떨기 시작했다. 그중 한 명은 울었다.

"이리 와."

놈들은 사시나무 떨듯 떨면서도 내 말대로 다가왔다. 울던 놈은 거의 기어와 무릎을 꿇으며 말했다.

"살려 주세요, 정말 아무것도 몰라요."

남은 한 놈도 그 옆에 무릎을 꿇으며 말했다.

"정말 아무것도 모릅니다. 그냥 시키는 대로……."

내가 두 명만 남긴 이유는 한 명이나 여러 명보다는 다루기 쉽기 때문이다. '죄수의 딜레마Prisoner's dilemma'가 이럴 때 이용하라고 나온 이론은 아니지만, 이 경우엔 따로 격리시켜서 질문하는 것보다 모아 놓고 하는 게 더 효과적이다.

굳이 그러지 않아도 되지만 권총의 노리쇠를 뒤로 당기며 말했다.

"먼저 말하는 놈만 살 수 있어. 윤지 어디로 데려갔어?"

울지 않던 놈이 말했다.

"우리는 정말 모릅니다."

내가 말을 잘못했다. 먼저 말하는 놈이 아니라 정답을 먼저 말하는 놈이 살 수 있는 건데.

모른다고 답한 놈의 이마에 총을 쐈다. 마지막 총알을 뱉어 낸 권총은 슬라이드를 뒤로 젖히며 작동을 멈췄다. 하지만 그걸 못 보았는지, 동료의 피를 뒤집어쓴 울보는 아예 통곡을 하며 살려 달라는 말만 반복했다.

난 마치 총알이 있는 것처럼 슬라이드만 슬쩍 밀고 놈에게 말했다.

"네가 대답하지 않으면, 널 쏘고 나서 모텔 7층까지 올라가서 기절해 있는 놈들을 깨워 이 짓을 또 해야 해. 그러면 서로에게 좋을 게 없잖아. 아는 거 있으면 말해."

"진짜 모⋯⋯."

말을 하려던 울보는 옆에 죽어 있는 시체를 힐끗 보고는 말을 멈추고 흐느껴 울었다. 내가 말했다.

"주변을 봐. 여기 널린 시체들이 얼마 만에 발견될 것 같아?"

나를 따라 울보의 시선이 주변을 살폈다. 아무리 러브호텔이지만 이렇게 인적이 드문 산골에 지어 놓으면 불륜 커플들이 찾아올 수나 있을지 의문이었다.

"현장까지 널 데려갈 거니까 말 나오는 대로 씨불이지는 말고."

울보가 울먹이며 말했다.

"정말 몰라요!"

난 어깨를 으쓱해 보이며 놈의 이마에 빈총을 갖다 댔다. 놈이 소스라치게 놀라며 외쳤다.

"하지만 누가 알고 있는지 알아요!"

"누군데?"

"매니저요!"

매니저라면 내게 아킬레스건을 잘린 놈이다. 결국 7층에 다시 가야 할 모양이었다. 그럼 이놈을 살려 둘 이유가 없으니까⋯⋯.

"도, 독한 놈이라 말 안 할 거예요! 그런데 제가 알아낼 수 있습니다!"

매니저가 독한 놈인 건 나도 알고 있었기에 울보의 말에 솔깃했다.

"어떻게?"

"아들이 어느 유치원에 다니는지 알아요!"

나도 모르게 미소가 지어졌다. 살기 위해 유치원생 목숨을 팔아먹는 놈이 지금의 내게는 더없이 반가웠다. 놈은 묻지도 않은 말을 보탰다.

"얼마 전에 부탁해서 유치원에 데려다준 적이 있습니다. 아들 얘기 꺼내면 다 말할 겁니다. 양아치라도 자기 새끼는 끔찍하게 여기는 새끼거든요."

반갑다, 양아치 새끼야.

"일어나."

희망의 동아줄을 잡은 놈은 벌떡 일어나 모텔을 향해 앞장섰다.

그때 7층 창문이 깨지며 누군가 떨어져 내렸다. 이어서 둔탁한 소리를 내며 아스팔트 바닥에 처박혔다.

반사적으로 빈총이란 것도 잊고 위쪽을 향해 총을 겨누고 살폈다. 하지만 떠밀린 것인지 스스로 뛰어내린 것인지 알 수가 없었다.

확인하라는 뜻으로 울보의 다리를 발로 툭 찼고, 울보는 조심스럽게 시체를 향해 다가가기 시작했다.

누군지 알아볼 정도로 가까워지자 울보의 흐느낌이 커지기 시작했다. 들썩이는 울보의 어깨 너머로 시체를 확인했다. 매니저였다.

　나도 모르게 짜증 섞인 한숨부터 튀어나왔다. 동아줄이 끊어졌다는 것을 깨달은 울보는 세상이 무너진 얼굴로 날 돌아보았다. 순간적으로 그 면상이 꼴 보기 싫어 권총 손잡이로 후려쳤다.

　"아악!"

　주저앉은 놈의 얼굴을 무릎으로 차서 뒤로 쓰러뜨리고는 얼굴을 권총으로 내리쳤다. 참고 있던 짜증이 폭발했기에 좀처럼 멈춰지질 않았다.

　울보의 몸이 축 늘어지고 나서야 숙였던 허리를 펴고 하늘을 보았다. 이곳에 올 때만 해도 막 솟아오르던 해는 벌써 중천으로 자리를 옮기고 있었다. 아주 작은 단서라도 나와 주길 바라며 매니저의 몸을 뒤지기 시작했다. 그때 내 앞에 뭔가가 툭 떨어졌다. 팔찌였다. 내가 직접 아이의 손목에 채워 줬던 팔찌. 구슬 일부가 파손된 것 말고는 멀쩡한 모양 그대로였다. 우려했던 일이 터진 것이다.

　난 고개를 들어 2층을 바라보았다. 누군가 팔짱을 낀 채 내려 보고 있는 게 보였다.

　놈은 반쯤 열려 있는 창문을 활짝 열고는 2층에서 가볍게 뛰어내렸다. 평범한 체구와 흔한 얼굴을 한 놈은 감정이 전혀 느껴지지 않는 표정으로 나를 바라보았다. 밝은 곳에서 얼굴을 본 것은 처음이지만 놈이 누군지 어렵지 않게 짐작할 수 있었다. 불청객, 바로 그놈이다.

놈은 나를 빤히 바라보며 천천히 소매를 걷어 올렸다. 소매 아래로 뻗어 나온 팔 근육은 장식으로 발달시킨 근육이 아니었다. 난 꿈쩍도 하지 않고 눈싸움을 하듯 노려보며 놈의 움직임을 주시했다. 이곳으로 통하는 진입로는 하나뿐이었고, 이곳에서 빠져나간 놈은 있어도 들어온 놈은 없었다. 그 말은, 내가 모텔에서 난리를 치고 다니는 동안 모텔 어딘가에 앉아 조용히 있었다는 얘기다.

생각이 여기까지 미치자 더욱 겁이 났다. 놈은 왜 이제 모습을 드러낸 걸까? 모텔 매니저를 창밖으로 던져 버린 것도 저놈의 짓일까?

"윤지 어디 있어? 어디 있는지 말하면 살려 준다. 당장 말하지 않으면 너희 부모는 물론 사돈에 팔촌까지 씨를 말려 버릴 테니까 당장 말하는 게 좋을 거야."

말을 뱉은 직후에 귀까지 빨갛게 달아올랐다. 발연기를 하는 배우 같은 대사에 본능적으로 창피함을 느꼈기 때문에.

놈은 말없이 바지 한쪽을 걷어 올렸다. 그러더니 발목에 차고 있던 홀스터에서 정강이 길이만 한 나이프를 꺼내 들었다. 손잡이에 안전핀이 달려 있는 나이프가 보이자마자 심장이 터질 것처럼 뛰기 시작했다. 놈이 근육을 꿈틀거리며 칼을 움직일 때마다 안전핀이 소리를 내며 덜렁거렸고, 그 소리에 내 몸이 먼저 반응했다.

아드레날린이 뿜어져 나오며 도망치려면 지금 도망치라는 듯 끊임없이 경고음을 울렸다.

놈은 타들어 가는 내 속도 모르고 반짝이는 금니를 드러내며 씩 웃어 보였다.

안전핀에 손가락을 걸고 빙글빙글 돌리던 그놈은 칼끝으로 자신과 나를 번갈아 가리키며 말했다.

"어제는 꽤 정신없었지? 초면에 통성명도 못 하고."

놈의 목소리는 얇은 톤이었지만 내가 주눅 들기에는 부족함이 없었다. 놈이 말을 이었다.

"돌려줄 물건도 있고 해서 우리 두 사람만 남기를 기다렸어."

놈은 셔츠 단추를 풀어 앞섶을 활짝 펼쳐 보였다. 불룩 튀어나온 가슴 근육 아래로 두꺼운 붕대가 감겨 있었고 옆구리 쪽엔 피가 배어 나와 붉게 물들어 있었다. 놈은 어깨에 메고 있던 가방을 풀어 내용물을 쏟아 냈다. 칼 두 자루와 소음기가 달린 권총 한 자루가 바닥에 후드득 떨어져 내렸다. 놈으로부터 정신없이 도망치느라 잃어버렸던 내 물건들이었다.

놈은 그중에 긴 칼을 집어 내 발 앞에 툭 던지고는 내가 들고 있는 팔찌를 턱으로 가리켜 보이며 말했다.

"이제 애가 어디 있는지 아는 사람은 나밖에 없는 것 같은데. 어떻게 할래? 또 도망칠래?"

떨지 않으려고 부단히도 노력했지만 딱딱거리며 내 이빨이 부딪치는 소리가 점점 크게 들렸다.

놈의 눈치를 보며 발 앞에 있는 칼을 조심스럽게 집어 들었다. 믿을 만한 것이라고는 이 칼밖에 없었기에 꼭 쥐려고 했지만 손이 떨려서 힘이 잘 들어가지 않았다. 내 신경은 놈이 들고 있는 안전핀 달린 나이프에 온통 쏠려 있었다. 양옆으로 길게 홈이 파여 있는 칼날의 형상만으로도 숨이 가빴다. 놈이 저 칼을 갖고 있는 한 내 방검 셔츠는 무의미하기 때문이었다.

놈은 나이프의 안전핀에 손가락을 끼운 채 방금 쏟아 놓은 권총을 집어 들고 탄창을 뺐냈다. 이어 탄창에서 보란 듯이 총알을 하나씩 빼내며 말했다.

"칼 좀 쓰나? 한번 겨뤄 보고 싶은데."

낭만주의자다. 나같이 극단적으로 현실적인 놈에게는 그나마 다행인 일이다. 이기기 위해서라면 더럽고 비겁한 짓도 마다하지 않는 현실주의자들에게 낭만주의자들은 늘 패배해 왔으니까.

총알을 다 빼낸 놈은 권총의 슬라이드를 뒤로 당겨 약실에 남은 마지막 총알마저 튕겨 내고는 권총을 바닥에 툭 던졌다. 그리고 마치 시합을 시작하자는 듯 칼을 세워 들었다. 조급함에 빠르게 흘렀던 내 시간이 멈춰 버린 순간이었다.

1. 계약

대한민국 국민이라면 누구나 납세의 의무를 성실하게 이행해야 한다. 그건 나처럼 사람을 죽여 가면서 얻은 재산을 가진 사람도 예외일 수 없다. 국세청의 눈에 띄었다간 개털 되는 데까지는 3일이면 충분하고 내 정체가 까발려지는 건 덤이니까.

하지만 절차가 더럽게 복잡하기 때문에 납세의 의무를 이행하는 건 생각보다 쉽지 않다. 그 때문에 몇 개 항목에서 누락을 했고, 수습을 하다 잘 되지 않아 결국 세무사에게 맡길 수밖에 없었다. 해결하는 데 6개월이나 걸릴 줄 알았다면 안 맡겼을 것이다.

실탄사격장에서 사격 점수가 꽤 높게 나왔기에 한껏 좋아졌던 내 기분을 망친 건 바로 이 세무사였다.

— 사장님, 세무법인 FYM의 박 세무사입니다.

FYM. 'For Your Money'라는 노골적인 회사 이름만큼 이 양반은 노골적으로 영업을 했다. 거북할 정도로 한 톤 높은 휴대폰 너머의 목소리만으로도 용건을 알 수 있었다.

"다 끝났습니까?"

— 네, 오늘 완전히 마무리됐습니다.

"고생하셨습니다."

— 고생은요, 뭘. 할 일을 했을 뿐입니다.

전화를 끊겠다는 의도의 마무리 인사였는데 눈치 없는 세무사가 말을 받는 바람에 한마디 더 해야 했다.

"네, 그럼 이만."

— 사장님! 전에 말씀드렸던 것 한번 생각해 보셨습니까?

뭘 말했는지 전혀 생각이 나지 않는다.

— 저희 FYM에 세무 관리 맡기는 거 말입니다. 건물주분들하고 상의 좀 해 보셨습니까?

이제 생각났다.

"그냥 지금처럼 하겠다고 하시네요."

— 네? 아휴, 이것 참, 그런 분들일수록 이 세테크가 정말 중요하거든요. 건물주분들 만나게만 해 주시면 제가 한번 직접 말씀드려 봐도 될까요?

응, 안 그래도 돼. 넌 이미 건물주와 통화 중이니까.

"죄송합니다."

내가 전화를 끊으려고 하는 걸 감지라도 한 듯 세무사가 다급하게 말을 이어 나갔다.

— 저희 대표님이 직접 찾아뵐 수도 있습니다. 검사 생활을 오래하셔서 법조계는 물론 세금 쪽에서도 장강순 변호사라고 하면 모르는 사람이 없을 정도로 인맥이 빵빵한 분이니까 알고 지내시면 좋으실 것 같은데.

"필요하면 그때 연락드리죠."

— 아, 뭐 정 그러시면 어쩔 수 없네요.

시크한 내 대답에 아쉬워하던 그의 목소리가 금세 힘을 얻어 높은 톤으로 말을 이었다.

— 이건 우리 방 사장님께만 드리는 말씀인데, 저희는 고객이 원하시면 밝은 일 어두운 일 가리지 않습니다. 당연히 보안도 철통처럼 지켜질 거고요. 무슨 말씀인지 아시죠? 도와드릴 일이 생기면 언제든지 연락 주십시오. 감사합니다.

'사' 자가 붙은 전문가들이 무서운 것은 바로 이런 점이다. 전문 지식은 어떻게 사용하느냐에 따라 인류를 멸망시킬 수도 있기 때문이다. 핵폭탄을 만든 사람들이 최고급 두뇌들이었던 것처럼.

전화를 끊고 휴대폰에 저장해 둔 '해야 할 일' 목록에서 '세금 납부' 목록을 삭제했다. 수개월에 걸친 찜찜한 이벤트 하나가 종료된 것이다.

약간은 가벼워진 마음으로 책을 집어 들었다. 햇볕이 잘 드는 서재에 앉아 아메리카노 한 잔에 책을 읽는 이 평화는 20분 만에 또다시 깨졌다.

"오빠, 오빠!"

마누라가 하이 톤으로 저렇게 부르면 부탁할 거리가 있다는 것을 뜻한다. 그것도 내가 끔찍하게 싫어할 만한 부탁. 저래 놓고 내가 거절하면 말도 섞지 않겠지. 그게 무슨 부탁이냐.

마누라는 서재까지 달려와 내 앞에 앉으며 한동안 웃는 낯으로 바라보기만 했다. 생글거리며 웃는 낯에 침은 물론 주먹도 날릴 수 있다고 생각했다.

난 못 본 체하며 책을 계속 봤지만 책 위에 손을 얹어 장난스럽게 방해하는 바람에 읽을 수가 없었다. 마누라는 이걸 애교 섞인 장난이라고 생각하는 모양이지만…… 마누라만 아니었으면 그 손목 진작 날아갔을 거라는 점만 알아줬으면 좋겠다.

사이클 타는 걸 좋아했던 마누라가 사이클 연맹 심판이 됐다. 대충 사는 것 같아도 할 땐 하는 걸 보면 참 기특하기도 하다. 그 기념으로 이혼녀와 사이클 테마 해외여행을 계획 중이다. 그런데 어디로 여행 가는지 말을 해 주지 않았다.

내가 물었다.

"여행 어디로 가?"

"어허, 거참 집요하네."

마누라가 살짝 정색하는 모습에 나는 당황할 수밖에 없었다.

"진짜 안 알려 주겠다는 거야?"

"언니가 불편해한다니까."

물을 때마다 '안 알려 줌!' 이렇게만 외치기에 장난인 줄 알았다.

"진짜 안 알려 준다고?"

"저번처럼 몰래 따라오려고? 이혼녀 앞에서 남편 있다고 유세할 일 있어? 그 언니 2년 전에 이혼한 거 몰라?"

이혼을 했는지 사별을 했는지 내가 그걸 어떻게 기억하겠니.

마누라가 저렇게 말하면 내가 마치 의처증 있는 놈으로 들리겠지만, 맹세코 딱 한 번 그랬다. 마침 마누라 생일이 끼어 있어서 여섯 명이나 되는 일행 전체에게 비싼 호텔 밥까지 사 먹이면서 마누라 앞에서 멋 한번 부려 보고 싶었던 거였다. 그게 이런 식으로 나타날 줄이야.

"아무리 비밀이라지만 만일을 대비해서 도시 정도는 알려 줘야 할 거 아냐."

"걱정 안 해도 돼. 그 언니가 인맥이 좋아서 나라마다 도와줄 사람들 다 있대."

"그래서, 진짜 안 알려 준다고?"

집요한 내 요청에 마누라는 한숨을 내쉬고는 선심 쓰듯 말했다.

"그르노블, 제노아, 사할린. 됐냐? 애처럼 징징거리기는."

"그르노블이면 프랑스고, 제노아는 이탈리아고……."

귀에 익은 도시 이름을 되뇌다 입을 다물었다. 마누라는 내 반응을 보고 뭔가 눈치챈 것처럼 물었다.

"혹시 거기 건물주들 사는 데 아니야?"

사실 내가 관리하고 있는 건물들은 내 소유다. 하지만 떳떳한 일로 얻은 재산이 아니었기에 안전을 위해 위장을 할 필요가 있었고, 아무도 깊이 캐낼 수 없도록 있지도 않은 건물주들을 만들어서 해외로 이민을 보낼 수밖에 없었다. 마누라에게는 아는 형님들 건물 관리해 주는 거라고 둘러댔기에 그렇게만 알고 있었다. 적어도 지금까지는.

마누라가 혼자 생각하는 표정으로 허공을 바라보며 말을 이었다.

"작년에 출장 간 곳도 사할린 아니야? 맞지? 보고해야 한다고 1년에 한 번씩은 꼭……."

말을 하던 마누라는 갑자기 도끼눈을 뜨며 돌변한 말투로 말을 이었다.

"출장 핑계 대고 따라오면 죽는다, 진짜! 알겠어?"

이쯤 되면 더러워서 안 따라간다. 나도 약이 올라서 깐족거리는 말투가 나갔다.

"남편 직장 일이 그렇게 궁금했냐? 그냥 말을 하지 그러셨어요. 그럼 다 알려 줄 텐데."

"웃기고 있네! 스케줄은 언니가 짰거든?"

그 언니라는 여자를 본 적은 없지만 참 짜증 나는 스타일이란 건 금세 알 수 있었다. 아마 생긴 것도 보나마나 맘에 안 들게 제멋대로 생겼겠지.

"사할린은 뭐하러 가냐? 거기 곰이 얼마나 많은지 모르지? 곰한테 건설 인부 다섯 명 죽은 거 봤거든."

마누라가 놀란 눈으로 되물었다.

"직접 봤어?"

"유튜브."

짜증 난다는 듯 인상을 찌푸린 마누라가 대꾸했다.

"쯧, 곰 그까짓 거 달려들면 바로 죽방을 날리지, 뭐."

바로 이분이 마누라다. 내가 몇 마디 했다고 여행지를 바꾸면 마누라 가죽을 뒤집어쓴 외계인이 분명하다. 내가 투덜거리며 말했다.

"볼 것도 없는 동네를 뭐하러 돈까지 쓰면서 가는지 모르겠네."

사실 난 사할린 외곽의 한적한 분위기를 명풍경으로 꼽는다. 내가 지금 이러는 건, 서면 상으로만 존재하는 건물주 소재 도시에 마누라가 가는 것 자체를 말리고 싶었기 때문이다. 내 속이 불편하니까.

마누라는 도끼눈으로 말했다.

"거참, 오늘따라 말 더럽게 많네. 사할린에 우리 동포들이 얼마나 많은 줄 알아? 그따위 발언은 그분들한테 예의가 아니지, 인간아."

뭔가 순식간에 질 떨어지는 인간이 되어 버렸다. 어이가 없네. 이쯤 되면 말을 돌려야 했다. 말이 길어지는 만큼 내가 욕먹는 시간만 늘어나기 때문이다.

"그런데 나한테 뭐 할 말 있다고 하지 않았어?"

"아, 맞다."

마누라는 급히 도끼눈을 풀고 다정한 목소리로 또다시 불렀다.

"오빠, 오빠."

"그만 부르고 말씀하시라고요."

"태도 봐라, 태도. 내 할 말이 뭔 줄 알고 이렇게 거만하지?"

마누라에게 할 말이란 부탁을 의미했다.

"부탁할 거 있는 거잖아."

"서운하네. 누가 들으면 오빠한테 심부름만 시킨 줄 알겠다."

결혼 생활 내내 그랬다는 걸 왜 나만 기억하고 있는 걸까.

"부탁할 거 있는 거 아니야?"

"부탁 맞아. 역시 센스쟁이."

센스가 아니다. 이런 패턴을 13년 동안 겪으면 아이큐 40만 넘어도 알게 된다.

"뭔데?"

"애 좀 하나 봐줘."

농담이라 생각하고 농담으로 받아쳤다.

"숨겨 놓은 자식이 있었는지 몰랐네. 몇 살이야?"

"열여섯 살이야."

"와, 진짜 꼴 보기 싫은 나이네. 그런 애를 언제……."

마누라의 표정을 보고 난 말을 멈췄다. 마누라의 얼굴은 농담하는 표정이 아니었으니까. 내 얼굴에서 미소가 사라졌다. 마누라가 내 표정을 읽었는지 더욱 적극적으로 말했다.

"이번에 여행 같이 가는 언니 딸인데, 봐줄 사람이 없어서 갈등하더라고."

어려운 난관에 부딪힐 때마다 최대한 이성적으로 차분하게 대처해 왔다. 차분하게 물었다.

"애 아빠는 뭐 하고? 이혼했어도 애는 봐줄 수 있잖아."

"천하의 개자식이라 이혼한 후에 얼굴 본 적이 없대. 그냥 연을 끊는 게 나을 것 같아서 양육비 같은 건 아예 생각도 안 했고."

개자식이든 뭐든 자기가 싼 자식은 자기가 책임져야 하는 것이다.

"그래도 연락은 해 봐야 하지 않을까? 자기 자식인데."

"애를 볼모로 해서 돈을 뜯어 갈 정도로 악랄하고 추잡한 인간이라 다시는 엮이고 싶지 않대."

개자식이라도 자기 자식은 예뻐할지 모른다.

"그래도 막상 부탁하면……."

마누라가 매섭게 노려보고 있어서 입을 닫았다. 노려보는 시선을 피하며 물었다.

"열여섯 살짜리를 내가 봐줄 필요가 있을까 모르겠네. 그 애가 싫어할 수도 있잖아. 사춘기라서 예민할 텐데."

노려보던 마누라는 화를 삭이는 듯 큰 숨을 한 번 내쉬고는 웃으며 말했다.

"에이, 그러지 말고. 맡길 사람이 얼마나 없으면 나한테 다 부탁을 했겠냐? 안 그래?"

그러니까 애초에 그게 문제라는 거다. 분명 너한테 부탁한 일이 왜 나한테 넘어오는 거냐고.

내가 물었다.

"집수리가 얼마나 걸리는데?"

"3주."

여행도 3주고 공사 기간도 3주다. 기간이 딱 떨어진다. 집 보수를 핑계로 자식을 남의 집에다 떠넘기고 해외여행을 떠나려는 개수작이었다.

마누라가 달래듯 말을 이었다.

"그래 봐야 딱 3주야. 3주, 그거 금방 지나간다니까."

마누라 없는 3주라면 금방 지나가겠지. 하지만 알지도 못하는 사춘기 애새끼 뒤나 닦아 주며 지내는 3주는 차원이 다르다. 하루가 1년, 아니 10년 같을 수도 있는 거다.

마누라가 애써 입꼬리를 올려 기괴한 표정으로 나를 바라보았다. 내 태도가 상당히 맘에 들지 않지만 억지로 참아 줄 때 나오는 표정이다. 슬슬 말대꾸를 하지 말아야 한다는 신호이기도 하고. 그래서 고개를 끄덕였다. 같이 살라는 것도 아니고 기껏해야 학교나 학원 차로 실어 나르는 것만 하면 될 테니까.

마누라가 그 기괴한 표정에 미소만 하나 추가해서 상냥하게 말을 이어 나갔다.

"열여섯 살이야. 자기 앞가림 다 하는 애라고. 그러니까 그냥 우리 집에서 며칠 지내게만 하면 돼."

뭐라고? 나 방금 굉장히 무서운 말을 들은 것 같은데. 설마 잘못 들은 거겠지?

"어디서 지낸다고?"

"우리 집."

나도 모르게 벌떡 일어났다. 의자가 튕겨질 정도로 그렇게 벌떡.

"우, 우리 집?"

마누라는 아무렇지도 않게 의자를 세워 놓으며 대답했다.

"빈방 있겠다, 층도 나눠져 있겠다, 뭐가 문제야?"

"잘 알지도 못하는 애를 내 집에 두겠다고?"

"네 집이 아니고 우리 집."

마누라는 강조하듯이 나와 자신을 번갈아 가리키며 다시 말했다.

"우, 리, 집. 우리 집의 지분 절반은 내 거니까 애를 데려오든 말든 그것도 내 맘이겠지? 그렇지?"

책에서 본 '절망의 쓰나미에 인생이 휩쓸려 가 버렸다'라는 구절이 떠올랐다.

마누라는 격려하듯 내 어깨를 툭 치며 말했다.

"집 보수하느라 마땅히 지낼 데가 없어서 그런 거야. 그런 것도 이해 못 해 줘, 이웃사촌끼리?"

이웃도 아니고 사촌은 더더욱 아니다. 충격과 절망 끝에 화가 났다.

"아니, 그 언니는 공사하면서 집도 구하지 않고 뭐 했대?"

마누라의 눈썹이 꿈틀거렸지만 애써 미소를 띠며 말했다.

"떡 본 김에 제사 지내는 거지. 평생을 식당에서만 보내서 여행 다녀 본 적이 없거든. 이혼하고 딸 하나 바라보면서 열심히 산 사람이야. 없는 살림에 봉사 활동에 기부까지 한다고. 정말 착한 언니야. 그렇게 고생했으면 보상 좀 받아도 되는 거잖아."

맞는 말이다. 그런데 그 보상을 왜 내가 해 줘야 하는 거냐고. 식당에서 지내라고 하면 좀 그러려나?

조급한 마음에 내 말이 빨라졌다.

"그래도 집은 구해 놔야 좀 안심이 되지 않을까? 나라면 그럴 거 같은데. 안 그래?"

"집이 쉽게 나오는 것도 아니고……."

"월세라면 잔뜩 있을걸. 무보증에 단기 계약하는 집도 많이 늘었고. 구하기 힘들면 내가 좀 알아봐 줄까? 그쪽으로는 내가 인맥이 좀 있으니까……."

마누라가 갑자기 도끼눈을 하고 나를 노려보았다. 해석하면 이렇다.

'이게 계속 참고 들어 주니까 감을 잃었네. 내가 왜 너한테 이렇게까지 해명을 해야 되는 건데?'

심장이 약간 쪼그라들었지만 3주간의 인생이 걸린 일이었기에 쉽게 물러설 순 없었다.

"싫다는 게 아니라 나도 계획이 있어서 그래."

마누라의 눈이 가늘어졌다.

"계획? 나 없는 3주 동안 뭘 하려고?"

마누라 없는 집 그 자체가 계획이었다. 마누라 심부름 없는 평온한 삶은 그 자체로 의미가 있었다.

우물거리며 서 있는 내게 마누라가 단호하게 판결을 내렸다.

"연락처하고 주소 줄 테니까 우리 공항에 내려 주고 학원으로 데리러 가면 돼."

"생전 처음 보는 애를 나 혼자 데리러 가라고?"

"원래 오늘 데려와서 인사도 시키고 하려고 했는데 언니가 일정이 있어서 못 했어. 애가 괜찮다고 했다니까 오빠가 그냥 좀 데려와 줘."

뭐 이런 경우 없는 경우를 보았나.

"애는 2층 빈방에서 지내라고 하고. 알겠지?"

난 대답하지 않았다. 마누라가 대답을 독촉하듯 노려보았지만 그래도 소용없다. 난 한번 아니면 영원히 아닌 확실한 사람이니까.

"오케이. 결정!"

마누라는 책상을 손으로 탕탕 치고는 서재를 나가다 말고 돌아서서 경고하듯 말했다.

"언니가 애지중지 키우는 애니까, 특히, 애 다치지 않게 잘해라. 얼굴에 상처라도 생기면 정말 재미없다. 착한 언니 맘 상하게 하지 말고 신경 써."

난 지은 죄도 없는데 마누라는 눈을 부라리며 경고를 하고 나갔다. 마누라가 다음 생애 남자로 태어나서 꼭 자기 같은 마누라 만났으면 좋겠다고 생각했다. 나간 줄 알았던 마누라가 다시 안쪽을 노려보고 서 있기에 나도 모르게 입을 막았다. 머릿속으로 한 욕이 입 밖으로 튀어나왔나 싶어서. 마누라가 말했다.

"참, 또 총 쏘고 왔지?"

말한 적도 없는데 귀신같이 맞히는 마누라의 말에 소름이 돋았다. 일찍부터 총과 칼을 좋아하는 내 성향에 대해서 걱정을 했기에 마누라는 내가 실탄사격장 출입을 하는 것을 탐탁잖게 여겨 왔다. 그것도 꾸준히.

"건설적인 취미 좀 가지라고 말하지 않았나? 분명히 가지 말라고 했을 텐데."

나는 여전히 마누라가 어떻게 알아냈는지 추리를 했지만 떠오르지 않았다. 마누라가 말을 이었다.

"이번에 협조하면 몇 개월은 총 쏘게 해 주지. 오케이?"

마누라는 어울리지도 않는 손가락 총을 내게 쏘고는 사라졌고, 나는 여전히 마누라가 어떻게 알아냈는지 머리를 쥐어짰다. 화약 냄새는 향수로 가렸고 블랙박스도 사격장에 갈 때는 껐는데 대체 어떻게……. 머리를 감싸 쥐다가 책상 위에 대놓고 펼쳐져 있는 표적지가 눈에 들어왔다. 마누라가 뛰어난 게 아니라 내가 등신이었다는 걸 깨닫는 순간이었다.

●　●　●●

두 사람을 태우고 인천 국제공항에 가는 내내 한 마디도 하지 않았다. 나의 불편한 심정을 어떻게든 전달하고 싶었기 때문이다. 하지만 여행에 잔뜩 들뜬 두 사람은 프랑스에서 열리는 Tour de France(장거리 사이클 대회)의 일정과 계획에 대해 떠드느라 나 따위를 잊은 지 오래였다.

외동딸을 버리고 해외여행을 떠나는 비정한 이혼녀의 인상은 상상했던 것과 달리 선해 보였다. 하지만 난 인상 따위는 믿지 않는다. 4년 동안 30명 넘게 살해한 테드 번디는 모델 같은 외모를 이용해 살인을 저질렀고, 유명한 살인마 찰리 맨슨의 측근인 수잔 에킨스는 할리우드 배우처럼 생긴 얼굴로 흉악한 짓을 저질렀다.

공항에 도착해서 차에서 내린 이혼녀가 내게 다가와 말했다.

"이런 무리한 부탁 드리면서…… 죄송해요. 어제 애 데리고 찾아뵌다는 게 좀 급한 일이 생겨서 이렇게 됐네요."

그래, 죄송해야 할 거다. 아주 많이 죄송해야 할 거다.

"바쁘시면 그럴 수도 있죠. 그런데 저보다는 애가 좀 스트레스 받지 않을까 해서요. 처음 보는 아저씨가 불쑥 찾아가면 좀……."

"괜찮아요. 얘기도 다 해 놨고 사진이랑 연락처도 다 줬어요."

나는 반사적으로 마누라를 돌아보았다. 내 허락도 없이 사진과 연락처를 주다니. 마누라가 '뭐!' 그런 표정으로 바라보았기에 재빨리 시선을 피했다.

"우리 윤지가 행실이 좀……. 아빠 사랑을 못 받고 자라서 그런 거니까 딸처럼 생각해서 잘 좀 보살펴 주세요."

그렇게 말하고 흘리는 눈웃음에 나도 모르게 표정이 굳어졌다.

자기 자식에게 '행실'이라는 단어를 쓰는 것도 이질감이 느껴진 데다, 오늘 처음 만난 주제에 딸처럼 보살펴 달라는 무리한 요구를 아무렇지도 않게 하는 게 어이가 없었기 때문이다.

무엇보다 가장 기분 나빴던 건 징그러운 눈웃음이었다. 선술집 여자가 추파를 던질 때나 짓는 값싼 눈웃음처럼 보였기 때문이다. 물론 내 기분 탓일지도 모르고. 지금 이 순간에 가장 꼴 보기 싫은 인간 하나만 꼽으라면 바로 저 이혼녀니까.

마누라를 의식해 억지로 웃어 보이며 대답했다.

"다녀오세요."

의도적으로 '즐겁게'라든지, '잘', '재미있는', 이런 단어는 다 빼 버렸다. 나만의 복수랄까.

이혼녀 뒤로 마누라가 조용히 다가와 도끼눈으로 말했다.

"표정 관리 안 해?"

"나? 왜? 나 좋은데, 왜?"

"웃기고 있네."

마누라는 내 어깨에 손을 얹고 다정한 표정을 지어 보이며 말을 이었다.

"애 얼굴에 상처 나지 않게 각별히 신경 좀 써 달라니까, 잘하자. 응? 긴장하고."

내 대답은 들을 필요도 없다는 듯이 어깨를 두어 번 툭툭 쳐 주고는 공항 출국장으로 향했다. 지옥에 홀로 남겨진 것 같은 내 기분 따위는 아랑곳하지 않고, 마누라는 언제 그랬냐는 듯이 생글거리며 이혼녀의 팔짱을 끼고는 공항 안으로 사라졌다.

그 두 사람이 보이지 않는 순간부터 비로소 이 지옥 같은 상황이 현실로 느껴지며 스트레스가 시작되었다. 신물이 넘어오고 머리가 지끈거렸다.

열여섯 살. 사춘기, 질풍노도의 시기, 주변인. 정리하자면 몸은 어른인데 뇌는 애 상태인, 겉과 속이 불일치해서 본인도 감당이 안 되는 미숙성 인간을 의미한다. 이 주변인이 겁나는 이유는 어디로 튈지 모른다는 점이다. 나처럼 계획적인 사람에게는 암적인 존재랄까.

학원 정문이 가까워지자 도로는 정차를 하고 기다리는 차량 행렬로 붐볐다. 정차 중인 다른 차 뒤에 세웠다. 그리고 휴대폰을 꺼내 사진을 확인했다.

내가 이런 식으로 살핀 사진 속 인물들은 대부분 시체가 됐다는 사실에 나도 모르게 웃음이 났다. 주변인도 그렇게 되지 않으리란 보장은 없으니까.

이혼녀가 찍은 사진 속 여자애는 사진을 거부하듯 미간을 찌푸리며 손을 들고 있었다. 길에서 화장한 얼굴들만 보다 화장기 하나 없는 맨 얼굴을 보니 순한 애처럼 보이긴 했다. 단어가 주는 느낌대로의 소녀. 이 얼굴을 보고 있자니 여자아이가 하나 떠올랐다. 내 기억 속 저 깊은 곳에 가라앉았다고 느껴질 때면 허락도 없이 불쑥 꿈에 나타나 존재감을 내비치고 사라지는 소녀.

난 고개를 흔들어 버리고 마치 표적을 찾듯이 학원 정문에서 나오는 애마다 사진하고 비교했다. 주변인, 질풍노도의 시기를 보내고 있는 인간들은 체형 차이만 있을 뿐 생긴 건 전부 거기서 거기였다.

무리 지어 이동하던 학생 중 하나가 무리에서 떨어져 나와 내 차 번호판을 확인했다. 그러고는 자신의 휴대폰을 꺼내 들었다. 잠시 후 내 휴대폰에서 메신저가 떴다.

— 연신내 아저씨세요?

내가 연신내에 살긴 한다. 얘가 내 연고지를 어떻게 알지? 막연한 경계심으로 메시지를 바라보다 뒤늦게 깨닫고 회신을 보냈다.

— 네, 맞아요. 김윤지 학생?

차 앞에서 알짱거리던 학생은 가볍게 고개 숙여 인사를 하고는 차에 올랐다.

나도 모르게 들고 있던 스마트폰을 들어 사진 속 얼굴과 비교했다. 사진 속 소녀는 온데간데없고 하얀 탈바가지가 차에 오르고 있었다. 차에 타는 것만으로도 주변인 특유의 아우라가 느껴졌다. 뭐든 불편하게 만드는 기운. 이 주변인과 3주를 어떻게 보내야 할지 막막하기만 했다.

"이거 비싼 차죠?"

"응, 약간."

애를 어떻게 대해야 할지 몰라서 어색했기에 잘 조정되어 있는 룸미러를 다시 조정했다. 룸미러를 조정하다 깜짝 놀랐다. 분명 하나여야 할 탈바가지가 두 개나 있었기 때문이다. 뒤를 돌아보자 명단에 없는 인물이 딸려 와 있다는 걸 깨달았다. 의아해하는 얼굴로 돌아보자 주변인이 말했다.

"제 친구예요. 같이 타고 가도 되죠?"

친구란 인간도 주변인 못지않게 화장 기술이 엉망이었다.

게다가 네일아트랍시고 해 놓은 손톱 꼬락서니는 단연 으뜸이었다. 자기가 보기에도 '노랑 장미'라고 우기기에는 무리라고 생각했는지 'Yellow Rose'라는 글씨를 네 개의 손가락에 걸쳐서 큼지막하게 써 놓은 게 더욱 흉물스럽게 보였다.

나는 상냥한 얼굴로 멘트를 날렸다.

"물론이지."

폭탄을 다루듯이 최대한 조심스럽고 친절하게 대해야 했다. 이 주변인 뒤에는 마누라가 수호신처럼 도끼눈을 뜨고 서 있으니까. 나는 친구를 힐끗 보고는 주변인에게 물었다.

"친구랑 어디 가나 보네?"

"홍대요. 책 살 게 있어서."

주변인들이 안고 있는 커다란 쇼핑백을 힐끗 보았다. 굳이 펼쳐 보지 않아도 클럽에 어울릴 만한 사복이 들어 있다는 것을 알 수 있었다. 주변인들은 쇼핑백 입구를 오므리며 발판에 내려놓았다. 주변인이 날 등신으로 보는 게 확실하지만, 내 집에만 들어오지 않는다면 아무래도 상관없었다.

홍대 방향으로 차를 돌리며 물었다.

"지금 방학 아니야?"

주변인은 발판에 내려놓은 쇼핑백을 뒤적이며 짧게 대답했다.

"네."

짧게 대답하고 곧바로 친구와 수다를 떨기 시작했다. 말 섞고 싶지 않다는 확실한 의사 표현이었다. 하지만 난 목적이 있었기에 말을 이어 나갔다.

"방학이면 좀 놀아야 하는 거 아니야? 친구들끼리 여행을 간다든지……."

룸미러로 주변인의 눈치를 살피며 말을 이었다.

"여행 계획 없어? 한 3주 정도 다녀오면 좋지 않을까?"

"우리끼리 여행 가겠다고 하면 그분이 퍽도 보내 주겠네요."

그건 네 엄마니까 그런 거지. 난 네 인생이 어떻게 되든 관심 없거든. 그래서 힌트를 줬다.

"엄마 여행 중이시잖아."

주변인이 못마땅한 얼굴로 대꾸했다.

"그분이 유일하게 신경 쓰는 게 딱 두 개가 있어요. 어디 상처 나는 거하고 그분 레이더에서 벗어나는 거."

"엄마가 엄하시구나?"

"글쎄요. 그걸 엄하다고 해야 하나……."

뒷말을 기다렸지만 주변인은 더 이상 말을 하지 않았다. 엄마의 협박 따위 간단히 무시하는 날라리이길 바랐는데, 애석하게도 아닌 모양이다. 나는 면피할 명분만 있다면 눈앞에서 마약 파티를 벌여도 상관 안 할 자신이 있는데.

내가 말했다.

"윤지 학생 잘 부탁한다는 말씀 말고는 별다른 말씀 없으셨어. 3주간의 여행을 못 가게 하라는 말씀은 더더욱 없으셨고."

그건 사실이었기에 당당하게 말했다. '3주간의 여행'을 다시한 번 강조했지만 이 눈치 없는 주변인은 못 알아들은 표정이었기에 한마디 더 했다.

"사람이 원래 융통성을 발휘해야 사회생활을 더 잘하는 거야. 무슨 말인지 알겠어?"

의미심장한 눈빛으로 주변인을 바라보았고 주변인은 내 표정을 읽으려는 듯 빤히 마주 보았다. 내가 말을 이었다.

"차 없는 도로라면 필요할 때 중앙선도 살짝 넘을 수 있는 거지. 살다 보면 그래야 할 때가 있거든."

주변인은 여전히 나를 바라보고 있었지만 생각이 복잡해진 얼굴이었다. 절반은 성공이다. 조금만 더 작업하면 넘어갈 것 같다.

"공부 잘해?"

불쑥 던진 내 질문에 눈동자가 흔들리는 게 보였다. 내가 말을 이었다.

"학교 가고 학원 가고 책상에 앉아 있는다고 공부가 되는 건 아니야. 쉴 때는 적당히 쉬어 줘야 효율이 높아지는 거지. 그리고 이제 중3이잖아. 앞으로 고딩 되면 놀 시간 더 없어질 텐데, 마지막 중학교 생활인데 추억 하나 정도는 만들어야지. 그러라고 방학이 있는 거 아니겠어?"

표정을 보니 거의 다 넘어왔다. 눈알을 굴리던 주변인이 친구와 함께 뭔가를 속삭였다. 좋은 징조다. 상의를 마친 주변인이 내게 말했다.

"며칠 놀러 갔다 와도 될까요?"

바로 그거야! 기특한 녀석. 하지만 너무 기쁜 티를 내면 의심을 받을 수 있기 때문에 일단 표정 관리부터 했다. 그리고 짚고 넘어가야 할 현실적인 문제도 따져 봐야 한다.

"음……."

난 일부러 뜸을 들이고 진중한 얼굴로 말했다.

"하나만 약속하면."

"뭔데요?"

"엄마가 돌아오시기 전하고 똑같은 상태여야 할 것."

주변인의 눈동자가 내 말을 이해하려는 듯 허공으로 올라갔다. 그래서 구체적으로 부연 설명을 해야 했다.

"너도 아까 말했듯이 다치는 건 절대로 안 되겠지? 상처는 엄마 눈에 금방 띌 테니까. 그럴 리는 없겠지만 범죄를 저지르는 것도 안 되고, 그런 일에 연루되는 것도 안 되고. 또……."

허공을 향해 있던 주변인의 시선이 내게로 내려왔다.

"그러니까 증거만 안 남기면 된다는 거잖아요."

주변인 이 자식, 약간 맘에 들기 시작했다. 하지만 저런 직설적인 질문에 직설적으로 대답할 수는 없었다. 난 엄마 친구의 남편이고, 격조 있는 어른이어야 하니까.

"엄마가 아시면 걱정하실 일은 하지 않는 게 좋지 않겠냐는 거지."

다시 허공을 바라본 주변인이 다시 말했다.

"그러니까 그분한테 걸리지만 않으면 된다는 거잖아요. 그렇죠?"

이 녀석은 사회생활 잘할 게 분명하다. 말귀만 잘 알아들어도 상사의 인정을 절반은 먹고 들어간다. 난 어쩔 수 없다는 듯 대답했다.

"굳이 쉽게 말하자면 그런 거지."

주변인이 날 바라보는 시선이 달라졌다.

"진짜요? 비밀로 해 주실 거예요?"

"아저씨는 열린 사람이야. 기존 관습에 얽매이지 않는 사람이랄까?"

말귀 알아들었으면 이제 각자 갈 길 가자고. 마누라 귀국하는 날에만 같이 마중 나가는 퍼포먼스 하나면 충분하잖아.

"요새 학생들이 얼마나 힘든지 알아. 그러니까 이런 때라도 좀 쉬어 가는 것도 좋아. 아저씨도 학생만 할 때 친구들하고 여행도 가고 그랬어."

주변인은 고개를 끄덕이고는 친구에게 뭔가를 속삭였다. 친구는 살짝 놀란 얼굴로 주변인을 돌아보았지만 주변인은 괜찮다는 듯 웃어 보이고는 내게 말했다.

"그럼 오늘 친구네서 자고 가도 돼요? 여행 계획도 짜고 또……."

그러시겠죠. 난 주변인이 쓸데없는 소설을 쓰지 않아도 되도록 말을 잘랐다.

"그래 그럼. 어디로 가는지만 알려 주고."

주변인이 처음으로 미소를 지었다.

"아저씨, 얘네 집 연락처 알려 드릴까요?"

저렇게 당당하게 말한다는 건 미리 준비를 다 했다는 것이다. 결정적으로 난 저 애들이 어디서 뭘 하든 궁금하지도 않고.

"아니야. 네 휴대폰 번호 있는데, 뭐. 내 연락처 가지고 있지?"

"네."

"무슨 일 있으면 전화하고."

백날 전화해 봐라, 내가 받나. 내가 제법 편해진 건지 믿게 된 건지 모르겠지만 주변인은 장난기 섞인 표정으로 말했다.

"나중에 그분한테 이르고 그러시는 거 아니죠?"

난 걱정 말라는 듯 가슴을 두드려 보이고는 대답했다.

"다치지만 않으면."

"안 다칠게요."

"그럼 됐어."

"약속해요."

주변인이 새끼손가락을 내밀었다. 이런 유치한 동작은 원래 사춘기 애들이 더 싫어하지 않나? 난 주변인이 내민 손가락을 한동안 바라보기만 했다. 내 기억에 깨끗한 십 대들은 본 적이 없다. 코를 후비거나 양말을 만진 손 그대로 햄버거를 먹는 더러운 종족이다. 심지어 화장실에서는 용변을 보고 손도 안 씻고 나간다.

하지만 분위기상 안 잡을 수가 없었다. 새끼손가락 한 마디 정도는 잘라 버릴 각오로 주변인 손가락에 살짝 걸었다. 그러자 주변인이 갑자기 손 방향을 돌려 악수하듯 내 손 전체를 잡았다. 순간적으로 경악했기에 오히려 움직일 수가 없었다.

"이건 카피."

자신의 손바닥을 내 손바닥에 문지르는 꼴을 지켜보며, 시트 아래 있는 나이프를 꺼내 주변인 손목을 날리는 상상을 했다.

난 서둘러 손을 놓고는 말했다.

"너야말로 꼭 약속 지켜. 다치지 말 것. 오케이?"

내 집이 주변인에게 더럽혀지지 않는다는 생각에 기분이 좋아졌다. 주변인이 눈치채지 못하게 손을 아래로 숨기고는 항균용 물티슈로 닦으며 물었다.

"돈은 있어?"

"돈요?"

지갑에서 현금을 꺼내 들었다. 집히는 대로 넉넉히 집어서 주변인에게 내밀었다.

"여행 경비에 보태. 맛있는 거 사 먹고."

내가 내민 돈을 본 주변인의 눈이 동그랗게 변했다. 놀란 건 주변인 친구도 마찬가지였다. 처음 보는 두툼한 돈 다발에 주변인의 입이 다물어지지 않았다. 나는 얼른 받으라는 듯 돈을 흔들어 보였다. 주변인은 돈에 시선을 꽂은 채 말했다.

"우리 나이에 이렇게 큰 돈은 독이 된다고 그랬어요."

맞는 말이야. 바로 그거지.

녀석이 망설이는 척을 하는 바람에 난 할 수 없이 꼰대 역할을 할 수밖에 없었다.

"어른이 주는 건 고맙습니다, 하고 받는 거야."

주변인은 놀란 얼굴로 켜커이 쌓여 있는 5만 원짜리 지폐 앞에 손을 내밀었다. 난 손이 닿지 않도록 조심하며 주변인의 손 위에 돈을 올려놓았다. 주변인은 나를 만난 이후 가장 예의 바른 목소리로 말했다.

"고맙습니다."

"절대 다치면 안 된다는 약속 잊으면 안 돼. 그 약속 지키라고 주는 거야. 계약 어기면 두 배로 위약금 물어야 하는 거 알지?"

돈에 눈이 팔린 주변인은 들뜨는 마음을 예의상 간신히 진정시키며 대답했다.

"걱정 마세요, 아저씨."

이걸로 계약 성립이다. 이 시간 이후의 책임은 주변인에게 있는 것이다.

"홍대 근처인데 어디에 내려 줄까?"

"아무 데나 편한 곳에 내려 주세요! 알아서 갈게요."

자본주의 세상에서 돈은 남녀노소를 가리지 않는다. 돈 몇 푼으로 귀찮은 아저씨에서 쿨한 아저씨가 되어 있었다. 이건 봉건사회에서도 마찬가지였다. 돈이라면 신분도 살 수 있었으니까. 세상이 달라진 게 있기나 한 걸까?

난 복잡한 홍대 전철역 전에 두 사람을 내려 주었다. 주변인이 내린 자리에 학생증이 떨어져 있었지만 귀찮아서 부르지 않았다. 차에서 내린 두 사람은 허리를 90도로 숙여 인사했고 나는 다정하게 손을 흔들어 주었다. 학생증을 집어 대시보드 위에 던져 놓고는 오염 지역에서 벗어나듯 재빨리 차를 출발시켰다. 3주간의 평화를 누리기 위해 곧장 집으로 향했다. 내 집이 세상에서 가장 편한 곳이니까.

2. 너와 나의 연결 고리

연락이 온 건 새벽 두 시가 넘어서였다. 모르는 전화번호였기에 세 번은 가볍게 무시했지만 네 번째는 약간 갈등이 생겼다. 급한 일이라도 생긴 걸까 싶어서.

내게 연락을 할 만한 사람은 두 부류로 나뉜다. 새벽에 전화를 하면 안 된다는 상식 있는 부류와 이 시간에 전화하면 내 손에 죽는다는 것을 아는 부류. 분명 모르는 번호였지만 누가 연락한 것인지는 이미 알고 있었다. 상식도 없고 내 손에 죽는다는 걸 모르는 사람은 마누라 말고는 주변인뿐이니까.

갈등하는 동안 주변인의 전화는 끊어졌지만 내가 먼저 걸 생각은 없었다. 누운 그대로 잠시 휴대폰을 지켜보았다. 하지만 휴대폰은 잠잠했고 난 다시 잠을 청하기 위해 이불 속에 몸을 파묻었다. 의식이 저편으로 넘어가려는 찰나에 휴대폰이 울렸다. 이 순간이 얼마나 짜증 나는지 알 만한 사람은 다 안다.

마치 휴대폰이 주변인 머리끄덩이라도 되는 듯 낚아채서 잡고는 입을 열었다.

"여보세요."

— 전화를 왜 이렇게 안 받아요?

어이없다. 자고 있는 사람 깨워서 짜증을 내고 있다.

"새벽에 전화질을 하니까 안 받지."

곱지 않게 튀어 나간 말에 주변인의 말이 잠시 끊어졌다. 마누라 친구 딸이라는 걸 뒤늦게 떠올리고는 친절한 목소리로 물었지만 그게 어디 맘대로 되나.

"무슨 일이야?"

누가 들어도 화난 목소리였다. 망설이던 주변인은 약간은 주눅 든 목소리로 대답했다.

— 배가 아픈 거 같아요.

아픈 거 '같으면' 십중팔구 꾀병이다. 거짓말을 하려니 찜찜한 마음에 제삼자처럼 말하게 되는 것이다.

"근처에 병원 찾아봐. 응급실 있는 곳으로."

— 없어요.

찾아보지도 않고 없단다.

"지금 어딘데?"

— 홍대요.

책 사러 홍대에 간다더니 24시간 운영되는 서점이 있는 모양이다.

"택시 타고 신촌 세브란스로 가 달라고 해."

주눅 들었던 목소리에 짜증이 깃들었다.

— 아저씨, 저 지금 아픈 거 같다고요.

"좀 기다려 보고 확실히 아프면 그때 전화해."

— 아저씨!

버럭 지른 고함 소리에 잠이 확 깼다. 아무래도 지금 혼나고 있는 느낌이다. 주변인이 조금은 심각한 상황인 것 같아 일어나 앉으며 물었다.

"친구는 어디 있어?"

— 좀 데리러 와 달라고요!

갑자기 소리를 빽 지른 주변인은 흐느껴 울기 시작했다. 머리가 아프다. 인간도 사용 매뉴얼이 동봉된 채 태어나면 얼마나 좋을까.

내 딴에는 달래는 목소리로 물었다.

"왜 울어?"

우는 소리 사이로 띄엄띄엄 소리 질렀다.

— 좀 와 달라고요!

그렇게 소리 지르고는 아예 엉엉 울기 시작했다. 전화기 너머로 들리는 우는 소리가 듣기 싫었다. 택시 타고 집으로 오라는 소리가 목구멍까지 올라왔지만 분위기상 그럴 수가 없었다.

"알겠어. 홍대입구역으로 가면 되나?"

— 네, 주차장 골목요.

울면서도 자기 위치는 정확히 밝히는 게 왠지 얄미웠다.

"카페에 들어가 있어. 도착하면 전화할게."

자동차 열쇠를 집어 들고는 잠시 서서 숨을 골랐다. 집에만 들이지 않으면 된다는 내 생각이 얼마나 얄팍한 것이었는지 깨달았다.

홍대로 가는 내내 짜증이 자꾸 치밀었다.

그나마 새벽이었기에 도로가 뻥 뚫려 있어서 자동차 속력으로 화풀이를 했고, 그 덕분에 출발한 지 얼마 지나지 않아 목적지에 도착했다.

차에서 내려 주변을 둘러보며 전화를 걸었다. 대충 둘러봐도 카페가 네 개나 되었기에 육안으로는 찾을 길이 없었다. 주변인은 전화를 받지 않았고 반복해서 거는 횟수가 늘어날수록 혈압이 올라갔다. 심호흡으로 화를 가라앉히며 가장 큰 카페 주차장으로 향했다.

건물 전체가 카페인 그곳엔 늦은 시간에도 많은 사람들이 앉아 있었다. 빈자리가 없는 건 아니었지만 공부하는 사람들과 수다를 떠는 사람들이 어우러져 있었다. 3층까지 올라가 봐도 혼자 앉아 있는 여학생은 눈에 띄지 않았다.

그런데 3층을 둘러보던 중 한 커플이 눈에 띄었다. 등을 돌리고 앉아 있는 남자 맞은편에 눈에 익은 하얀 탈바가지가 보였다. 아프다던 주변인이 예쁜 척하며 웃고 있었다.

저 탈바가지를 테이블에 내리찧는 상상을 하며 그들의 테이블로 다가갔다. 예쁜 척을 하던 주변인은 나를 알아보고 멈칫했고, 그런 기색을 눈치챈 맞은편 남자도 덩달아 멈칫하며 나를 돌아보았다. 덩치만 성인이었지 남자도 솜털이 뽀송한 십대였다.

그 옆 빈 테이블에 앉으며 두 사람을 번갈아 보았다. 올라간 내 혈압은 아랑곳없이 수다나 떨고 있는 주변인의 모습에 헛웃음이 났다. 탈바가지를 피부째 벗겨 버릴까. 아직 어린 피부라 맨손으로도 충분할 것 같은데. 기분이 좋아서 웃는 게 아니라 웃으면 기분이 좋아진다는 말이 진짜이기를 바라면서 난 애써 미소를 짓고 있었지만 말은 하지 않았다. 지금 입을 열면 욕부터 튀어 나갈 테니까.

남자애가 입 모양만으로 주변인에게 '누구?'라고 물었고 주변인은 준비한 듯 대답했다.

"삼촌이에요."

너 같은 조카는 둔 적이 없습니다만. 남자애가 일어나 고개 숙여 인사를 했다.

"안녕하세요. 윤지 학교 선배예요."

"네, 반가워요."

난 형식적으로 인사를 받아 주고는 자리에서 일어서며 센스 있는 어른인 것처럼 주변인을 향해 말했다.

"데이트 방해한 것 같은데 난 이만 빠지는 게 좋겠지?"

남자애가 손사래를 치며 대신 대답했다.

"아, 아니에요. 그런 거 아니에요."

묻지도 않은 녀석이 대신 대답했고, 이번엔 남자애에게 말했다.

"그 정도 눈치는 있어요. 그럼 난 이만…….”

"저도 지금 막 집에 가려고 했어요.”

남의 속도 모르고 끝까지 부정한다. 허허, 녀석……. 초면이지만 죽여 버릴까? 돌이켜 보면 내 손에 죽은 놈들 대부분은 초면이었다. 그 생각에 나도 모르게 웃음이 터졌다. 웃으면 기분이 좋아진다는 게 정말인가 보다.

난 자리에서 일어서며 남자애에게 통보했다.

"아니에요. 방해 안 할게요. 윤지가 몸이 좀 불편한 것 같으니까 신경 좀 써 주고.”

남자애가 나를 따라 일어섰고, 주변인은 남자애를 따라 일어섰다. 남자애가 말했다.

"진짜 그런 거 아니에요. 우연히 만나서 얘기 좀 잠깐 한 거예요.”

이 새끼 진짜 죽여 버릴까?

내가 말했다.

"오늘 금요일인데 불금 해야죠, 불금. 그 나이 아니면 언제 그렇게 놀아? 안 그래요? 힘닿는 데까지 놀아요. 내 나이 되면 그러고 싶어도 못 하니까.”

난 녀석의 어깨를 두드려 주며 격려까지 했지만 녀석은 올곧은 성격인지 같은 말을 반복했다.

"정말 아닙니다. 이렇게 늦었는데 저도 들어가야죠.”

격려를 하는 내 손끝에 힘이 들어갔다.

"좀 더 놀아도 될 것 같은데.”

"엄마가 기다리세요."

난 좀 거들라는 의미로 주변인을 돌아보았다. 하지만 주변인은 한술 더 떠서 말했다.

"오빠 집 어디라고 그랬죠? 삼촌 차 타고 같이 가요. 가는 길에 내려 줄게."

운전면허증도 없는 게 남의 차 가지고 오지랖이다. 주변인의 말에 남자애 표정이 흔들릴 것 같아 재빨리 내가 먼저 말했다.

"그럼 먼저 들어가요. 난 윤지랑 잠깐 얘기할 게 있어서."

남자애는 자기도 탈것이 있다는 듯 오토바이 열쇠를 흔들어 보이며 말했다.

"그럼 먼저 갈게요. 윤지야, 톡하자."

남자애가 계단 아래로 사라질 때까지 주변인의 시선은 그에게 고정되어 있었다. 바라보는 모양새가 딱 짝사랑하는 꼴이었다. 이렇게 티가 날 정도면 남자애는 진작 눈치챘겠지.

"병원 갈까?"

"네?"

20분 전에 자기가 전화로 무슨 말을 했는지조차 까먹은 모양이다.

"아프다며. 응급실 간 김에 정밀 검사도 하고."

"아, 그렇게 심하게 아픈 건 아니에요."

그러시겠죠.

"안 아픈데 그렇게 서럽게 울어?"

주변인의 낯빛이 어두워졌다. 울 만한 일이 있었다는 건 사실인 모양이지만 절대로 이유를 물을 생각은 없다. 알게 되면 귀찮아질 게 분명하니까.

"안 아프면 됐어. 그럼 집으로 갈까?"

제발 갈 곳이 있다고 말해. 찜질방이나 호텔에서 자겠다고 말하라고. 내 성역에 너 같은 세균 덩어리를 들이는 재앙을 두 눈 뜨고 지켜보고 있을 수는······.

"네."

간절한 내 기도를 주변인은 싹둑 잘라먹었다. 내 돈을 받아 처먹고 새벽잠까지 방해했지만 결국 내 집에 들어오게 되었다. 이건 심각한 계약 위반이다. 집으로 데려가는 척하다가 불광천 에 던져 버릴까? 묘수를 궁리하다가 잊고 있던 존재를 떠올렸다.

"네 친구는 어디 갔어?"

내 말에 주변인의 눈에 분노가 차오르는 게 보였다. 내가 물 었다.

"친구랑 싸웠어?"

"그런 거 아니에요."

싸웠구나. 친구랑 싸우고 갈 곳이 없어졌지만 자존심 때문 에 내게 말은 못 하고 아프다고 둘러댄 거구나. 마지막 희망인 친구 카드도 날아가 버렸기에 더 이상 방법은 없었다.

"그만 일어날까?"

그때 주변인의 스마트폰에서 메시지 도착 음이 들렸다. 주 변인은 마약을 찾는 중독자처럼 스마트폰을 들고 엄지손가락 을 미친 듯이 놀렸다. 잠시 기다려 줬지만 주변인의 타이핑은 좀처럼 끝날 기미가 보이지 않았다.

"그건 차에 가서 해도 되지 않을까?"

주변인은 여전히 스마트폰에 집중하며 돌아보지도 않고 말했다.

"아저씨, 그냥 먼저 들어가세요."

"뭐?"

"갈 데가 생겼어요."

태도가 거슬리긴 했지만 듣던 중 반가운 소리였기에 미소로 대답했다.

"그래. 그럼 먼저 들어갈 테니까 다치지 않게 조심하고."

주변인은 나를 힐끗 쳐다보며 말했다.

"다치지 않을 테니까 그 말 좀 그만하실래요? 애도 아니고."

나를 이렇게 취급하고도 멀쩡히 살아 있는 건 마누라뿐이라고 말을 해 줘야 할까? 억지로 웃고 있는 얼굴 근육에 쥐가 날 것 같았지만 계속 웃었다.

"그래, 알았어. 나중에 보자."

카페를 나와 곧장 주차장으로 향했다. 가장 먼저 눈에 들어온 것은 내 차 주변에 아무렇게나 세워 둔 오토바이였다. 그리고 십 대로 보이는 애들이 그 주변에서 담배를 피우고 있었다. 그중 한 놈이 내 차 앞 타이어에 발을 올린 채 짝다리를 짚고 서 있는 게 보였기에 주머니에서 차 키 버튼을 눌렀다. 차폭등에 불이 번쩍이며 문이 열리는 소리가 들리자 타이어에 발을 올리고 있던 녀석이 흠칫하며 발을 떼고는 슬쩍 뒤로 물러섰다. 난 운전석에 오르기 직전에 녀석들을 바라보며 말했다.

"좀 비켜 줄래요?"

차 앞을 가로막고 있던 오토바이를 턱으로 가리키자 녀석들은 느릿하게 움직여 오토바이를 옆으로 치웠다.

주차장을 막 벗어날 때 카페 문을 열고 나오는 주변인의 모습이 보였다. 난 주변인 앞을 지나치며 사이드미러를 힐끗 쳐다보았다. 두리번거리는 주변인 앞으로 주차장에 있던 녀석들이 다가가는 게 보였기에 차를 잠시 길가에 세웠다.

녀석들은 스마트폰을 보여 주고는 몇 마디 했고, 주변인은 고개를 끄덕이고는 오토바이 뒷자리에 올라앉았다.

"쯧쯧."

나도 모르게 혀를 차며 차를 출발시켰다. 자기 말대로 애도 아닌데 알아서 하겠지.

오토바이를 타는 녀석들을 보니 내 중학교 시절과 비교가 되었다. 내 중학교 시절에 비하면 주변인의 생활은 버라이어티하게 보였다. 중학교 내내 학교와 집만 왔다 갔다 하는 범생이였기에 생활 자체가 단조롭기 그지없었다. 사건 하나만 빼고.

●　●●

1980년대의 구로동은 전국의 노동자들이 모이는 곳이었다. 노동자들이 많이 몰려 있는 만큼 그들의 자식들 중엔 거친 애들도 많았다. 그 지역 부모들 대부분이 맞벌이를 했고 가족과 시간을 보낼 수 없었던 그들의 자식들은 또래끼리 어울릴 수밖에 없었다. 유유상종. 평범한 범생이들 그룹과 그런 범생이들을 힘으로 누르고 군림하는 일진 그룹으로 나뉘었다. 아쉽게도 내가 속한 곳은 대다수의 학생들이 속해 있는 범생이 그룹이었다.

난 공부를 잘하는 축에 속했기에 일진들에게 괴롭힘을 당하지는 않았다. 마치 불문율이라도 있는 것처럼 일진들은 공부 잘하는 애들은 잘 건드리지 않았다. 그런데 그건 어디까지나 학교 내에서의 일이었다. 학교를 벗어나면 주변에 있는 중고등학교 일진들이 골목골목에 있었고, 놈들은 내가 공부를 잘하든지 말든지 알 바 아니었다. 이런 놈들에게 걸리면 주머니에 있는 동전은 죄다 털어서 주는 게 상책이었다. 어차피 우리 집도 넉넉한 집이 아니었기에 주머니가 두둑해 봐야 5백 원이었다.

중학교 졸업이 얼마 남지 않은 어느 날, 학교를 파하고 집에 가는 길에 일진 하나가 골목길 입구에 서 있는 게 보였다. 사실 그놈은 일진의 권세를 등에 업고 주접떠는 찌질한 놈이었다. 무시하고 지나치려는데 그놈이 날 불러 세웠다. 난 겁이 살짝 났기에 내가 아니길 바라며 조심스럽게 물었다.

"나?"

"그래, 새끼야. 너."

주변부터 둘러보았다. 그놈의 뒤를 봐주는 다른 일진들이 있는지 확인하기 위해서였다. 다행히 아무도 없는 것 같았지만 그래도 내가 저 녀석을 어떻게 할 수 있을 거라는 생각은 하지 못했다.

날 부른 놈은 골목길 안으로 들어갔고 나는 잔뜩 겁먹은 상태로 따라 들어갔다. 그놈은 주머니에서 뭔가를 꺼내 들었다. 커터 칼이었다. 일진 놈들은 잭나이프라고 불리는 자동으로 펼쳐지는 칼을 들고 다니긴 했지만 실제로 해를 끼칠 때는 이런 커터 칼을 꺼냈다. 놈이 들고 있는 커터 칼에는 칼끝 3센티미터 정도만 남겨 놓고 테이프가 감겨 있었다. 그걸 보니 더욱 겁이 났다. 칼날 중간에 테이프를 감아 놓은 이유는 사람을 찔렀을 때 칼날이 다 들어가 버리는 걸 막기 위해서였다. 10센티미터 남짓한 칼날이 다 들어가면 죽을지도 모르니까. 그걸 거꾸로 생각하면 진짜 찌를 수도 있다는 의미였기에 겁이 날 수밖에 없었다.

긴장해서 마른침을 삼키고 있는 나를 보며 놈이 말했다.

"웃어?"

지금도 맹세할 수 있다. 그때 나는 절대 웃은 적이 없었다.

"뒈지고 싶냐?"

전력을 다해 고개를 가로저었다. 한번 봐준다는 듯 혀를 찬 놈이 말했다.

"뒤집어."

주머니를 뒤집으란 말로, 돈을 내놓으라는 의미였다. 난 즉각 주머니를 뒤졌지만 불행하게도 돈이 없었다. 그날은 도시락을 못 싸 주셔서 빵과 우유를 사 먹었기 때문이다. 돈이 없는 게 죄도 아닌데 중죄를 지은 죄인처럼 녀석을 바라보았다.

"없어. 미안해."

나도 모르게 미안하다는 말이 튀어나왔다.

"없어? 이 새끼, 뒤져서 나오면 십 원에 한 대다."

이 대사는 지금은 개그 소재로 쓰이지만 당시엔 돈 뺏는 놈들의 일반적인 대사였다. 놈은 내 주머니를 뒤지기 위해 다가섰고 난 반사적으로 뒤로 물러섰다. 그게 화근이었다.

지금 생각해 보면, 당시 그 녀석은 목에 커다란 점 때문에 마치 개 이름처럼 '점박이'라 불리며 일진들 사이에서 찌질이 취급을 받고 있던 놈이었기에 열등감이 위험 수준까지 쌓였던 것 같다. 내가 한 발짝 물러선 것이 놈의 자존심을 건드렸고 열등감에 불을 댕긴 셈이 되었다.

"이 개새끼가 뒈질라고."

놈이 진짜 찌르려고 한 것이었는지, 아니면 그냥 위협만 하려고 했던 것이었는지는 30년 가까이 지난 지금도 잘 모르겠다. 하지만 난 죽을 것 같은 위협을 느꼈고 본능적으로 움직였다. 가방으로 놈의 칼을 내려치고 도망친 것이다.

뒤에서 생전 처음 듣는 욕설과 고함 소리가 터져 나왔고 내 뒤를 쫓아오는 무서운 발자국 소리도 들렸다. 내가 할 수 있는 건 무작정 달리는 것뿐이었다. 그 상황에서도 뒤를 밟힐 것이 두려워 집과는 다른 방향으로 도망쳤다. 그날의 위기는 그렇게 벗어났지만 그다음 날의 나는 온전할 수 없었다.

점박이가 나를 못 알아보기를 빌며 학교에 갔지만 그 얄미운 놈은 나를 정확히 알아봤고 수업이 끝나고 청소까지 끝난 후에 화장실로 끌고 갔다.

학교에서 맞는 장소는 주로 화장실이었다. 일진 그룹이 화장실에 나를 몰아넣어 홀로 남겨진 그 순간이 아직도 기억에 선하다. 그때의 공포감을 표현할 말은 어디에도 없었다.

점박이는 아빠에게 이르듯 일진에게 일러바쳤고 일진은 주머니에 손을 넣은 채 내게 다가왔다. 소문에는 살인으로 소년원에 갔다 와서 2년 꿇은 거라고 했지만 과장하기 좋아하는 나이였기에 분명 헛소문일 거라고 생각했다. 하지만 그런 건 문제가 아니었다. 앞에 서 있는 놈은, 당시의 나에겐 살인자보다 훨씬 무서운 존재였으니까.

난 곧바로 무릎을 꿇고 빌었다.

"잘못했어요."

일진은 내 앞까지 다가와 빤히 내려 보더니 느닷없이 손을 들어 뺨을 때렸다. 당황스럽게도 내 뺨이 아니라 날 끌고 온 점박이의 뺨이었다. 일진이 점박이에게 말했다.

"이런 등신 같은 새끼한테 맞고 다니냐, 이 한심한 새끼야."

내게 맞았다는 건 말도 안 되는 일이었다. 난 살기 위해 칼을 내리쳤을 뿐이었다. 아마도 점박이는 일진의 감정을 자극할 생각으로 맞았다고 표현한 것 같은데, 오히려 그것 때문에 불똥이 자신에게 튄 것이다. 점박이를 한 대 때린 일진은 내 뺨을 후려치고 가슴을 발로 찼다. 가슴을 맞은 나는 뒤로 나자빠졌다. 숨이 순간적으로 막혀서 죽을 것 같았다.

"손 안 보고 뭐 해?"

점박이에게 날 때리라고 시키는 일진의 목소리가 들렸다.

난 놈들로부터 조금이라도 더 떨어지기 위해서 안쪽으로 기어갔다. 갑자기 등을 밟히는 충격이 느껴졌다.

"개새끼야, 또 덤벼 봐. 덤벼 보라고!"

점박이가 때리기 시작했다. 발로 밟다가 주먹으로 때리다가 일관성도 없었다.

"다리병신 될 줄 알아! 뒈졌어!"

점박이는 그렇게 일갈하고는 내 무릎을 밟았다.

"아악!"

나는 반사적으로 다리를 돌렸고, 그 바람에 점박이는 내 다리를 비껴 밟고 미끄러지며 뒤로 기우뚱했다.

"어?"

점박이는 딱딱한 화장실 바닥에 쿵 소리를 내며 떨어졌다.

"저, 저 새끼 왜 저래?"

일진들의 당황한 목소리에 점박이를 돌아보았다. 녀석은 대자로 쓰러진 채 눈을 허옇게 뒤집고 입에 거품을 물며 경련을 일으켰다.

"저, 저 새끼가 그랬어! 저 새끼가 그랬어!"

일진은 나를 가리키며 소리쳤다. 그리고는 화장실 문을 열고 후다닥 도망쳐 버렸다.

발작을 일으키는 모습을 처음 본 나로서도 겁나긴 마찬가지였다. 얻어맞은 건 나였는데 점박이가 죽을까 봐 걱정했다. 녀석이 죽으면 내가 감방에 가게 될지도 모르니까. 그렇다고 발작을 일으키고 있는 녀석의 몸에 손을 댈 엄두가 나지 않았기에 기어서 화장실을 벗어났다.

놈은 다음 날 결석을 했지만 수업은 여느 때와 같이 시작되었고 수업이 끝날 때까지 놈에 대한 소식은 들리지 않았다. 궁금했지만 일진에게 가서 물어볼 수도 없는 일이었다. 그 이후로 지금까지도 놈이 어떻게 됐는지 모른다. 학교가 잠잠했던 것으로 보아 죽지는 않았을 거라고 막연하게 생각할 뿐이었다.

● ●●

집으로 향하는 동안 주변인을 태운 오토바이는 내 차 옆을 지나 앞으로 치고 나갔다. 중고딩 특유의 허세로 오토바이를 갈지자로 기울이며 탔다. 찌질이가 붙어 다녔던 일진 놈도 저렇게 깝죽거리며 오토바이를 탔던 게 떠올랐다. 비록 그놈의 생김새는 가물가물했지만 청부업에 발을 들일 때 연습 삼아 죽일 놈 후보로 꼽았던 게 바로 그 일진이었다.

처음엔 가는 방향이 우연히 같았을 뿐이었지만 어느새 나는 오토바이 뒤를 미행하고 있었다. 이유는 모른다. 저놈의 모습에서 날 때린 일진이 오버랩되어 그런 것일 수도 있고, 어쩌면 주변인이 다칠까 봐 걱정이 되어서 그런 것일 수도 있고. 정확히는 마누라에게 들볶이는 게 싫어서 그런 거지만.

한가한 도로를 달리는 오토바이를 따라잡는 건 쉽지 않았다. 더욱이 튀는 외제차를 타고 재빠른 오토바이 뒤를 미행한다는 건 여간 힘든 일이 아니었다. 그러나 상대는 산만한 십 대들이고 난 타깃을 제거하러 가는 것도 아니었기에 편하게 생각했다.

수색역을 지나고 나서 오른쪽 골목길로 접어들어 가는 오토바이를 보며 기분이 살짝 언짢아졌다. 나도 잘 아는 길이었기 때문이다. 따라가면 경기도로 이어지는데, 포장 공사 중인 그 길가에는 큰 고물상 한 채와 철거를 기다리는 낡은 빈집 몇 채가 있을 뿐이었다. 초보들이 살인을 저지르기 좋은 그런 곳.

앞서가는 녀석들을 향해 헤드라이트를 깜빡였다. 처음엔 인지하지 못했지만 계속 불을 깜빡이자 뒤를 힐끗거리기 시작했다. 그러고는 오기가 생겼는지 옆으로 비키는 대신 더 느리게 갔다. 그들을 추월하는 게 아니라 세울 생각이었기에 거의 장난하듯 헤드라이트를 깜빡거렸고, 드디어 짜증이 난 녀석들이 양쪽으로 갈라지더니 내 차 양옆으로 다가와 창문을 두드렸다. 창문을 내리자 녀석이 험악한 표정으로 노려보았다. 난 앞쪽을 가리키며 말했다.

"잠깐 좀 볼까요?"

그들의 대답은 듣지 않고 문 닫은 고물상 입구 앞에 세우고 차에서 내렸다. 오토바이 두 대가 다가와 차 뒤에 멈춰 섰다. 오토바이 뒤쪽에 앉아 있는 주변인은 나를 알아볼 만도 한데 어두워서 못 알아봤는지 그대로 앉아 있었다. 그들은 내 말을 기다리는 듯 오토바이에 탄 채 나를 바라보았다.

"윤지야, 잠깐 보자."

그제야 날 알아본 주변인은 깜짝 놀란 듯 동작이 굳었다. 오토바이 주인들도 당황스러운 건 마찬가지였는지 작은 동요가 이는 게 느껴졌다.

멍하니 있던 주변인은 내가 오토바이를 향해 다가가려고 하자 그제야 내려섰다. 주변인과 자동차 앞쪽으로 자리를 옮기며 물었다.

"어디 가는 거야?"

"저 따라오신 거예요?"

난 길을 가리켜 보이며 말했다.

"이 길 따라 쭉 가면 우리 집이야. 연신내. 집에 가는 길에 우연히 봤는데……."

난 오토바이에 앉아 이쪽을 바라보고 있는 녀석들을 돌아보며 말을 이었다.

"어디 가는 길인지 궁금하더라고."

주변인도 그들을 힐끗 쳐다보고는 변호하듯 말했다.

"이상한 오빠들 아니에요."

"아는 애들이야?"

멈칫했던 주변인이 시선을 피하며 대답했다.

"네."

사람은 거짓말을 하면 몸에서 표시가 난다. 애들은 그런 표시가 뚜렷하기에 꿰뚫어 보기가 쉽다. 그만큼 조종당하기도 쉽고.

몸이 성숙해져서 자신감이 붙은 애들은 근육만 믿고 어른을 만만하게 보는 경향이 있다. 하지만 애들이 경계해야 하는 건 어른의 노쇠한 근육이 아니라 경험이 축적된 머리다.

"그래?"

"네."

"좋아. 그래서 어디 가는 길이라고?"

잠시 입을 다물고 있던 주변인이 말했다.

"친구 만나러 가는 길이었어요."

"싸운 친구?"

주변인이 또다시 도끼눈을 뜨며 대꾸했다.

"싸운 거 아니라고요."

그렇겠지. 주변인의 눈을 빤히 바라보며 말했다.

"친구 집에서 공부한다더니 길거리에 있고, 아프다더니 데이트 중이고. 그리고 지금은 잘 알지도 못하는 애들 오토바이 뒤에 타고 친구 만나러 간다고?"

주춤했던 주변인이 눈을 치켜뜨고 대꾸했다.

"아저씨가 무슨 상관이에요? 아빠라도 돼요?"

아빠라니. 그런 끔찍한 말은 빈말이라도 하는 거 아니야. 난 어깨를 으쓱해 보이며 대꾸했다.

"상황을 이해해 보려고 한 거뿐이야."

"이해해 달라고 한 적 없어요."

죽여서 고물상에 던져 버리고 주말에 해외나 나갈까? 다음 주 월요일에나 발견될 텐데. 난 미소를 지으며 말했다.

"네가 날 이해해 주는 건 어때? 네게 무슨 일이 생기면 와이프한테 혼나는 사람은 네가 아니라 나니까. 그건 내가 세상에서 제일 싫어하는 일이거든."

"그래서요?"

"네가 어떤 상황인지 알아야 귀찮은⋯⋯. 아니, 널 보살필 수 있겠지?"

주변인이 콧방귀를 뀌며 대꾸했다.

"아저씨가 뭔데 날 보살펴요? 엄마 아빠 없이도 알아서 잘살아 왔으니까 오버하지 마세요, 네? 제 일은 제가 알아서 해요."

비꼬는 말투가 변하더니 어느새 화를 내고 있었다. 내가 뭘 그렇게 잘못한 걸까?

"아니, 그러니까 내 말은⋯⋯."

살다 보면 문득 어이가 없어서 내가 뭘 하고 있는 건지 회의감이 들 때가 있다. 지금이 딱 그렇다.

그때 오토바이에 앉아 있던 녀석들이 내게 다가왔다. 먼저 온 한 놈이 말했다.

"뭐야? 무슨 일이야?"

질문 내용은 주변인을 향한 것 같은데 시선은 내게로 향해 있어 누구한테 한 말인지 헷갈렸다.

"무슨 일이냐고?"

이 자식이 내 앞에 와서 면전에 대고 다시 물었다.

"아저씨, 무슨 일이냐고?"

주변인이 이 녀석들에게는 삼촌이라고 소개하지 않은 모양이다. 대부분 친구 가족에게는 이렇게 노골적으로 대하지는 않을 테니.

난 항복의 표시로 양손을 들어 보이며 주변인에게 말했다.

"미안. 내가 좀 오버했네. 어서 가 봐. 친구 기다리겠다."

난 앞에 서 있는 녀석을 무시하고 차 문을 열었다. 그리고 앞에 서 있는 놈들을 향해 말했다.

"윤지 다치지 않게 잘 부탁해요. 다치면 내가 우리 친구들 원망할 수도 있으니까."

어이없다는 얼굴로 바라보는 녀석들의 시선을 무시하고 차에 올라 출발했다. 내가 원망하면 어떤 일이 생기는지 알려 주고 싶어서 입이 근질거렸다. 결론은 똑같겠지만 과정만큼은 정말 상세하게 알려 줄 수 있는데.

"난 분명히 할 만큼 했어."

선언이라도 하는 것처럼 소리 내어 말을 했다. 그러다 메시지가 와 있는 것이 보였다. 마누라였다.

딱 봐도 좋은 날씨에 좋은 풍경의 사진과 함께 마누라가 보낸 메시지가 보였다.

— 오늘의 경기 관람 장소. 날씨가 기가 막혀! 오늘은 코스 중간에서 관람 중. 보호자 노릇은 잘 하고 있어? 애 좀 잘 챙겨 주고. 알겠지? 나중에 봐용! 뿅!

놀랍게도 긴 문장 중에 남편의 안부를 묻는 단어는 단 한 글자도 없었다. 본인 기분이 최고로 좋은 상태를 의미하는 '뿅!'이라는 글자가 유독 눈에 거슬렸다. 남편은 지옥을 맛보는 중인데 마누라는 천국에서 파티 중이라니. 그래, 둘 중에 하나라도 행복하면 그걸로 됐다.

묵묵히 운전을 하던 나는 차를 다시 세웠다. 마누라가 저렇게까지 부탁하는 주변인을 남겨 두고 온 게 아무래도 마음에 걸렸기 때문이다. 주변인이 다치기라도 하면 난 더 이상 믿을 만한 남편이 아니게 되는 것이고, 바로 그게 내가 가장 두려워하는 일이었다. 남편이라는 신분을 빼고 나면 은퇴한 청부업자라는 쓰레기 타이틀 말고는 아무것도 아닌 게 되니까.

"에이, 썅."

차를 돌렸다. 영화에 나오는 주인공처럼 멋지게 유턴을 하고 싶었지만 더럽게 좁은 길 때문에 전진과 후진을 몇 번 반복해서 돌릴 수밖에 없었다.

3. 미필적 고의

차를 돌려 고물상 앞으로 돌아왔지만 아무도 없었다. 아무도 내 차를 앞질러 가지 않았기에 가까운 곳으로 빠진 게 틀림없었다. 고물상은 아직 운영이 되는 곳으로 문이 닫혀 있었기에 다른 곳으로 시선을 돌렸다. 고물상 맞은편은 잡초가 무성하게 자라 있는 공지였고, 길을 따라 위쪽으로 시선을 옮기자 낡은 빈집 몇 채가 모여 있는 게 눈에 들어왔다.

빈집 앞으로 가서 훑어봤지만 조용하기만 했다. 하지만 이곳 말고는 달리 빠져나갈 수 있는 곳도 없었기에 차에서 내려 집 안을 살폈다. 대문은 뜯어 간 지 오래였고 파손된 시멘트 기둥만 덩그러니 남아 있었다. 집 안쪽 마당도 마찬가지였다. 금속 비슷한 건 모두 뜯어 가 마치 돌만 쌓아서 만든 집처럼 보였다.

뒷마당으로 발걸음을 옮긴 나는 속으로 빙고를 외쳤다. 뒷마당 쪽에도 기척이 없는 건 마찬가지였지만 녀석들의 오토바이가 보였기 때문이다. 뒷마당은 담으로 둘려 있었지만 구석이 무너져 내려 뒷집과 연결되어 있었다. 무너진 담벼락 사이로 불빛이 언뜻 보였다. 담을 지나 뒷집으로 들어서자 좀 전까지 느끼지 못했던 인기척이 느껴졌다. 희미한 담배 냄새와 목소리가 들렸다.

깨진 창문 쪽으로 다가서자 웅얼거리는 목소리가 점점 선명하게 들렸다.

"알바 한다고 했잖아. 언니 일 좀 도와주는 게 그렇게 힘들어?"

주변인의 목소리가 아니었다. 그보다 좀 더 나이 든 목소리였다. 그 목소리가 약간 짜증을 내며 누군가에게 지시했다.

"야, 불 좀 켜자. 하나도 안 보인다."

그러자 남자의 굵은 목소리가 답했다.

"불빛 새 나가면 안 된다고."

"그럼 계속 이 상태에서 말하라고? 내가 장님이냐? 모텔이 단속 중이면 여인숙이라도 잡든가."

"에이, 씨."

남자는 욕설을 섞어 중얼거렸지만 잠시 후 하얀 LED 불빛이 밝혀졌다. 길에서 파는 싸구려 랜턴이었지만 두 개가 켜지자 안쪽이 제법 환해졌다. 난 반사적으로 창가로 붙어 서서 몸을 숨기고 귀를 기울였다. 여자애의 목소리가 이어졌다.

"별거 아니야. 한 시간만 눈 딱 감고 있으면 2백만 원이야. 싸구려 손님은 상대도 안 해. 괜찮다니까?"

"그렇게 좋은 거면 언니가 하시면 되잖아요."

처음으로 주변인의 목소리가 들렸다. 꼿꼿한 목소리를 들으니 안심이 되었다. 무슨 일이 생긴 건 아니라는 뜻이었으니까.

주변인의 말대꾸에 어이없다는 듯 여자애가 웃으며 중얼거렸다.

"내가 네 나이였으면 진작 했지."

웃음 섞인 남자의 목소리가 들렸다.

"이 언니는 늙어서 얼마 못 받아. 많이 받아야 30만 원 정도?"

"이 개새끼……."

남자의 말이 끝나자마자 여자애의 살벌한 욕설이 들렸다. 하지만 남자도 지지 않고 여전히 놀리는 목소리로 말했다.

"걸레라서 팔리지도 않고."

"좆 파는 새끼는 행주라 그러디? 걸레 새끼가 누구한테 걸레래?"

버럭 내지른 여자애의 목소리에 순간적으로 정적이 흘렀다. 그 상황이 궁금해서 조심스럽게 창문 안쪽을 엿봤다.

가장 먼저 눈에 들어온 건 무릎을 꿇고 있는 주변인의 모습이었다. 그 옆엔 차에서 봤던 주변인의 친구가 같이 무릎을 꿇고 있었는데 쏘아보고 있는 주변인과 달리 친구는 소리도 내지 않고 울고 있었다. 두 사람 앞에 서 있는 여자애는 구석 쪽 벽에 주머니에 손을 꽂은 채 기대서 있는 남자를 노려보고 있었다. 남자도 매서운 얼굴로 여자애의 시선을 정면으로 받아치고 있었다. 그들 주변으로 오토바이에 타고 있었던 세 명의 남자애들이 담배를 피우며 구경하고 있었다.

벽에 기대서 있던 남자가 랜턴을 들자 그의 얼굴이 환하게 보였다. 놈의 얼굴을 알아본 순간 따분한 이 상황에 갑자기 흥미가 생겼다. 카페에서 주변인을 만났던 바로 그 범생이 같은 놈이었기 때문이다.

카페에서 봤을 때의 복장 그대로였지만 분위기는 180도 변해 있었다. 선해 뵈던 눈매는 어디로 갔는지 보이지 않았고 맹수의 눈처럼 거칠게 빛을 내고 있었다.

남자가 여자애를 향해 말했다.

"개 같은 년아, 적당히 나대라. 손님 같은 거 나도 물어 올 수 있으니까."

여자애도 지지 않고 대꾸했다.

"찌질한 뜨내기 새끼들이나 건져 오겠지."

남자는 말문이 막혔는지 매섭게 노려봤지만 입을 다물었다. 그의 기를 꺾은 여자애는 화난 표정 그대로 주변인과 친구를 노려보며 말했다.

"처음이니까 2백이지, 아다 떼고 나면 많이 받아야 80이야."

'아다'. 성경험이 없는 숫처녀나 동정남을 일컫는 속어다. 내 십 대 시절에 불량한 애들이 쓰던 말을 요새 애들도 쓴다는 사실이 놀라웠다.

여자애는 주변인과 친구를 번갈아 보다 불쑥 물었다.

"너희들, 아다가 맞긴 하냐?"

남자가 끼어들었다.

"아다인지 아닌지 알 게 뭐야? 애들이라 구멍도 좁을 텐데 그냥 아다라고 하면 되는 거 아니야?"

여자애가 대꾸했다.

"아다만 챙겨 먹는 새끼들이 모를 것 같냐? 사업은 신용이 생명이야. 그렇게 구라치면 손님 다 끊겨, 멍청한 새끼야."

"저년이 진짜……."

"내가 2백 줄 테니까 2백짜리 손님 물어 와 볼래?"

"……."

"요새 조건 시세가 얼만 줄 알아? 20만 원이야, 20만 원. 아청법 때문에 쫄보 새끼들이 늘어서 힘들어진 건 아냐? 적당히 깐족거려라."

많아야 십 대 후반으로 보이는 얼굴인데, 말하는 투가 뒷골목에서 사업하는 성인이나 다를 바가 없었다. 분명 뒷골목 놈들과 같이 일을 해 봤거나 현재도 같이 하는 게 분명했다.

여자애의 말에 남자는 또다시 뭐라고 중얼거렸지만 그게 다였다. 여자애가 말을 이었다.

"요새 중딩들은 조건, 보도 안 가리고 다 뛰어. 손님은 줄었는데 선수는 늘었다고. 이런 상황에서 비싼 손님 받는 게 얼마나 힘든지 알아?"

여자애가 주변에 있는 남자애들을 가리키며 말했다.

"여기 이 새끼들 봐. 먹이 기다리는 하이에나 새끼들이랑 똑같아 보이지 않아?"

여자애의 말에 어떤 놈은 기분 나쁜 표정으로 노려보았고 어떤 놈은 재미있다는 듯 픽 웃어 넘겼다.

여자애가 말을 이었다.

"최대한 말로 하고 싶은데, 계속 버티면 저 새끼들한테 던져 줄 수밖에 없어. 아다 포기해도 80은 받으니까. 나야 돈 좀 손해 보면 되지만 너희는 어떻게 될 것 같아? 이 새끼들이 테크닉이 있을 것 같아? 쑤시는 것밖에 모르는 놈들이야. 전에 애는 쓰지도 못하고 버렸어."

여자애의 무서운 말에 주변인 친구의 흐느낌이 커졌지만 주변인은 매섭게 노려보고 있을 뿐이었다. 하지만 당차 보이는 표정과 달리 온몸을 가늘게 떨고 있었다. 이쯤에서 나서 볼까 했지만 그러기엔 여자애의 이야기가 흥미로워서 파장 분위기를 만들고 싶지 않았다.

"보내 주세요, 언니. 보내 주신다고 했잖아요."

주변인 친구가 울음을 터뜨리며 애원했다. 하지만 여자애는 콧방귀를 뀌며 말했다.

"자기 살자고 친구 팔아먹는 년을 내가 그냥 보내 줄 것 같아?"

여자애는 발끝으로 친구를 가리키며 주변인에게 말했다.

"야, 이년 말이야, 자기 살겠다고 너 끌어들인 년이다. 내가 부르라고 한 것도 아닌데, 방법까지 말하면서 자기가 알아서 너 데려오겠다고 하더라고."

여자애는 씩 웃는 얼굴로 벽에 기대서 있는 남자를 턱으로 가리키며 말을 이었다.

"너, 저 새끼 좋아한다며?"

주변인의 시선이 남자에게로 향했다. 남자는 픽 웃으며 주변인의 시선을 무시했다. 주변인이 말했다.

"그런 적 없는데요."

여자애는 휴대폰을 흔들어 보이며 말했다.

"카톡에 다 있잖아. 친구 혼자 있을 땐 피곤하다고 집에 간다더니, 저 새끼 있다니까 오겠다고 했잖아."

"……."

여자애가 물었다.

"솔직히 삐쳤지? 친구가 너 빼고 오빠들하고 따로 술 마시러 가서. 그렇지?"

주변인은 여자애의 말에는 대답도 하지 않고 친구를 돌아보며 낮은 목소리로 말했다.

"나쁜 년. 이젠 보지 말자."

친구는 주변인의 말은 귀에 들어오지도 않는 듯 울면서 여자애에게 보내 달라고 다시 매달렸다. 여자애는 주변인 친구의 울음소리가 커지자 짜증 난 얼굴로 따귀를 때렸다.

"조용히 하라고, 이 미친년아."

그리고 이어서 주변인을 향해 물었다.

"언니 알바 도와줄 거지? 이 정도 말했으면 알아들어야지."

주변인이 고개를 뻣뻣이 쳐들고 말했다.

"너나 많이 해, 미친년아."

주변인의 욕에 여자애의 눈썹이 꿈틀거리고는 한껏 올라갔다.

"이 개년이 감히 누구한테!"

여자애가 손을 치켜드는 순간, 나도 모르게 다급하게 말이 튀어 나갔다.

"그만! 그만!"

불쑥 들린 내 목소리에 집 안에 있던 녀석들 모두 화들짝 놀랐다. 난 문을 통해 안으로 들어서며 여자애에게 말했다.

"그만해. 그 애 다치면 안 돼."

날 알아본 주변인이 다급하게 외치며 스프링처럼 일어섰다.

"아, 아저씨!"

구석에 서 있던 놈이 내게 달려오려는 주변인을 붙잡았다. 주변인이 팔을 뿌리쳤지만 놈은 꽉 잡고 있었다. 저 정도로 쥐고 있으면 팔에 멍이 들 수도 있었기에 조치를 취할 수밖에 없었다. 놈의 턱을 돌려 치고는 주변인의 팔을 잡아 내 뒤쪽으로 끌었다. 얻어맞은 놈은 고목처럼 쓰러져 잠잠해졌다. 녀석들 입장에선 급습을 당한 거나 마찬가지였기에 한동안 정적이 흘렀다.

주변인의 손에 차 열쇠를 쥐여 주며 속삭이듯 말했다.

"먼저 차에 가 있어. 문 잠그고."

"혜주는요?"

나도 모르게 주변인을 돌아보았다. 다신 안 볼 거라던 친구는 왜 챙기는 거냐. 걱정하는 표정이었기에 할 수 없이 대답했다.

"알았어."

장담은 못 하지만.

"여긴 내가 알아서 할 테니까 경찰은 부르지 말고."

주변인은 이해할 수 없다는 얼굴로 돌아봤지만 고개를 끄덕이고는 밖으로 나섰다.

그 모습에 정신을 차린 녀석들은 벌 떼처럼 일제히 일어나 내게 달려들었다. 그냥 가볍게 상대해 주고 빠질 생각이었는데 회칼을 꺼내 드는 놈을 보고는 머릿속이 복잡해졌다. 회칼을 든 놈은 몸을 웅크리며 나를 향해 곧장 다가왔고 그 모습에 나도 진지해졌다.

격투기 선수들은 상대를 쓰러뜨리는 것을 목표로 훈련한다. 그러나 전문 청부업자들은 상대를 죽이는 것을 목표로 연습한다. 그 연습은 머리로 생각해서 움직이기 위한 것이 아니라 근육에 입력된 반사 능력만으로 상대를 죽이기 위한 것이다. 그런 이유로 살인을 막기 위해서는 반사적인 움직임을 제어해야 한다. 이것이 얼마나 어려운 일인지는 해 본 사람만 안다.

지금의 내가 딱 그렇다.

칼을 들고 덤비는 녀석들을 가볍게 상대하기는 어렵다. 그렇다고 진지하게 대응해서 한 명이라도 죽었다간 주변인을 포함해 이 방에 있는 모두를 죽여야 하는 참사가 벌어질 수도 있었다. 다른 녀석들은 그렇다 쳐도 주변인의 실종에 대해서 마누라에게 둘러대야 하는 상황은 상상도 하기 싫었다.

놈이 내 코앞으로 칼을 휘두르며 다가오는 그 순간까지 머릿속은 다급하게 돌아갔다.

살짝 병신을 만드는 건 괜찮지 않을까? 그러면 놈들이 경찰에 신고할까? 경찰서에서 진술을 하면 상대가 십 대 애새끼들이라 정당방위로 풀려나기는 어렵지 않을까?

왼손잡이 놈이 내지르는 칼에 내 이성은 마비되었고 본능이 작동했다. 놈이 정확하게 왼쪽 허벅지 안쪽을 노렸기 때문이었다. 허벅지 안쪽엔 대동맥이 지나갔고 초보 칼잡이들도 살상 확률을 높일 수 있는 부위다. 십 대는 분명하지만 초보는 아니었다. 그것도 조직폭력배에게 배운 동작이 분명했다.

조직폭력배들은 칼을 쓸 때 주로 허벅지를 노린다. 동맥이나 정맥을 끊으면 살상율도 높일 수 있거니와, 붙잡혀 재판을 받을 때 죽일 의도는 없었다고 변명할 수 있기 때문이다.

칼을 놈의 몸 안쪽으로 쳐 내며 놈의 오른팔을 잡아당겼다. 방향이 꺾인 칼이 놈의 오른쪽 겨드랑이 밑으로 위치하는 순간, 칼자루를 잡아 멈추고 놈의 몸을 빙글 돌려 백허그하듯 뒤에서 감싸 안았다. 그리고 놈을 죽이지 않은 것에 대해 감사했다. 이대로 칼끝을 위로 세웠다면 겨드랑이 밑의 대동맥이 잘려 죽었을 테니까.

자신들의 동료가 내 방패막이가 되자 덤벼들던 녀석들이 멈칫했다. 여유를 찾은 나는 몸부림치는 녀석을 완력으로 조이며 말했다.

"버둥거리다 겨드랑이 잘못 찔리면 죽어. 동맥 지나는 길은 네 스승한테 배웠을 거 아냐. 그렇지?"

말은 놈에게 하면서도 내 시선은 녀석들에게 향해 있었다. 내 능력을 알아보고 그만두기를 바랐지만 놈들의 얼굴에는 당황한 기색만 보였다.

"이쯤에서 그만하자. 촉법 나이도 아닌 거 같은데 일 키워서 좋을 거 없잖아. 안 그래?"

여자애가 주변인 친구 곁으로 이동하며 대꾸했다.

"우린 안 그래. 애들 상대로 인질극 벌이는 아저씨나 일이 커져서 좋을 게 없겠지."

그제야 내가 인질을 잡고 녀석들과 대치하고 있는 것처럼 보인다는 걸 깨달았다. 상황을 이용할 줄 아는 년이다. 저 요망한 년은 어쩌면 십 대가 아닐지도 모른다. 내가 대꾸했다.

"그리고 넌 중학생 상대로 납치 감금에 폭행 그리고 성매매를 강요하는 중이고."

내 말에 여자애가 멈칫했다. 붙잡고 있는 놈의 오금을 밟아 무릎을 꿇리고 뒷목을 내리쳐 기절시켜 버렸다. 놈의 겨드랑이에서 빠져나온 칼이 소리를 내며 바닥에 떨어졌다. 애초에 주머니에서 꺼낸 적도 없는 휴대폰을 흔들어 보이며 여자애에게 말을 이었다.

"내가 네 얘기를 언제부터 듣고 있었을 것 같나?"

여자애의 얼굴은 울긋불긋했지만 더 이상 대꾸는 하지 않았다. 이어서 쌍욕과 함께 가장 먼저 쓰러진 남자에게 원망하는 목소리로 중얼거렸다.

"장소가 참 거지 같긴 하지."

덤벼드는 타이밍을 놓치고 어정쩡하게 서 있던 녀석들이 서서히 자세를 풀었다. 하지만 여자애는 주변인의 친구 옆으로 바짝 붙어 섰다. 아마도 주변인 친구를 인질 삼아 뭔가를 하려는 것 같았기에 내가 미리 말했다.

"그런 거 하지 마."

여자애는 주변인 친구의 어깨에 손을 얹으며 반문했다.

"뭘?"

"그 애 가지고 나한테 뭔가를 얻으려고 하지 말라고."

"왜?"

약 올리는 듯한 저 면상을 밟아 주고 싶기도 하지만 지금은 집에 가야 할 시간이기에 빨리 상황을 종료시키고 싶었다. 졸리기 시작했거든.

내가 말했다.

"모르는 애라서 뭔 짓을 해도 아무 소용이 없어."

여자애는 씩 웃고는 재빨리 주머니칼을 꺼내 주변인 친구의 목에 들이대며 말했다.

"정말 그래?"

여자애는 나를 적당한 정의감을 갖고 있는 여느 어른처럼 생각했다.

"대체 뭐가 문제야? 범죄 저지르다 걸린 주제에, 없던 일로 하자는 걸 왜 자꾸 걷어차? 자존심 때문이야, 아니면 돈 때문이야?"

"돈 때문이면 아저씨가 줄래?"

"돈으로 해결할 수 있으면 좋겠는데, 이 경우는 힘들지. 돈을 주는 순간 나를 미성년자 성매수범으로 덮어씌울 테니까."

"……."

"지금 졸리니까 그만하고 집에 가. 너희는 애들 학교를 알고 있고 난 너희 범죄 현장을 잡았으니까 이걸로 퉁치자고. 오케이?"

여자애가 비웃는 얼굴로 말했다.

"그걸로 협박이라도 하시겠다 이거야?"

난 분명 참을 만큼 참았다.

방이 좁았기에 겨우 두 스텝 만에 남자애들 코앞으로 다가가 턱을 때렸다. 턱을 제대로 맞으면 고개가 돌아가며 척수가 비틀린다. 뇌로 공급되던 산소가 순간적으로 끊어지며 정신을 잃어버리는 것이다. 두 번의 펀치에 두 녀석은 전기에 감전된 것처럼 몸이 굳으며 쓰러졌다. 이어서 칼을 쥔 여자애의 팔목을 쳐 내고는 머리끄덩이를 잡아 벽을 향해 밀어붙였다. 두 손으로 내 손목을 잡아 방어하려고 했지만 소용이 있을 리가 없었다.

"윤지 친구, 빨리 나가."

내 말이 끝나기도 전에 주변인 친구는 후다닥 밖으로 나갔다. 그러자 방 안에는 여자애의 놀란 숨소리만 들렸다. 거칠게 저항할 거란 내 예상과 달리 놀란 표정으로 숨만 쉬고 있었다. 어쩌면 내 의도를 느꼈을지도 모른다. 2초 전까지만 해도 벽에 머리를 처박아 죽일 생각으로 머리끄덩이를 움켜쥔 거니까.

겁을 먹은 듯 고양이 같은 큰 눈동자로 나를 올려 보고 있는 모습이 예쁘장하긴 했다. 소녀 느낌보다는 성숙한 여자애 같은······.

불현듯 생각이 멈췄다. 여자애의 표정이 비웃는 얼굴로 바뀌는 동시에 복부에서 날카로운 통증이 느껴졌다. 아래를 볼 필요도 없었다. 이미 여러 번 겪어 본, 칼에 찔린 통증이니까.

내 오른손은 여자애의 왼쪽 눈을 향해 날아갔다. 손바닥의 단단한 부분이 왼쪽 눈 전체를 덮쳐 눈알에 충격과 동시에 강한 압력을 주었다. 힘에 밀린 여자애의 뒤통수는 벽에 심하게 부딪치고는 그대로 정신을 잃으며 쓰러졌다.

"젠장."

욕이 흘러나온 건 복부에 박혀 있는 작은 주머니칼 때문이 아니었다. 손바닥 압력에 뒤로 밀려 들어간 여자애의 눈은 실명이 됐을 거고, 6개월 뒤에는 남은 오른쪽 눈마저 보지 못하게 될 것이다. 광대뼈만 골절시키고 끝낼 수 있었던 일을 본능 때문에 실명까지 시켜 버린 것이다. 솔직히 말하면 죽이고 싶은 마음도 없진 않았지만.

어쨌든 퉁치고 지나가기엔 여자애가 지나치게 손해를 봤다. 한쪽의 손실이 크면 합의가 될 수 없다. 그럴 땐 문제의 씨앗을 없애 버리는 게 낫다.

LED 랜턴을 끄고 어둠에 눈이 익을 때까지 잠시 기다렸다. 바닥에 떨어져 있는 회칼 쪽으로 향하며 청소반장을 불러서 시체를 치워야 할지, 아니면 경찰에 신고하고 진술을 위한 시나리오를 준비해야 할지 고민했다. 주변인과 그 친구가 존재하는 한 이곳에서의 일을 없었던 일로 할 수는 없으므로 청소를 시키기엔 리스크가 컸다. 마누라만 아니었다면 이런 고민을 할 필요도 없이 주변인과 친구도 같이 청소하면 되는데.

"아저씨!"

심한 내적 갈등을 겪고 있을 때, 갑자기 목소리가 끼어들었기에 깜짝 놀랐다.

"아, 왜!"

나도 모르게 큰 소리로 대답부터 하고 돌아보았다. 주변인이었다. 이런 타이밍에 오다니 대단한 골칫덩이다. 누군가의 골칫거리가 되기 위해 태어난 인간. 내 목소리는 퉁명스럽게 나갈 수밖에 없었다.

"차에 있으라고 했잖아."

"너무 안 오시니까……. 어디 계세요?"

그동안 쌓은 악의 업보가 저 주변인 하나로 응축되어서 나타난 걸까. 후환을 없애는 일은 포기할 수밖에 없었다.

"가자."

"잘 안 보여요. 괜찮으세요?"

"응."

주변인이 방 안의 풍경을 보지 못하도록 잡아끌어 현장을 벗어났다. 차로 향하는 내내 이번 일의 후폭풍은 만만치 않을 거라는 예감이 들었다. 주변인이 여러 가지 이야기들을 주저리주저리 풀어놨지만 머릿속이 불편했기에 하나도 귀에 들어오지 않았다.

"일단 들어가서 얘기할까?"

차를 출발시키면서도 찜찜한 기분을 떨칠 수가 없었다. 녀석들의 리액션이 어떤 식으로 나올지 예상하기 어려웠기 때문이다.

4. Ice Breaking

서재에 앉아 책을 봤지만 제대로 눈에 들어오지 않았다. 읽었던 곳만 몇 번을 반복해서 읽고 있다는 것을 깨닫고는 잠시 등받이에 몸을 기대고 눈을 감았다.

복부가 따끔거려 셔츠를 올리고 상태를 살폈다. 상처를 싸맨 붕대 위로 피가 배어 나왔다. 작은 주머니칼에 찔린 것치고는 깊이 찔려서 꿰매야 했지만 병원에 갈 수도 없는 일이었기에 스테이플러로 두 번 찍는 것으로 대신했다.

"쯧."

혀를 차며 옷을 내렸다. 예상에 없던 일이 생겨 짜증이 났다.

돌이켜 보면, 십 대 녀석들 주제에 꽤나 심한 범죄를 저질렀다. 성인이라면 징역 10년 이상짜리다. 하지만 증거는 없었고 피해를 입은 애들은 보복에 대한 두려움 때문에 증언할 가능성이 낮았다. 게다가 녀석들은 십 대였기에 판사 앞에서 연기만 잘한다면 풀려날 가능성이 컸다. 그렇기에 찜찜한 것이다.

내가 그 많은 짓을 하고도 평온하게 살 수 있는 이유는 주변의 조력자들 덕분이기도 하지만 눈에 띄는 짓은 그게 뭐든 하지 않기 때문이다. SNS는커녕 인터넷에 댓글을 달지도 않고 낯선 사람의 일에 참견하지도 않고 사소한 일에는 도움을 주거나 받지 않는다. 이런 삶엔 성격도 한몫하지만, 언제 어떻게 생방송이 될지 모르는 요즘 같은 세상에 사람의 주목을 끌게 되면 내 과거가 털리는 건 순식간이기 때문이다.

녀석들이 정상적인 생각을 한다면 경찰에 신고할 리가 없기 때문에 찜찜함도 덜했을 것이다. 하지만 녀석들은 이성적 판단이 부족한 십 대 녀석들이기 때문에 찜찜한 것이다. 이판사판 격으로 경찰을 끌어들이는 꼴통 짓을 안 한다는 보장이 없으니까. 경찰과 마주하게 되면 긴장하게 될 것이고 그러면 실수를 하게 된다. 그 실수로 경찰의 의심을 사게 되면 내 과거가 드러나는 데까지 얼마나 걸릴지 예상할 수도 없었기에 경찰만큼은 피하고 싶었다.

"아저씨."

생각지도 못한 갑작스런 목소리에 깜짝 놀랐다. 집에 마누라 말고 다른 사람이 있을 거라고는 생각하지 않았으니까. 내반응에 주변인도 놀랐는지 서재 입구에 서서 나를 바라보고 있었다. 주변인이 왜 내 집에 있는 건지 순간적으로 떠오르지 않아 빤히 바라보다 새벽에 집으로 데려온 것을 그제야 떠올리고는 어색하게 웃었다.

"아, 그래. 잘 잤어?"

"네."

"그래."

나는 주변인이 나가기를 기다리며 다시 책상 앞에 자세를 잡고 앉았다. 여전히 서 있는 주변인으로부터 슬그머니 등을 돌리는 자세로 바꾸고 한동안 기다렸다. 하지만 여전히 시선이 느껴졌기에 할 수 없이 쳐다보며 말했다.

"가서 볼일 봐."

"배고파요."

어쩌라고. 난 친절한 동네 아저씨의 미소로 말했다.

"그래, 먹고 싶은 거 사 먹어. 이 동네 맛집 많아."

난 다시 책으로 시선을 돌렸지만 주변인은 좀처럼 움직이지 않았다. 그 상태로 몇 분을 더 버텨 봤지만 꼼짝도 하지 않았기에 다시 입을 열었다.

"돈이라면 어제 주지 않았던가?"

"돈은 있어요."

책을 덮으며 정말 하고 싶지 않은 질문을 했다. 마누라에게도 이 질문을 했다가 지금의 고난과 역경 속에서 사경을 헤매게 되었지만, 어쩔 수 없었다.

"하고 싶은 말이라도 있어?"

"네."

주변인은 내가 허락하지도 않았는데 서재로 들어와 마누라

전용으로 갖다 놓은 맞은편 의자에 앉았다. 옷을 보니 어제 입은 그대로였다. 거리와 폐가의 온갖 더러운 균은 다 묻어 있을 저 옷으로 빈방 침대를 더럽힌 것도 모자라 서재까지 감염시키고 있었다. 난 벌떡 일어나 서재에 붙어 있는 테라스로 나가며 말했다.

"테라스에서 얘기하자."

테라스 티 테이블에 앉아 주변인이 따라 나오기를 기다렸다. 주변인이 서재를 둘러보며 책과 장식품 쪽으로 시선을 옮길 때마다 몸이 움찔거렸다. 행여나 손이라도 대서 세균을 옮길까 봐 두려웠다. 다행히 주변인은 구경만 하고 테라스에 나왔다.

"정말 좋은 집이네요."

그건 나도 아니까 용건만 말하고 제발 나가라.

"그래, 말해 봐."

주변인은 이상하다는 듯 나를 빤히 바라보며 물었다.

"배고프다고 했잖아요."

"먹으라고 했잖아."

"아저씨는 배 안 고파요?"

"난 별로."

약간은 화난 얼굴로 바라보던 주변인이 말했다.

"아무래도 엄마한테 얘기해야겠어요."

나도 모르게 상체를 세웠다. 분명 자기 입으로 어제 사건에 대해서는 엄마에게 말하지 않겠다고 했다. 배신자 친구와 내게도 함구하라고 윽박질렀다. 내 입장에선 고마운 일이었기에 흔쾌히 동의를 했는데 이제 와서 딴소리를 하다니.

"뭘?"

"배가 고픈데 아저씨가 밥도 안 줬다고 말할 거예요."

주변인의 말에 머릿속이 복잡해졌다. 무슨 의미로 저렇게 말하는 건지 쉽게 판단을 할 수가 없었다. 단순히 밥 안 준 걸 이르겠다는 건지 이런 식이면 어제의 사건도 엄마에게 이를 수 있다는 걸 암시하는 건지 알 수 없었다. 하지만 늘 그랬던 것처럼 안전한 방법을 택했다.

"그래, 밥 먹으러 가자."

씩 웃는 표정으로 바라보는 주변인의 얼굴에서 4대째 내 집을 무단 점거해서 살고 있는 길고양이 가족의 뻔뻔한 표정을 본 것 같다. 주변인의 옷을 훑어보며 말했다.

"현관에서 기다릴 테니까 옷 갈아입고 나와."

"갈아입을 옷 없어요."

남의집살이를 계획한 인간이 옷도 안 가지고 나온 거냐.

"왜?"

"이거 말고는 교복밖에 없어요."

"그럼 교복 입으면 되잖아."

주변인은 재난이라도 일어난 것처럼 눈을 크게 뜨고 반문했다.

"주말에 교복을 입으라고요?"

주변인의 세대에서는 있을 수 없는 금기를 내가 아무렇지도 않게 말한 모양이다. 위기를 벗어나야 했다.

"그럼 옷 사야겠네."

저렇게 밝아진 주변인의 표정은 처음 봤다.

"정말요?"

"어제 내가 준 그 돈으로 사 입어."

"쳇."

쳇? 어제 준 돈이 얼만데. 또 받아먹을 생각을 했다는 것이 어이가 없었다.

"어서 가요."

먼저 일어나 서재로 들어간 주변인은 내 눈치를 힐끗 보더니 책장 앞을 지나가면서 책을 손으로 쭉 만지고 서재 밖으로 나갔다. 주변인이 나가고 나면 전문 업체를 불러 소독을 해야 겠다고 결심한 순간이었다.

내 집에서 조금만 걸어 나가면 번화가였기에 걸었다. 주변 인은 이곳 지리도 잘 모르면서 앞장서 나갔다. 그렇기에 엉뚱 한 곳으로 빠지기 일쑤였고 그때마다 불러야 했다.

"왼쪽, 왼쪽. 거기 아니야. 이번엔 오른쪽."

그러면 주변인은 마치 원래 길을 알고 있었던 것처럼 자연 스럽게 방향을 틀었다.

옛날 시골에서 돼지를 이동시킬 때는 막대기가 필수였다. 오른쪽을 툭 치면 왼쪽으로 가고 왼쪽을 툭 치면 오른쪽으로 가는 식으로 운전을 해서 집까지 데려왔다고 한다. 주변인과의 차이점을 잘 모르겠다. 돼지우리가 아니라 피자집에 도착했다는 것 말고는.

주변인은 익숙한 듯 메뉴판에서 주문을 했다. 내 의사 따위는 묻지도 않고 시켰지만 그냥 그러려니 했다. 어차피 안 먹을 거니까.

"이것도 제 돈으로 사 먹어야 하는 거죠?"

청소년의 잘못된 점은 어른이 바로잡아 줘야 한다.

"정확히는 내가 준 네 돈이겠지."

"아주 잘 알고 있어요."

"잊은 줄 알고."

음료수를 한 모금 마신 주변인이 물었다.

"아저씨는 괜찮아요?"

너만 빼면 지금 생활은 나쁘지 않습니다만.

주변인이 말을 이었다.

"어제 어떻게 하신 거예요?"

음료수로 손을 뻗던 내 손이 멈칫했다.

"뭐가?"

"아저씨가 그런 거예요?"

어두워서 못 봤을 거라 생각했다. 16년밖에 안 된 싱싱한 눈알이라 시력도 좋은 걸까.

"뭘 그랬다는 거야?"

"그놈들 말이에요. 다 쓰러뜨렸잖아요."

난 미소를 지으며 답했다.

"난 또 뭐라고. 나 같은 아저씨가 어떻게 그렇게 해. 그냥 저희들끼리 싸우다 그렇게 된 거야."

"그래도 한 놈 때려서 쓰러뜨렸잖아요."

갈증이 심해져서 빨대를 빼내고 컵째로 음료수를 들이켜고는 대답했다.

"그런 걸 복싱에서는 럭키 펀치라고 불러. 생각 없이 때렸는데 제대로 들어가서 기절하는 거지."

주변인은 그제야 의문이 풀렸다는 듯이 웃으며 말했다.

"아, 그렇구나. 난 또 아저씨가 다 이겨 버린 줄 알고 개깜놀했잖아요."

인터넷을 해서 다행이다. 그렇지 않았다면 정말 깜짝 놀랐다는 의미의 '개깜놀'이란 말을 알아들었을 리가 없으니까. 못 알아들으면 주변인에게 물어봐야 하고 그러면 우리의 대화는 그걸로 좀 더 이어질 테니 내겐 바람직하지 않은 상황이었다.

잠시 대화가 끊어진 순간에 다행히 피자가 나왔다. 피자를 자신의 접시에 옮겨 담은 주변인은 포크로 찍어 먹다가 맘에 들지 않았는지 손으로 집어 들고 먹기 시작했다. 그러다가 물끄러미 바라보고 있는 내게 질문을 했다.

"아저씨, 몇 살이에요?"

뜬금없는 질문에 난 또 당황했다. 당황하는 거 자체가 슬슬 짜증 나기 시작했다.

"그냥 먹어. 어색한 게 싫어서 하는 질문이면 안 그래도 되니까."

"그런 거 아니에요. 몇 살인데 애가 없나 해서."

"애 안 낳기로 했으니까."

"못 낳는 거 아니고요?"

발끈하게 만드는 매력이 넘친다.

"아니거든?"

발끈해서 말이 튀어 나갔지만 이내 후회했다. 주변인은 말 없이 씩 웃었다. 저럴 때의 얼굴은 산전수전 다 겪은 중년의 얼굴과 다를 게 없었다. 내가 말했다.

"명존세 알아?"

"명치 존나 세게 때리고 싶다는 거요? 그거 왜요?"

네 명치를 엄청 세게 때리고 싶다고. 나한테 맞으면 죽겠지만. 주변인은 표정을 굳히며 되물었다.

"저를 명존세하고 싶다는 거예요?"

"아니. 뜻을 몰라서 물어본 거야. 어서 먹어. 옷 사러 가야지."

주변인의 침묵은 얼마 가지 못했다. 또다시 물었다.

"그래서 몇 살인데요?"

집요한 구석까지 있다.

"아저씨 나이 알아서 뭐하게?"

"굳이 안 알려 줄 이유도 없잖아요."

그렇긴 하다.

"마흔넷."

"진짜요? 엄마보다 오빠네."

영화 〈은교〉의 대사가 떠올랐다. 너희 젊음이 너희 노력으로 얻은 상이 아니듯, 내 늙음도 내 잘못으로 받은 벌이 아니다.

제발 말 좀 그만하고 빨리 처먹고 나갔으면 좋겠다. 주변인은 쩝쩝거리는 소리 사이로 말했다.

"그런데 그렇게 안 보여요. 훨씬 젊어 보여요. 삼십 대 중반쯤?"

어쩌면 주변인하고도 잘 지낼 수 있지 않을까 하는 막연한 생각이 들었다.

"아저씨, 운동하죠?"

"응."

"무슨 운동 해요? 골프 같은 거 해요?"

골프채는 대학교 체육 시간에 잡아 본 게 처음이자 마지막이었다. 아, 그 후에도 골프채를 몇 번 잡은 적이 있긴 하다. 골프공이 아니라 다른 걸 날려 버리긴 했지만.

"그냥 피트니스랑 이것저것."

피클을 찍던 포크를 내려놓고 관심 있는 얼굴로 묻는다.

"권투도 했어요?"

"복싱? 그건 왜?"

"저 좀 가르쳐 줄 수 있어요?"

그런 거라면 나는 해 본 적 없는 걸로.

"아니. 해 본 적 없어."

주변인은 실망한 표정으로 중얼거렸다.

"나도 그런 거 할 줄 알면 좋을 텐데."

중얼거리는 말이 예사롭게 들리지 않았다. 저런 생각을 하는 애들은 대체로 괴롭힘을 당하고 있는 애들이니까. 하지만 더 이상 깊게 묻지는 않았다.

입맛이 갑자기 떨어진 것처럼 포크를 접시 위에 내려놓았다. 피자가 아직 3분의 2나 남아 있었기에 조심스럽게 물었다.

"다 먹은 거야?"

주변인은 눈빛만으로 발끈하면서 대꾸했다.

"좀 쉬는 거예요. 좀 이따가 또 먹을 거예요."

운동도 아니고 쉬어 가며 먹는다는 게 이해가 가진 않았지만 그냥 그러려니 할 수밖에 없었다. 주변인의 세상은 성인의 눈으로는 이해할 수 없다고 인터넷이 알려 줬다.

"아저씨도 아줌마가 제일 무서워요?"

충격이었다. 내 눈엔 어리게만 보이는 마누라가 중딩 눈에는 아줌마였다니. 그리고 보니 마누라의 나이도 벌써 마흔이라는 사실이 떠올라 새삼 놀랐다.

"그렇게 보여?"

"싫어하면서도 저한테 잘해 주시는 거 보면 그런 거 같아서."

깜짝 놀랐다. 어린 녀석이 뭘 알까 했는데 이렇게 민감할 줄이야. 주변인은 테이블 위에 팔꿈치를 괴며 물었다.

"아저씨, 저 맘에 안 들죠?"

"왜 그렇게 생각해?"

"그렇게 느껴지니까."

"어디서 그렇게 느꼈는데?"

"지금도 그러시잖아요."

"내가 뭘?"

"뭘 물어보면 설명해 주는 게 아니라 다시 저한테 되물어보 잖아요."

주변인과의 대화 패턴을 잠시 되짚어 봤지만 딱히 그랬다는 느낌은 없었다. 주변인이 말을 이었다.

"그건 협상할 때나 하는 기술이래요. 경계해야 할 대상을 상 대로 방어하는 거."

"누가 그래?"

"인터넷."

인터넷은 분명 유용한 도구지만 수박 겉만 핥아 먹고 아는 체 하는 수많은 헛똑똑이들을 양산했다. 인터넷에서 얻은 '정보'를 '경험'으로 착각하고 만물박사인 양 행세하는 녀석들은 이론대 로 돌아가지 않는 현실에 맞닥뜨리면 좌절해 버린다. 그리고 세 상이 잘못되었다고 부정하며 투정을 부린다. 하지만 세상은 이 론만으로 돌아가지 않는다. 이론이 제시한 방향에 맞춰 실증적 경험으로 오류를 잡아 나가는 것이 세상이 돌아가는 방식이다.

"인터넷이 다 옳은 건 아니야."

"그럼 저 싫어하는 건 아니라는 거예요?"

"그게 뭐가 중요해?"

"싫어하는 거 맞네."

그냥 좋다고 한마디 하면 쉽게 지나갈 일인데 말이 잘 나오 지 않았다. 회사원 시절엔 반자동으로 튀어나왔었는데.

"저는 아저씨 싫지 않아요."

때로는 툭 던진 말인데 강하게 와 닿는 말이 있다. 이때는 몰랐다. 싫지 않다는 말이 주변인에게 얼마나 큰 의미였는지.

주변인이 벌떡 일어서며 말했다.

"아저씨, 우리 옷 사러 가요."

내가 사자고 했던 옷이란 건 집이나 동네에서 편하게 입을 수 있는 옷을 의미했다. 하지만 주변인이 생각하는 옷은 내가 말한 옷과 다른 모양이었다.

옷을 사기 위해 일단은 집으로 되돌아와야 했고, 고양이 세수를 한 후에 방으로 들어가더니 저녁 시간이 다 될 때까지 소식이 없었다.

하루 일과를 끝내려는 내 앞에 주변인이 나타난 건 저녁 여섯 시가 넘어서였다. 탈바가지 얼굴을 하고 나타나 태연하게 말했다.

"슬슬 출발해요."

주변인의 말을 언뜻 이해하지 못했다.

"어딜?"

"옷 사러 가기로 했잖아요."

잘못 들은 줄 알았다. 해가 떨어져 가는 밖을 힐끗 쳐다보며 물었다.

"뭘 하러 가자고?"

"옷 사러요. 동대문은 저녁에 볼 게 더 많아요."

순간적으로 머리가 복잡했다. 저 인간의 변덕을 다 받아 주며 3주를 버틸지, 아니면 그냥 죽이고 변명거리를 찾는 게 나을지. 청소반장이 미성년자는 취급하지 않는다고는 했지만 옷

돈을 주면 결국 청소해 줄 것이다. 장소는 예전에 몇 놈을 죽였던 폐공장이 좋을 듯했다. 여전히 소송 건으로 비어 있는 상태였고 청소반장에게 설명하기도 편할 테니까. 주변인을 그곳으로 데려가는 것도 문제가 없을 것이다. 옷 사러 아울렛 가는 길이라고 하면 의심 없이 바로…….

"아저씨, 무슨 생각 해요?"

"응?"

잠시 멍했다. 머릿속으론 이미 죽이고 있던 주변인이 말을 걸었기에.

"아, 그래. 오늘은 저녁이나 먹고 내일 가는 건 어때?"

"그럼 이 옷을 하루 더 입으라고요?"

"다른 옷은 어디에 있어? 집수리한다며."

주변인은 순간적으로 머뭇거리다 말했다.

"아빠한테요."

주변인의 대답에 원인 모를 이질감을 느꼈다.

"아빠한테? 내가 듣기로는……."

말끝을 흐렸다. 애한테 지나치게 직설적으로 묻는 건 아닌지 조심스러웠기 때문이다.

"맞아요, 이혼했어요. 그래도 짐은 맡길 수 있는 거잖아요."

"짐 맡아 줄 정도로 사이가 좋다는 말은 못 들어서."

주변인이 의아해하는 얼굴로 되물었다.

"엄마가 그래요?"

의외의 거센 반응에 약해질 수밖에 없었다.

"나도 전해 들은 거라 정확하지는 않지."

주변인은 비웃는 표정으로 콧방귀를 뀌며 중얼거렸다.

"웃기고 있네."

내 눈썹이 꿈틀거렸다. 주변인이 내 표정을 읽었는지 뒤늦게 말했다.

"아저씨한테 하는 말 아니에요."

"그럼 누구한테 하는 말이야?"

주변인은 대답하지 않았다. 가족사에 뭔가 있는 눈치였지만 남의 집 일은 함부로 건드리는 게 아니기에 더 이상 묻지 않았다. 주변인의 표정이 지나치게 어두워졌기에 내가 먼저 나설 수밖에 없었다.

"나가자. 나간 김에 맛있는 것도 먹고."

주변인이 나를 돌아보며 물었다.

"뭐 먹을 건데요?"

난 미식가가 아니다. 혀가 느끼는 짠맛, 신맛, 쓴맛은 느끼지만 그 이상의 맛은 모른다. 음식이 있으면 그냥 먹을 뿐. 그런 무딘 혀 덕분에 자신이 요리한 음식 평가에 예민한 마누라와 충돌을 일으킨 적은 단 한 번도 없었다. 나의 무딘 혀를 알게 된 마누라가 그 이후로 내 칭찬에 시큰둥한 반응을 보이게 됐다는 건 아쉬운 부분이지만.

"먹고 싶은 거 있어?"

"피자요."

"점심때 먹었잖아."

"그럼 아저씨가 골라 보세요."

내게 메뉴를 고르라고 하면 으레 가는 곳이 있다.

"뷔페 어때?"

"어느 뷔페요?"

"고려호텔."

"음…… 좋아요."

허락받은 느낌이 들어서 기분이 좋지 않았다.

"좋아하는 뷔페라도 있어? 있으면 말하고."

"고려호텔 정도면 나쁘지 않아요."

마누라가 소원을 하나 들어준다고 하면, 저 허세 가득한 주변인의 주둥이를 때리게 해 달라고 말할 것이다.

차 키를 들고 집을 나서려다가 문득 피자를 먹으며 중얼거렸던 주변인의 말이 떠올랐다.

'나도 그런 거 할 줄 알면 좋을 텐데.'

호신술을 가르칠 생각은 없지만 그렇다고 그냥 놔두기도 조금 그랬다. 십 대 성매매 조직 애들이 해코지할 가능성을 배제할 수 없었으니까.

자물쇠로 잠가 둔 알루미늄 케이스에서 엄지손가락 손톱 크기만 한 장비를 꺼내 챙겼다. GPS와 도청기를 합쳐 놓은 정보 기관 물건이었다. 이 정도면 주변인의 상황을 파악하는 데는 어려움이 없을 것이다.

주변인과 함께 차를 타고 밖으로 나섰다.

주말 저녁 시간이었지만 도로에 차가 많아 좀처럼 속도를 낼 수 없었다.

뒷좌석에 앉아 있던 주변인이 불쑥 말했다.

"아저씨, 음악 좀 틀어 주세요."

라디오를 켜고 채널을 여러 개 돌려 봤지만 기대했던 음악은 안 나오고 DJ들 말만 계속 쏟아져 나왔다. 어릴 때 라디오는 음악 위주였지만 예능이 대세라서 그런지 언제부턴가 DJ들 말이 많아졌다. 주변인도 못마땅했는지 자신의 휴대폰을 내밀며 물었다.

"제 MP3 들으면 안 돼요?"

이 공간의 규칙만큼은 각인시킬 필요성을 느꼈다.

"내 차에서는 내 노래만 들어."

"무슨 노래 들으시는데요?"

네가 알기나 하겠냐. 내 음악을 틀었다. 록 사운드와 함께 Metallica의 'Enter sandman'이 흘러나왔다. 난 주변인의 짜증난 표정을 기대하며 룸미러로 힐끗 쳐다봤지만 의외로 녀석은 가만히 있었다.

"이게 무슨 노래예요?"

"장르를 묻는 거야, 그룹을 묻는 거야?"

"둘 다요."

"장르는 헤비메탈이고, 그룹은 Metallica. 이런 걸 명곡이라고 하는 거야."

곡에 맞춰 가볍게 고개를 흔들고 있는 내게 주변인이 딱 한마디만 던졌다.

"괴상하네요."

역시 발끈하게 만드는 구석이 있다.

"넌 뭘 듣는데?"

"저는 안 가리고 다 들어요."

이미 가리고 있잖아, 이 앞뒤 안 맞는 자식아. 내가 말했다.

"안 가린다는 건 장르 관계없이 유행하는 노래 그냥 주워듣는다는 거지."

주변인이 발끈한 목소리로 대꾸했다.

"방탄소년단은 알아요? 엑소 노래는 들어 보고 그런 말씀 하시는 거예요?"

"방탄소년단? 무슨 보이스카우트 같은 거냐?"

"뭐라고요?"

가벼운 농담에 도끼눈을 뜬다. 조심해. 이미 맨손으로 실명시킨 사람도 있어. 너도 아는 사람.

"난 트와이스랑 EXID 좋아해. 그런 남자 그룹 따위 내 알 바 아니지."

"어른이 너무 편파적인 거 아녜요?"

이 경우에 '편파'란 단어는 적합하지 않다. 중학생들은 주워들은 단어 중에 고급스럽다고 생각하는 것을 쓰는 성향이 있다. 하지만 그런 식의 시행착오를 겪으며 배우는 거니까 문제 삼지 않기로 했다. 대신 은근슬쩍 바로잡아 주었다.

"취향에 편협은 없어. 말 그대로 개인의 취향이니까."

"그럼 아저씨도 제 취향 존중해 줘요."

문맥에 전혀 맞지 않는 엉뚱한 말이었지만 그냥 알겠다는 듯 어깨를 으쓱해 보였다. 주변인은 내게 지고 싶지 않을 뿐, 문맥 따위는 안중에도 없을 테니까 말이다. 문맥이란 말의 뜻은 알고 있나?

막혔던 도로는 조금씩 풀려서 호텔에 생각보다 늦지 않게 도착했다. 발레파킹을 맡기고 호텔 로비에 들어서자, 자주 와봤던 것처럼 허세를 부렸던 주변인은 눈을 동그랗게 뜨고 둘러보는 데 여념이 없었다. 엘리베이터를 타고 상층 라운지로 올라가 뷔페 입구에 도착했다.

"예약하셨나요?"

입구에서 직원이 물었고 난 VIP 회원권을 꺼내 보였다. 그러자 직원은 더욱 깍듯한 자세로 인사를 하고는 별실로 안내했다. 주변인은 분위기에 눌린 듯 내 뒤에 바짝 붙어서 따라왔다. 자리에 앉은 주변인은 창밖의 풍경을 향해 본능적으로 스마트폰을 꺼내 들었다.

"사진 찍게?"

내 말에 실수한 것을 들킨 것처럼 흠칫한 주변인은 도도한 표정을 하며 스마트폰을 내려놓았다.

"아뇨. 카톡 왔나 본 건데요?"

비웃음이 나왔지만 노골적으로 웃진 않았다. 도끼눈을 하고 또 달려들 테니까. 잠시 후 직원이 메뉴판을 들고 들어왔다. 메뉴판을 받아 들며 물었다.

"뷔페로 할래? 아니면 그냥 코스 요리 먹을래?"

내 얼굴을 빤히 바라보는 게 뭘 묻는 건지 모르는 눈치였기에 알아서 시켰다.

"코스 두 개 주세요. 메인은 셰프 추천으로 주시고."

"와인은 어떤 걸로 드릴까요?"

"레모네이드로 주세요."

"네, 알겠습니다."

직원이 나가고 여전히 날 바라보고 있는 주변인에게 말했다.

"여긴 뷔페보다 코스 요리가 더 나아. 나가서 음식 집어 오기도 귀찮고. 괜찮지?"

"네."

잠시 조용히 있던 주변인이 입을 열었다.

"아저씨, 뭐 하는 사람이에요?"

"뭐 하는 사람이냐니?"

"아니, 제 말은 뭐 해서 돈을 그렇게 번 거냐고요. VIP 회원 그런 거 엄청 비싸지 않아요?"

마누라 앞에서 진땀을 흘렸던 그 질문이었다. 그리고 마누라에게 둘러댔던 것과 똑같이 대답했다. 행여나 마누라 귀에 들어가도 문제가 없게.

"아는 분이 빌딩 몇 개 갖고 있어. 난 그거 관리해 주고 있는 거고."

"빌딩 관리인이 돈을 그렇게 많이 벌어요?"

"내가 열심히 해서 세입자들이 많아졌거든. 그러니까 보상을 해 주는 거지."

"와."

내 거짓말이 이 녀석의 장래 희망에 영향을 주지 않기를 바랐다. 화제를 돌리기 위해 말을 꺼냈다.

"여기 호텔, 몇 년 전에 폭탄 테러 당한 적 있어."

"진짜요?"

"응. 그런데 범인이 아직도 안 잡혔어."

"그럼 또 테러 당할 수도 있는 거 아녜요?"

난 아주 자신 있게 대답했다.

"그럴 리가 없어."

"아저씨가 어떻게 알아요?"

"범인이 나거든."

사실이다. 그걸 보상하는 마음으로 VIP 회원에 가입한 거고. 나를 빤히 바라보던 주변인은 비웃는 얼굴로 대꾸했다.

"아재 개그라는 게 이런 거네요."

안 믿으면 말고. 난 손바닥을 비비며 말했다.

"자, 앞으로 3주간의 계획이 뭐야? 친구하고 여행 가는 건 다 틀린 것 같은데."

주변인의 표정이 어두워졌다. 물을 한 모금 마신 주변인이 대꾸했다.

"그냥 이렇게 집에서 쉬려고요."

"그런 옵션은 우리 계약에 없었는데."

주변인의 얼굴이 벌겋게 상기되었다. 하지만 그 모습만으로는 화가 난 건지 민망해하는 건지 알 수 없었기에 가만히 있었다.

"저도 아저씨 집에 있고 싶어서 있는 거 아니거든요?"

아, 화난 거였군.

"다른 친구는 있어?"

"친구가 있든 말든 아저씨가 무슨 상관이에요?"

종잡을 수 없는 의외성은 열대기후의 스콜보다 더 심했다.

"상관은 없지만 물어볼 순 있는 거잖아."

"여행 가라고 하려는 거 모를 줄 알아요? 그럴 거니까 걱정 마세요."

그 말에 불현듯 불안감이 등골을 훑고 지나갔다. 어쩌면 주변인을 팔아먹은 그 배신자가 유일한 친구일지도 모른다는 불길한 느낌.

화가 난 주변인은 말도 하지 않고 스마트폰만 만지작거렸다. 메신저 앱을 열었다 닫기를 반복했고 거친 손짓으로 SNS에 들어가 이것저것 살폈다. 하아, 또 돈을 써야 할 타이밍인 모양이다.

"통화 좀 하고 올 테니까 잠깐만 기다려."

밖으로 나가서 이쪽으로 안내했던 직원을 불렀다. 친절한 얼굴로 다가온 그에게 현금 십만 원과 신용카드를 건네며 말했다.

"아래 면세점에서 여중생이 좋아할 만한 거 아무거나 하나 사다 주실래요? 가격은 상관없고."

"딜리버리는 이곳으로 해 드릴까요?"

"네, 도착하시면 문자 주세요."

"알겠습니다."

현금과 카드를 다른 직원에게 건네는 그를 보며 다시 별실로 들어섰다. 여전히 분위기는 냉랭했지만 조용하고 나쁘지 않았다.

잠시 창밖으로 시선을 돌려 야경을 바라보았다. 현란한 장치들은 없지만 가로등과 조경이 어울려 나름 활기차 보였다. 제법 늦은 시간이지만 면세점으로 사람을 실어 나르는 셔틀버스가 먹이를 모으는 개미처럼 부지런히 돌아다녔다.

"저한테 왜 그래요?"

갑작스런 말에 돌아보았다. 주변인은 분노한 얼굴로 말을 이었다.

"도대체 저한테 왜 그러시는 건데요? 제가 뭐 잘못했어요?"

아니. 내게 널 맡긴 마누라 잘못이지.

"잘못한 거 없는데."

"그런데 저를 왜 못 내보내서 안달이냐고요! 왜!"

화나서 내뱉는 말끝이 심하게 떨렸다. 치켜뜬 눈이 촉촉해지는가 싶더니 금세 눈물이 고였다. 내가 말했다.

"집에 있고 싶으면 있어도 돼."

"지금 마지못해서 그러시는 거잖아요!"

"그게 불편하면 나가도 되고."

"거 봐요, 나가라는 거잖아요!"

뭘 어쩌라는 거냐. 어쩔 수 없이 최대한 편의를 봐주기 위해 말했다.

"네 맘대로 해."

주변인이 눈물방울을 뚝뚝 흘리면서 말했다.

"지금 화나신 거죠? 그렇죠?"

"아니, 그런 게 아니라…… 하아."

내 한숨 소리를 어떻게 해석한 건지 눈물이 더 많이 줄줄 흘러내렸다. 난 테이블에 있는 냅킨을 집어 주변인 앞에 툭 던져주었다. 하지만 주변인은 내가 준 건 손도 대지 않고 다른 냅킨을 집어 눈물을 닦았다. 중딩의 유치함이 초딩의 그것과 다르지 않다는 생각이 들었다.

그때 문자가 날아왔다. 직원의 문자였다.

"잠깐 나갔다 올게."

별실을 나갔더니 예의 그 직원이 상냥한 표정으로 쇼핑백을 들고 서 있었다. 그는 신용카드와 영수증, 쇼핑백을 건네며 말했다.

"코치 레더 지갑, 신상품입니다. 요새 여중생들한테 인기 있는 모델이랍니다."

영수증을 본 난 깜짝 놀랐다. 4만 8천 원인 줄 알았던 가격을 다시 보니 '0'이 하나 더 붙어 있었기 때문이다. 나도 모르게 직원을 노려봤지만 그는 눈치 없이 웃으며 한마디 더 했다.

"자녀분이 아주 맘에 쏙 들어 하실 겁니다."

이 빌어먹을 놈이 말 한마디로 한 번도 가져 본 적이 없는 망나니 자식을 만들어 줬다. 어떤 식으로든 내 기분을 나타내고 싶었기에 감사 인사도 하지 않고 돌아섰다. 빌어먹을 놈이 남의 돈 가지고 기분 냈구나.

지갑 가장 안쪽에 얇은 정보기관 장비를 집어넣고는 원래대로 쇼핑백에 넣은 후 별실로 들어섰다. 하지만 주변인의 상태는 나갈 때와 별 차이가 없어 보였다. 내가 건넸던 냅킨은 멀리 밀쳐놓고 여전히 자기 냅킨으로 눈물과 콧물을 닦고 있었다. 잔뜩 골이 나 있는 주변인이지만 내가 들고 들어간 쇼핑백에서 시선을 떼지 못했다. 브랜드 로고가 큼지막하게 박힌 쇼핑백은 그 자체만으로 시선을 끄는 모양이었다.

"자."

"뭐예요?"

"선물."

냅킨 놓듯 주변인 앞에 툭 놨지만 이번엔 대우가 달랐다. 자존심 때문에 바로 손대지는 않았지만 시선으로는 쇼핑백 전체는 물론 그 안까지 구석구석 훑고 있었다.

"사과하는 거예요?"

그렇게 생각하든지, 쯧.

주변인은 자존심을 넘어설 만한 명분이 필요했기에, 뻔뻔하게 자기 입으로 명분을 만들어 주고 대답을 강요했다. 이런 모습은 마누라하고 똑같다.

"그래. 기분 풀어."

영수증을 코앞에 들이밀어 보이고 싶었지만 너무 없어 보일까 싶어 참았다. 내가 그러지 않아도 인터넷으로 가격 조회하면 금세 나올 테니까.

마지못해 받는 거라는 듯 손은 천천히 움직이고 있었지만 초롱초롱 빛나는 눈빛만큼은 어쩔 수가 없는 모양이었다. 지갑을 꺼낸 주변인의 눈에서 웃음이 떠올랐다가 금세 사라졌다. 코스 요리가 나오기 시작했고 나는 나오는 족족 먹어 치웠지만 주변인은 지갑을 살피느라 식사는 뒷전이었다.

"식으면 맛없어."

"먹고 있어요."

언제 울었냐는 듯 미소까지 지으며 말했다.

"구두도 사야겠어요."

백이 아니라 지갑인데도 어울리는 구두를 사야 한다고?

"파란색 구두는 너무 튀어 보이겠죠?"

"글쎄."

시큰둥한 내 반응에 기분이 상했는지 지갑을 풀어 다시 쇼핑백에 집어넣었다. 내가 또 뭔가 잘못한 건가? 불안한 마음으로 물었다.

"왜 그래?"

주변인은 한숨을 내쉬고는 포크로 음식을 깨작거리다가 입을 열었다.

"아빠 생각했어요."

"만나면 되잖아."

"새아빠 말고, 친아빠요."

음식을 열심히 입으로 실어 나르던 포크를 우뚝 멈춰 세웠다. 이건 또 뭔 소리야. 이혼한 아빠가 친아빠가 아니었어?

"아빠가 살아 있었으면 생일 때마다 이렇게 밥도 사 주고 선물도 사 줬을 텐데."

"언제 돌아가셨는데?"

"몰라요."

"엄마가 안 알려 주셔?"

주변인이 또 비웃었다. 아까보다 더 노골적으로 비웃으며 말했다.

"엄마는 지금 아빠가 내 친아빠래요. 그런 말도 안 되는 소리를 제가 믿을 거라고 생각하나 봐요."

별실에 들어와 처음으로 흥미가 생겼다. 엄마와 딸의 말이 다르다는 건 뭔가 비밀이 있다는 걸 의미하니까. 비밀을 캐내는 건 재미있다. 그 추한 모습이 왠지 내 속을 편안하게 만들어 주었기에 관심을 가지고 물었다.

"왜 그렇게 생각해?"

"개 같은 놈이 아빠일 리가 없으니까."

강렬한 말에 나도 모르게 멈칫했다. 개 같은 놈에게 욕하는 건 문제 될 게 없지만, 그 개 같은 놈이 아빠라는 건 내게도 강렬하게 다가왔다. 주변인이 반항 섞인 눈으로 노려보며 되물었다.

"왜요? 뭐 잘못됐어요?"

서슬 퍼런 기색에 자동으로 고개를 가로저었다. 주변인이 말을 이었다.

"설교 같은 거 할 생각 마세요. 피나도록 들어서 웬만한 얘기는 들리지도 않으니까."

분위기상 입을 다물어야 했지만 도저히 궁금해서 참을 수가 없었다.

"아빠가 왜 개 같은 놈이야?"

"그야 개 같은 짓은 다 하는 놈이니까."

난 개를 키운다. 그렇기 때문에 개 같은 짓이 뭔지 잘 안다. 먹고, 자고, 싸고, 침 흘리고, 털 빠지고. 가장 짜증 나는 건 산책 나갔을 때다. 다른 개만 지나가면 물어뜯을 듯이 지랄을 한다.

"아빠도 산책만 나가면 이상해지시냐?"

내 딴엔 농담이었지만 주변인은 무표정한 얼굴로 바라보기만 했다. 무안했지만 그렇지 않은 척하며 물었다.

"그 개 같은 짓이란 게 뭔데?"

말하고 싶지 않은 듯 주변인은 시선을 내리깔았다.

"말하고 싶지 않으면 말하지 않아도……."

주변인이 입을 열었다.

"술 마시면 개가 된다는 게 뭔지 알죠?"

아, 그쪽 계열이었군. 주변인이 포크로 음식을 뒤적거리며 말을 이었다.

"부수고 때리고 욕하고. 하루 이틀이 아니에요."

"그런 아빠들이 있지."

내 추임새가 맘에 안 들었는지 주변인이 도끼눈을 뜨며 말했다.

"친아빠 아니라고요."

"알았다고."

시큰둥한 대답에 주변인의 언성이 올라갔다.

"그런 개 같은 놈이 친아빠일 리도 없지만 술만 처먹으면 저한테……."

주변인이 잠시 입을 다물고 뜸을 들였다가 말을 이었다.

"걸레라고 그랬어요. 창녀라고."

주변인의 말이 사실이라면 개 같은 놈이 분명하다. 하지만 어디까지나 주변인의 일방적인 주장이었기에 단언할 순 없었다. 십 대는 상상력과 거짓말을 혼용해서 사용하고는 그로 인한 결과에 대해서는 무책임한 종족이니까.

"엄마도 들었어?"

"네, 그런 욕은 엄마한테 퍼붓다가 저한테 하거든요."

그래도 친아빠가 아니라는 근거는 되지 못했다.

"심했네. 그럴 때 엄마는 뭐라고 그러셔?"

주변인이 픽 웃으며 나를 바라보았다.

"딸한테 걸레라고 욕하는데, 엄마라면 말리는 게 정상 아니에요?"

"뭐라고 하셨는데?"

"너 같은 걸레만 없었으면 집이 이렇게 엉망진창이 되지는 않았을 거예요."

급속도로 흥미가 사라져 갔다. 안 그래도 빈약한 신빙성이 점점 사라져 갔기 때문이다. 주변인의 말이 모두 상상력이라면 소설을 권하고 싶다. 막장 드라마 작가로 대성할 수도 있을 것 같고. 주변인이 말을 이었다.

"엄마도 친엄마가 아닌 게 분명해요."

주변인의 엄마인 이혼녀의 인상을 떠올렸다. 미인형까지는 아니지만 선해 보이는 얼굴이란 점 외에는 눈에 띌 만한 특징은 없었다. 그렇다고 딸에게 걸레라는 욕을 할 리가 없다고 단정할 순 없다. 경험상 생긴 대로 노는 사람은 없다는 걸 알고 있다. 사기꾼들이 사기를 치는 첫 단계는 외모에서 시작되니까.

상황을 요약하자면, 엄마는 친아빠 친엄마라고 주장하고 있는 거고, 주변인은 친부모가 아니라고 주장하고 있는 상황이다. 부모와 자식 간의 신뢰가 바닥인 모양이다.

내가 물었다.

"친엄마가 아닌 건 언제 알았어?"

여전히 포크로 음식을 뒤적거리며 주변인이 진지한 표정으로 대답했다.

"진작부터 알았어요."

"언제부터?"

"태어나기 전부터."

그럼 그렇지. 주변인의 말 한마디에 결론이 내려졌다. 가족의 비밀은커녕 중딩의 상상력이었다. 흥미를 가졌던 내가 미친 놈이다.

주변인의 스마트폰에 메시지 도착을 알리는 소리가 들렸다. 스마트폰 중독자치고 메신저를 안 한다 싶었는데, 아니나 다를까 소리가 나자마자 만사를 제치고 스마트폰을 집어 들었다. 메시지를 본 주변인은 복잡한 얼굴로 한참 바라보기만 했다.

그러다 메시지를 보내고는 내게 말했다.

"옷은 다음에 사야 할 것 같아요. 친구 만나러 가야 해요."

쇼핑백을 놓고 일어서는 주변인에게 물었다.

"친구 누구?"

"혜주요. 전에 같이 봤던 친구."

배신자를 끝까지 친구라고 하는 주변인의 인성이 헷갈렸다. 착한 건지 못된 건지 명확하지가 않아서.

나가려는 주변인을 팔로 가로막으며 다급하게 물었다.

"지갑 안 가져가?"

쇼핑백을 힐끗 쳐다본 주변인이 말했다.

"나중에 쓰려고요."

나는 쇼핑백에서 지갑을 꺼내며 주변인에게 손짓을 했다.

"지갑 줘 봐."

"없어요."

"어허."

짐짓 근엄한 표정으로 바라보자 주변인은 마지못해 카드 지갑을 꺼내 주었다. 교통카드와 지폐 몇 장이 아무렇게나 꽂혀 있는 카드 지갑의 내용물들을 새 지갑에 옮기고 건네주었다.

"낡으면 또 사 줄 테니까 부적처럼 지니고 있어. 알겠어?"

정말 부적처럼 생각해야 할 거다. 주변인은 싫지 않은 표정으로 지갑을 받으며 말했다.

"알겠어요."

"바래다줄까?"

지갑을 챙긴 주변인은 고개를 가로젓고는 문밖으로 사라졌다. 잠시 기다렸다가 휴대폰을 켰다. 스마트폰 앱을 통해 빨간 점이 반짝이며 조금씩 움직이는 게 보였다. 빨간 점을 보며 따라갈지 말지 잠시 갈등했지만 결국 계산서를 들고 일어섰다. 귀찮은 건 순간이지만, 마누라에게 갈굼을 당하는 건 영원하다는 사실을 알고 있기 때문이었다.

계산을 하는 동안 화면의 빨간 점이 빠르게 이동하는 걸 보고는 서둘러 움직이기 시작했다. 추적 범위를 벗어나면 따라갈 수 없기 때문이다.

5. 학교 가는 길

주변인이 택시를 타고 도착한 곳은 학교 뒤였다. 거리를 두고 차를 세운 나는 학교를 둘러보았다. 학교라는 곳은 예나 지금이나 낮과 밤의 느낌이 상반된 곳이다. 낮엔 가장 활기차게 보이는 곳이지만 밤만 되면 을씨년스럽기 그지없는 곳으로 변했다. 주변인은 정문이 아닌 후문 근처에서 내려 주변을 살피고는 후문 쪽으로 향했다. 정확히는 후문 옆 펜스였고 펜스를 향해 손을 몇 번 움직이고는 벽 통과 마술처럼 펜스 안으로 사라졌다.

"왜 저래?"

당황스러워서 그렇게 중얼거리면서도 습관적으로 주변의 CCTV 위치를 확인했다. 후문 기둥에도 CCTV는 있었지만 한쪽 방향만 비추고 있었고 주변인이 열고 들어간 펜스는 사각지대에 있었다. 내게 자식이 있다면 이렇게 보안이 허술한 학교에는 보내지 않았을 거다. 글러브 박스에서 도청 수신 장치를 꺼내 전원을 올렸다. 약간은 숨이 찬 주변인의 목소리가 들렸다.

— 할 얘기가 뭔데?

주변인의 냉랭한 질문에 그녀의 친구 목소리가 들렸다.

— 불안해 죽겠어.

— 그럼 죽어. 너 때문에 이렇게 된 거니까.

— 미안하다고 했잖아.

— 그게 미안한 사람 태도야?

— 그럼 내가 어떻게 했으면 좋겠어? 정말 죽기라도 할까?

— 네 맘대로 해.

주변인의 시크한 태도에 차 안에서 나도 모르게 탄성이 나왔다. 친구가 말했다.

— 어쩌면 말을 그렇게 해? 너는 정말 아무렇지도 않아?

— 둘도 없는 친구라고 생각했던 애한테 뒤통수를 맞았는데 아무렇지도 않을 리가 있어?

잠시 말이 없던 주변인이 당황한 목소리로 말했다.

— 뭐, 뭐 하는 거야? 일어나.

— 내가 이렇게 무릎 꿇고 빌 테니까, 엄마한테는 말하자.

— 미쳤어?

주변인의 격한 반응에 친구의 목소리도 강해졌다.

— 미쳤냐고? 걔네들이 우릴 그냥 둘 것 같아? 그 아저씨가 애들 다 죽였다며!

역시 중딩들은 과장이 심하다. 죽일 생각을 아주 잠깐 했을 뿐, 때려서 기절시킨 것에 불과하다. 그런 것 가지고 죽였다니. 아주 괴팍한 상상력이다.

주변인이 발끈한 목소리로 대꾸했다.

— 죽이긴 누가 죽여? 헛소리하지 마.

— 네가 몰라서 그래. 다 죽었어.

— 꿈꿨냐? 헛소리 그만해. 넌 그때 차에만 있었잖아. 그리고 엄마한테 말하면? 그러면 뭐가 달라지는데?

— 경찰에 신고하겠지.

— 그래, 경찰에 신고하겠지. 그리고 경찰은 학교 찾아와서 우리가 성매매하려던 것까지 다 떠벌리고 가겠지. 그럼 애들 귀에 안 들어갈 것 같아? 또 선생들은 우릴 어떻게 볼 것 같아?

— 우리가 원해서 그렇게 된 게 아니잖아.

주변인은 콧방귀를 뀌며 대꾸했다.

— 넌 정말 물건 훔쳐서 도둑년 취급받고 왕따당한 거였어?

주변인의 말에 친구의 목소리가 들리지 않았다. 정적만으로도 친구가 충격을 받았다는 걸 어렵지 않게 알 수 있었다.

주변인이 말을 이었다.

— 우리가 원해서 그렇게 된 게 아닌 거 맞아. 그런데 그걸 애들이 상관이나 할 것 같아? 그 얘기가 애들 귀에 들어가는 순간, 우린 그냥 조건이나 하고 다니는 걸레가 되는 거야. 그렇게 당하고도 아직 그걸 몰라?

— 이, 이건 다르잖아.

— 뭐가 다른데? 난 너하고 딱 한 번 밥 같이 먹었다는 이유로 지금까지 왕따를 당하고 있어.

— 누, 누가 나랑 밥 먹으래?

— 뭐?

이번엔 주변인이 한 방 먹은 듯 정적이 흘렀다. 친구가 말을 이었다.

— 네, 네가 먼저 같이 먹자고 한 거잖아.

— 말 다 했어?

— 그게 사실이잖아.

주변인은 콧방귀를 뀌고는 한동안 말을 잇지 못했다. 이건 나도 좀 짜증 난다. 피해를 입은 애들은 심리적으로 위축되어 저럴 수 있다고는 하지만, 내가 중딩 심리 상태까지 이해할 필요는 없잖아. 어린애들도 저런 캐릭터가 있다는 사실이 흥미로웠다. 볼륨을 좀 더 올렸다. 라디오 드라마가 이렇게 재미있을 줄은 미처 몰랐다.

침묵을 깨고 주변인이 입을 열었다.

— 불쌍해서 그랬다, 불쌍해서. 병신같이 움츠리고 다니는 꼴이 하도 안돼 보여서 같이 먹어 준 거라고.

— 뭐? 말 다 했어?

— 너 때문에 나까지 왕따로 살았지만, 내가 네 탓 한 적 있었어? 그리고 이번에 날 끌어들인 것도 탓하지 않았어. 그런데 너는 내 부탁 하나를 못 들어줘?

— ……

— 혜주야, 나한테 미안하면 날 위해서 이번 한 번만 그냥 묻어 두자. 응?

— 그 애들이 가만두지 않을 거야.

— 아직 아무 일도 안 벌어졌잖아. 벌어지지도 않은 일 가지고 왜 이렇게 호들갑이야?

말이 없는 친구에게 주변인이 차분한 목소리로 말을 이었다.

— 혜주야, 만약 이런 게 벌어지면 그냥 왕따로 끝날 일이 아니야. 창녀로 찍히면 우리 신상 다 털리고 평생을 숨어 지내야 할 거야. 마녀사냥을 당할 거라고.

뇌가 덜 자란 중딩에게도 심각한 고민이 있을 수 있다는 걸 알았다. 두 사람 말 모두 일리가 있었기에 어느 쪽 방안이 현명한 건지 판단하기가 어려웠다. 친구가 뭔가 결심한 목소리로 말했다.

— 난 아니야. 더 이상 왕따당하지 않을 거야.

— 그래. 잘 생각했어. 몇 개월만 참으면 졸업이니까 조금만 참아.

— 여기서 잠깐만 기다려 줄래? 생각 좀 하고 올게.

— 그래, 알았어.

그 이후로 주변인의 한숨 소리 외에는 들리지 않았다. 몇 분을 기다려도 말소리가 들리지 않았기에 라디오를 켰다. 음악을 찾아 채널을 돌리다가 뉴스 속보가 귀에 들어왔다.

— 사건 사고 소식입니다. 십 대로 보이는 남자 시신 네 구가 인적이 드문 폐가에서 발견되었습니다. 경찰은 폭력적 충돌

에 의한 것으로 추정하고 정확한 사인을 밝히기 위해 수사 중
입니다.

　살인으로 연간 수천 명이 넘게 죽어 나가는 상황에서 네 구
의 시체가 뉴스거리가 된다는 것 자체가 신선했다. 물론 나도
그런 삭막한 풍토 조성에 일조한 건 사실이지만 적어도 최근
몇 년 동안은 기부도 하면서 조용히 살았다. 음악 채널로 넘어
가려는 찰나에 도청 수신기에서 주변인의 당황한 목소리가 들
렸다.

　— 뭐야? 쟤들이 여기 왜 있어?

　재빨리 라디오를 끄고 도청 수신기의 볼륨을 더 올리면서
귀를 기울였다.

　— 걸레 같은 년이 말하는 싸가지 봐라.

　제삼의 목소리였다. 주변인은 그녀의 말은 무시하고 친구에
게 물었다.

　— 혜주야, 지금 뭐 하는 거야? 은정이 쟤가 왜 여기 있는 거
냐고?

　친구가 떨리는 목소리로 대답했다.

　— 난 더 이상 왕따당하지 않을 거야. 은정이가 난 안 괴롭
히기로 했어.

　은정이라 불린 제삼의 목소리가 친구의 말을 이어받았다.

　— 당연히 그래야지. 이렇게 재미있는 이야기를 들려줬는데
이젠 친구로 지내야지. 오늘부터 혜주는 내 친구야.

　주변인의 호흡이 거칠어졌다.

— 혜주야, 너 쟤들한테 다 말한 거야? 전부 다?

맞불. 친구가 선택한 건 맞불이었다. 불에 타지 않기 위해서 맞은편 방향에서 미리 불을 놓는 방법. 이번 경우는 친구가 주변인을 팔아넘긴 케이스지만.

— 이혜주, 이 바보 같은 년아!

주변인의 고함 소리에 반응한 건 은정이었다. 목소리만 들어도 바르게 자란 것 같지 않은 애.

— 저년이 미쳤나, 내 친구한테 욕을 해? 걸레 년이 뭐가 잘났다고 소리를 질러?

주변인은 은정의 말은 무시하고 친구에게 저주를 퍼붓듯 말했다.

— 혜주, 넌 멍청해서 고등학교 가서도 왕따당할 거야.

은정의 목소리가 튀어나왔다.

— 나 무시하냐? 나랑 말도 섞기 싫다, 이거야?

둔탁한 소음과 함께 고통에 찬 주변인의 신음 소리가 들렸다. 라디오 드라마를 듣는 것처럼 차 안에 앉아 있던 나는 주변인의 신음 소리를 듣고 나서야 마누라의 얼굴이 떠오르며 정신이 번쩍 들었다. 수신기를 주머니에 넣고 도청을 하면서 휴대폰의 빨간 점을 따라 학교 안으로 들어갔다. 후문 옆 펜스에 애들이 만들어 놓은 개구멍이 좁긴 했지만 못 들어갈 정도는 아니었다.

— 몇 명이랑 잤냐? 얼굴이 반반해서 늙은이들한테 인기 좀 있지? 더러운 년.

어디를 어떻게 맞았는지 주변인의 숨소리가 거칠어졌고, 그럴수록 내 발걸음도 빨라졌다. 은정의 목소리가 들렸다.

— 혜주 저년이 멍청하긴 하지. 몇 마디 했더니 널 이리로 불러내더라고. 저런 년은 친구도 아니야.

주변인의 숨 가쁜 목소리가 들렸다.

— 왜 그런 거야?

은정은 간단명료하게 대꾸했다.

— 돈이 필요해서.

— 뭐?

— 너희는 무슨 깡으로 성연이 언니한테 엉겼어? 무슨 짓을 한 거야?

성연이? 뉴 페이스인가?

문이 열리는 소리와 함께 익숙한 여자애의 목소리가 들렸다.

— 애꾸를 만들었어, 저 개 같은 년들이.

나도 모르게 우뚝 멈췄다. 폐가에서 내게 맞은 여자애의 목소리였다. 휴대폰 화면을 보자 빨간 점은 학교 뒤 창고에서 멈춰 있었다. 나는 창고를 향해 달리기 시작했다. 애꾸눈이 말했다.

— 수고했어.

은정이 깍듯이 대답했다.

— 고마워요, 언니. 잘 쓸게요. 애는 어떻게 해요?

— 혜주? 놓고 가. 두 년 다 데리고 갈 데가 있거든.

당황한 주변인 친구의 목소리가 다급하게 들렸다.

— 으, 은정아, 은정아!

은정이 말했다.

— 언니가 데리고 갈 데가 있다잖아.

— 약속했잖아, 은정아!

— 손 치워, 이 걸레 같은 년아. 성병 걸린 손을 어디 대는 거야?

그렇게 말하고 저희들끼리 낄낄거리는 소리가 들렸다. 학교 뒤 창고가 가까워지자 수신기에서 들리는 문 열리는 소리가 실제로도 들렸다. 창고에서 은정 일행으로 보이는 여자애 세 명이 나오는 것이 보였다. 그리고 그들 뒤로 서너 명의 남자가 창고로 들어가는 게 보였다. 애꾸눈을 내가 과소평가했다는 생각이 들었다. 실명을 하고도 이렇게 빨리 움직일 줄은 예상도 못했기 때문이다. 은정 일행은 창고 앞에서 담배를 피워 문 채 구경하고 있었다.

머릿수가 많아서 어떻게 할지 구상을 하던 중, 창고에서 남자 둘에게 잡혀 끌려 나오는 주변인 친구가 보였다. 친구를 데리고 두 명의 남자가 뒤쪽에 반쯤 열려 있는 문으로 향하는 것이 보였다. 무슨 학교에 문이 이렇게 많은 건지 원망하기도 전에, 문 앞에 세워 둔 승합차를 발견하고는 반사적으로 창고를 향해 달렸다. 창고에서 주변인을 끌고 나오는 남자와 애꾸눈의 모습을 발견하고 더 빨리 달렸지만 생각보다 먼 창고와의 거리가 당황스러웠다.

"빨리빨리!"

나를 발견한 애꾸눈이 남자들을 다그치며 서둘러 승합차 쪽으로 뛰어가는 게 보였다. 주변인을 승합차에 태우는 순간 내 명줄도 줄어들 것이 분명했다. 한쪽 눈까지 잃은 애꾸눈이 주변인을 그냥 놔둘 리가 없었고, 상처라도 났다간 마누라가 날 산 채로 잡아먹을 테니까.

그때 학교 건물에서 칼을 든 괴한 하나가 나오는 것이 보였다. 그제야 애꾸눈 뒤에 조직이 있을지도 모른다는 막연한 생각이 확신으로 바뀌었다. 학교에서 나오던 놈은 내게 덤비려는 듯 멈칫했지만, 차에 오른 애꾸눈의 성화에 할 수 없이 뛰어서 차에 올랐다. 창고를 지나 문 앞까지 거의 다다랐지만 붙잡기에는 이미 늦은 것을 깨닫고 왔던 길로 다시 뛰기 시작했다.

승합차가 출발하는 소리에 추적 장치 범위를 벗어날까 봐 마음이 조급해졌다. 강 건너 불구경하듯 담배를 피우고 있던 은정과 일행 두 명이 내 동선 근처로 오더니 다리를 걸려는 듯 장난스럽게 발을 내밀었다.

나는 급한 와중에도 그 애의 **뺨**을 있는 힘껏 후려갈겼다. 그 애는 소리도 없이 쓰러졌고 그 애의 일행이 대신 내게 욕을 퍼부었다.

"야이 개새끼야!"

남은 두 명도 손봐 주고 싶었지만 그럴 시간이 없었기에 무시하고 달리기만 했다.

차에 오르자마자 휴대폰을 손에 들고 움직이기 시작했다. 빨간 점은 학교 주변의 좁은 도로를 벗어나 큰 도로에 합류했지만 교통량 때문인지 움직임이 더뎠다. 골목길에서 사람을 피해서 가긴 했지만 속도가 느리진 않았기에 행인들의 고함 소리가 들렸다. 내게 타인의 이목을 끄는 건 금기 행위지만 천천히 갈 수는 없었다.

큰 도로에 들어서는 순간 더디게 움직이던 빨간 점에 속도가 붙기 시작했다. 정체 구간을 지났을 때는 빨간 점과의 거리가 제법 벌어진 상태였다. 그나마 다행인 것은 빨간 점을 나타내는 신호가 아직 꺼지지 않았다는 점이다.

골목길과 큰 도로를 가리지 않고 빨간 점이 향하는 방위를 향해 무작정 달리기 시작했다. 화면 밖에서 방향만 나타내던 빨간 점이 드디어 화면 안으로 들어섰다. 속도는 좀 줄었지만 여전히 이동 중이었기에 안심할 수 없었다. 그동안 차 안에서 애꾸눈이 주변인을 때리지 않기만을 바랄 뿐이다.

승합차가 내 시야에 들어온 것은 한적한 골목길에 들어섰을 때였다. 승합차를 따라 골목으로 들어서는 순간, 뒤에서 밝은 헤드라이트가 켜지며 따라오는 게 보였다. 앞쪽에는 승합차와 내 차 사이로 또 다른 차가 골목에서 나왔다. 승합차는 보내고 내 차를 포위한 것이다. 생각보다 전략적으로 움직이는 모습에 잔뜩 신경이 곤두섰다.

뒤쪽에서 맹수처럼 노리던 차가 헤드라이트를 번쩍거리며 굉음과 함께 달려들었다.

내가 할 수 있는 건 앞으로 돌진하는 일뿐이었다. 앞차를 정면으로 받으면 움직일 수 없게 되기 때문에 방향을 살짝 틀었다.

앞차를 속이기 위해 왼쪽으로 차 방향을 틀었다가 다시 반대로 돌리며 치고 나갔다.

앞차가 나를 가로막으려 했지만 반응이 늦어 내 차의 사이드미러만 부서뜨렸다.

벌어진 내 차 뒤 범퍼와 앞차의 앞 범퍼가 서로 걸렸지만 놈의 범퍼가 뜯기며 빠져나왔다.

놈들의 덫을 빠져나온 나는 앞뒤 가리지 않고 저만치 가고 있는 승합차를 향해 달려들었다.

승합차가 코너를 돌아가려는 순간, 속도를 더욱 올려 승합차의 측면을 들이받았다. 균형을 잃은 승합차가 기우뚱하며 옆으로 쓰러졌다. 가속페달을 밟아 쓰러진 승합차를 그대로 벽쪽으로 밀어붙였다.

내 차의 헤드라이트가 깨지며 주변이 어두워졌지만, 뒤에서 쫓아오던 차들이 뿜는 불빛에 금세 밝아졌다.

차에서 내려 내 차 보닛을 밟고 올라갔다. 그러고는 옆으로 누워 있는 승합차 위로 올라가 문을 열었다.

뒤쪽을 들이받았지만 옆문은 반만 열렸다. 하지만 안에서 주변인을 꺼내기에는 충분한 폭이었다.

놈들이 충돌의 여파로 정신을 못 차리는 틈을 타 주변인을 찾았다.

다급했기에 손에 잡히는 대로 주변인의 팔목과 머리끄덩이를 잡고 끌어 올렸다.

주변인을 승합차에서 꺼내 길에 내려놓으려는 순간, 뒤쫓아

온 차가 달려와 누워 있는 승합차를 들이받았다.

중심을 잃은 나는 주변인과 함께 내 차 보닛 위에 떨어졌다.

이쯤 되면 내게도 절제할 방법은 없었다. 방금 승합차를 박은 차의 깨진 차창을 통해 운전자의 머리끄덩이를 잡고는 비틀어 버렸다.

놈의 몸이 축 처지는 걸 보기도 전에 또 한 대의 차가 내 차 뒤를 들이받았다.

그 바람에 보닛 위에 올려 둔 주변인이 승합차 쪽으로 밀려 나갔다.

내 차를 밟고 뒤차 위로 뛰어내렸다. 놈의 차가 후진을 하는 바람에 균형을 잃고 바닥으로 떨어졌다.

놈은 다시 굉음을 내며 나를 향해 달려들었다. 간신히 몸을 굴려 피하는 건 성공했지만 그 충격에 주변인이 내 차와 승합차 사이로 떨어졌다. 한 번만 더 들이받으면 주변인이 죽을지도 모르는 상황이었다.

놈은 차를 다시 후진시켰다. 나는 혼신의 힘을 다해 운전석으로 달려들어 유리창을 깨고 놈의 머리끄덩이를 잡아 뺐다.

"이거 놔, 새끼야!"

욕을 하면서 놈은 내게 뭔가를 휘둘렀다. 회칼이었다.

놈이 휘두른 칼에 팔목을 베였지만 머리카락을 움켜쥔 손을 놓지 않았다. 체중을 실어 놈의 머리를 깨진 유리 창틀에 있는 힘껏 내리찧었다. 충격에 잠시 주춤한 틈을 타 칼을 빼앗아 놈의 목에 깊숙이 찔러 넣었다. 충격을 받은 표정으로 나를 돌아보던 놈의 몸이 앞으로 기울었고, 차가 앞으로 달려 나가기 시작했다.

놈의 차가 내 차 뒤를 받는 날엔 주변인의 생명도 보장할 수 없었다.

갑자기 움직인 차 때문에 내 몸이 바깥쪽으로 휘청거렸지만 간신히 균형을 잡고 운전석 안으로 손을 뻗었다. 그리고 운전대를 있는 힘껏 잡아 돌렸다.

끼익거리는 소리와 함께 차의 방향이 옆으로 휘며 돌아갔지만 여전히 내 차를 받을 수 있는 진로였다.

사이드브레이크를 잡아 올리자 차의 방향이 완전히 바뀌며 내 차로 향해 있던 궤적을 벗어날 수 있었다.

차는 뒤뚱거리며 옆 벽면을 들이받았다.

하지만 쉴 틈은 없었다. 승합차 위로 기어 나오는 놈들이 보였기 때문이다.

차 사이에 끼어 있는 주변인을 안아 차에 태우고 운전석에 올라앉았다.

보닛 위로 한 놈이 뛰어내리는 게 보였기에 빠르게 후진을 했다. 균형을 잃은 놈이 차 아래로 떨어졌다.

승합차에서 나온 놈들은 비틀거리면서도 후진하는 내 차를 향해 달려왔다.

골목길 끝까지 나온 나는 자동차 방향을 돌려 큰 도로로 빠져나왔다. 후방 카메라는 박살나서 화면이 안 나왔고 사이드미러는 모두 떨어져 나갔다. 멀쩡한 거라고는 룸미러밖에 없었기에 뒤를 힐끗거렸지만 뒤쫓아 오는 놈은 없어 보였다.

추격해 오는 놈이 없다는 것을 깨닫고 나서야 긴장이 좀 풀렸다. 그제야 조수석에 대충 쑤셔 넣은 주변인을 바라보았다. 깨진 유리 조각에 긁혀 얼굴이 엉망이 되어 있었다. 그 꼴을 보는 순간 한숨부터 나왔다. 3주 안에 저 상처가 흉터까지 없어질 수 있을지부터 걱정이 되었다. 안전벨트를 채워 주며 살폈다. 치명적인 상처를 입은 것 같지는 않지만 역시 얼굴의 상처는 흉터가 생길 가능성이 높아 보였다.

내가 그러는 동안에도 주변인은 마치 자는 것처럼 눈을 감고 미동도 하지 않았다. 하지만 잠든 것은 아닌 게 곧 밝혀졌다.

"아저씨."

갈라지고 가라앉은 목소리였다.

"왜?"

"아파요."

"집에 들렀다가 병원에 가자. 폐가 있는 그 길로 지나가야 빨리 갈 수 있는데, 괜찮지?"

주변인은 말이 없었지만 어차피 의견을 구하는 게 아니었기에 개의치 않았다.

"혜주는요?"

"친구도 있었어?"

그제야 주변인이 눈을 뜨고 나를 돌아보았다. 보면 어쩔 건데? 관계도 없는 애 구하러 다시 갈 생각은 없다. 더구나 친구 팔아먹는 그런 파렴치한 인간은.

"혜주 놓고 왔어요?"

주변인에게 감사의 말을 기대하는 건 아니지만, 최소한 보따리 내놓으라는 식의 태도까지 이해할 생각은 없었다.

"정신이 없어서."

내 짧은 대답에 다행히도 주변인은 다시 돌아가자는 말을 하지는 않았다. 주변인은 들리지 않는 소리로 중얼거리고는 입을 다물었다.

그걸 끝으로 우리 두 사람은 말이 없었다. 난 체력적으로 지쳐서 그랬고 주변인은 정신적인 충격을 받아서였다. 쌔근거리는 소리에 돌아보니 어느새 잠이 들어 있었다. 자는 얼굴이 그제야 애 같아 보였다. 마누라나 주변인이나 날 귀찮게 하지 않을 때가 제일 예뻤기에 잠든 모습이 제일 예뻐 보였다.

어느새 예의 폐가가 있는 길로 접어들었다.

평소 같으면 차량 출입이 거의 없는 곳인데 지금은 이상하게 차량이 많았다. 길을 따라 가고 있는 차들을 주시하며 속도를 줄였다. 고물상이 있는 곳에 이르자 여기저기 정차한 차량이 많아졌다. 그 차 사이로 정복 경찰의 모습이 보였기에 반사적으로 브레이크를 밟았다. 정복 경찰은 의심스러워하는 눈빛으로 다가왔다.

"범죄 현장입니다. 돌아가세요."

그렇게 말하면서도 경찰은 내 차를 이곳저곳 훑어보며 계속 다가왔다. 난 최대한 상냥한 목소리로 말했다.

"아, 그런가요? 알겠습니다."

그때 정복 경찰 뒤로 사복을 한 남자가 다가오며 큰 소리로 말했다.

"잠깐만요."

내 또래로 보이는 사내는 한눈에 봐도 형사라는 것을 알 수 있었다. 그는 범죄 현장과는 어울리지 않는 밝은 표정으로 내 차를 향해 다가오며 물었다.

"어디 오지라도 다녀오신 거예요? 비싼 차가 아주 엉망이 됐는데요."

"접촉 사고가 좀 있었습니다."

형사는 의심스러워하는 시선으로 바라보며 건성으로 대답했다.

"아, 그래요?"

그는 차에 가까이 다가오다 조수석에서 조용히 자고 있는 주변인을 발견하고 깜짝 놀랐다. 그러고는 작은 목소리로 물었다.

"따님은 괜찮으세요?"

"안 그래도 지금 병원에 가는 길입니다."

형사는 주변인은 물론 차 내부를 빠르게 훑어보며 말했다.

"사고 현장에서 구급차를 부르셨어야죠."

나는 머리를 긁적이며 대꾸했다.

"애가 싫다고 고집을 부려서⋯⋯."

"그렇군요. 애들 키우기 참 힘들죠?"

난 그냥 웃는 것으로 대답을 대신했다. 형사가 말을 이었다.

"이런 상태로 다니시면 안 됩니다."

"바로 공장에 넣을 겁니다. 비싼 차라 레커차로 옮기기 좀 그래서……."

형사는 차를 둘러보며 말했다.

"이런 거 얼마나 해요?"

"좀 무리해서 샀습니다."

"그 마음 이해하죠. 저도 제 차 지를 땐 이래도 되나 싶었거든요."

분위기가 좀 누그러진 것 같아 형사에게 물었다.

"그런데 무슨 일 났어요?"

형사가 차 지붕 위에 팔꿈치를 얹으며 말했다.

"저 뒤쪽 폐가에서 살인 사건이 났어요."

그의 말을 듣는 순간 라디오에서 들은 뉴스가 머릿속을 스쳐 지나가며 심장이 덜컥 내려앉았다. 무의식중에 주변인을 돌아보았지만 다행히 깊은 잠에 빠져 있었다.

"살인요?"

"십 대 애들이 칼에 맞았어요. 목격자가 신고하기 전에 인터넷에 먼저 올리는 바람에 아주 더럽게 꼬여서, 보시다시피 아직까지 현장 수사 중입니다."

꼬였다. 깊게 따져 보지 않아도 꼬여 버린 것만은 분명했다. 운전대를 붙잡고 있는 내 손이 떨렸다. 형사는 깨진 창문을 통해 나를 빤히 바라보며 물었다.

"이쪽 길로 자주 다니십니까?"

"네? 아, 가끔요. 지름길이라서."

"아, 그래요?"

형사는 미소 띤 표정으로 내 얼굴과 손을 훑어보고는 차에서 손을 떼며 말했다.

"그럼 수고하세요."

"네, 그럼."

내 차를 빤히 바라보는 형사의 모습이 룸미러를 통해 비쳤다. 그의 얼굴에서는 미소를 찾아볼 수 없었다.

주변인을 돌아보았다. 오늘 겪은 일 때문에 놀라서 그런 건지 새근새근 잘도 잤다. 다행이었다. 폐가의 녀석들이 모두 죽었다는 사실을 알게 되면 안 그래도 험한 꼴을 많이 당한 주변인이 또 충격을 받을 테니까.

누가, 왜 그랬는지 궁금했다. 내 짓이 아니라는 건 그 누구보다 내가 가장 잘 알고 있었기에 추리소설 속 범인의 정체만큼이나 궁금했다.

6. 대화

누가 죽였을까?

폐가에 있었던 건 애꾸눈 여자애를 포함해서 다섯 명이었는데 시체로 발견된 건 남자애들 넷뿐이다. 그러면 나머지 하나가 범인인 것은 자명한 일이다. 그런데 두 가지가 마음에 걸려 의문이 들었다. 우선, 애꾸눈이 범죄에 익숙한 건 알겠지만 살인을 할 타입은 아닌 것처럼 보였다. 상대가 기절해서 무방비 상태라고 해도 살인은 보통의 각오로 할 수 있는 일이 아니다. 무엇보다 실명과 뇌진탕인 상태로 사람을 죽이는 건 쉽지가 않다는 것이다. 제삼자가 죽였을 확률이 높다고 생각하는 부분이다. 현장을 가 보면 단서를 찾을 수도 있지만 거기 다시 찾아갔다간 어젯밤에 만난 형사의 의심만 키울 게 분명했다.

"아저씨."

주변인이 아내의 반바지와 셔츠를 입은 채 방금 샤워한 얼굴로 서재 입구에 서 있었다. 어제 쓰고 책상에 올려 둔 구급약 상자를 들고 맞은편 의자를 가리켰다.

"앉아."

처음엔 어색해하던 주변인은 익숙하게 의자에 앉아 두 손을 내리고 얼굴을 내밀었다. 어제 치료한 밴드를 조심스럽게 떼어내며 말했다.

"다쳤을 땐 씻는 거 아니라고 했잖아."

주변인은 치료에 방해가 되지 않도록 입술을 최대한 작게 움직여 대답했다.

"너무 더러워서요."

밴드를 떼어 내자 아직 덜 굳은 상처에서 진물이 배어 나왔다. 아주 작은 상처가 얼굴 여기저기 흩어져 있었기에 드레싱을 하는 게 번거로웠다.

"아, 아."

아프다는 듯 미간을 찌푸리는 면상을 순간적으로 때리고 싶은 충동을 느꼈다. 평온할 수 있었던 내 3주를 이 인간 때문에 날려 버렸으니까.

"아, 아!"

주변인이 감고 있던 눈을 번쩍 뜨고 날 노려보고 나서야 소독하는 내 손에 감정이 들어간 걸 깨달았다. 살짝 민망해졌기에 티 안 나게 손에서 조금씩 힘을 뺐다. 원래 힘을 준 적이 없는 것처럼. 하지만 주변인은 소독을 하는 내내 눈을 부릅뜨고 나를 노려보았다. 애써 외면하던 나는 할 수 없이 말했다.

"원래 소독하면 아파."

"거칠게 했잖아요."

"그런 적 없는데."

"원래 저는 아픈 거 잘 참거든요? 그런데 막 했잖아요. 핀셋으로 얼굴도 막 찌르고."

"그러면 네가 하든가. 거울 보고 혼자 치료할 수 있잖아."

"아저씨, 저 애예요. 중학생이라고요."

"어린 게 벼슬이야?"

"……저 맘에 안 드시죠?"

또 시작이다.

"너도 내가 맘에 안 들지?"

"저는 아닌데요?"

"그렇게 우기는 이유가 뭐야?"

"아저씨는 츤데레 같아요."

"츤데레? 일본 말이야?"

"네. 겉은 퉁명스럽지만 속은 따뜻한 사람을 그렇게 불러요."

조금 전까지만 해도 주변인의 면상을 약 대신에 다리미로 소독하고 싶다는 생각을 했는데도 내가 그 츤데레라는 것에 해당되는 걸까?

"내가 어떤 사람인지 모르잖아. 사람에 대해서 너무 쉽게 판단하는 거 아니야?"

"보면 알아요. 착한 사람이란 거."

흥.

"제가 지갑 잃어버렸어도 화 안 낼 정도로 착한 거 알아요."

주변인을 힐끗 내려 보았다. 혼날 것 같아 약간은 겁먹은 얼굴이었다.

"지갑 잃어버렸어?"

"네. 어제 차에서……."

지갑보다는 주변인 면상에 난 생채기가 더 걱정이었다. 지갑 사 준 건 나만 아는 일이지만 얼굴에 난 상처는 마누라도 알게 될 수밖에 없는 사건이니까.

"지갑이 뭐 대수라고. 또 사면 되지."

주변인이 기쁜 듯이 웃었다. 화장기 없는 얼굴로 배시시 웃는 걸 보고 나서야 예쁘게 생긴 구석도 있는 걸 알 수 있었다.

주변인은 씩 웃으며 양손을 올렸고, 내 양 옆구리에서 느껴진 감촉에 나도 모르게 멈칫하며 내려 보았다. 주변인의 하얀 손이 내 옷을 쥐고 있었다. 아무래도 내가 많이 편해진 모양이다. 내 몸에 손을 대는 것도 모자라 새로 꺼내 입은 옷을 잡아 늘리고 있다니.

"손 치워."

반사적으로 튀어 나간 차가운 내 말투에 주변인이 흠칫하며 손을 내렸다. 손모가지 날아가고 싶지 않으면 놓으라는 말이 이어서 나갈 뻔한 걸 간신히 참았다. 타인과 닿는 걸 내가 얼마나 싫어하는지를 알려 줘야 하는지 잠시 동안 갈등했다. 차갑게 말하자니 수호천사 마누라가 허공에 보이는 것 같았고, 그렇다고 그냥 놔두자니 또 손을 댈 것 같아 거슬렸다.

결정은 의외로 쉽게 내려졌다. 주변인의 머리 위에 떠 있는 마누라의 모습이 사라지지 않았기에 난 애써 미소를 지으며 강박적으로 농담을 건넸다.

"거기가 내 성감대거든."

"……."

빌어먹을. 머릿속으로는 내 머리털을 다 쥐어뜯어서 씹어 먹고 있었다. 주변인이 중딩 신분이란 걸 망각하고 성인 멘트를 쳐 버렸다. 요새는 성인들도 하지 않는 더럽고 감 떨어지는 개그를 말이다.

당황한 내 손은 버벅거리며 주변인의 상처에 기계적으로 밴드를 붙이고 있었다. 이럴 때 나까지 당황하면 분위기가 더 이상해질 게 분명하기 때문에 아무렇지도 않은 듯 말을 이어 나가려고 했다.

"미안. 내가 애가 없다 보니까 그렇게 됐네. 쏘리. 자, 다 됐다."

나를 빤히 바라보고 있던 주변인이 갑자기 웃음을 터뜨렸다. 잘못 들은 게 아니라면, 웃겨서 웃는 게 아니라 약간은 히스테릭한 웃음소리였다. 처음 듣는 주변인의 큰 웃음소리에 나는 전혀 즐겁지 않았다.

한참을 웃던 주변인이 숨까지 골라 가며 혼잣말을 했다.

"대박! 완전 대박!"

어떻게 반응을 해야 할지 몰라서 그냥 애매하게 웃기만 했다.

"아저씨, 나쁘지 않았어요. 적응은 잘 안 됐지만."

"미안해."

"15세 이상 관람가에도 그 정도 드립은 나와요. 저는 열여섯 살이고. 그러면 아무 문제 없는 거잖아요."

난 어깨를 으쓱해 보이는 걸로 대답을 대신했다. 의자에 앉은 채 구급약 상자를 정리하는 나를 빤히 바라보며 주변인이 말을 이었다.

"결혼한 지 얼마나 되셨어요?"

친해지는 건 두 사람이 합의했을 때의 얘기다. 너 혼자 사적인 질문 던지면서 친한 척하자고 되는 게 아니란 뜻이지. 하지만 '성감대'란 표현은 다시 생각해도 머리털을 뜯고 싶은 것이었기에 주변인의 친한 척을 받아 주기로 했다.

"10년은 넘었을걸."

"결혼 몇 년차인지도 몰라요?"

"10년 넘어서부터는 카운팅을 안 해서."

"왜요?"

"세서 뭐해. 얼마나 지겹게 오래 봤나 확인하는 것밖에 더 돼?"

"기념일 같은 거 안 챙기면 아줌마가 서운해하지 않아요?"

마누라를 '아줌마'라 부르는 걸 들으니 새삼 기분이 묘했다.

"매일 재미있게 살면 기념일 같은 거 안 챙겨도 돼."

주변인이 한동안 반응을 보이지 않았기에 뒤를 돌아보았다. 주변인은 말없이 나를 빤히 바라보고 있었다. 내가 물었다.

"왜?"

"부부가 그럴 수도 있는 거구나…… 그런 생각이 들어서."

결혼 50년차 노인 입에서나 나올 법한 말이었기에 나도 모르게 피식 웃음이 났다.

"방금 늙은이 같았던 거 알아? 징그럽게."

"제가 나이에 비해서 성숙한 편이죠."

"성숙 같은 소리 하고 있네."

주변인이 벌떡 일어나 책상에 다리를 올렸다.

"잘 봐요. 이 긴 다리하며 허리까지, 여자들 워너비 몸매라고요. 이 앞쪽은 시간이 좀 걸리겠지만 금세 자랄 것 같고."

열여섯 살 주제에 마누라의 옷이 맞는 걸 보면 분명 신체 나이가 성숙한 건 사실이었다. 그런데 그런 건 내 관심사가 아니었다. 아끼는 가구 1호인 내 책상에 균을 잔뜩 묻히고 있는 주변인의 맨발에 내 신경이 온통 쏠려 있었다. 신경이 곤두서니 당황스럽게도 히스테릭한 미소가 지어졌다. 손모가지 날리는 걸 한 번 참았는데, 발목 정도는 괜찮지 않을까? 책장 뒤에 숨겨 둔 나이프 컬렉션엔 절단용 나이프도 있는데.

"다리 예쁘죠?"

주변인은 자신만만한 표정으로 발을 내리며 말을 이었다.

"제가 제대로 꾸미고 나가면 아주 난리가 나요. 저한테 연락처 달라고 한 대학생 오빠들이 몇 명인지 모르죠?"

책상을 새로 바꿔야 할까? 택배 기다리는 것도 싫어서 퀵서비스로 받는 내가 한 달이나 기다려서 받은 책상인데.

"한번은 직딩 아저씨가 연락처 물어서 얼마나 어이가 없었던지. 아저씨는 제가 교복 입고 있는 것만 봐서 애로 보이는 거지, 제가 옷만 제대로 사 입으면 장난 아니거든요."

발 좀 닿았다고 책상을 바꾸면 결벽증으로 보일 수 있으니 발이 닿은 부분만 살짝 도려내고 사포질을 하면 괜찮을 것 같다. 도색은 어떻게 하지? 그냥 니스 칠 정도면 될까?

"어제 아저씨랑 나갔을 때 옷도 샀어야 하는데. 아저씨, 우리 옷 사러 갈래요?"

아무리 생각해도 그냥 지나갈 수는 없는 일이다. 정말 발목 정도는 날려도 괜찮지 않을까? 안 되면 아킬레스건만이라도. 같이 배드민턴 하다가 공사장 톱날에 다쳤다고 하면 되잖아. 왜 공사장에서 배드민턴을 했냐고 물으면 뭐라고 대답하지?

"아저씨?"

주변인의 부름에 잠시 나갔던 정신이 돌아왔다.

"뭐라고?"

주변인은 자신이 발을 올렸던 곳을 손으로 문지르며 물었다.

"여기만 뚫어져라 보면서 무슨 생각을 그렇게 하세요?"

딱히 할 말이 없었기에 항균 티슈로 책상을 닦으며 중얼거리듯 말했다.

"좋은 유전자 주신 거에 감사하면서 살아."

주변인이 발끈하며 말했다.

"제가 관리해서 이렇게 만든 거예요."

"그래그래, 앞으로도 그렇게 관리하고 살아. 사회생활에 도움 되니까."

"저럴 때 보면 딱 아재야, 아재."

일어선 김에 나갈 줄 알았던 주변인은 얼굴에 붙은 밴드를 손으로 꼭꼭 누르며 다시 의자에 앉았다. 뭔가 할 말이 있는 눈치였지만 구급약 상자 정리가 끝날 때까지 애써 외면했다. 무슨 말을 할지 예상이 되었기에 약통에 이미 깔끔하게 들어간 약을 꺼냈다가 다시 넣기를 반복하면서까지 모른 체했다. 하지만 주변인은 구급약 상자 정리가 끝나기를 기다리는 것처럼 움직일 생각을 안 했다. 구급약 상자를 책상 구석에 올려놓은 나는 뒤도 돌아보지 않고 서재를 나섰다. 네가 안 나가면 내가 나가면 되지, 뭐.

"아저씨, 어디 가요?"

젠장. 쫓아 나오는 건 계산하지 못했다.

"주방에."

"뭐 먹으려고요?"

원래 뭘 먹을 생각은 없었다.

"시리얼이나 먹으려고."

"그럼 나도."

이 자식이 은근히 말을 짧게 할 때가 있다. 혀가 짧아서 그런 거면 좀 뽑아 줄까?

"앉아."

주변인은 아일랜드 식탁에 앉아 건너편에서 시리얼을 꺼내는 나를 바라보았다. 공간만 서재에서 주방으로 바뀌었을 뿐 패턴은 똑같았다. 주변인은 앉고 난 주변인에게 뭔가를 해 줘야 했다. 일과 각종 모임 때문에 바쁜 마누라하고도 이렇게 장시간 붙어 있는 경우는 드물다. 그렇기에 누군가 계속 옆에 있는 게 불편하고 답답했다.

"아저씨."

나를 부르는 소리에 짜증이 나서 우유를 식탁에 탁 내려놓았다. 안에 있던 우유가 약간 튀어나와 흘렀지만 개의치 않고 맞은편에 앉아 있는 주변인을 빤히 바라보았다. 마누라가 부르는 것도 괴로울 때가 있는데 모르는 애새끼까지 날 불러 대는 게 짜증스러웠다. 놀이공원이든 어디든 안 보이는 곳으로 꺼져 버리라고 하고 싶었지만, 두 번이나 큰일을 겪은 데다 친구도 없는 왕따라는 사실을 알게 된 지금은 차마 입이 떨어지지 않았다. 그렇게 말했다간 저 더러운 성격에 당장이라도 뛰쳐나갈 게 분명했다. 그러면 그동안은 조용히 살 수 있겠지만 마누라가 귀국한 날부터 난 지옥을 맛보게 되겠지.

"왜요?"

이상하다는 듯 묻는 주변인에게 어금니를 꽉 깨물며 물었다.

"우리가 만난 지 얼마나 됐지?"

"3일요."

양손이 머리 위로 올라가 머리털을 쥐어뜯었다. 최소한 일주일은 지난 줄 알았다. 아니, 시간에게도 양심이란 게 있다면 일주일은 지났어야 했다.

주변인은 시리얼을 먹으며 조심스럽게 입을 열었다.

"아저씨, 이제 어떻게 하실 거예요?"

"뭘."

"혜주요."

또 그 배신자 얘기다. 왕따라서 그런 건 알겠지만 그래도 두 번이나 뒤통수를 친 녀석을 이렇게까지 챙기는 건 나로서는 이해가 가지 않았다.

"글쎄."

나를 물끄러미 바라보던 주변인이 물었다.

"아저씨 좀 이상할 때 있는 거 알아요?"

그 말에 멈칫했다.

"우리가 당한 일요, 심각한 일이죠? 성매매하는 놈들한테 끌려갈 뻔했고, 어제는 납치당했다가 큰 부상까지 입고. 이건 어른들한테도 큰 사건 아니에요?"

"그렇지."

"그런데 아저씨는 아무것도 아닌 일인 것처럼 굴잖아요. 아저씨는 겁 안 나요? 저 때문에 센 척하는 거예요?"

망치로 머리를 얻어맞은 기분이 들었다. 정확히 표현할 순 없지만 주변인의 말 때문에 마치 내가 비정상인 것처럼 느껴지며 기분이 이상했다. 그렇기에 당장 대꾸할 말도 떠오르지 않았다. 이럴 때는 커뮤니케이션 스킬을 쓸 수밖에 없었다. 질문을 그대로 되받아치는 기술.

"넌 어떤데?"

"저요? 제가 뭐요?"

"네 또래에 그런 험한 일 겪으면 병원에서 심리치료 받아야 하는 거 아니야? 그런데 넌 멀쩡하잖아. 비정상 아니야?"

말을 하면서도 스스로 발끈한 것이 느껴졌다. 사실 이렇게까지 말할 필요는 없었다. 주변인이 말했다.

"아저씨 때문인가 보죠."

주변인의 말이 예리하게 귀에 꽂혔다. 나도 모르게 예민하게 반응했다.

"무슨 뜻이야?"

주변인은 무심하게 대답했다.

"아저씨랑 있으면 왠지 안심이 되니까."

또다시 내 기능이 잠시 멈췄다. 유치한 내 반응에 비해 열여섯 살짜리의 의젓한 대답이 할 말을 잃게 만들었다. 멍하니 앉아 있는 내게 주변인이 시리얼을 뒤적거리며 말을 이었다.

"제가 어디에 있든 위험해지면 나타나서 구해 줄 것 같아요."

우유에 빠진 시리얼이 눅눅해지기 시작했지만 우리 둘 다 먹지는 않고 숟가락으로 뒤적거리기만 했다. 주변인이 말을 이었다.

"저는 원래 어른들 안 믿어요. 엄마부터 거짓말을 하는데 누굴 믿겠어요?"

"친엄마가 아니라고 그랬지?"

주변인이 고개를 들며 물었다.

"이제 제 말 믿어 주시는 거예요?"

사실이든 아니든 내 인생과는 상관없는 일이니 그냥 받아 주는 거다. 남의 집 일에 그렇게까지 관심을 가질 이유는 없으니까. 어깨를 으쓱해 보이며 대꾸했다.

"안 믿을 이유도 없잖아."

내 대답이 마음에 들었는지 주변인이 기분 좋은 미소를 지어 보이며 고개를 끄덕였다.

"요새 아빠가 꿈에 자주 나와요."

"좋았겠네."

"네. 아빠가 뒤에서 저를 꼬옥 껴안아 주면서 미안하다고 말해요. 그리고 돌아보면 울고 있어요. 왜 우냐고 물어보면 그냥 나한테 미안해서 그렇다고만 해요."

"왜 미안하실까?"

"아빠가 돌아가시는 바람에 그런 짐승 같은 사람 밑에서 자라야 했으니까."

지금 엄마 아빠는 친부모가 아니고 친아빠는 따로 있다는 건 어디까지나 주변인의 상상력이었다. 하지만 말하는 게 워낙 진지했기에 헛소리 그만하고 정신 차리라는 말을 할 수가 없었다. 돈 드는 것도 아닌데 그냥 좀 받아 주지, 뭐.

"아빠는 잘생기셨어?"

"당연하죠. 우리 아빤데. 제 얼굴 보면 모르겠어요?"

"모르겠는데."

"솔직히 저 예쁜 거 아저씨도 알잖아요."

"자신감이 어마무지하구먼. 자신감 있는 건 좋은데 적당히 해. 재수 없으니까."

소리를 내지는 않았지만 주변인은 이가 드러날 정도로 밝게 웃어 보였다. 그러더니 나를 빤히 보면서 말했다.

"아빠가 살아 있었으면 아저씨랑 비슷했을 것 같아요."

"물론 아빠가 훨씬 잘생기셨을 거고. 그렇지?"

"당연하죠."

주변인은 혼자 소리 내어 웃다가 적선하듯 말했다.

"아저씨도 못생긴 얼굴은 아니니까 너무 기죽지 마요."

"이렇게 생겼어도 결혼까지 한 얼굴이니까 신경 꺼."

"아저씨 돈 많다면서요. 남자는 경제력이죠."

이건 16세의 화법이 아니다. TV와 인터넷이 애들을 겉만 늙게 만든다.

난 콧방귀를 뀌며 말했다.

"결혼할 땐 개털이었어. 집 살 때도 와이프가 더 많이 보탰지. 심지어 육칠 년 전엔 백수였었고."

"진짜요?"

"와이프 덕분에 버틸 수 있었지. 언제나 응원해 줬거든."

"아줌마 멋있다."

"그래, 멋있는 친구지. 그 덕분에 이렇게 살게 되었고."

"돈은 어떻게 벌었어요?"

그 질문만큼은 제대로 대답해 줄 수가 없었다.

"잘."

"에이, 진짜!"

"조그만 게 벌써부터 돈이야? 쓸데없는 거 물어보지 말고 공부나 해."

"결정적일 땐 꼰대로 변신하네요."

인생은 공부나 돈이 전부는 아니라는 말을 한다. 그렇다. 분명히 전부는 아니다. 하지만 일부분은 된다. 그것도 상당히 큰 자리를 차지하는 일부분. 자본주의 사회에서 살아가는 한 그렇다. 인생을 절반 정도 살아 보니 알게 되었다.

"아저씨, 혜주 구해야 하지 않아요? 아니면 경찰에 신고하거나."

도돌이표다. 기-승-전-배신자 이야기.

그때 초인종이 울렸다. 예상치 못한 소리에 우리 둘 다 몸을 들썩일 정도로 놀랐다.

"누구예요?"

택배라는 것에 내 손가락을 건다. 마누라는 없어도 마누라가 주문한 택배는 거의 매일 날아와 그녀의 빈자리를 채워 주곤 했으니까.

"택배 아저씨."

"내가 갈게요! 내가, 내가!"

왜 이렇게 신났어? 네 것도 아니잖아.

"그냥 둬. 쥐 죽은 듯이 있으면 기사님이 그냥 던져 놓고 가시니까."

인터폰을 확인한 주변인의 얼굴에서 미소가 사라졌다. 화면을 뚫어지게 주시하며 나를 불렀다.

"아저씨, 택배 아닌 거 같은데요."

초인종이 또 한 번 울렸다. 화면에 나타난 사람이 누군지 알아봤을 때 내 표정은 굳어질 수밖에 없었다. 어제 사건 현장에서 잠깐 말을 섞었던 그 형사였다.

"방에 올라가 있어."

심상치 않은 내 분위기에 주변인은 말없이 고개를 끄덕이고 2층으로 올라갔다. 주변인의 방문이 닫히는 소리를 듣고 나서 인터폰에 대고 말했다.

"누구세요?"

— 아이고, 댁에 계셨네요.

그는 주머니에서 신분증을 꺼내 보이며 말을 이었다.

— 이용호 형사라고 합니다.

고풍스러운 이름과 달리 잘 꾸며 입은 그의 외모는 꽤 세련돼 보였다. 형사는 신분증을 집어넣으며 말을 이었다.

— 잠깐 얘기 좀 할 수 있을까요?

열어 줘야 할지 말아야 할지 판단이 서지 않았다. 다른 사람도 아니고 경찰을 내 집에 들인다는 것부터가 맘에 들지 않았다. 그러나 열어 주지 않으면 쓸데없는 의심만 더 사게 될 것이다. 형사는 웃는 표정으로 손부채질을 하면서 내 대답을 기다렸다.

"잠시만요."

— 네, 네. 감사합니다.

현관문을 열고 기다리자 형사가 대문을 열고 모습을 드러냈다. 밤에 봤던 인상하고는 달리 눈매가 상당히 날카로웠다. 들어서자마자 마당을 둘러보는 그에게서 시선을 뗄 수 없었다. 단순히 둘러보는 것이 아니라 눈으로 얻을 수 있는 정보는 다 얻 겠다는 듯 수색을 하고 있었기 때문이다. 그걸 깨닫는 순간 심 장이 한차례 불규칙하게 일렁이더니 가파르게 뛰기 시작했다.

"집에 계셨네요. 일요일이라 어디 나가신 줄 알았는데. 외식 같은 거 안 하세요?"

말을 걸며 안으로 들어서려는 형사 앞을 막아서며 말했다.

"저기서 얘기하시죠."

형사는 의아해하는 얼굴로 바라보다가 이내 씩 웃으며 고개 를 끄덕였다.

"그러죠."

형사와 난 작은 정원에 있는 티 테이블에 마주 앉았다. 웃으 면서도 맹수들이 상대의 덩치와 힘을 가늠하는 것처럼 서로를 바라보았다. 그는 내가 봐 왔던 여느 형사들과는 분위기가 달 랐다. 거무스름한 피부는 잠복근무로 피곤하게 물든 색깔이 아 니라 활발한 스포츠로 건강하게 그을린 색깔이었다. 수수한 디 자인의 옷은 레이블을 다 떼어 냈지만 재킷부터 신고 있는 신 발까지 죄다 명품이란 걸 한눈에 알아볼 수 있었다. 이런 비현 실적인 형사가 대한민국에도 있을 수 있다는 게 신기했다. 아 니면 내가 고정관념을 가지고 있는 것이든지.

나를 훑어보던 형사가 웃는 낯으로 불쑥 물었다.

"선생님, 현장에 있었죠?"

그의 짧은 질문에 롤러코스터에 올라탄 사람처럼 심장이 덜 컥 떨어져 내리며 잠시 숨이 쉬어지지 않았다. 그의 목소리는 내 심장 소리와 뒤섞여 뇌 속에서 계속 메아리를 치며 울렸다.
그리고 어쩌면, 내 인생 최초로 경찰을 죽여야 할지도 모른다
는 중압감에 손이 파르르 떨렸다.

7. 과거에서 온 아이

형사를 집에 들이기는커녕 물 한 잔 주지 않았다. 이런 홀대에도 불구하고 형사는 꿋꿋하게 정원 티 테이블에 앉아서 말을 했다.

"어제 현장에 있었잖아요."

난 또 뭐라고. 범죄 현장에서 내가 있었다는 증거라도 잡은 줄 알았다. 지레짐작하고 놀라게 만든 게 짜증이 났기에 형사의 질문을 비틀어서 받았다.

"정확히는 지나가는 길이었죠. 경찰관 오지랖 때문에 형사님과 만난 거고."

형사는 천천히 고개를 끄덕이며 씩 웃었다. 내가 말을 이었다.

"제게 무슨 볼일이라도 있으신가요?"

"통상적인 탐문 조사니까 불쾌하게 생각하지 않으셨으면 좋겠습니다."

그는 집 외관을 빙 둘러보며 화제를 돌렸다.

"좋은 집에서 사시네요. 밖에서 봤을 땐 평범하게 보였는데 안에서 보니까 정말 좋은 집인데요. 3층짜리 집인가요?"

"형사님, 용건부터 말씀하셨으면 좋겠는데."

형사는 스마트폰을 꺼내 내 앞에 내밀었다. CCTV 화면을 캡처한 사진이었다. 사건이 발생한 그 골목길로 접어드는 입구에 있는 CCTV에 내 차 번호판이 찍혀 있었다. 형사가 말했다.

"사건 발생하기 30분 전에 찍힌 사진입니다. 그쪽으로 지나가셨더군요."

난 스마트폰을 그의 앞으로 밀어 주며 대답했다.

"네, 지름길이라 종종 이용합니다."

"아, 그렇군요. 지름길이란 걸 아는 분이 많지 않은가 봅니다. 하루 종일 돌려 봤는데 지나는 차가 50대도 안 되더군요."

형사는 말을 하면서 다른 사진을 보여 주었다.

"이 오토바이 본 적 있나요?"

물론 있다. 그 양아치들이 타고 들어간 오토바이였으니까. 난 사진을 신중하게 살펴보는 척하며 말했다.

"기억은 나지 않지만, CCTV에 이렇게 찍혔으면 제 앞으로 지나갔다는 거겠죠?"

"선생님 차 바로 앞에 있었는데 못 보셨다고요?"

이번에도 스마트폰을 그에게 돌려주며 말했다.

"형사님은 저희 집 앞으로 올 때 앞서가던 차가 뭔지 기억하시나요?"

"네?"

나는 내 스마트폰으로 CCTV 앱을 실행하며 다시 물었다.

"승용차였나요, 오토바이였나요?"

형사는 잠시 생각하는 표정을 지은 뒤 대답했다.

"아마 배달 오토바이였던 것 같은데."

난 스마트폰으로 대문 CCTV 녹화 영상을 보여 주며 말했다.

"트럭이었어요. 2.5톤 트럭."

형사는 내 스마트폰에서 플레이되는 녹화 영상을 바라보았다. 트럭이 한 대 지나고 바로 뒤이어 형사의 차가 들어서는 게 보였다.

내가 말을 이었다.

"형사님이 제게 한 질문을 그대로 해 보죠. 형사님 차 바로 앞에 트럭이 있었는데 못 보셨다는 건가요?"

형사의 눈썹이 꿈틀거리는 게 보였지만 그의 입술은 여전히 미소를 짓고 있었다.

"아, 이거 선생님한테 제대로 한 방 먹었군요."

"불쾌하게 해 드렸다면 죄송합니다."

"아닙니다. 지금부터 제가 더 불편하게 해 드릴 수도 있는데요, 뭘."

"무슨 뜻이죠?"

"오토바이가 폐가 앞까지 들어왔던 흔적은 있는데 현장에 도착했을 때 오토바이는 없었습니다."

내가 폐가에서 나올 때만 해도 오토바이들은 그대로 있었다. 형사가 말을 이었다.

"오토바이 한 대는 도난 신고가 들어온 건데 다른 한 대는 고등학생 이름으로 등록이 되어 있었습니다. 고등학교에서는 퇴학당하긴 했지만 공교롭게도 선생님 따님, 아니 선생님 차에 타고 있던 그 여학생과 같은 출신이더군요. 차에 같이 타고 있던 학생, 선생님 따님 아니죠?"

같은 학교 출신이란 것을 알 정도면 주변인에 대한 신상을 이미 알고 있는 거나 마찬가지다. 뭔가 잘못되었다는 느낌이 들었다. 겨우 CCTV 하나로 신상까지 파악할 수 있을 리가 없으니까. 설마 나에 대해서도 알아낸 걸까?

"그건 어떻게 아셨죠?"

"선생님에 대해서는 자동차 번호판으로 조회를 했습니다. 가족은 사모님하고 두 분만 있는 걸로 확인이 되었고요. 그럼 같이 있던 학생은 따님이 아니라는 게 되니까 그 학생에 대해서 궁금해지더군요. 두 분의 관계도 궁금해졌고. 그래서 김윤지 학생에 대해서도 알아본 겁니다."

형사는 주변인의 이름까지 알고 있었다.

"윤지 이름은 어떻게 알았죠?"

"선생님 차 대시보드 위에 학생증이 있던데요."

주변인이 떨어뜨리고 갔던 학생증을 던져 놓았던 게 이제야 생각났다. 학생증도 엄연한 신분증이라는 걸 간과했다. 궁지에 몰린 내가 공격적으로 대꾸했다.

"제 동의 없이 그렇게 조사를 해도 되는 건가요?"

"안 되는 이유라도 있으신가요?"

내게 되묻는 형사의 얼굴을 이마부터 턱까지 아주 천천히 살펴보았다. 낮이든 밤이든, 멀리서든 가까이서든 그를 알아볼 수 있게 기억할 필요가 있을 것 같았다. 형사가 말했다.

"선생님, 어떻게 된 게 제가 취조를 당하고 있는 것 같네요. 질문은 형사인 제가 했으면 좋겠는데, 협조 좀 해 주시죠."

내가 대꾸했다.

"사생활 문제 같은데요."

"살인 사건입니다. 피해자들을 위해서라도 시민으로서 그 정도 양해는 해 주시리라 생각했습니다."

"제가 용의자가 된 건가요?"

형사는 망설이듯 잠시 말을 멈췄다가 대꾸했다.

"아니라고는 말씀 못 드리겠군요. 당시 현장에 진입한 거의 유일한 차량 소유주시니까."

나는 의도치 않게 이미 그와 팽팽한 기 싸움을 벌이고 있었다. 내가 물었다.

"제 뒷조사를 어디까지 하신 거죠?"

형사는 픽 웃으며 대꾸했다.

"그렇게 표현하시니까 불편해지는군요. 피해자와의 연관성을 찾아 나가는 게 수사의 기본이라서 그런 것뿐입니다."

"그렇겠죠."

비꼬는 말투를 느꼈는지 형사의 눈썹이 꿈틀거렸다. 형사는 볼펜을 들며 물었다.

"어제 제가 김윤지 학생이 따님이냐고 여쭤 봤을 때 왜 아니라고 하시지 않았죠?"

"별로 중요하지 않다고 생각했습니다. 처음 보는 사람한테 내 가족 관계까지 알릴 필요는 없으니까요."

"그럼 무슨 관계죠?"

"친구 딸입니다."

형사는 작은 수첩을 꺼내 펼쳐 보며 물었다.

"친구분이 이혼한 아빠 쪽인가요, 아니면 엄마 쪽인가요?"

나도 모르게 미간이 찌푸려졌다. 이 형사가 예상한 것보다 훨씬 깊이 조사했다는 것을 알 수 있었다. 그 짧은 시간에 어떻게 이렇게까지 조사를 했을까? 이럴 때는 웬만한 것들은 사실로 대답해야 한다. 작은 거짓 때문에 의심이 시작되고 그걸로 전체를 망칠 수 있기 때문이다.

"제 와이프 지인의 딸입니다. 두 사람이 해외여행을 하는 동안 제가 잠깐 돌보기로 한 거고요."

형사는 CCTV 사진 속 오토바이 뒤쪽에 타고 있는 애를 가리키며 물었다.

"여기 이 학생이 김윤지 학생 아닌가요?"

흐릿하게 나왔지만 당연히 맞다. 하지만 이 부분은 정직하게 말할 수 없었다.

"아닙니다. 그때 윤지는 제 차에 타고 있었습니다."

수첩을 바라보던 형사는 눈동자만 추켜올려 바라보며 반문했다.

"그래요?"

볼펜을 몇 번 딱딱거리며 날 바라보던 형사가 이어서 물었다.

"김윤지 학생 잠깐 볼 수 있을까요?"

난 고개를 가로저었다.

"사고 때문에 쉬고 있어서 지금은 좀 어려울 것 같네요."

형사는 실눈으로 물었다.

"병원에 안 가셨나 보네요?"

난 고개를 끄덕이고 그의 시선을 똑바로 받으며 대꾸했다.

"자동차 수리도 아직 안 맡겼어요."

형사는 나를 바라보다 비장의 무기라도 꺼내는 것처럼 입을 열었다.

"김윤지 학생 부친이 생부가 아니던데, 알고 계셨나요?"

소름이 돋았다. 주변인이 내게 말했던 건 상상력을 발휘한 거짓말이 아니었다. 주변인의 말이 사실이라면 주변인의 엄마가 딸에게 거짓말을 했다는 의미였다. 내가 물었다.

"그게 이 사건과 무슨 상관이죠?"

형사는 수첩을 내려놓으며 말했다.

"선생님, 수사라는 게 말입니다, 모래사장에서 좁쌀 찾는 거나 같습니다. 살펴볼 필요가 있는 곳은 일단 다 뒤지고 보는 거죠. 그러다 보면 단서가 나오고 그걸로 사건 해결 실마리가 되는 겁니다. 그러니까 너무 밀어내지 마시고 협조 좀 부탁드립니다."

형사의 말을 듣고 나서야 내 신경이 곤두서 있다는 것을 깨달았다. 최대한 자세를 낮춰 눈에 띄는 짓은 하지 않겠다는 애초의 계획이 무색해졌다. 내가 멋쩍게 웃으며 말했다.

"그렇게 느끼셨다니 죄송합니다. 어제 사고 때문에 신경이 좀 곤두선 모양이네요."

"이해합니다. 수사 협조하는 것도 여간 귀찮은 일이 아니죠."

"윤지가 사건과 관계가 있다는 게 명확해지면 그때 다시 오시는 게 좋을 것 같습니다."

형사는 볼펜 끝으로 머리를 긁으며 말했다.

"그러면 선생님이 김윤지 학생하고 얘기 좀 해 보시고 제게 얘기해 주실 수 있나요?"

"그럴 순 있지만 애초에 윤지가 이번 사건하고 무슨 관계인지는 여전히 이해가 되지 않습니다."

형사는 CCTV 사진을 다시 보여 주며 말했다.

"저는 이 오토바이에 타고 있는 친구가 김윤지 학생이라고 생각하는데, 선생님은 아니라고 하시니까요."

집요한 구석이 있는 녀석이다. 형사라면 당연히 그래야 했다. 형사들의 그런 점이 나를 불편하게 만들었지만.

그가 말을 이었다.

"김윤지 학생 네 살 때 친부가 자살을 했어요."

귀담아듣지 않으려 했지만 선정적인 스토리에 나도 모르게 귀를 쫑긋 세웠다.

"자살요?"

형사는 수첩을 열어 보며 대답했다.

"판사를 살해하려다 미수에 그치고 도주했어요. 두 달 뒤에 사망한 채로 발견됐죠."

"판사는 왜 죽이려고 한 거죠?"

"수사 기록상으로는 영장 발부에 대해 불만을 품고 보복을 하려고 한 걸로……. 저기 김윤지 학생인가요?"

형사가 말을 하다 말고 턱으로 가리키는 방향을 돌아보았다. 2층 발코니 창문 틈에 주변인이 반쯤 고개를 내밀고 있는 게 보였다. 형사가 부르려 했지만 나와 눈이 마주친 주변인은 노랗게 변한 안색으로 집 안으로 쏙 들어가 버리고 나오지 않았다. 형사가 다시 부르려 했지만 내가 손을 들어 막으며 말했다.

"오늘은 이만 돌아가시는 게 좋겠습니다."

형사도 분위기를 눈치챈 듯 물었다.

"친아빠에 대해서는 몰랐던 모양이군요?"

진실을 알게 되면 대부분은 충격을 받는다. 상상은 미화할 수 있지만 진실은 그럴 수 없기 때문이다. 내가 작은 소리로 물었다.

"친부 죄명이 뭔가요?"

형사는 2층 발코니를 힐끗 올려 보고는 대답했다.

"아동 청소년의 성 보호에 관한 법률 위반으로 기소됐죠."

"성추행?"

"강간."

"피해자는 누군데요?"

형사는 더 작은 목소리로 대답했다.

"딸요."

진실은 결코 아름답지 않다.

형사는 수첩을 주섬주섬 챙기고 일어나며 말했다.

"오늘은 이만 일어나겠습니다."

대문 앞까지 배웅하러 간 내게 형사가 돌아보며 말했다.

"어디 멀리 가진 마세요."

수사극에서나 나올 법한 대사를 남긴 그는 주변인이 나왔던 발코니 쪽을 한 번 힐끗 쳐다보고는 밖으로 나섰다.

그가 나가자마자 대문을 닫고는 정원의 티 테이블에 자리를 잡고 앉았다. 주변인의 복잡한 가족사에 대해서는 내게도 생각할 시간이 필요했기 때문이다.

● ●●

방문 앞에 서서 노크를 하고는 묵묵히 기다렸다. 내 집에서 이러고 있는 게 한편으로는 어이가 없었지만, 친아비한테 강간당한 사실을 이제 알게 된 사람 기분에 비할 바는 아니었기에 가만있었다. 잠깐, 주변인이 형사 얘기를 어디까지 들은 거지? 친아빠가 죽었다는 얘기까지만 듣고 들어가지 않았나? 확인부터 하기로 하고 방문을 한 번 더 두드렸다.

딸깍.

잠금장치가 풀리는 소리만 들리고 문은 열리지 않았기에 기

별을 한 번 더 했다.

"들어간다."

손님용 방에는 가구를 거의 두지 않았다. 남는 방이었기에 부르기 편하게 '손님용'이라는 타이틀만 달아 둔 곳이기 때문이다. 주변인은 유일한 가구인 침대에 웅크린 자세로 누워 있었다.

"어디까지 들었어?"

이불을 머리끝까지 덮어쓰고 있었기에 어디가 머리 쪽인지 알 수 없었다. 베개를 뒀던 쪽에 대고 다시 물었다.

"어디까지 들었어? 다 들은 건 아니지?"

대답은커녕 움직임도 없었다. 이럴 때가 난감하다. 리액션이 있어야 대화를 이어 가고, 대화를 이어 가야 상황 정리가 될 텐데. 주변인이 입을 열지 않는 한 형사와의 커뮤니케이션 전략은 세울 수가 없다. 난 베개 옆 침대 모서리에 걸터앉으며 말을 걸었다.

"넌 알고 있었잖아. 친아빠 따로 계셨던 거."

베개 반대편 이불이 확 젖혀지며 주변인 얼굴이 튀어나왔다. 예상치 못한 곳에서 얼굴이 나타나는 바람에 깜짝 놀라 쳐다보았다. 울어서 눈은 부었고 얼굴은 벌겋게 상기되어 있었다. 그리고 화가 난 건지 슬픈 건지 가늠할 수 없는 눈빛으로 나를 바라보기만 할 뿐 아무 말도 하지 않았다.

그런 얼굴을 마주하고 나니 할 말이 떠오르지 않았다. 위로 같은 건 해 본 적도 없고 할 줄도 몰랐고 할 생각도 없었으니까.

사람은 외로운 존재다. 가족은 굴레고 직장 동료는 같은 공간에서 자주 봤다는 이유로 가까워져야 한다는 무언의 압박을 하지만, 결국 고난을 겪고 헤쳐 나가는 건 나 자신밖에 없다. 그 사실은 남녀노소를 가리지 않는다. 반백 살에 가까운 나나 지구인 16년차인 주변인이나 똑같이 적용…….

갑자기 생각이 멈춰 버렸다. 주변인이 내 품속으로 갑자기 들어왔기 때문이다.

머리를 가슴에 묻고 허리를 끌어안고는 가만히 있었다. 아니다. 흐느끼고 있다. 소리는 내지 않았지만 온몸을 가늘게 떨며 울고 있었다. 난 손대기 불편한 뭔가가 몸에 묻은 것처럼 양팔을 어정쩡하게 벌린 채 가만히 있었다. 내 몸에 손대지 말라고 경고하지 않았던가? 분명히 말했었던 것 같은데. 그것도 여러 번.

"이거 좀…….."

내가 말을 꺼내자마자 주변인은 놓지 않겠다는 듯이 더욱 힘을 줘서 끌어안았다.

주로 레슬링 기술을 쓰는 녀석들이 공격해 들어올 때의 자세였다. 이런 공격을 받았을 땐 상대의 팔 안쪽으로 내 팔을 집어넣고 어깨 위로 차츰 끌어 올려서 푸는 것이 해법이다. 물론 완력이 훨씬 약한 주변인의 경우엔 팔목을 잡고 풀어 버리면 그만이지만.

주변인의 팔목을 잡으려고 할 때 주변인이 내 가슴에 얼굴을 묻은 채 물었다.

"산다는 게 원래 이렇게 거지 같은 거예요?"

그 순간 최면에 걸린 듯 몸이 움직이지 않았다.

머릿속은 하얗게 비어 버렸고 내 심장 소리가 빈 머릿속을 가득 채웠다.

그리고 저 깊이 숨겨 두었던 망령이 떠올라 눈앞에 아른거렸다.

● ●●

그 아이도 내게 이렇게 말을 했었다.

"사는 게 왜 이렇게 거지 같은지 모르겠어요."

겨우 열여덟 살짜리 아이의 입에서 나온 말이었다.

엄마와 단둘이 산동네 판잣집에서 살던 아이는, 학교 수업이 끝나면 패스트푸드점에서 아르바이트를 하며 열심히 살았다. 엄마가 죽고 세상에 홀로 남은 아이는 못 할 일이 없었다. 채팅을 통해 만난 남자들을 손님으로 상대했고, 그로 인해 그 아이가 죽기를 바라는 누군가의 의뢰로 나를 만나게 된 것이다.

처음 나를 만났을 때 아이가 물었다.

"저한테 무슨 볼일이에요?"

그때는 산동네에서 내려 보는 서울 야경에 홀려서 아무 생각 없이 사실 그대로 대답했다.

"죽이러 왔어."

하지만 아이는 자신과 관계없는 일이라도 되는 것처럼 물끄러미 바라보며 되물었다.

"어떻게 죽일 거예요?"

"선호하는 방법이라도 있어?"

잠시 생각하던 아이가 대답했다.

"제가 죽는 걸 모르고 죽었으면 좋겠어요. 뚝 끊어지듯이 그렇게."

고개를 끄덕이는 나를 바라보며 아이는 빙긋 미소를 지어보였다. 그리고 당돌하게도 부탁을 했다.

"소원 있는데 들어주실 수 있어요? 별로 어려운 건 아녜요."

아이는 앞으로 다가와 내 가슴에 등을 맞대고 앉았다.

"뒤에서 포근하게 감싸 주시기만 하면 돼요."

난 재킷의 지퍼를 열고 아이를 품에 안아 주었다. 아이는 안도의 숨을 내쉬며 중얼거렸다.

"정말 따뜻하다. 이런 느낌이었구나……."

수많은 손님들이 있었지만 욕망을 채우는 것 말고는 아이를 진심으로 대했던 놈은 한 명도 없었다. 아이가 말했다.

"우리 엄마, 미혼모였어요. 2년 전에 엉망인 채로 죽었어요. 평생을 구질구질하게 살더니 죽는 것도 그렇게 죽더라고요. 엄마처럼 살기 싫어서, 몸부림치면서 살았어요. 사실 저도 엉망으로 살았죠. 세상에 나밖에 없으니까 못 할 일이 없더라고요."

뼛속까지 스미는 외로움만 빼면 못 할 일이 뭐가 있었을까.

"죽었다던 아빠를 얼마 전에 만났어요."

아이의 말을 듣는 순간 불길한 느낌이 전신을 훑고 지나갔다. 아이는 머리를 내 턱에 기대며 말을 이었다.

"아빠라는 사실을 너무 늦게 알아 버렸어요. 차라리 몰랐으면 좋았을 텐데. 그랬다면 둘 다 행복하게 살 수 있었을지도 모르는데. 아빠 품에 이렇게 안기고 싶었는데……."

아이는 더 이상 말을 할 수 없었다. 내 손에 목뼈가 부러졌기 때문이다. 내가 들어줄 수 있는 아이의 소원은 그것밖에 없었다.

● ●●

허공을 바라보던 내 시야 앞으로 주변인의 얼굴이 보였다.

주변인은 슬픈 표정으로 나를 바라보다 양손으로 내 볼을 훔쳐 내며 말했다.

"울지 마세요."

그제야 내 눈에서 눈물이 흘러나왔다는 것을 깨달았다. 주변인은 내 얼굴에 남아 있던 눈물 자국을 마저 닦아 주고는 살포시 목을 끌어안았다.

"괜찮아요. 아저씨 탓이 아닌 거 알아요."

토닥이는 주변인의 입에서 그 아이의 목소리가 들렸다. 이유는 모르겠지만 또다시 눈물이 왈칵 쏟아져 나왔다. 콧등이 시큰해지는 것도 없이, 눈시울이 붉어지는 것도 없이 눈물이 흘러나왔다.

죽은 그 아이를 향해 힘겹게 입을 열었다. 그 아이에 대한

꿈을 수없이 꾸면서도 단 한 번도 꺼내지 않았던 말을 신음하듯 내뱉었다.

"미안해."

그 말을 뱉어 내는 순간 오물로 꽉 막혀 있던 수챗구멍이 뚫린 것처럼 상쾌했다. 동시에 어디선가 선선한 바람이 불어오는 것 같았다. 내 귓가에 가까이 있던 주변인의 입에서 과일 향과 더불어 포근한 목소리가 들렸다.

"괜찮아요. 정말 괜찮아요."

그 아이의 등을 감싸려던 내 손은, 날 안고 있는 게 그 아이가 아니라 주변인이라는 것을 깨닫고 우뚝 멈췄다. 갑자기 갈 곳을 잃은 두 손은 어정쩡하게 허공에 머물다 슬그머니 내려와 늘어졌다.

내 목에 감겨 있던 주변인의 팔을 천천히 풀어 눈물과 콧물로 범벅이 된 얼굴을 마주 보았다. 그때 그 아이는 나를 만나고도 끝까지 눈물을 보이지 않았었다. 품속에서 죽는 마지막 순간까지도.

내겐 그 아이에게 갚아야 할 빚이 있었다. 그건 분명했다. 난 주변인과 시선을 똑바로 맞추며 입을 열었다.

"지우고 싶은 사람 있으면 한 명만 말해."

영문을 모르는 표정으로 바라보고 있는 아이에게 맹세하듯 짧게 말을 이었다.

"지워 줄게."

내 말이 끝나자마자 아이는 서글픈 듯 눈물을 터뜨렸다. 자기 마음을 알아주는 누군가를 만나 참고 있던 서러움이 폭발한 것처럼 그렇게 울었다. 난 그제야 아이를 감싸 안고 등을 토닥였다.

눈물과 콧물이 내 옷을 더럽혔지만 아무렇지도 않았다.

내가 해야 할 일이 뭔지 비로소 깨달았다.

8. 재앙

　인연은 소중한 것이라고 하지만 그런 수식어에 비해 오래가
는 인연은 꽤 드물다. 신장 하나 정도는 떼어 줄 것 같던 중학
교 때 친구도 졸업하고 어른이 되고 나면 다시는 못 보게 되는
경우가 허다하니까.

　하지만 인연이란 건 수명이 길지 않은 대신 배턴터치를 하
듯 새로운 인연과 계속 마주하게 된다.

　학교에서, 군대에서 그리고 일터에서 좋고 싫은 수많은 인
연들을 만난다. 이쯤 되면 누군가 말했던 '끝없는 우주에서 운
명의 끈 두 개가 교차할 희박한 확률이 바로 인연'이라는 말은
개소리로 들린다. 이에 비해 아주 오래전에 끊어 냈던 인연을
다시 만나게 되는 경우는 드물다. 전혀 예상하지 못한 시간과
장소에서 재회하는 인연은 당혹스럽기까지 하다. 설상가상으

로 원치 않는 새로운 인연까지 겹치면, 이런 걸 나는 재앙이라 부른다.

• •• •

방에서 나왔을 땐 저녁이 거의 다 되어서였다. 주변인이 내 집에 들어온 이후 처음으로 집 밥을 차렸다. 시리얼을 먹은 게 전부였던 휑한 식탁 위는 햄과 캔 참치, 낱개들이 봉지 김과 밥 두 공기로 제법 그럴싸하게 채워졌다. 유일하게 인스턴트식품 이 아닌 건 달걀 프라이가 전부였다. 형태는 엉망이었지만 음식은 정성이라고 했으니까.

우리 두 사람은 마주 앉아 밥을 먹으면서도 한마디도 하지 않았다. 주변인은 뭔가 생각하느라 말이 없는 눈치였지만, 난 심하게 민망해서였다.

둘이 부둥켜안고 울긴 했는데 지금 생각하면 왜 상황이 그 지경까지 가게 되었는지 이해가 가지 않았다. 그래서 밥을 먹는 것이다. 분위기 전환에는 먹는 것만큼 훌륭한 게 없으니까.

하지만 이번 경우에는 별로 소용이 없었다. 쪽팔림이 워낙 커서 미각을 잃은 느낌이었다. 햄에서는 참치 맛이 났고, 참치 에서는 김 맛이 났다. 마누라가 교통사고를 당해서 사경을 헤매고 있을 때도 눈물 한 방울 흘리지 않았던 내가 중학생 애를 붙들고 울다니. 추태도 그런 추태는 드물 것이다.

"아저씨."

갑작스런 주변인의 부름에 반사적으로 대꾸했다.

"아니야."

주변인은 내 말을 못 알아들은 얼굴로 빤히 쳐다보았고 내게는 더 큰 쪽팔림이 밀려왔다. 지금 이 순간만큼은 이 녀석을 죽여 버리고 없었던 일로 하고 싶었다.

"뭐가요?"

"왜 불렀어? 밥이 입맛에 안 맞아?"

주변인은 젓가락으로 인스턴트뿐인 반찬을 가리키며 말했다.

"안 맞을 리가 없잖아요. 아저씨도 초딩 입맛인 건 반전."

"시끄러."

"있잖아요, 아저씨. 아무리 생각해 봐도 무슨 말인지 모르겠어요."

"뭐가?"

"아까 아저씨가 한 말."

"무슨 말?"

주변인은 억울하다는 듯이 눈을 동그랗게 뜨며 되물었다.

"기억 안 나세요?"

"내가 뱉은 말이 많아서 묻는 거야."

주변인은 비웃는 미소를 지으며 대꾸했다.

"아저씨 말한 거 별로 없는데. 계속 우느라."

김을 집던 젓가락을 식탁 위에 소리 나게 탁 내려놓았다. 하지만 주변인은 개의치 않고 말을 이었다.

"엉엉."

자연스럽게 다시 젓가락을 집어 들며 대꾸했다.

"눈물 찔끔 나온 거 가지고 오버한다."

"왜 울었어요?"

"내 나이쯤 되면 원래 그래."

"아빠 잃은 사람은 난데, 어떻게 저보다 더 서럽게 울어요?"

난 주변인을 바로 보며 물었다.

"듣긴 들었구나. 거기까지 들은 거야?"

주변인은 길게 한숨을 내쉬며 고개를 끄덕인 뒤 젓가락으로 밥알을 뒤적이며 말했다.

"친아빠는 따로 있는 거 알았지만 돌아가신 건 몰랐거든요. 자살 얘기는 정말……."

거기까지는 비교적 괜찮다. 그 이상의 진실은 모두를 위해서 묻어 두는 게 좋다. 그렇게 하기 위해서는 형사도 같이 묻어야 한다.

주변인은 상체를 앞으로 바짝 당기며 물었다.

"아저씨가 한 말, 무슨 뜻이에요? 지우고 싶은 사람 있으면 말하라는 거."

나도 모르게 한숨이 흘러나왔다. 그런 멋진 대사는 암묵적으로 그냥 묻어 두는 게 예의 아닌가? 분명 멋진 대사라고 생각하지만 다시 들으니 손가락이 오그라드는 이유는 나도 모른다.

"그거 무슨 뜻이냐니까요?"

귀찮을 땐 사실을 말해 주는 게 좋다. 그래야 더 이상 질문이 없으니까. 난 밥을 먹으며 허심탄회하게 말했다.

"죽이고 싶은 놈 있으면 딱 한 놈은 죽여 준다고."

주변인은 멍한 얼굴로 빤히 바라보았다. 이래서 애들을 귀찮아하는 거다. 뭐든 한 번에 못 알아듣고 보충 설명을 해 줘야 한다.

"킬러 알지?"

"알죠."

"아저씨 킬러였어."

"킬러요? 레옹 같은 그런 킬러?"

레옹이 팔목 잘릴까 무서워 바지에 오줌을 지린 적이 있었나? 살려 달라고 애원하면서 추잡스럽게 무릎 꿇고 빌었던 적은? 그런 적이 없다면 난 결코 레옹 같은 킬러가 아니다.

"같은 직업이긴 하지."

주변인은 나를 빤히 바라보다 비웃는 얼굴로 콧방귀를 뀌며 대꾸했다.

"아, 그러세요?"

"무서워할 필요는 없어. 지금은 은퇴했으니까."

"아, 네."

주변인은 젓가락을 아예 내려놓고 팔짱을 끼며 물었다.

"그래서, 몇 명이나 죽이셨는데요?"

잠시 머릿속으로 세어 봤지만 알 수가 없었다. 청부업자들은 희생자 한 명씩 기억한다고 하는데 나는 전혀 그렇지 않았다. 한 명만 빼고.

"몰라, 안 세어 봐서."

주변인은 입꼬리만 추어올려 웃으며 말했다.

"아, 그러시구나. 백 명 넘기면서부터 카운트 안 하신 건 아니고요?"

"백 명? 그 정도면 미친놈이지. 머리 제대로 박힌 놈이면 그렇게 못 해."

주변인은 다리까지 꼬고 앉아 더욱 노골적으로 한심한 듯 바라보고 있었다. 내 인생이 그렇게 한심한 걸까? 나는 뭐 하고 싶어서 한 줄 알아? 먹고살려고 발버둥 치다 보니 그렇게 된 거다. 당당하진 않지만 매번 목숨 걸고 나름 열심히 살았다고 말할 순 있었다.

주변인은 주변을 가리켜 보이며 물었다.

"그럼 이 집도 킬러 해서 번 돈으로 샀겠네요?"

나도 모르게 주변인의 손가락을 따라 시선을 움직이며 대답했다.

"돈은 운이 좋아서 벌었고. 사람 죽이는 게 의외로 돈이 안 되는 일이야."

나를 빤히 쳐다보던 주변인은 고개를 가로저으며 말했다.

"왜 아재 개그라는 말이 나온 줄 알겠네요. 재미도 없고 반전도 없고. 그냥 자기만족인가?"

"자기만족이라는 말도 알아?"

주변인은 더욱 어이없다는 표정으로 나를 바라보았다. 중딩을 너무 과소평가한 모양이다.

"아저씨는 그게 무슨 뜻인지 아세요?"

발끈할 것까진 없잖아. 저 말에 대꾸를 하는 순간 나는 중딩보다 더 유치한 놈이 되는 것이기에 어깨를 으쓱해 보이는 걸로 대답을 대신했다. 그렇다고 내가 저 말뜻을 모른다고 생각하는 건 아니겠지?

주변인은 잠시 후에 다시 젓가락을 집어 들고 밥을 뒤적거리기 시작했다. 은근히 거슬린다.

"그거 파 봐야 밥밖에 안 나와. 그만 좀 뒤적거려."

핀잔이 무색하게 주변인은 완벽히 내 말을 무시하고 물었다.

"왜 자살하셨대요?"

훅 들어온 질문에 나는 멈칫했다. 둘러댈 말을 떠올리지 못하고 죄 없는 햄만 젓가락으로 계속 찌르고 있었다. 내 젓가락질에 만신창이가 되어 가는 햄을 바라보며 주변인이 다시 물었다.

"정말 자살이래요?"

고개를 들어 주변인을 바라보았다. 진짜 자살인지에 대해서는 생각해 본 적이 없기 때문이다. 그건 당연한 일이다. 대부분 남의 일까지 깊게 생각하지는 않으니까.

"음……."

적당한 말을 찾고 있을 때 주변인의 휴대폰이 울렸다. 주변인은 휴대폰을 한 번 바라보고는 놀란 얼굴로 얼른 전화를 받았다.

"혜주야!"

주변인 친구다. 전화를 붙잡고 듣고 있던 주변인이 하얗게 된 얼굴로 나를 돌아보았다. 뻔하다. 뭔가 잘못된 거겠지.

나는 손짓만으로 휴대폰을 달라는 신호를 보내 건네받았다.

— ……발년아, 그러니까 네 친구 살리고 싶으면 아저씨인지 뭔지 그 보호자 새끼랑 같이 나오라고.

애꾸눈의 목소리였다. 전화를 이어 받느라 앞에 한 글자를 놓치긴 했지만 무슨 욕을 했는지는 명확히 알아들었다. 내가 말했다.

"나야, 발년 보호자."

갑작스런 내 목소리에 멈칫했던 애꾸눈이 쌍욕을 앞세워 말하기 시작했다.

— 개새끼야, 뉴스 봤냐? 넌 이제 좆 됐어.

폐가의 애새끼들 죽인 게 누군지 명확해졌다. 애꾸눈이 먼저 깨어났으면 기절해 있는 남자애들 네 명 죽이는 건 일도 아니다. 살인을 할 수 있었을 거라 생각하지는 못했지만 내게 칼질을 한 걸 보면 불가능한 성품도 아닌 듯하다.

"너냐? 네가 그랬냐?"

— 아니지, 새끼야. 네가 그런 거지. 네 지문이 묻은 증거물이 내 손에 있으니까 뻘짓하지 마. 바로 경찰에 보내 버릴 테니까.

이 말에 폐가에서 처음 공격해 들어왔던 놈이 들고 있던 회칼을 생각해 냈다. 놈을 죽게 하지 않으려고 그 칼자루를 붙잡아 멈춘 기억도 났다. 애꾸눈의 말이 충분히 설득력 있다는 뜻이다.

"어디로 나오라고?"

— 주소는 카톡으로 드릴게요, 개새끼야. 늙어서 카톡은 쓸 줄 아세요?

이래 봬도 얼리어답터다. 직장인 시절부터 최신 디지털 기기는 제일 먼저 써 봤다.

"이따 보자."

— 왼쪽 눈깔 하나는 잃었다 생각하고 와라.

"아, 네 눈 말이야. 음…… 아니다."

— 걸레 년한테 명품 지갑 고맙게 잘 쓰고 있다고 전해 주고. 이따 보자, 이 늙은 개새끼야!

애꾸눈은 소리를 지르면서 일방적으로 전화를 끊었다. 전화를 끊었지만 가장 많이 들은 '개새끼'라는 말만 귀에 남아 맴돌았다. 주변인에게 휴대폰을 건네주고는 밥을 마저 먹으며 말했다.

"카톡으로 주소 날아오면 전달해 줘."

주변인은 휴대폰을 받으면서 물었다.

"어떻게 하실 거예요?"

"가 봐야지."

"경찰에 신고할까요?"

그러면 제일 먼저 곤란해지는 건 나다.

"내가 알아서 할게."

메신저 날아오는 소리가 들렸다. 주변인은 마치 무서운 물건이라도 되는 것처럼 휴대폰을 떨어뜨렸다. 휴대폰을 대신 주워 주며 말했다.

"문 잠그고 집에 있어. 설거지 정도는 해 두고."

나와 주변인은 무의식중에 식탁을 내려 보았다. 밥까지 인스턴트였기에 설거지할 거라고는 달걀 프라이를 담은 접시 한 개와 수저 두 벌뿐이었다. 딱히 할 말이 없었기에 곧장 일어나 서재로 향했다. 주변인이 따라올까 봐 들어서자마자 문부터 잠갔다. 예상대로 따라올 생각이었는지 문고리가 덜컥거렸다.

"아저씨, 주소 보냈어요."

"오케이."

"이제 어떻게 하실 생각이에요?"

구석에 있는 책장 뒤쪽 스위치를 누르며 주변인에게 건성으로 대꾸했다.

"이제부터 생각해 봐야지."

책장 가운데 칸 뒤판이 덜컥 뒤로 열리며 공간이 나왔다. 그 앞을 가리고 있는 책 몇 권을 들어낸 다음, 그 사이로 손을 넣어 알루미늄 케이스를 꺼내 책상 위로 옮겼다. 종종 꺼내서 손질을 하긴 했지만 직접 사용한 건 마누라가 심각한 교통사고를 당한 이후 처음이었다. 케이스를 열어 일렬로 나열해 있는 나이프를 손가락으로 하나씩 쓰다듬으며 가져갈 녀석을 선별했다.

내 움직임을 보고도 자신에 찬 애꾸눈의 태도를 보면 다수의 인간이 매복해 있는 게 분명했다. 지난번 학교에서 본 걸로 짐작건대 조직폭력배일 확률이 높았다.

주변인의 목소리가 들렸다.

"엄마한테 이제 말할래요. 그러니까 경찰에 신고해요."

그랬다간 네가 내 손에 죽어.

"이런 건 어른한테 맡기는 거야. 내가 알아서 할 테니까 걱정 마."

다수를 상대하기 위해서는 위압감을 주는 큰 칼 하나와 빠르게 쓸 수 있는 작은 거 하나면 된다. 내 시선은 세로로 나열해 있는 칼들 머리 위로 유일하게 가로로 누워 있는 두꺼운 칼로 향했다.

"아저씨, 너무 무서워요. 이러다 큰일 나는 거 아니에요?"

그 칼을 집어 들고 가볍게 휘둘러 보며 대꾸했다.

"벌어진 일은 크기를 따지는 게 아니야. 주워 담을 수 있느냐를 따져야지."

큰 칼과 작은 칼 하나를 꺼내 책상에 올려놓고 잠시 고민하다 소음기와 권총도 한 자루 꺼내고는 케이스를 닫았다. 케이스를 책장 빈 공간에 집어넣으면서 그 안에 곱게 개어 놓은 커스텀 방검 셔츠를 꺼내 입었다.

"아저씨, 문 좀 열어 봐요."

앞쪽 홀스터에 나이프를 차례로 꽂아 넣으며 대답했다.

"준비하는 중이라니까."

끝으로 권총에 소음기를 돌려 끼우고 방검 셔츠 가장 아래쪽 홀스터에 꽂아 넣었다. 그러고는 잠시 고민하다가 서랍에서 반지를 하나 꺼냈다. 가로로 되어 있는 장식품을 돌리자 따로 떨어져 나왔다. 그럴듯한 모양으로 가공한 수갑 열쇠였다. 경찰에 노출된 사건에 관여하는 것이었기에 수갑 찰 일이 없다고 확신할 수가 없었다.

열쇠를 다시 반지에 끼우고 결혼반지처럼 왼손 약지에 끼웠다. 간만에 액세서리를 끼우니 답답해서 손이 둔해진 느낌이었지만 어쩔 수 없었다. 안전이 제일이니까.

넉넉한 재킷을 집어 걸쳐 입고 거울 앞에 서서 칼이나 권총이 보이지 않는지 검사하고 있을 때 주변인의 목소리가 또 들렸다.

"저도 같이 가는 게 좋지 않겠어요?"

저 말만큼은 건성으로 대꾸할 수가 없었다. 서랍에서 멋대가리 없는 팔찌를 꺼내 들고 스마트폰 위치 추적 앱과 연동하는 설정을 했다. 화면에 팔찌의 위치를 나타내는 파란색 점이 반짝이는 것을 확인하고는 서재 문을 벌컥 열었다.

문에 붙어 있던 주변인이 깜짝 놀라며 눈을 동그랗게 뜨고 나를 올려 보았다. 주변인의 징징거리는 소리가 듣기 싫었기에 굳은 얼굴로 말했다.

"집에 있으라고. 도움도 안 되고 거치적거리기만 하니까."

내 기세에 주눅이 들었는지 주변인은 더 이상 말을 하지 못했다. 주변인의 손목에 팔찌를 직접 채워 주며 말했다.

"항상 차고 있어. 그래야 네가 어디 있든 찾을 수 있어."

"GPS 같은 거예요?"

청부업자 시절에 내게 필요한 물품들을 공급해 주던 업자에게 얻은 물건이다. 귀한 거라며 온갖 생색을 다 내면서 준 물건이라 마누라에게 만약의 일이 생겼을 때를 대비해서 아껴 두었다. 이

182

걸 잘 알지도 못하는 애에게 주려니 아까운 생각이 들었다.

"훨씬 비싼 거야. 그러니까 절대 잃어버리지 마. 손목이 잘려서 빠지기 전까진 절대 빼지 말라고."

"손 씻을 때도요?"

"샤워할 때도, 잘 때도, 똥 쌀 때도 안 돼."

주변인은 팔찌를 위쪽으로 끌어 올리며 고개를 끄덕였다. 나는 서둘러 현관으로 향하며 말했다.

"집에서 기다려. 나 이외의 전화는 받지도 말고, 내가 벨 눌러도 그냥 없는 척하고. 얼마 안 걸려. 금방 올 거야."

현관을 열 때까지 졸졸 따라오며 연신 고개를 끄덕이던 주변인은 친구를 꼭 구해 달라는 말을 했지만, 나는 그냥 문을 닫고 밖으로 나섰다.

주택가를 벗어나 택시를 타는 동안 스마트폰 앱을 실행시켰다. 주변인에게 사 줬던 명품 지갑의 위치를 나타내는 빨간 점과 주변인의 팔찌를 나타내는 파란 점이 깜빡거리며 나를 반겼다. 애꾸눈이 보냈던 주소를 열어 본 난 픽 웃을 수밖에 없었다. 주소지와 빨간 점의 위치가 달랐기 때문이다. 주소지엔 애꾸눈과 주변인 친구를 빼고는 날 죽일 모든 게 있겠지. 어디로 가야 할지는 고민할 거리도 못 되었다. 집을 나설 때부터 주변인 친구는 내 관심사가 아니었으니까.

● ● ●

한 건물 앞에 선 채 스마트폰 앱을 다시 한 번 확인했다. 빨간 점이 확실히 이 건물 안에서 멈춰 있었다. 건물의 구조를 눈으로 살펴보며 가볍게 몸을 풀었다. 빌딩 사냥이라면 여러 번 경험이 있지만 매번 예상치 못한 골칫거리가 생겼기에 긴장하지 않을 수 없었다.

칼을 쓰는 데 가장 중요한 손목을 집중적으로 풀어 주며 3층 창문을 바라보았다. 주택가와 상권의 경계에 애매하게 걸쳐 있는 건물은 딱 봐도 임대료가 저렴해 보였다. 멀쩡했다면 '진성 실업'이라고 붙어 있었을 접착 시트는 절반쯤 떨어져 나가 있었지만 형광등은 켜져 있었다. 아마도 예전에 봉제 공장으로 쓰였던 곳일 듯싶었다. 안으로 들어가는 출구도 하나였고 계단도 하나였다. 진입로와 퇴로가 하나였기에 문 입구에서부터 안쪽으로 밀고 들어가 적들은 앞에 두고 문은 등지고 있어야 했다. 그러지 않으면 갇히게 되니까.

가슴에 꽂아 둔 나이프를 확인하고는 1층과 2층을 지나 3층으로 올라갔다.

3층에 도착하자 숨이 조금 찼다. 벌써 이럴 나이가 된 건가. 난간 역할을 하고 있는 파이프에 체중을 실으며 잡고 올라가자 녹슨 파이프 한쪽이 끊어지며 안쪽으로 크게 휘어졌다. 깜짝 놀라 잠시 그대로 멈춰 서서 기척을 살폈다. 다행히 다른 기척은 느껴지지 않았기에 다시 오르기 시작했다. 이런 쓰러져 가는 건물 월세는 얼마나 될까?

3층에 도착하자 낡은 건물과 어울리지 않는 유리문이 나타났다. 반투명 접착 시트로 가려 놨기에 안쪽이 선명히 보이지는 않았지만 어른거리는 실루엣들은 보였다.

하나, 둘 그리고 셋.

직장인 시절 내가 일했던 부서는 전략기획팀이었다. 기획자로서 쾌감이라면 예상한 대로 일이 돌아갔을 때다. 바로 지금 그런 쾌감이 느껴졌다. 애꾸눈은 나를 부른 곳으로 모든 인간을 보내고 자신은 안전하게 뒤로 빠져 있었던 것이다. 애꾸눈이 보내 준 주소지와 이곳의 거리는 직선거리로 20킬로미터. 서울에서 그 거리는 자동차로 한 시간 반 거리를 의미했다. 문 밖에서 더 지켜보았지만 세 개의 움직임만 보일 뿐 더 이상 보이지 않았기에 심호흡을 한 번 하고 문을 열고 들어섰다.

예상과 다른 말끔한 사무실 환경에 잠시 시선을 빼앗겼다. 일반 사무실에서 쓰는 사무용 책걸상과 회의 테이블 세트가 갖춰져 있었고, 에어컨은 쾌적한 상태로 돌아가고 있었다. 회의용 테이블 벽면엔 대형 벽걸이 TV가 걸린 채 작은 소리로 뉴스를 내보내고 있었다. 구석의 책상 뒤쪽 벽에는 러시아와 동남아 지도가 걸려 있었고 그 옆엔 방문이 있었다. 그 방문에 붙어 있는 푯말이 '대표이사'라는 걸 인지했을 때, 방문이 열리며 누군가 통화를 하면서 나오는 게 보였다.

"그러니까 왜 어선으로 보냈냐고, 내 말은! 영화 찍냐? 영화 찍어? 전부 여권 가지고 있는 애들을 왜 밀항을 시키냐고!"

살이 쪄서 커진 체구의 중년 사내로, 말끔한 정장 차림이 깔끔한 인상을 주고 있었다. 몸을 돌리다 말고 벽 쪽을 향한 채 잔뜩 흥분한 목소리로 통화하는 중이었기에 나를 발견하지는 못했다.

"뭐? 여권이 없어? 뭔 개소리야! 발급 안 되는 애들은 선금 떼고 만들어 주라고 했잖아. 뭐? 하, 나 참. 아주 쌍으로 지랄들을 하고 있네, 지랄들을 하고 있어."

어이없다는 표정으로 웃으며 고개를 돌리던 그는 나를 발견하고는 멈칫했다. 의아해하는 표정으로 바라보긴 했지만 통화를 끝낼 생각은 없는 것 같았다. 내게 시선을 고정한 채 말했다.

"일단 알았으니까, 오늘은 배 태우지 말고 숙소 잡아 줘. 연락할게."

그는 끊은 휴대폰을 안주머니에 넣으며 나를 위아래로 한 번 훑어보았다. 까무잡잡한 피부 때문에 삼백안의 눈알이 유난히 하얗게 보였다. 사장이 말했다.

"무슨 일로 왔습니까?"

"여기 뭐 하는 회사죠?"

내 반문에 짜증 난 듯 콧방귀를 뀌며 고개를 반대로 돌렸다. 그 때문에 목에 있던 커다란 점이 잠깐 늘어났다가 원래대로 돌아왔다.

"지라시는 거기 대충 놓고 나가요."

관찰력 진짜 없는 놈이다. 내 손엔 약간 긴장한 탓에 배어 나온 땀밖에 없는데 무슨 전단지 타령이냐. 그때 하이 톤의 목소리와 함께 치료용 안대를 한 여자애 하나가 방에서 튀어나왔다.

"오빠, 아직 연락 없어? 전화해 보면 안 돼?"

제대로 찾아왔다. 애꾸눈이었다.

내가 애꾸눈을 알아본 순간 애꾸눈도 날 알아보고 얼굴에서 핏기가 가셨다. 그걸 아직 눈치채지 못한 사장은 애꾸눈에게 말했다.

"다 마무리하고 나면 애들이 보고한다니까. 오빠 지금 일하잖아, 일!"

말을 마친 사장은 애꾸눈의 상태가 이상하다는 것을 깨달았는지, 그 애의 시선이 향해 있는 나를 돌아보았다. 사장이 내게 물었다.

"당신 뭐야?"

갑자기 피어오른 긴장감에 방 안에 있던 또 한 명이 모습을 드러냈다. 건장한 덩치의 사내였다. 덩치는 야식 중이었는지 입가에 양념장을 묻힌 채 사장과 나를 번갈아 바라보았다. 덩치의 문드러진 귀를 보는 순간 멈칫했다. 그리고 그의 몸을 다시 살펴보니 전형적인 레슬러 체형이라는 것을 알 수 있었다. 마냥 쉽게만 보이는 상황은 아니게 되었지만 그렇다고 그 귀 하나로 긴장할 만한 상황도 아니었다. 안 잡히면 그만이니까.

밖에서 본 실루엣 세 개의 존재를 모두 확인한 나는 유리문을 천천히 잠그며 입을 열었다.

"사장님 말고 거기 여자 친구분한테 볼일이 있어서 왔습니다."

사장의 표정이 노골적으로 불쾌하게 변했다. 그가 애꾸눈에게 물었다.

"저 새끼 아는 새끼야?"

애꾸눈이 두려움과 분노가 섞인 묘한 얼굴로 대답했다.

"그 새끼야. 여길 대체……."

"그 새끼?"

사장은 처음에는 못 알아듣고 되물었다가 뒤늦게 깨닫고는 험악한 인상으로 나를 돌아보았다.

"여긴 어떻게 왔어?"

당사자를 눈앞에 두고 새끼 새끼 하는 게 맘에 들지는 않았지만 기분이 나쁘진 않았다. 덩치만 처리하면 여태까지 했던 빌딩 사냥 중에 가장 쉬운 사냥이 될 것 같았기 때문이다. 사장과 대화를 할 이유가 없었기에 애꾸눈에게 곧바로 용건을 말했다.

"아까 전화로 하려다 만 얘기 해 주려고 왔어. 네 왼쪽 눈, 의사가 뭐라고 했는지는 모르겠지만 시력은 안 돌아올 거야."

애꾸눈의 눈썹이 위로 올라갔고, 동시에 사장의 입에서 욕이 튀어나왔다.

"이 새끼가 미쳤나……. 아가리 안 달아?"

"내 말 아직 안 끝났어."

덩치가 애꾸눈을 지나 호기롭게 나를 향해 다가왔다. 사장님 앞에서 점수 좀 따 보겠다는 허세가 분명했다. 문드러진 귀의 모양에 비해 놈의 자세는 좋지 않았다. 레슬러는 낮은 자세로 공격을 한다. 손이 거의 바닥에 닿을 정도의 낮은 자세로 다가와 완력으로 빌목을 잡아채는 순간, 상황은 금세 끝나 버린다. 그런데 덩치는 꼿꼿이 선 자세로 다가왔다. 둘 중에 하나다. 실력이 없거나, 나를 무시하거나.

"사장님 말씀 안 들려? 아가리 닫으라고, 새끼야!"

가까이 다가온 덩치는 내 얼굴을 향해 힘을 실어 주먹을 날렸지만, 내 몸에 닿을 땐 대부분의 힘이 빠져나가고 툭 건드리는 게 전부였다. 주먹질을 하느라 벌어진 덩치의 사타구니를 있는 힘껏 걷어찼기 때문이다. 사타구니를 잡고 쓰러질 땐 내 주먹이 그의 턱에 꽂혔기 때문에 비명을 지르기도 전에 정신을 잃었다.

나는 애꾸눈에게 한 발자국 더 다가서며 마저 말을 이었다.

"네 남은 오른쪽도 몇 달 뒤면 실명할 거야. 시각장애인이 되는 거지."

"이 개새끼야! 이 걸레 같은 새끼야!"

소리를 지른 건 애꾸눈이었다. 더 이상 참지 못하고 고함을 지르고는 나를 향해 달려들었다. 하지만 사장에게 붙잡히는 바람에 발버둥만 칠 뿐 다가오지는 못했다.

"들어가 있어."

사장이 타이르듯 말했지만 애꾸눈은 듣지 않았다.

"이 개 같은 새끼야! 네 눈깔 전부 파 버릴 거야!"

"들어가 있으라고."

"파내서 잘근잘근 씹어 먹을 거라고!"

말리던 사장이 애꾸눈의 뺨을 후려치자 그제야 고함 소리가 멈췄다. 사장은 애꾸눈에게 다시 한 번 차분하게 말했다.

"들어가 있으라고."

애꾸눈은 수명이 얼마 남지 않은 오른쪽 눈으로 원망하듯 사장을 노려보고는 방으로 들어가 버렸다. 사장은 쓰러져 있는 덩치에게 시선을 둔 채 책상 한가운데로 자리를 옮기며 입을 열었다.

"이래서 좋을 거 없을 텐데."

그는 품속에서 휴대폰을 꺼내 흔들어 보이며 말을 이었다.

"내 회사에 찾아와서 이 지랄을 해 놓으면 그 애가 멀쩡하겠어? 이름이 뭐였지? 혜주였던가?"

상대가 믿고 있던 패가 썩은 패라는 것을 알고 있다는 건 묘한 쾌감이 느껴지는 일이다. 적당히 장단을 맞춰 주면서 얻는 재미는 덤이고. 나는 손을 들어 보이며 말했다.

"사장님한테 볼일이 있는 건 아니라니까."

"아하하, 이 새끼 재미있는 새끼네. 애가 찢어져서 사방팔방 흩어지는 걸 봐야 장난이 아니라는 걸 아려나? 대체 우리 애한테 볼일이 뭔데?"

"칼."

"칼?"

"남자애들 죽인 칼이라고 하면 알아들을 거야."

정신이 돌아오는지 덩치가 꼼지락거리는 게 보였기에 발로 턱을 한 번 더 걷어차고는 말을 이었다.

"그 칼 받으러 왔어."

사장은 다시 기절한 덩치를 보고는 인상을 구기며 대꾸했다.

"그 칼이라면 내가 가지고 있는데."

"그럼 쉽게 풀리겠네. 칼만 주면 조용히 돌아갈 거야."

사장은 다소 여유를 찾은 모습으로 대꾸했다.

"그러게 왜 함부로 남의 칼에 손을 대고 그러나? 칠칠치 못하게."

"그 남자애들 누가 그렇게 한 거야? 사장님이야?"

"사업하는 사람이 왜 손에 직접 피를 묻히겠어. 돈만 주면 대신 해 줄 놈이 가득한데. 안 그래?"

내 시선이 쓰러져 있는 덩치에게로 돌아갔다. 더러운 일은 원래 가까이 붙어 있는 측근이 하는 법이니까. 나는 덩치의 사타구니를 있는 힘껏 걷어차며 말했다.

"그럼 이 양반이 잘못했네."

내 돌발 행동에 사장은 당황한 얼굴로 고함을 질렀다.

"뭐 하는 짓이야?"

"이 양반 때문에 독박 쓰게 생겼는데 그냥 둘 수는 없잖아. 안 그래?"

한 번 더 걷어찼다. 발끝이 좀 깊이 들어갔다고 여겨졌을 때 덩치의 사타구니에서 피가 흘러나오기 시작했다. 이 친구에게 더 이상 활기찬 아침이란 있을 수 없게 되었다. 직원의 고통을 대신 느낀 듯, 사장은 덩치의 사타구니에서 시선을 떼지 못한 채 소리를 질렀다.

"그만둬!"

사장을 향해 마지막 선고를 하듯 단호하게 말했다.

"칼 가져와."

잔뜩 상기된 얼굴로 나를 바라보던 사장이 언제 전화를 걸 있는지 휴대폰을 귀에 대며 말했다.

"그년, 돌리지 말고 찢어 버려."

짧게 통화를 마친 사장은 나를 빤히 바라보며 말했다.

"너, 방금 애 하나 죽였다."

난 어깨를 으쓱해 보이며 대꾸했다.

"조커를 그렇게 쉽게 쓰면 어떻게 하나?"

내 말에 사장의 표정이 굳었다. 이제 우리 두 사람 모두 경찰을 부를 처지가 아니라는 것을 알았기에 마음 편히 다음 말을 이어 나갔다.

"칼 안 가져오면 여기 있는 사람 전부 죽일 수밖에 없어."

사장은 티를 내지 않고 최대한 포커페이스를 유지했지만 당황했다는 걸 숨기지는 못했다. 거칠어진 호흡 때문에 콧구멍이 심하게 벌름거렸고 그의 손가락은 긴장한 듯 끊임없이 꼼지락거렸다. 노려보는 얼굴은 붉게 상기되었고 이마엔 땀방울이 맺혔다.

계속 이러고 있을 수 없었기에 팽팽한 대치 상태를 무너뜨릴 필요가 있었다.

난 품속에서 가장 커다란 칼을 꺼내 들고는 늘어져 있는 덩치의 팔을 잡고 사장을 돌아보았다. 그리고 사장이 내게 했던 말투를 흉내 내며 그대로 돌려주었다.

"직원 팔목이 끊어져 봐야 장난이 아니라는 걸 아려나?"

무슨 이유에선지 사장은 귀신이라도 본 것처럼 눈을 동그랗게 뜨고 나를 바라보았다. 포커페이스고 뭐고 다 사라진 경악한 표정으로, 내가 들고 있는 칼과 나 그리고 벌어진 재킷 사이로 보이는 방검 셔츠를 번갈아 보았다.

난 오른손에 든 칼로 덩치의 팔뚝을 천천히 베어 피가 맺히게 만든 뒤 사장을 다시 돌아보았다. 그래도 움직임이 없었기에 칼을 치켜들었다. 이 정도 굵은 팔뚝은 한 번에 자르기가 쉽지 않기에 좀 더 가는 손목 쪽을 노리고 내리치려는 순간, 사장이 고함을 질렀다.

"적당히 해!"

이 말에 머리가 약간 멍해졌다. 적당히 자르라는 말인가? 그런 엉뚱한 생각이 들다가 뒤늦게 사장의 말을 이해하고 손을 내렸다. 때때로 사람의 말을 이해하는 데 장애가 느껴질 때가 있다. 내 머리에 이상이 생긴 걸까?

책상 서랍을 여는 사장을 바라보며 말했다.

"오해하지 않게 천천히 움직여."

멈칫했던 사장은 서랍에서 서류 봉투를 꺼내 책상 위에 천천히 올려놓았다. 봉투가 접힌 모양으로 보아 회칼이 분명했다. 사장이 봉투를 내 쪽으로 던져 주며 물었다.

"이제 우리 사이에 법으로 해결할 일은 없어졌군."

난 놈이 던진 칼을 집어 확인하며 말했다.

"애초에 경찰을 끌어들일 생각을 한 게 잘못이지."

"저년 아이디어였어."

"상관없어."

회칼은 공산품이었기에 모양이 똑같아서 내 지문이 묻어 있는지 아닌지 확신이 서지 않았다. 칼을 살피고 있는 내게 사장이 불현듯 물었다.

"혹시 너, 청부업자 아니었냐?"

깜짝 놀라서 나도 모르게 고개를 들었다. 그리고 이미 알아들었는데도 반사적으로 되물었다.

"뭐라고?"

내 반응에 사장은 확신이 생겼는지 좀 더 큰 목소리로 물었다.

"즐거운 표정으로 사람 죽이고 다녔다는 그 미친 청부업자 새끼 말이야. 큰손 등쳐서 돈도 엄청나게 벌었다지? 별명이 '작가'라던데."

사장은 테스트를 하듯 청부업자 시절의 별명을 툭 던지고 내 표정을 살폈다.

"미성년자 매춘이나 하는 새끼가 그런 건 알아서 뭐하게."

사장에게 아무렇지도 않은 듯 대꾸했지만, 사실 사장의 입에서 작가라는 단어가 튀어나온 순간 감전이 된 것처럼 충격을 받았다. 청부업계에 처음 발을 들였을 때 붙었던 별명이 작가였기 때문이다. 정확히는 청부 회사 인트라넷에 접속할 때 쓰는 아이디였고, 이 별명을 알고 있는 사람 중 처음 보는 얼굴들은 대부분 저세상으로 보냈다고 생각했기에 놀라지 않을 수 없었다.

"맞네."

사장은 내가 굳어 있는 틈을 타 어슬렁거리며 움직이다 재빨리 책상 서랍에서 권총을 꺼내 들었다. 그리고 다소 상기된 표정으로 말을 이었다.

"무식한 칼, 방탄조끼 그리고 사람 조각내면서 웃는 표정까지, 딱 들은 대로구먼."

또다시 충격을 받았다. 내가 이런 짓을 할 때 웃는 표정을 하고 있다고? 그럴 리가 없다. 사장 새끼가 겁을 먹고 헛것을 본 게 분명했다.

"변질된 놈들 많이 봤지만 너만큼 망가진 놈은 처음이다. 어떻게 변해도 저렇게 변하지?"

언제 봤다고 나에 대해서 함부로 지껄이는 건지. 그래서 죽이기로 마음먹었을 때, 사장이 내게 큰 소리로 말했다.

"오랜만이다, 방의강. 반갑다, 변태 새끼야."

내 본명까지 외친 사장은 오랜 시간 갈망했던 소원을 이룬 것처럼 한껏 들떠 웃는 얼굴로 나를 바라보고 있었지만, 난 망치에라도 얻어맞은 것처럼 잠시 동안 멍해져서 움직일 수가 없었다.

9. 동창회

놈은 나를 아는 듯했지만 나는 놈에 대해서 아는 게 전혀 없었다. 바로 그 점이 나를 불안하게 했다. 전투는 정보를 더 많이 가진 쪽이 유리하게 되어 있다.

하지만 사장은 자기만 나를 알아본 것이 억울한 눈치였다.

"한국 들어와서 너 찾는 데만 쓴 시간을 돈으로 따지면 웬만한 아파트 한 채 값은 될 거야."

방의강이 아닌 척하려고도 생각해 봤지만 거짓말이라는 게 드러나면 모양이 빠지게 된다. 이 바닥에선 모양이 빠지면 얕보이고, 얕보이면 죽는다. 그래서 일단 사장이 뭐라고 떠들든 그냥 듣고 있기로 했다. 내 정보가 부족할 때는 상대방을 떠들게 만들어서라도 정보를 모아야 하기 때문이다.

"날 왜 찾아?"

사장이 표정을 굳히며 되물었다.

"정말 나 기억 안 나냐?"

원한을 가진 놈 중 하나인 건 분명한데, 문제는 그런 놈이 한둘이 아니라는 거다. 물론 당사자는 대부분 저승에 있으니 문제 될 게 없지만.

"글쎄. 미성년자 매춘하는 놈은 처음이라."

사장은 입만 비틀어 웃는 표정으로 대꾸했다.

"서운하네. 우리 인연이 보통 인연은 아닌데."

손에 땀이 차서 칼을 고쳐 들자 사장은 예민하게 반응하며 총을 쏠 것처럼 다시 겨누고는 말했다.

"허락도 없이 움직이지 마. 필리핀산 레플리카지만 네 대가리 날리는 데는 전혀 문제없어."

"직원 살리려면 응급조치라도 해야 할 것 같은데."

"하! 미친 새끼. 저거 완전히 맛이 갔구먼. 완전히 맛이 갔어. 그렇게 걱정할 놈이 팔은 왜 자르려고 했냐?"

"대화를 이렇게 길게 할 생각이 아니었으니까."

"미친 새끼."

'미친'이란 말이 몇 번이나 나왔는지 머릿속으로 떠올려 봤지만 잘 기억나지 않았다. 사장이 총을 또다시 흔들어 보이며 말했다.

"장례는 내가 알아서 치를 테니까 내 얘기에나 좀 집중했으면 좋겠는데."

덩치의 하얗게 된 안색으로 보아 이미 살긴 틀려 보였다. 나는 옆에 있는 책상에서 휴지를 집어 칼에 묻은 피를 닦아 내며 물었다.

"말해."

사장은 다시 총을 흔들며 말했다.

"움직이지 말라고 했잖아!"

"이것만 닦고. 굳으면 피 기름 닦아 내기가 힘들거든."

"이 개새끼야, 허세 그만 피우고 시키는 대로 해!"

총을 저렇게 흔들어 대는 것은 대부분 총을 협박 목적으로만 쓰는 놈들 특징이다.

아직도 대한민국에 총은 비현실적이라 생각하는 사람들이 많다. 하지만 90년대의 러시아부터 중국, 사제 총기 천국인 필리핀까지 총기 한두 정 정도 구매하는 건 일도 아니다. 그렇기에 사업장 좀 가지고 있는 조직폭력배들치고 권총 한두 자루 안 가진 놈들은 없다. 다만, 총을 쏘는 순간 한국에서 비즈니스 하기가 힘들어지기 때문에 쉽게 쏘지 못할 뿐이다.

사장의 태도로 보아 그런 용도로만 총을 쏴 본 놈이 분명했다. 놈의 고함 소리를 무시하고 칼을 마저 닦아 홀스터에 꽂아 넣은 다음 물었다.

"그래서, 나를 어떻게 아는데? 찾은 이유는 뭐고?"

사장은 상황 통제가 잘 되지 않는 게 화가 나는지 울긋불긋해진 얼굴로 말했다.

"변태 새끼 많이 컸네. 골목에서 돈 빼앗기고 처맞던 찌질이였던 게."

사장은 커다란 점이 있는 자신의 목을 보여 주며 말을 이었다.

"나야, 점박이. 중학교 때 너 때문에 죽을 뻔한 점박이."

놀란 표정을 감출 수가 없었다. 자세히 보니 중학교 때 놈의 얼굴이 조금은 남아 있었다. 아는 척을 해야 할까? 아니, 그냥 모른 척할까? 점박이는 자신의 뒤통수를 매만지며 말했다.

"그때 대가리 깨진 줄도 모르고 집에 갔다가 뇌진탕으로 픽 쓰러졌잖아. 덕분에 사경을 헤매다 한 달 만에 깨어났지. 술 처먹고 처자식만 때릴 줄 알던 새끼도 아비랍시고 병원비 대느라 피똥 좀 싼 모양이야. 가불한 거 때문에 공장에서 잘린 걸 보면."

덤덤하게 말하던 점박이의 목소리에 점점 힘이 들어가기 시작했다.

"집안이 그 꼴이면 너희 집 찾아가서 병원비 받아 냈어야 했는데, 그래도 난 누구 짓인지 끝까지 말 안 했다. 너 찾아서 내 손으로 직접 죽여 버리려고 마음 독하게 먹었었거든."

덤덤했던 점박이의 말끝은 잔뜩 힘이 들어가 어느새 이를 갈고 있었다. 그 모습이 어이가 없었다. 밟힌 건 난데 나한테 병원비를 받아 낸다고? 자기 혼자 지랄하다 뒤통수 깨진 걸 왜 내 탓을 해!

"아비란 작자가 공장 잘리고 뭘 했겠냐? 밤낮 술 처마시고 마누라만 팬 거야. 엄마도 광대뼈 함몰됐을 때는 가출하려고 했는데 자식이 입원해 있으니 차마 발이 안 떨어진 모양이야. 그냥 자살했잖아. 그게 무슨 짓거리인지 이해는 안 가지만."

점박이는 결국 그 모든 게 내 탓이라고 하고 싶은 거다. 점박이가 말을 이었다.

"아비, 그 개새끼도 충격을 받은 건지 아님 노름빚 때문에 그런 건지는 모르겠지만 갑자기 러시아를 가더라고. 야, 원양어선 타려면 한국에서 타도 되는 거 아니냐? 왜 거기까지 기어가서 원양어선을 타는 거냐고, 그 미친 새끼는. 어차피 같이 있지도 못하는 거, 나는 왜 또 그 말도 안 통하는 나라까지 끌고간 거고. 하여튼 아비란 새끼는 처음부터 끝까지 이해를 못 하겠어. 이젠 뒈져서 이해할 기회도 없지만."

슬슬 지겨워졌다. 원래 혼자 왔다 혼자 가는 게 인생이기에. 조실부모早失父母한 얘기는 내 관심사가 아니었기에 점박이의 말을 잘랐다.

"그래서 미성년자 매춘 사업에 뛰어든 거야?"

한참 만에 입을 연 내게 점박이가 순순히 고개를 끄덕이며 대꾸했다.

"어미아비가 다 뒈졌으니 뭐라도 해야 하잖아. 아비, 그 인간은 러시아 마피아한테는 언제 또 빚을 진 건지, 바다에 빠져 죽었다는 소식 듣자마자 마피아 새끼들이 찾아오는 바람에 그 조직에서 몸빵하면서 살았다. 이 정도면 역대급 인생 아니냐?"

이번엔 사고무탁四顧無託한 얘기다. 지루해서 화제를 돌리려한 것이 또 관심 밖의 얘기를 하게 만든 꼴이 되었다. 조실부모하고 사고무탁한 얘기는 전혀 신경 쓰이지 않았지만, 점박이가 뱉은 마지막 말은 조금 신경이 쓰였다.

"이게 다 네 덕분이야."

내 탓을 하기 전에 본인 대가리가 깨지게 된 이유부터 생각해 보는 게 순서다. 물론 그런 사리 분별력이 있었다면 거의 30년이나 나를 찾고 돌아다니진 않았겠지만. 내가 입을 열었다.

"왜 내 덕분인지 모르겠네."

"네가 내 대가리 깨뜨렸으니까."

"정확히는 네가 날 밟다가 그렇게 된 거지."

"네가 그날 튀지만 않았어도 이런 일은 없었지. 너 때문에 이 모든 불행이 시작된 거라고. 이해가 되지?"

나비효과냐. 어이가 없어서 웃음이 나왔다.

"그래서?"

내 말을 들은 점박이의 표정이 굳었다. 그러더니 맥이 풀린 표정으로 물었다.

"개새끼야, 할 말이 그게 다냐?"

점박이가 나를 향한 전의를 얼마나, 어떻게 불태워 왔는지 나는 잘 모른다. 하지만 분명한 건, 그 시절에 상처 받은 건 점박이만이 아니라는 것이다. 내가 말했다.

"엉뚱한 곳에서 중학교 동창을 만난 게 신기하긴 하네."

"동창?"

"친구는 아니잖아."

"돈이나 뜯기면서 살던 찌질한 새끼가 많이 컸네."

"찌질한 걸로 치면 널 따라잡을 순 없지. 일진한테 붙어서 기생했던 학교 대표 찌질이였잖아."

동창을 만나면 그 시절로 돌아간다더니 진짜인 모양이다. 나도 모르게 유치한 답변을 하고 말았다. 그러자 점박이는 급소를 찔린 것처럼 흥분하며 소리 질렀다.

"닥쳐, 개새끼야!"

페이크 타이밍이었다. 난 눈동자만 돌려 마치 애꾸눈이 나오기라도 한 것처럼 사장실 문을 힐끗 쳐다보았고, 점박이의 시선도 그쪽으로 돌아갔다. 놈이 한눈을 판 순간 총을 꺼내 놈에게 쏘았다. 소음기의 둔탁한 소리와 함께 점박이가 서 있던 뒤편 벽에 총알이 박혔다. 화들짝 놀란 점박이는 총을 쏘는 것도 잊고 책상 뒤에 몸부터 숨겼다. 곧 넘어갈 것 같은 점박이의 거친 숨소리가 들렸다. 그렇게 말이 많았던 놈이 총알 한 발에 벙어리가 될 걸 보니 우스웠다. 어쩌면 총을 단 한 번도 쏴 보지 않은 건 아닌지 의심까지 들었다.

이 상태라면 금세 끝낼 수 있을 것 같았다. 사무실 불이 꺼지기 전까지는 정말 그렇게 생각했다.

사무실 불이 꺼진 순간 모든 계획이 틀어지기 시작했다.

불은 꺼졌지만 출입구에 붙어 있는 비상구 표시등과 창밖의 불빛은 사물을 분별하기에 충분한 밝기였다.

어차피 막혀 있을 사장실로 도망쳐 들어가는 점박이의 행동을 이해하지 못했다. 점박이를 따라 사장실로 향하는 순간 뒤에서 우악스런 손길이 느껴졌다.

"이 쌍노무 새끼!"

기절해 있던 덩치였다.

덩치는 피로 물든 사타구니는 아랑곳하지 않고 내 허리를 움켜잡았다.

레슬러에게는 잡히지만 않으면 된다는 말이 있다. 그 말을 뒤집어 보면, 잡히는 순간 끝장이라는 뜻이다.

내 팔까지 몸과 함께 묶어 뒤에서 껴안은 덩치는 나를 번쩍 들어올렸다. 이대로 덩치가 허리를 뒤로 꺾어 나를 바닥에 메다꽂으면 모든 게 끝난다. 몸이 허공에 떠 있는 그 짧은 순간 오만가지 생각이 다 들었다. 그 생각 중엔 덩치를 살려 둔 후회가 가장 컸다.

발을 덩치의 다리 안쪽으로 감아 오금에 걸었다. 다리까지 허공에 들렸다가 떨어지면 내 체중 전체가 머리에 실려서 두개골이 박살날 수도 있기 때문이다. 이것만이 대미지를 줄일 수 있는 유일한 방법이었다.

운 좋게도 덩치는 욕심을 부렸다.

나를 완전 끝내고 싶었는지 다리 자세를 바꿔 감긴 내 발을 풀어내려 했다.

껴안은 놈의 팔이 순간적으로 느슨해지며 아주 작은 틈이 생겼다. 그 작은 틈은 내가 몸을 뒤틀기에는 충분한 공간이었다.

내가 몸을 옆으로 뒤트는 순간 다급해진 덩치는 있는 힘껏 뒤로 메다꽂았다.

어둠 속 풍경이 쏜살같이 지나갔다. 바닥에 부딪치는 순간 시야가 노랗게 변했다.

어깨와 함께 옆머리로 떨어져 충격이 완화되긴 했지만, 그렇다고 충격이 약했던 것은 아니었기에 바로 움직일 수가 없었다. 가슴에 차고 있던 작은 칼이 바닥에 거꾸로 꽂힌 얼굴 앞으로 떨어지는 게 보였다. 들고 있던 권총은 어느 결에 놓쳤는지조차 알 수 없었다.

날 내던진 덩치는 자신의 몸 위에 걸쳐 있던 내 발을 걷어내며 일어섰다. 그리고 내 위에 올라타려는 듯 다가왔다. 놈이 내 위에 올라오면 정말 끝장이었기에 혼신의 힘을 다해 손을 움직였다.

그리고 마지막 희망을 걸고 할 수 있는 걸 했다.

잘 움직이지 못하는 내 꼴을 보고 방심한 건지 덩치는 편한 자세로 내 위에 올라앉았다. 하지만 너무 편하게 올라탔다.

몸 위로 털썩 앉는 순간, 덩치는 괴상한 소리를 내며 나를 노려보았다.

창밖으로부터 들어오는 불빛에 당혹과 분노가 서려 있는 놈의 핏발 선 눈이 선명하게 보였다.

유리문 밖으로 다급하게 뛰어가는 발자국 소리가 들렸다. 애꾸눈과 점박이가 도망치고 있다는 걸 직감했지만, 덩치에게 깔려 있는 나는 돌아볼 수도 없었다.

덩치는 피가 섞인 침을 질질 흘리며 내 목에 두꺼운 손을 감아 조이기 시작했다.

치명상을 입고도 조여 오는 엄청난 완력에 당황했지만 내 숨보다 덩치의 완력이 더 빨리 빠져나갔다.

난 혼신의 힘을 다해 덩치를 옆으로 밀쳐 내며 몸을 일으켰다.

덩치의 사타구니 사이에는 손잡이만 남긴 채 몸 안으로 박혀 들어간 칼이 보였다.

홀스터에 다시 꽂았던 큰 칼을 조금만 늦게 뽑았어도, 아니 위를 향해 조금만 늦게 세웠어도 나는 살아남지 못했을 것이다.

도망친 애꾸눈과 점박이를 뒤쫓아 가서 끝내야 했다. 상처를 입고 도망친 짐승은 더욱 거칠게 보복해 오기 때문이다.

하지만 덩치에게 입은 충격 때문에 몸을 제대로 가누기 힘들어 잠시 앉아 있을 수밖에 없었다.

가벼운 뇌진탕은 잠시 쉬면 깨진 균형 감각과 빠져나간 근력이 회복된다는 것을 경험적으로 알고 있기에 유리문을 빤히 바라보며 쉬었다. 이 시간이면 이미 차를 타고 빠져나갔을 것이기에 어떻게 해야 할지 근심부터 앞섰다.

메슥거림이 줄어들어 천천히 일어섰다. 현기증이 일어났기에 책상을 짚고 가라앉을 때까지 잠시 기다렸다.

그때 유리문 앞에 인기척이 느껴졌다. 경비원일지도 모른다는 생각에 잔뜩 긴장하며 자세를 낮췄다.

불청객은 유리문을 열고 들어오려다 잠겼다는 것을 깨닫고는 앞뒤로 몇 번 흔들었다. 그리고 뒤로 물러서는가 싶더니 갑자기 폭발하듯 요란한 소리를 내며 유리문이 부서졌다.

조각난 유리 파편이 안쪽으로 쏟아져 들어왔고, 나는 본능적으로 얼굴을 가린 채 사장실 쪽으로 몸을 날렸다.

유리 조각을 밟고 안으로 들어선 불청객은 나를 향해 매서운 기세로 달려들었다.

곧장 옆구리로 파고드는 놈의 발을 팔을 접어 간신히 막았지만, 강한 파워를 견디지 못하고 내 몸 전체가 튕겨지듯 밀렸다.

사장실 문을 부수며 안쪽으로 굴러떨어진 나는 벌떡 일어섰지만 비틀거리며 벽에 부딪쳤다.

불청객의 동작과 힘으로 보아 쉽게 상대할 수 있는 놈이 아니었다. 몸이 멀쩡한 상태에서 만나도 이겨 낼 수 있을지 확신이 서지 않을 정도였다.

어둠 속에서 부서진 문으로 걸어 들어오는 불청객의 실루엣이 보였다. 나와 비슷한 체구였지만 자세는 빈틈이 없어 보였다.

이놈이 사무실 전원을 내린 장본인이라는 것은 어렵지 않게 짐작할 수 있었다. 점박이는 어느 틈에 지원군을 부른 걸까?

내 시선은 놈의 움직임을 살피는 동시에 애꾸눈과 점박이가 도망친 출구를 찾느라 바쁘게 움직였다.

철제 서류함 바로 옆, 세로로 길게 나 있는 틈으로 복도의 약한 불빛이 새어 들어오는 게 보였다. 문이었다.

문을 발견한 순간 불청객이 내게 주먹을 날렸다. 내가 가려는 방향을 알고 있기라도 한 듯 나와 문 사이로 끼어들면서.

주먹을 피해 안쪽으로 물러섰다가는 사장 방에 갇혀서 맞아 죽을 것을 예감했기에, 팔뚝으로 얼굴을 커버한 채 계획대로 문을 향해 내달렸다.

커버 위로 맞은 불청객의 주먹은 몸의 균형을 무너뜨릴 정도로 강력했다.

달려가다 몸이 비틀리며 철제 서류함 모서리에 갈비뼈를 부덮쳐 순간적으로 숨이 쉬어지지 않았지만, 억지로 문을 향해 온몸을 던졌다.

문이 부서질 듯이 열리며 몸뚱이가 복도 바닥에 떨어졌다.

불청객도 출구가 있다는 사실을 몰랐는지 멈칫하며 당황한 모습을 보였다.

나는 간신히 몸을 일으켜 뛰기 시작했다. 가슴팍을 더듬었지만 권총이 잡히질 않았다. 작은 칼이 꽂혀 있어야 할 홀스터도 비어 있었다. 그제야 바닥에 메다꽂힐 때 둘 다 떨어져 나간 것이 떠올랐다.

깨진 유리문 안쪽을 바라보았지만 어두운 데다 난장판인 곳에서 권총을 찾기는 쉽지 않았다.

권총 비슷한 형상을 눈으로 찾았을 때, 뒤쪽에서 작은 금속 링이 흔들릴 때 나는 달그락거리는 소리가 들렸다. 이어서, 내가 잘못 들은 게 아니라면, 수류탄의 안전핀을 뽑을 때나 들리는 '핑' 하는 소리가 들렸다.

그 소리를 듣는 순간 권총도 포기하고 내려가는 계단으로 방향을 바꿨다. 이런 곳에서 수류탄을 던질 미친놈이 없다는 보장은 없었으니까.

계단을 향해 뛰면서도 뒤를 돌아보았다. 불청객의 손엔 다행히도 수류탄이 아니라 칼이 들려 있었다. 양옆에 길게 홈이 파인 칼날이 희미한 복도 불빛에도 반짝이며 서슬 퍼런 기운을 발하고 있었다.

마치 총을 겨누듯 불청객이 나를 향해 칼을 겨누는 게 보였다. 그리고 내가 들은 건 '슉' 하는 소리였다. 화약 소리도 아니었고 스프링 소리도 아니었다. 압축공기가 강하게 뿜어져 나오는 소리에 더 가까웠다.

그 소리와 함께 뭔가가 뒤쪽 어깨에 꽂혔고 거의 동시에 앞쪽으로 예리한 통증이 관통하는 게 느껴졌다.

뜻밖의 대미지에 놀라 스텝이 꼬이며 내려가는 계단 바로 앞에서 넘어졌다.

그제야 놈이 들고 있는 칼의 정체를 알 수 있었다. 그리고 칼의 정체를 깨닫는 순간 두려움이 더욱 커졌다. 총알과 칼을 막아 내는 내 방검 셔츠로도 놈이 쏘는 금속 침을 막아 낼 수 없다는 건 조금 전에 경험했으니까.

나는 기어서 계단 아래로 향했다. 불청객의 칼에서 또 한 번의 소리가 나며 내 몸 위로 바람 소리와 함께 금속 침이 빠르게 지나가는 게 느껴졌다.

빗나간 금속 침에 불청객도 다급해졌는지 매서운 기세로 달려오는 발자국 소리가 들렸다.

거의 구르다시피 계단 아래쪽에 도착했을 때, 불청객은 계단 위쪽에 도착했다. 난 다급하게 주변을 더듬었다. 손에 잡히는 건 뭐든 상관없었지만 계단에는 아무것도 없었다. 꽂아 둔 회칼을 떠올리고 뒤춤을 뒤졌지만 이미 빠져나가고 아무것도 없었다. 주머니를 뒤지고 있을 때, 놈은 낫을 든 사신의 형상으로 칼을 앞세워 나를 향해 단번에 뛰어내렸다.

놈이 허공에 떠오른 동안 눈에 들어온 건, 내 머리 위에 휘어져 있는 난간 파이프였다. 내가 올라오면서 부서뜨려 휘어진 바로 그 난간 파이프.

계단 위쪽을 향해 비스듬히 튀어나와 있는 파이프가 부러지지 않도록 발로 받치고 주머니에서 잡히는 대로 물건을 꺼내 들었다.

불청객은 칼로 내 목을 노리고 덮쳤다. 우리 두 사람 사이에서 '퍽' 하는 소리가 들린 순간, 놈과 나는 동시에 놀랐다. 놈의 칼을 얼떨결에 휴대폰으로 막아 낸 나 자신도 놀랐고, 휘어진 난간 파이프에 옆구리를 찔린 불청객도 당황한 표정으로 나를 바라보았다. 고통으로 벌어진 놈의 입술 사이로 반짝이는 금니가 보였다.

나도 모르게 금니를 향해 주먹이 나갔다. 놈이 주춤거릴 때 몸을 밀어 차고는 아래쪽으로 빠져나왔다. 파이프는 놈의 몸에 박힌 채 부러져 나와 놈과 함께 쓰러졌다. 계단 옆으로 굴러떨어진 불청객은 꿈틀거리며 일어서려고 했다. 사무실로 올라가 권총을 찾아서 놈을 죽일 생각보다는 도망쳐야겠다는 생각이 먼저 들었기에 무작정 계단 아래로 향했다.

낡아 빠진 난간에 체중을 실어 붙잡고 계단을 몇 개씩 건너 뛰며 내려왔다. 다리가 풀려서 제대로 착지를 하지 못해 넘어지면 그대로 몸을 굴려서라도 내려갔다.

길게만 느껴졌던 계단이 끝나고 1층에 도착하자마자 큰길을 향해 무작정 달리기 시작했다. 빌딩 밖으로 나오는 불청객의 모습이 보였기에 가슴이 콩알만 해졌지만, 무슨 생각에선지 놈은 옆구리를 부여잡고 지켜보기만 할 뿐 쫓아오지는 않았다.

놈이 더 이상 쫓을 생각이 없다는 것을 알게 된 나는 뚫린 어깨에서 새어 나오는 피를 손으로 틀어막고 열심히 도망치는 데만 집중했다.

심적으로 여유가 조금 생기자, 이런 몰골의 손님을 태울 택시가 있을지 걱정이 되기 시작했다.

10. 빌라

택시 기사는 내 몰골을 보고 궁금한 게 많은 표정이었지만 시선이 마주칠 때마다 설명해 줄 기분이 아니라는 표정을 지었다.

택시 안에서 제일 먼저 확인한 것은 어깨의 관통상이었다. 총알도 아니고 금속 침이 관통했으니 상처는 깔끔해서 치료만 하면 될 일이었지만, 관통을 당한 방검 셔츠는 의미가 다르다. 내가 총알과 칼날 앞에서 나댈 수 있었던 건 특별히 주문 제작한 바로 이 셔츠 덕분이었다. 내 자신감이기도 했던 방검 셔츠가 뚫렸다는 사실만으로도 속이 불편해졌다. 게다가 분신과 같던 나이프 두 자루와 권총을 잃었고, 증거품인 회칼마저 떨어뜨리고 왔다. 심지어 휴대폰까지 칼받이로 써서, 내 몸에 남은 거라고는 현금 몇 장과 집 열쇠가 전부였다.

이렇게 된 원인은 명확했다. 애꾸눈과 그 뒤에 있는 점박이를 얕봤기 때문이다. 가진 게 없어서 아무것도 할 수 없어진 나는 집에 가는 동안 수면이라도 취해서 체력을 보충하기로 했다.

"기사님, 도착하면 좀 깨워 주세요."

"네, 알겠습니다."

너무 피곤했기에 잠이 잘 오지 않았지만 강제로 잠을 청하며 눈을 감았다. 그리고 얼마 뒤에 나를 깨우는 기사의 목소리에 눈을 떴다.

"손님, 다 왔습니다."

아주 잠깐 눈을 감았다 뜬 것 같은데 어느새 집 근처에 도착해 있었다. 타임머신이라도 탄 것 같아 한편으로는 어이가 없었다. 택시를 탔을 땐 큰길에서 내린다는 규칙도 어기고 집 대문 앞에 도착하고 나서야 내렸다. 대문을 지나 현관문을 열고 들어서면서 묘한 정적이 흘렀다. 대외 활동이 많은 마누라에 비해 주로 집을 지키는 건 나였기에 이러한 정적은 익숙했다. 그러나 익숙해야 할 그 적막감이 어딘지 모르게 낯설게 느껴졌다.

잠시 인기척에 귀를 기울였지만 공허한 느낌에 소리 내어 주변인을 불렀다.

"김윤지?"

여전히 묵묵부답. 그 순간 불길한 느낌이 들었기에 주변인의 이름을 부르며 집 안을 살피고 다녔다. 거실, 부엌, 방까지 뒤졌지만 어디에도 없었다. 편의점이라도 간 것일 수도 있으니 불안해할 필요 없다며 스스로 다독였지만 마음이 쉽게 편안해지지는 않았다. 휴대폰도 없었기에 일단 서재로 향했다.

서랍에서 여분의 스마트폰을 꺼내 조작하는 틈틈이 구급약을 꺼내 상처를 치료했다. 소독약이 상처에 직접 닿으면 살 안쪽이 손상될 수도 있기에 스며들지 않도록 주변에 발랐지만 쓰린 건 마찬가지였다. 전원이 완전히 들어온 것을 알리는 스마트폰을 집어 들고 주변인에게 전화부터 걸었다.

신호가 서너 번 울릴 때까지 주변인은 받지 않았다. 끊으려고 하는 순간 어딘가에서 희미하게 노랫소리가 들렸다. 아이돌 그룹의 그저 그런 노랫소리였지만 주변인 휴대폰의 벨소리라는 건 분명했다. 귀를 기울이지 않으면 거의 인지하지도 못할 정도의 소리였다. 서둘러 치료를 마무리하고 마치 수맥을 찾듯이 귀를 기울이며 소리가 들리는 쪽으로 이동했다. 집 안이 아니라 창문 밖에서 들리는 소리였기에 창문을 열고 발코니로 나가자 소리가 좀 더 선명하게 들렸다.

단숨에 현관으로 뛰어나가 곧장 대문을 열고 밖으로 나섰다. 지치지 않고 계속 울리는 아이돌 그룹의 노래는 대문 앞에서 들렸다. 대문 기둥 구석에 처박힌 채 깨진 액정으로도 열심히 노래 소리와 LED 불빛을 내는 휴대폰이 보였다. 내가 전화를 끊자 약간의 시차를 두고 그 휴대폰의 벨소리도 뚝 끊겨졌다. 주변인의 휴대폰이었다. 박살난 주변인의 휴대폰을 집어 들며 완전히 잘못되었다는 것을 깨달았다.

아스팔트에는 차량이 급히 출발할 때 생기는 스키드 마크가 새겨져 있었고 대문 위쪽에 달아 둔 CCTV는 파이프로 후려친 것처럼 목이 부러져 있었다. 내가 내릴 수 있는 결론은 하나밖에 없었다. 납치를 당한 것이다.

　서둘러 서재로 향하며 스마트폰 앱을 켰다. 켜자마자 주변인의 팔찌 위치를 나타내는 파란색 점이 빠르게 이동하고 있는 게 보였다. 지역 범위를 넓히자 애꾸눈의 위치를 나타내는 빨간 점이 나타났고, 파란 점은 그쪽을 향해 달리고 있었다.

　초코바 하나를 입에 쑤셔 넣고 책장 비밀 공간에서 알루미늄 케이스를 다시 꺼냈다. 칼을 챙기고 마지막 남은 권총도 챙겼다. 그리고 통풍도 되지 않는 방검 셔츠를 다시 입고 차고로 향했다. 다 부서진 스포츠카를 지나 SUV에 올라타는 동안에도 파란 점은 열심히 이동하고 있었다. 서둘러 출발하며 이 기나긴 밤이 빨리 지나가기를 간절히 빌었다.

● ●●

　목적지에 도착한 나는 길가에 차를 세우고 파란 점과 빨간 점이 겹쳐서 깜빡이고 있는 스마트폰 화면을 빤히 바라보았다.

　심호흡을 몇 번 하고 나서 차에서 내렸다. 시간은 내 편이 아니었기에 두려움을 애써 달래며 파란 점과 빨간 점이 겹쳐 있는 곳으로 향했다. 시간이 지나면 애꾸눈은 내게 연락을 해 올 거고 그때는 이미 만반의 준비를 갖춘 후일 테니 결코 내게 유리할 수 없었다. 이번에도 급습만이 정답이었다.

　그들이 있는 곳은 평범해 보이는 주택가의 낡은 빌라였다. 그 앞에 서서 위쪽을 바라보았지만 발걸음이 잘 떨어지지 않았다. 불청객에게 당한 충격의 여진이었다. 만만하게 생각하고 들어갔다가 다 털리고 목숨만 부지해서 나온 게 불과 몇 시간 전이란 걸 생각하면, 내 발이 복지부동하려는 것도 이해가 된다.

불청객을 떠올리자 놈이 가진 칼부터 떠올랐다. 러시아에는 스페츠나츠라고 불리는 특수부대가 있고, 그들은 '칼날이 발사되는 특수한 나이프Ballistic knife'를 사용했다. 불청객이 갖고 있는 나이프가 바로 그런 것이었다. 스페츠나츠의 나이프는 칼날이 발사되는 것이지 불청객의 그것처럼 금속 침이 발사되는 것은 아니기 때문에 칼의 모양만으로 불청객이 러시아 특수부대 출신이라는 것을 확정할 수는 없었다. 그러나 칼은 커스텀 제작을 할 수 있는 것이고, 내가 온몸으로 겪은 그의 격투술은 러시아군의 시스테마가 분명했다.

만약 그가 스페츠나츠 출신이고 시스테마 마스터라면, 내 모가지가 부러져 나가는 건 시간문제였다. 그렇기에 놈이 이 빌라 안에는 없기를 간절히 빌었다. 불청객의 나이프에 달려 있던 안전핀 소리가 아직도 귀에서 맴돌았다. 머리를 흔들어 두려움에 잠식되어 가는 정신을 일깨웠다.

한 번 더 빨간 점과 파란 점이 함께 있는 걸 확인하고는 빌라 입구로 들어섰다가 다시 밖으로 돌아 나왔다. 위치 추적 앱은 정확도가 엄청나게 높다는 장점에도 불구하고 치명적인 단점이 있었는데, 평면적인 위치만 알려 줄 뿐 수직적인 위치는 전혀 알려 주지 못한다는 것이다. 겨우 3층짜리 빌라였지만 층마다 문을 두들기며 내부를 확인할 수도 없는 일이었기에, 고심 끝에 예전에 써먹었던 방법을 쓰기로 했다. 그러기 위해서는 음식 배달부터 시켜야 했다.

밤 열한 시. 이렇게 느리게 가는 하루가 또 있을까. 다행히 음식 배달을 시키는 데 늦은 시간은 아니었다. 스마트폰 앱으로 음식을 시키고 빌라 맞은편 구석에 서서 기다렸다. 빌라 창문에는 대부분 불이 들어와 있지만 커튼에 가려 있어 내부는 보이지 않았다. 어느 층에 있는 걸까. 코앞에 두고도 찾지 못하는 게 짜증이 났다.

30분쯤 기다리자 피자 배달 오토바이가 빌라 앞에 나타났고 배달 직원에게 팁을 조금 더 얹어 주고 피자를 받았다.

뒤로 돌아서서 빌라를 올려 보았다. 이제 잘못 배송을 온 피자 배달원 역할만 하면 되지만, 문제는 1, 2, 3층 중 주변인이 어느 층에 있느냐는 것이다. 품속에서 칼을 꺼내 피자 박스 아래 받쳐 들고 1층 현관 옆 벨 앞에 가서 섰다. 칼을 바로 뽑을 수 있도록 고쳐 잡고 벨을 누르려는 순간 위쪽에서 여자애의 비명 소리가 들렸다. 목소리가 뒤집어질 정도로 다급하고, 복도에까지 소리가 새 나올 정도로 절박한 비명 소리가.

곧바로 2층으로 향했다. 현관문 앞에서 귀를 기울이니 안쪽에서 어수선한 소리가 들렸다. 여러 사람이 엎치락뒤치락하는 듯한 어수선한 소리에 확신이 섰다. 벨을 여러 번 누르고 말했다.

"피자 배달 왔습니다!"

어수선한 소리가 우뚝 멈췄다. 다시 한 번 벨을 누르고 외쳤다.

"피자 배달 왔습니다!"

인터폰 소리와 함께 여자애 목소리가 들렸다.

— 안 시켰어요.

짧게 말하고 끊었기에 나는 다시 문을 두드리며 말했다.

"여기서 배달시키신 거 맞는데요."

인터폰이 아니라 문 뒤에서 소리가 났다.

"안 시켰다고요."

"바쁜데 이런 식으로 장난하면 안 되죠. 얼른 결제해 주세요."

안쪽에서 욕설과 함께 남자의 목소리가 들렸다.

"안 시켰다고! 꺼져!"

금세 화를 내는 목소리에 어떻게 장단을 맞춰야 할지 감을 잡았다. 내 목적은 현관문이 열리게 하는 것이니까. 문을 거칠게 두들기며 말했다.

"꺼져? 말 다 했어? 피자 배달한다고 무시하냐? 너, 나와 봐. 나와 봐, 새끼야!"

역시 안쪽에서 욕설과 함께 잠금장치가 철컥거리는 소리 끝에 문이 벌컥 열리며 젊은 놈의 얼굴이 나타났다.

"이 개 같은……."

놈은 욕을 끝까지 할 수 없었다. 앞이마로 놈의 코를 들이받으며 밀고 들어가 턱을 올려쳐서 기절시켰다.

현관문을 잠그고 거실로 들어섰다. 예능 프로그램이 방영되는 TV 앞은 맥주와 소주, 과자 부스러기, 담배로 어지럽혀져 있었고 그 한가운데 여자애 두 명이 놀란 얼굴로 날 바라보고 있었다. 문이 닫힌 안방에서는 투덕거리며 어수선한 소리와 함께 입을 틀어막힌 여자애의 비명 소리가 계속 들렸다.

저 소리에 흥분해 무작정 방으로 뛰어들었다가는 일을 그르칠 수 있기에 최대한 심호흡을 하며 이성을 놓치지 않으려고 노력했다. 피자 박스를 바닥에 던져두고 조용히 하라는 의미로 칼을 내 입에 대었다. 여자애들이 손에 쥐고 있던 휴대폰을 빼앗아 피자 위에 던져두고는 칼끝으로 부엌 쪽에 있는 화장실을 가리켰다. 여자애들은 말없이 고개를 끄덕이며 순순히 화장실로 들어갔다. 화장실 문 옆에 있는 냉장고를 기울여 화장실 문을 막고는 안방으로 향했다.

안방 문 앞에서 내부 상황을 시뮬레이션하며 칼을 거꾸로 쥐고는 방문을 열었다. 방 안에서 벌어지고 있는 광경이 눈에 들어오는 순간, 그곳에 있는 녀석들을 죽이지 않게 해 달라고 마냥 기도할 수밖에 없었다.

바닥에 놓인 매트리스 위에 반라가 다 된 여자애는 절박한 몸짓으로 몸부림치고 있었고, 남자애는 그 위에서 바지를 무릎까지 내린 채 힘으로 내리누르며 강제로 엉덩이를 움직이고 있었다. 나를 먼저 발견한 건 그 두 사람을 스마트폰으로 촬영하고 있던 또 다른 놈이었다. 놈이 나를 발견하고 멈칫한 순간, 놈의 턱은 내가 휘두른 칼자루에 맞아 부서져 나갔다. 그것만으로도 놈은 불능 상태라는 것을 알고 있었지만 놈의 광대뼈를 한 번 더 내리쳐 함몰시켰다.

여자애 위에 있던 놈은 그제야 화들짝 놀라 일어서려 했지만 벗은 바지에 다리가 걸리며 주저앉았다.

놈이 주저앉지만 않았어도 덜 다쳤을지 모른다. 하필이면 녀석의 얼굴이 내 무릎 높이에 있었기에 어쩔 수가 없었다.

무릎에 맞은 녀석의 얼굴은 순간적으로 움푹 들어갔다.

힘을 조절할 필요를 못 느꼈기에 놈은 몸이 들썩일 정도로 벽에 머리를 부딪치고 정신을 잃었다.

매트리스 위에 누워 있던 여자애가 간신히 몸을 일으키는 게 보였다. 앞쪽으로 흘러내려 얼굴을 가리고 있는 머리카락 때문에 얼굴을 확인할 수는 없었지만, 매트리스를 움켜쥐고 있는 그 애의 노란색 손톱은 아주 선명하게 보였다. 주변인의 친구였다. 주변인이 아니라는 사실만으로도 안도의 한숨이 내쉬어졌다. 머리카락을 쓸어 올려 얼굴을 확인했다. 목에는 멍 자국이 선명하게 있었지만 얼굴은 입술이 찢어진 것 말고는 멀쩡했다. 얼굴만큼은 건드리지 않는 게 성매매 조직의 불문율이기 때문이었다.

난 그 애의 머리를 잡고 시선을 맞추며 물었다.

"윤지 어디 있어? 여기 있어? 저쪽 방에 있어?"

하지만 주변인 친구는 계속 흐느껴 울기만 했다. 충격을 받은 건 이해하지만 말도 없이 이러고 있는 게 짜증 나는 것도 사실이었다. 주변인 친구의 어깨를 잡고 흔들며 다시 물었다.

"윤지 어디 있는지 몰라?"

주변인 친구는 그제야 눈물로 엉망이 된 얼굴로 나를 바라보고는 고개를 가로저었다. 모르면 모른다고 진작 말할 것이지. 쯧.

볼일이 없어졌기에 일어서며 인사치레로 물었다.

"일어설 수 있어?"

주변인 친구는 눈물로 엉망이 된 얼굴로 흐느끼며 고개를 가로저었다. 방바닥에 늘어져 있는 놈들 주변에 떨어진 스마트폰을 주워 손으로 부러뜨려 부수며 말을 이었다.

"이놈들 깨어나기 전에 도망쳐."

방을 나서려다 벽에 기댄 채 늘어져 있는 놈에게서 시선이 멈췄다. 주인과 함께 힘없이 늘어져 있는 사타구니의 흉한 물건이 보이는 순간, 갑자기 마주친 벌레를 향해 내지르듯 나도 모르게 걷어찼다. 잠시 후에 사타구니에서 피가 흘러나오기 시작했기에 묻히지 않으려고 뒤로 물러섰다. 그때 현관문이 조용히 닫히는 소리가 들렸다. 깜짝 놀라 뛰어나가 화장실 문부터 확인했다. 화장실 문은 여전히 냉장고에 막혀 있었지만, 아까까지만 해도 닫혀 있던 가운데 방문이 열려 있는 게 보였다.

현관문을 열고 밖으로 뛰어나가자 1층에서 누군가 뛰어나가는 소리가 어수선하게 들렸다. 계단을 거의 뛰어내리듯 아래로 내려갔다. 두 명의 여자가 다급하게 밖으로 달려 나가는 게 보였다.

뒤처져 있는 여자애의 머리를 잡아채 얼굴을 확인했지만 처음 보는 얼굴이었기에 계단 벽에 처박아 두고 빌라 밖으로 나와, 열심히 달리고 있는 여자애의 머리끄덩이를 붙잡았다.

여자애는 소리를 지르며 뒤로 빙글 돌아서면서 뭔가를 빠르게 휘둘렀다. 손을 놓으며 고개를 뒤로 젖혀 피하자 칼날이 내 코앞을 스쳐 지나는 게 보였고, 그 뒤로 표독스런 표정의 애꾸눈의 얼굴이 언뜻 보였다.

발을 내질러 애꾸눈의 아랫배를 걷어차자 외마디 비명과 함께 풀썩 주저앉았고, 그게 마치 출발 신호라도 되는 듯 앞쪽에서 기다리고 있던 승합차가 문도 닫지 않고 급히 출발하는 게 보였다. 승합차의 열린 문이 닫히며 본격적으로 멀어졌고, 추격 의지가 한풀 꺾인 나는 주저앉아 있는 애꾸눈에게 향했다.

주변 집에서 이곳을 바라볼 수도 있었기에 동료인 것처럼 조심스럽게 부축을 하고는 빌라 안으로 끌고 들어갔다. 아랫배를 맞아 저항하기 힘든 상태일 텐데도 애꾸눈은 몸을 흔들며 저항했다. 빌라 안으로 들어선 나는 애꾸눈이 조금 전에 뛰어나온 1층 현관으로 향했다.

현관을 열고 들어가자마자 애꾸눈의 복부를 한 번 더 때려서 아예 주저앉혔다. 밖으로 나와 벽에 처박혀 있는 낯선 여자애도 끌어다 1층 현관 안쪽으로 던져 넣고 현관문을 잠갔다.

거실에 널브러져 있는 애꾸눈의 머리끄덩이를 잡아 세웠다.

"윤지 어디 있어?"

애꾸눈은 아직 숨이 제대로 돌아오지 않은 듯 대답을 하지 못했다.

난 본격적으로 심문을 하기 위해 머리끄덩이를 잡은 채 안방으로 향했다. 안방은 2층의 집과 동일한 구조였다. 맨바닥에 매트리스만 깔려 있었고 주변엔 수건과 휴지, 옷가지가 여기저기 흩어져 있었다. 차이점이 있다면 매트리스 위가 시커먼 피로 물들어 있었다는 것이다.

방을 둘러보다 옷가지들 사이에서 눈에 띄는 옷을 발견했다. 주변인이 입고 있던 반바지였다. 2층에서 주변인의 친구가 당하던 광경이 떠오르며 식은땀이 한꺼번에 배어 나왔다. 반바지는 매트리스처럼 검붉은 피에 젖어 있었고 그걸 본 순간 심장이 크게 일렁였다. 애꾸눈의 머리끄덩이를 뒤로 젖히자 그제야 그녀의 옷에도 피가 잔뜩 묻어 있는 걸 발견했다.

애꾸눈의 뺨을 후려쳤다. 불필요한 일인 줄 알면서도 손이 먼저 나갔다. 구석에 처박힌 애꾸눈의 머리를 다시 잡고 물었다.

"무슨 짓 한 거야?"

애꾸눈은 여전히 괴롭게 숨을 쉬면서도 또박또박 대꾸했다.

"다 들켰어, 새끼야. 네가 어떻게 번번이 우리가 있는 곳을 찾아낸 건지 알아냈다고."

애꾸눈이 뭔가를 꺼내 바닥에 패대기치며 말을 이었다.

"이거잖아. 그렇지?"

명품 지갑이었다. 이걸 알아냈다면 주변인에게 채워 준 팔찌에 대해서 알아냈을지도 모른다. 난 곧바로 스마트폰 위치 추적 앱을 켰다. 명품 지갑 위치를 나타내는 빨간 점만 반짝이고 있을 뿐 파란 점은 더 이상 보이지 않았다. 추적 장치가 파괴되었다는 의미였다.

우려했던 최악의 상황이 벌어진 것이다.

이대로 머리 가죽이 벗겨져도 상관없었다. 애꾸눈의 머리카락을 힘껏 움켜쥐면서 다시 물었다.

"그 애한테 무슨 짓을 한 거야?"

애꾸눈은 고통스런 표정을 지으면서도 이를 악물고 대꾸했다.

"아무것도 안 했다고! 아무것도!"

"그럼 저 피는 뭐야?"

"그년이 밑구멍으로 갑자기 피를 쏟는 걸 나보고 어쩌라고! 그걸 어쩌라고!"

난 질문 대신에 머리카락을 움켜쥔 손에 더욱 힘을 주었다. 애꾸눈이 두 손으로 머리를 쥐고 있는 내 손을 풀려고 발버둥 치며 대꾸했다.

"그년이 피를 쏟는 바람에 아무것도 못 했다고, 이 새끼야! 진짜야!"

난 칼끝으로 애꾸눈의 눈을 가리고 있는 안대 줄을 마치 기타 줄처럼 튕기며 말했다.

"쓸모도 없는 눈알, 그냥 도려내 줄까?"

애꾸눈이 사색이 된 얼굴로 말을 더듬었다.

"지, 진짜야! 아무 짓도 안 한 게 아니라 못 했어! 아무 짓도 못 했다고!"

"윤지 지금 어디 있어?"

애꾸눈은 남은 눈을 반짝이며 말했다.

"내가 직접 안내해 줄게."

담력이 좋은 녀석이다. 이게 스무 살도 안 되었다는 사실이 새삼 믿기지 않았다.

애꾸눈을 일으켜 세워 현관으로 향했다. 현관문을 열고 나가려는 순간 빌라 입구에 경찰차 한 대가 멈춰 서는 게 보였기에 다시 들어와 뒤쪽 베란다 창문을 열었다. 여기가 매음굴이라는 걸 경찰에게 들켜서 좋을 게 없었기에 애꾸눈도 섣부른 짓은 하지 않을 거라 생각했지만, 목숨이 걸려 있으면 하지 못할 짓도 없다.

난 애꾸눈을 힐끗 쳐다보고는 뒤통수를 때렸다. 제대로 들어가지 않아 애꾸눈이 신음 소리를 냈기에 한 번 더 내리치는 수밖에 없었다. 늘어진 애꾸눈을 베란다 창문 밖, 건물 사이 좁은 틈으로 내보냈다. 얼굴이 맞은편 벽에 부딪쳤지만 달리 배려를 해 줄 여유는 없었다. 창문 밖으로 나온 나는 애꾸눈의 다리를 잡고 게걸음으로 좁은 틈을 벗어났다.

애꾸눈을 건물 틈 사이에 두고 나만 길로 빠져나와 빌라 앞쪽으로 향했다. 빌라 입구에는 여전히 경찰차가 세워져 있었고 정복 경찰 두 명이 어딘가와 연락을 주고받으며 빌라 입구를 서성였다. 저 모습만으로는 이웃집에서 신고해서 출동한 것인지 점박이 조직과 커넥션이 있는 비리 경찰인지 알 수 없었다.

큰 숨을 내쉬고는 지나가는 행인처럼 아무렇지도 않은 듯 경찰차 앞을 지나 구석에 주차해 둔 내 차로 향했다. 경찰들은 내가 지나가는 동안 빤히 바라보았지만 막아서지는 않았다. 나이 든 경찰의 목소리가 언뜻 들렸다.

"그래, 별일 없어 보인다니까. 언제 오는데? 5분?"

거리가 멀어지며 그의 목소리가 더 이상 들리지 않았다. 차에 오르고 나서도 최대한 자연스럽게 시동을 걸고 차를 출발시켰다. 통화를 하지 않는 젊은 경찰 하나가 계속 나를 바라보고 있었기에 불안해졌다.

차로 건물들을 끼고 한 바퀴 돌아 애꾸눈을 뉘어 놓은 빌라 옆에 차를 세웠다. 뒷문을 열고 여전히 쓰러져 있는 애꾸눈을 뒷좌석에 태웠다. 내게 적의를 품고 있는 존재는 절대로 뒷좌석에 태우지 않지만, 일단은 걸리지 않고 빠져나가는 게 중요하기에 나중에 앞좌석으로 옮기기로 했다.

이곳에서의 일은 거의 다 끝났다는 생각에 안도의 한숨이 나왔다. 운전석에 올라 천천히 차를 앞으로 몰아갔다. 그때 맞은편에 헤드라이트가 나타나며 차가 한 대 마주 오는 게 보였다. 골목이 좁았기에 길가 쪽으로 차를 바짝 붙여 세우고 마주 오는 차가 지나길 기다렸다. 헤드라이트가 내 얼굴을 훑고 지나갔기에 눈을 찡그렸다. 천천히 다가오던 승용차는 내 옆을 지나치다가 우뚝 멈춰 섰다. 그리고 창문이 서서히 내려가며 구면이지만 뜻밖의 얼굴이 튀어나왔다. 전에 집에 찾아왔던 바로 그 형사였다.

난 애써 무시하려고 했지만 형사는 이미 알아본 듯 웃는 얼굴로 창문을 내리라는 손짓을 했다. 내가 창문을 내리자 그는 전에 그랬던 것처럼 나와 내 차를 한번 둘러보며 반가운 듯 말했다.

"아이고, 이런 데서 다 뵙네요. 여긴 어쩐 일이세요?"

나도 반가운 듯 미소를 지으며 대꾸했다.

"볼일이 있어서 왔어요. 그런데 형사님은 무슨 일로? 댁이 여기세요?"

"아니에요. 신고가 들어와 가지고."

"무슨 신고가 들어왔는데요?"

"아, 뭐 별건 아닙니다. 싸우는 소리 같다고 해서⋯⋯."

말을 하다가 대충 얼버무린 형사는 내 차를 바라보며 말을 돌렸다.

"아니, 그런데 차를 새로 뽑으신 거예요? 아니면 여러 대 가지고 계신 거?"

"네, 있던 겁니다."

"아, 그러시구나."

형사는 고개를 끄덕이면서도 나와 차, 차 안을 살피느라 눈동자를 쉴 새 없이 움직였다. 그때 뒷좌석에 뉘어 놓은 애꾸눈의 신음 섞인 숨소리와 함께 뒤척이는 기척이 느껴졌다. 심장 박동이 가파르게 뛰기 시작했다.

형사가 말했다.

"그런데 참 신기하네요. 사건이 있는 곳에 우리 선생님이 항상 계시네요."

나야말로 의심이 들었다. 동네 부부싸움 신고에 형사가 출동할 이유도 없거니와, 공교롭게도 점박이와 관련된 사건에는 형사가 어김없이 등장하는 모양새였으니까.

내가 물었다.

"동네 싸움 신고에도 형사가 출동하는 건가요?"

형사는 대수롭지 않게 웃어 넘겼다.

"근처 있다가 재수 없이 출동하라고 하면 나가는 거죠. 어쨌든 반가웠습니다. 조심히 들어가세요."

"네, 그럼."

막 출발하려던 형사가 차를 다시 세우며 물었다.

"뒷좌석에 뭐 있어요?"

깜짝 놀라서 나도 모르게 큰 목소리로 되물었다.

"네? 뭐가요?"

"뭐가 움직이는 거 같아서."

뒤를 돌아보자 애꾸눈의 정신이 서서히 돌아오는지 뒤척임이 커진 것이 느껴졌다. 밤이었고 차창에 선팅을 했기에 형사를 향해 대꾸했다.

"아무것도 없는데, 뭐가 움직였어요?"

진한 선팅 안쪽을 확인하려는 듯 형사가 고개를 쑥 내밀어 살피며 물었다.

"잘못 봤나? 분명히 뭔가……."

"그럼 먼저 가 보겠습니다."

형사가 말을 끝내기도 전에 서둘러 차를 출발시켰다. 주택가 골목에서 벗어나 도로에 진입하자마자 가까운 공용 주차장을 찾기 시작했다. 애꾸눈이 깨어나기 전에 찾아야 했기 때문이다.

•　•　•

앞 유리로 내려다보이는 광경은 병원에 붙어 있는 장례식장 건물이었다. 공용 주차장은 찾을 수 없었다. 그러던 참에 새벽 시간에 출입을 해도 이상할 게 없고 늘 자리가 남아 있는 곳이 병원 주차장이라는 생각이 들었던 것이다.

옆자리에 앉아 있는 애꾸눈은 앞쪽에 시선을 고정한 채 입을 다물고 있었고 나는 상황을 파악할 수 있도록 잠시 기다려 주었다. 애꾸눈이 입을 열었다.

"그래서, 주소만 말하면 된다는 거야?"

"골칫덩이를 데리고 다녀 봐야 문제만 일으킬 테니까."

"내가 입을 끝까지 안 열면 그년 죽는 건 시간문제일 텐데?"

"넌 여기서 죽을 수도 있지."

애꾸눈이 콧방귀를 뀌며 말했다.

"그년 살리는 건 포기하는 거야?"

당장 때려죽이고 싶었지만 궁금한 게 많은 데다 클라이맥스를 위해 참고 지나쳤다. 대답을 못 하는 나를 보며 애꾸눈이 비웃듯이 말을 이었다.

"좆 달린 새끼들 허풍은 아주 이골 났으니까 적당히 해."

아무리 봐도 말하는 건 마흔 가까운 사람이나 마찬가지였다. 정말 궁금해서 물었다.

"너, 몇 살이냐?"

"그건 알아서 뭐하게? 어린년이 말 놓으니까 열 받냐?"

정떨어지는 말투에 더 이상 나이가 궁금하지 않았다. 애꾸눈이 말을 이었다.

"내 휴대폰이나 내놓고 연락할 때까지 기다려."

애꾸눈이 내민 손을 빤히 바라보며 물었다.

"아까 거긴 애들 숙소야?"

애꾸눈은 어깨를 으쓱해 보이며 대답했다.

"가출한 애들이 대부분이라 잠잘 곳은 마련해 줘야 일을 하거든."

"요새도 납치해서 일시키는 모양이지?"

애꾸눈이 실컷 비웃고는 대답했다.

"납치 같은 소리 하고 있네. 요새 갈 데 없는 애들 하는 짓이 조건 뛰는 거야. 남자애들은 알선하고, 여자애들은 몸 팔고. 그 돈으로 모텔비 내고 밥 먹고 살다가 돈 떨어지면 또 하고. 그런데 그게 얼마나 위험한 짓인 줄 알아? 변태 만나서 맞는 건 다반사고, 거기에 이상한 짓을 해서 몸을 망쳐. 남자 애새끼들은 보호한답시고 모텔 방에 쫓아 들어갔다가 꽃뱀 무리로 찍혀서 감방 가고. 그래서 우리 같은 에이전시가 필요한 거야. 체계적이고 안전하게 관리해 주니까. 가출한 애들이 일주일에 몇 명이나 찾아오는 줄 알아? 다섯 명이야, 다섯 명. 하루에 한 명꼴이라고."

에이전시. 마치 연예 기획사나 되는 것처럼 말했다. 내가 물었다.

"그럼 윤지는 왜 그랬어?"

"어리고 예쁘잖아."

내 미간에 주름이 깊게 팼다.

"그게 이유야?"

"어리고 예쁘면 비싸. 중딩 밑으로 찾는 놈들은 돈 좀 있거나 높은 놈들이고. 발정난 개새끼들이지."

"어리고 예쁘면 다 납치하는 거야?"

"가출한 고딩은 널렸는데 중딩 밑으로는 조금 구하기 힘들거든. 게다가 윤지, 그년은 지정한 새끼가 있어서……."

잘난 척을 하며 말을 하다가 스스로 실언했다는 걸 깨달은 듯 다급하게 입을 다물었다. 그러고는 들킨 것을 덮으려는 듯 욕설을 쏟아 냈다.

"늙은 새끼가 궁금한 게 왜 이렇게 많아? 늙어서 가는귀먹은 거지? 지금이라도 내 휴대폰 내놓고 문 열어. 지금쯤 숙소에 문제 생긴 거 오빠도 알았을 테고, 나하고 연락이 안 되면 그년 목숨 장담 못 한다니까."

거침없는 애꾸눈의 말에 픽 웃음이 나왔다. 아무리 어른 말투와 거친 행동을 해도 애는 결국 애다. 충동적이고 참을성이 부족해서 저항력이 약한 애.

애꾸눈이 미성년자라서 조금은 망설이며 대했던 게 사실이다. 미성년자만 아니었다면 내게 칼질을 했을 때 눈만 멀게 만드는 것으로 그치지 않았을 것이다. 성매매 조직 두목의 여자 친구 노릇에 여자애들을 관리하는 역할을 맡고 있는 한, 더 이상 미성년자라는 이유로 망설일 필요는 없다는 생각이 들었다.

애를 다루는 건 쉽다. 겁을 주면 다 털어놓게 되어 있다. 지금 상황이 실화라는 걸 몸으로 느끼게 해 주면 못 얻어 낼 정보는 없다.

난 애꾸눈의 허벅지에 오른손을 올렸다. 애꾸눈은 흠칫했다 가 비웃는 얼굴로 중얼거렸다.

"남자 새끼란……."

움직이지 못하도록 허벅지를 움켜잡아 고정시키고는 왼손으로 칼을 꺼내 허벅지에 내리꽂았다. 현실감이 찾아오는 약간의 시간 뒤에 고막이 찢어질 듯한 비명 소리가 터져 나왔다.

"끼아악!"

공룡 영화에 나오는 익룡이 지르는 소리만큼 컸기에 재빨리 애꾸눈의 목을 쳐서 소리를 없앴다. 애꾸눈은 캑캑거리면서도 고통으로 몸부림쳤지만 내가 허벅지를 꽉 내리누르고 있었기에 마음먹은 대로 움직이지는 못했다. 칼자루 끝에 손을 올려 무게를 얹으며 말했다.

"더 깊이 들어가면 동맥이 끊어져."

애꾸눈이 대답을 하지 못하는 동안 손에 힘을 슬쩍 더 주었다. 칼날이 천천히 내려가며 허벅지 속으로 들어갔다. 그럴 때마다 고통으로 더욱 몸부림쳤다.

"옆으로 돌리면 근섬유가 잘리게 될 거고."

칼자루를 옆으로 살짝 돌렸다. 좀 더 세게 돌리면 기절할 수도 있었기에 애꾸눈의 상태를 살피며 힘을 조절했다. 애꾸눈이 눈물을 쏟으며 소리 질렀다.

"돈텔파파! 돈텔파파!"

옛날 강남에서 유명했던 클럽 이름이 떠올랐다.

"클럽이야?"

"스파! 스파야! 거기에 있어!"

그곳이 뭘 하는 곳이고, 이름은 왜 그렇게 지어 놓은 건지 어렵지 않게 짐작이 갔다. 칼을 좀 더 비틀며 물었다.

"거짓말이면?"

"맹세해! 절대 아니야! 내 휴대폰에 주소도 있어!"

애꾸눈도 결국 애였다. 내가 이겼다는 생각에 기분이 잠깐 좋아졌지만, 상대가 미성년자라는 걸 떠올리고는 갑자기 등신이 된 기분이 들었다.

"윤지를 지정했다는 새끼는 누구야?"

고통으로 몸을 부들부들 떨며 애꾸눈이 성실하게 대답했다.

"그건 나도 몰라. 진짜 몰라."

"누가 알아?"

"오, 오빠가 알아."

"점박이?"

애꾸눈은 고개를 절박하게 끄덕이며 말을 이었다.

"오빠가 시켜서 한 일이야. 난 정말 몰라."

이건 점박이를 만나서 물어봐야 할 것 같다. 궁금한 걸 모두 해결하고 나니 애꾸눈을 어떻게 해야 할지 고민이 되었다. 내 규칙대로라면 당연히 없애야 했지만, 또다시 나이가 맘에 걸렸다. 애꾸눈을 죽이고 또 다른 긴 악몽에 시달리지 않으리라는 것은 장담할 수 없는 일이었기 때문이다.

잠시 망설이던 나는 시트 밑에서 비상용 구급약 상자를 꺼냈다. 내 차 시트를 더럽히고 싶지 않았기에 우비를 애꾸눈의 허벅지 아래에 깔고 피를 흡수하도록 수건으로 받쳤다. 구급약 상자에서 스테이플러를 꺼내 들고는 칼을 뽑자마자 상처에 박음질을 했다. 살에 박힌 스테이플 사이로 피가 배어 나왔기에 수건으로 닦아 내며 지혈제를 잔뜩 뿌렸다. 지혈제를 붉게 물들이던 피가 멈추기 시작할 때 수건으로 닦아 내고는 의료용 접착제를 발라 주었다. 마지막으로 피와 고름을 흡수하는 인공피부 밴드를 넓게 붙여 주었다.

치료하는 내내 애꾸눈을 어떻게 해야 할지 고민했지만 결론이 쉽게 나오지 않았다. 생각할 시간이 좀 더 필요했기에 마취 주사를 꺼내 들었다.

"좀 쉬면 나아질 거야."

사시나무 떨듯 벌벌 떨던 애꾸눈의 몸에 마취제가 퍼지기 시작하며 떠는 것이 점점 줄었다. 애꾸눈에게서 빼앗은 스마트폰을 꺼내 메신저에서 돈텔파파의 주소를 찾고는 차를 천천히 출발시켰다. 병원 입구를 나설 때는 장례식장을 방문한 문상객의 모습으로 주차비를 지불하고 빠져나왔다. 그리고 곧장 돈텔파파가 있는 강원도로 향했다.

11. 피크타임

　나의 시간은 돈텔파파라는 구역질나는 이름의 모텔에 도착해서부터 제멋대로 흐르기 시작했다.

　빌라 앞에서 놓친 승합차가 주차장에 들어가 있는 걸 보고 이곳이 애꾸눈이 말한 스파라는 것을 확신했다. 말이 스파지, 스파를 의미하는 기호가 출입구에 붙어 있는 거 말고는 모텔과 똑같았다. 이 모텔 어딘가에 감금되어 있을 주변인을 찾기 위해 건물 안으로 숨어들 때까지만 해도 시간은 천천히 흘렀다.

　하지만 객실 몇 개를 터서 만든 7층의 VIP 룸에서 이곳 매니저 무리를 만난 뒤부터 달라졌다.

　매니저가 도끼를 꺼내 들고 내게 덤벼드는 순간부터 시간은 빠르게 흐르기 시작했고, 주변인을 태운 승합차가 모텔을 빠져나가는 것을 발견한 이후로는 더 빨리 흘렀다.

달려드는 놈들을 모두 물리치고 빠져나가는 차를 쫓았다. 그러나 승합차는 이미 따라갈 수 없는 범위 밖으로 빠져나갔기에 마음이 조급해졌고, 그때부터 시간은 미친 듯이 흐르기 시작했다.

그러나 내가 만나기를 원하지 않았던 바로 그놈, 불청객과 맞닥뜨리면서 나의 시간은 아예 멈춰 버렸다.

• ••

"칼 좀 쓰나? 한번 겨뤄 보고 싶은데."

그렇게 말하며 안전핀이 달랑거리는 칼을 앞세워 다가서는 불청객으로부터 한 발자국 뒤로 물러섰다.

"난 그럴 생각이 없는데."

떨리는 목소리에 애써 힘을 주어 대답하는 나를 보며 불청객이 말했다.

"업계에서 알아주는 청부업자였다며. 그 실력 좀 보자는 거야."

점박이, 개자식이 떠벌린 모양이다.

"운이 좋았을 뿐이야. 소문은 과장되기 마련이잖아."

"과장인지 아닌지 붙어 보면 금세 알게 되겠지."

"지난번에 이미 붙어 봤잖아."

불청객은 고개를 끄덕이며 말했다.

"그랬지. 한 번으로는 운인지 실력인지 가늠이 안 돼서 그래. 우리 싸움은 스포츠 하는 것과는 다르잖아."

스포츠는 룰이 있지만 목숨을 건 싸움은 이기면 된다는 룰 말고는 아무것도 없다. 그렇기에 싸우는 과정에서 보이는 힘과 기술의 우세 여부로 실력을 판단할 수는 없다. 끝에 살아남는 놈이 실력이 좋은 것이다.

난 다가오는 놈과 또다시 거리를 벌리며 말했다.

"이럴 필요 없잖아."

불청객은 해가 떠 있는 하늘을 힐끗 쳐다보았다.

"벌써 아침이야. 시간이 없는 건 내가 아니라 너고."

"어디로 데려갔는지 그냥 알려 주면 되잖아. 열여섯 살짜리 애야. 겨우 열여섯 살이라고."

"돈 주는 놈들이 하는 일이니 내가 뭐라 할 수 있는 입장은 아니지."

"정말 이래야겠어?"

불청객은 양손을 벌려 보이며 말했다.

"선택할 수 있는 일이 아니야. 조용히 마무리하기엔 일이 너무 커졌어. 이미 양 사장 손에서 정리할 수 있는 일이 아니게 됐어."

점박이를 양 사장이라고 부르는 걸로 보아 불청객은 점박이 밑에 있는 인물이 아니란 걸 짐작할 수 있었다.

"점박이, 아니 양 사장도 고용된 건가?"

불청객은 말을 해야 할지 여부를 따지듯 잠시 입을 다물었다가 대답했다.

"공급처야. 우리 회사로 공급해 주는 거래처."

러시아 마피아에 애들을 공급한다는 말이었다. 불청객 말대로 일이 커지고 있었다. 불청객이 불쑥 물었다.

"양 사장하고는 무슨 사이야? 왜 그렇게 널 직접 죽이고 싶어서 안달인 거야?"

"맘에 안 드나 보지. 그건 그렇고, 널 이기면 윤지가 어디 있는지 알려 준다는 걸 내가 뭘 보고 믿어야 하지?"

불청객이 콧방귀를 뀌며 되물었다.

"날 이길 수 있다는 거야?"

난 어깨를 으쓱해 보이며 대꾸했다.

"죽으면 대답을 들을 수도 없으니 난 당신 목숨까지 걱정하면서 싸워야 하잖아."

불청객은 큰 소리로 웃고는 이글거리는 눈빛으로 말했다.

"일리 있는 말이네."

그는 주머니에서 작은 수첩을 꺼내 뭔가를 적기 시작했다. 나는 뒤꿈치를 들고 놈이 쓰는 것을 보려고 했지만, 놈이 수첩을 세워서 못 보게 했기에 내용을 알 수 없었다. 수첩에 뭔가를 다 적은 불청객은 한 장을 쪽 찢어서 흔들어 보이고는 상의 주머니에 넣으며 말했다.

"여기에 네가 필요한 건 다 적혀 있어. 계획이 바뀌지 않았다면 시간도 넉넉하게 있고."

시간이 넉넉하게 있다는 말이 도리어 맘에 걸렸다. 불청객이 쪽지에 시를 썼는지 노래 가사를 적었는지 나로서는 알 길이 없었지만 그것까지 따져 묻기에는 내가 가진 패가 너무 없었다.

난 고개를 끄덕이고는 천천히 뒷걸음질을 쳤다. 뒷걸음질을 치는 나를 의아해하는 얼굴로 바라보고 있던 불청객은 내가 본격적으로 모텔 쪽으로 도망치자 욕설을 하며 맹렬하게 쫓아오기 시작했다.

계획이나 전략이 있어서 모텔로 도망친 것은 아니었다. 정면으로 붙어 봐야 승산 없는 싸움이었기에 우선 시간이나 벌어둘 심산이었다.

모텔 엘리베이터는 1층에 있었지만 문이 열리는 동안 불청객에게 붙잡힐 것 같아 계단을 뛰어 올라갔다. 계단을 오르면서도 몇 층에서 빠져나갈지 정할 새도 없이, 계단 아래서 불청객이 쫓아오는 발소리가 들렸다. 갈등하며 뛰어오르다 보니 어느새 7층에 도착했다. 7층에서 가 본 곳이라고는 VIP 룸이 전부였기에 안으로 들어가 문을 잠갔다.

시체 몇 구를 뛰어넘어 거실로 가자 내 손에 아킬레스건이 끊긴 세 놈이 신음 소리를 내며 소파에 널브러져 있는 게 보였다.

"완강기! 완강기 어디 있어!"

놈들을 향해 다짜고짜 소리를 질렀다. 완강기를 타고 다시 1층으로 도망치는 것이 이곳까지 오면서 생각해 낸 유일한 계획이었다. 슬프게도 진짜 계획이 떠오를 때까지 도망 다니는 게바로 계획이었다.

내 고함 소리에 나를 발견한 놈들은 눈을 동그랗게 떴다. 협박할 시간이 없었기에 가장 가까이 있는 놈의 목을 칼로 베어 버리고 나머지 놈들에게 다시 물었다.

"완강기 어디 있냐고!"

놈들은 동시에 거실 구석에 있는 문을 손가락으로 가리키며 다급하게 말했다.

"저, 저쪽에요!"

불청객에게 놈들이 입을 나불거리지 못하도록 모두 죽일 생각이었지만, VIP 룸의 문이 박살나는 소리가 들렸기에 곧장 그들이 가리킨 곳으로 달려갈 수밖에 없었다.

문을 열고 들어서자 베란다와 같은 공간이 나타났다. VIP 룸답게 그곳마저도 예쁘게 꾸며져 있었지만 그런 게 내 눈에 들어올 리 없었다. 내 눈은 빠르게 창문을 훑고 지나가며 완강기를 찾았다.

베란다 구석 창문 코너 부분에 격자 모양의 완강기 지지대가 눈에 띄었다. 지지대 바로 옆 벽면에 붙어 있는 완강기 장비 케이스를 발견하고는 전력 질주를 했다. 케이스를 발로 걷어차자 로프가 감겨 있는 릴이 쏟아져 나왔다. 릴을 완강기 지지대에 걸려는 순간 베란다 문이 부서져 나가는 소리가 요란하게 들렸다.

불청객이었다. 놈은 굶주린 맹수처럼 보였다. 칼을 발톱처럼 세우고 베란다 좌우를 살피다 구석에 있는 나를 발견하고는 무서운 속도로 달려오기 시작했다.

놈이 근처에 당도하자마자 나를 향해 칼을 쭉 뻗으며 덮쳐

왔기에, 나도 모르게 비명을 지르며 반사적으로 들고 있던 릴을 휘둘렀다.

릴의 모서리에 손목을 맞은 놈은 순간적으로 아귀힘이 빠져나가 칼을 떨어뜨렸다. 하지만 놈은 칼을 떨어뜨리자마자 곧바로 반대편 손으로 주먹을 날렸다.

불청객의 펀치 속도는 칼을 휘두르는 속도보다 더 빨랐다. 피할 수가 없어 팔을 들어 막았지만 예상한 대로 힘에 부쳐 뒤로 밀렸다.

불청객은 주먹으로 끝장을 보려는 듯 또다시 주먹을 내질렀다. 이번에도 통하기를 빌며 릴을 휘둘렀지만 놈은 직선으로 날리던 주먹의 방향을 바꿔 돌려 쳤다. 날아오는 도중에 방향이 바뀐 주먹은 상대적으로 충격이 약했기에 반격할 틈이 생겼다. 릴을 놈의 얼굴을 향해 던지는 동시에 이종격투기의 테이크 다운 자세로 놈의 품 안으로 뛰어들었다.

불청객은 고개를 옆으로 살짝 젖혀 릴을 뒤로 흘려보내고는 웅크린 채 밀고 들어오는 내 얼굴을 향해 주먹을 올려쳤다. 내가 진짜 놈을 쓰러뜨리려고 깊이 들어갔다면 정통으로 얻어맞고 실신했을 만한 펀치였다.

하지만 내 계획은 따로 있었다. 깊이 들어가지 않았기에 릴이 날아간 반대편으로 놈의 주먹을 피할 수 있었다. 그리고 그 순간까지도 나는 릴에 연결되어 있는 로프를 놓지 않았다.

로프가 놈의 목에 걸리자마자 몸을 빙글 돌려 로프를 양손으로 교차시켜 콱 잡아당겼다.

일단 목을 졸리면 숨을 쉴 수 없고, 숨을 쉴 수 없으면 힘을 쓸 수 없기에 내게는 유일한 기회였다.

놈은 당황한 듯 컥컥거리는 소리를 내며 주춤했다. 그 틈에 나는 로프를 놈의 목에 한 번 더 감고 온 힘을 다해 조였다.

불청객은 상체를 낮춰 나를 앞으로 넘기려 했다. 순간적으로 앞으로 무게가 쏠려 깜짝 놀란 나는 놈의 다리 사이에 내 발을 밀어 넣고는 줄다리기를 하듯 있는 힘껏 상체를 뒤로 젖혀 버렸다.

그때였다. 불청객은 기다렸다는 듯이 다리 사이에 있던 내 발 뒤꿈치를 앞으로 걷어차며 상체를 갑자기 뒤로 젖혔다.

중심이 뒤로 쏠려 있던 나는 불청객과 함께 뒤로 넘어갈 수밖에 없었다.

넘어지는 순간 머리를 다치지 않기 위해 고개를 앞으로 숙였고, 그 바람에 로프가 순간적으로 느슨해졌다. 불청객이 나를 향해 몸을 빙글 돌렸다.

다시 로프를 움켜쥐며 목을 조였지만, 놈도 손을 교차해 내 멱살을 잡았다. 놈이 내 멱살을 쥐어틀자 숨이 막히기 시작했다. 완력조차 놈이 한 수 위였다.

하지만 로프는 놈의 목을 완전히 감고 있었기에 이대로 버틴다면 내게 승산이 있었다.

불청객도 그 사실을 알고 있는 듯, 멱살을 쥔 채 내 상체를 일으키고는 있는 힘껏 완강기 지지대가 설치되어 있는 벽까지 밀어붙였다.

벽에 등을 심하게 부딪쳤지만 동아줄처럼 로프를 잡고 놓지 않았다.

튀어나올 듯이 불거진 불청객의 눈에 핏발이 섰다. 거의 한계에 이른 것이다.

놈이 괴성을 지른 건 그때였다. 놈은 목을 졸린 상태에서도 괴성을 내며 나를 들어 올렸고, 유리창에 내 머리를 거세게 들이박았다.

유리가 아니라 콘크리트에 부딪친 느낌이었다. 모텔 창문이 요란한 소리를 내며 깨졌고 그 충격에 정신이 혼미해졌다.

로프를 쥔 손에서 힘이 빠져나가자 불청객이 내 손을 쳐 내고는 로프를 풀었다.

그제야 손이 자유로워진 나는 유일한 무기인 칼을 꺼내 들었지만 놈은 로프를 풀면서 내지른 가벼운 발길질로 칼을 걷어 찼다. 놈은 깊은 바닷속에 들어갔다 나온 잠수부처럼 심한 기침과 함께 깊은 숨을 들이키면서도 내 일거수일투족을 감시하듯 노려보았다.

나는 현기증을 느끼며 벽에 등을 댄 채 미끄러지듯 주저앉았다.

바닥에 엉덩이가 닿을 때 깨진 유리 조각 하나를 집어 들었다. 그 순간 내 얼굴을 향해 정면으로 날아드는 놈의 무릎이 바위처럼 보였다.

피할 겨를이 없었기에 팔을 들어 막았지만 고통은 말로 표현할 수 없을 정도였다.

얼굴이 붕괴되는 것은 간신히 피했지만 머리가 비틀리며 턱이 덜컥거렸고, 뒤통수는 벽에 부딪쳐 심하게 충격을 받았다.

시야가 노랗게 변하며 내 상체가 옆으로 기울어지는 게 느껴졌다.

그 상황에서도 본능적으로 움직인 내 손이 자신의 임무를 다했기를 바라며, 시험 결과를 확인하는 마음으로 불청객을 바라보았다. 놈이 무릎으로 내 얼굴을 찍을 때, 놈의 허벅지 안쪽에 유리 조각을 든 손을 깊이 찔러 넣었기 때문이다.

불청객은 깜짝 놀란 듯 뒤로 물러섰다가 다리를 살폈다. 예리한 유리 조각이 허벅지 안쪽 깊이 박혀 피를 토해 내고 있었다. 기특한 내 손은 임무를 다한 것이다.

내 상태를 힐끗 쳐다본 불청객은 유리를 뽑지 않고 길게 튀어나와 있는 부분만 부러뜨렸다. 아마도 동맥에 제대로 박힌 모양이었다.

순간적인 뇌진탕 증상으로 몸을 움직일 수가 없었다. 몽롱한 상태에서 침을 뱉었지만 나온 건 침뿐만이 아니었다. 어금니 하나가 침과 섞여 바닥에 떨어졌다. 어금니 하나를 내줬지만 놈에게 한 방 먹인 내가 스스로 대견했다. 하지만 그런 생각이 든 것은 잠깐뿐이었다. 놈이 나를 그냥 놔둘 리가 없다는 것을 알고 있었기 때문이다.

놈은 나를 견제하듯 뚫어져라 노려보면서도 벨트를 풀어 허벅지 상처 위쪽을 꽉 동여맸다.

그걸 지켜보던 나는 갑자기 메스꺼움이 느껴지며 구토가 쏟아져 나왔다.

"우웩!"

가벼운 뇌진탕이 아니다. 어떻게든 몸을 일으키려고 버둥거
릴수록 몸이 앞으로 기울어져 결국 토사물에 얼굴을 처박고 말
았다. 그러자 내 뒤통수에서 터져 나온 피가 목과 귀 뒤쪽으로
흘러내리는 것이 느껴졌다. 내출혈까지 왔을까? 만약 그렇다면
난 곧 죽는다.

"양 사장이 살려서 데려오면 보너스를 준다고 했는데, 그건
물 건너갔군."

불청객의 말이었다. 이미 승부가 났다고 판단했는지 놈은
셔츠를 찢어 자신의 상처에 감으며 말을 이었다.

"네 명성 말이야, 운이 아니었어."

나는 몸 뒤쪽으로 손을 넣어 벽을 짚고 어떻게든 몸을 일으
키려 했지만 균형 감각이 마비되어 버둥거리는 수준이었고, 피
는 계속 흘러내려 시야까지 방해했다. 하지만 손끝의 감각만큼
은 살아 있었다.

"이후에 일이 어떻게 돌아가는지 말해 줄까? 회사는 너한테
입은 손해를 만회하려고 더 많은 애들을 요구하겠지. 양 사장
은 더 많은 애들을 납품할 거고. 거기엔 네가 찾으려고 했던 애
도 포함될 거야."

놈의 말을 들으면서 등 뒤 손끝에 닿은 감각에 집중했다. 손
가락을 더듬어 내 손에 걸린 것이 동그란 링이라는 것을 깨달
았을 때 심장이 뛰었다. 어쩌면 죽지 않을 수도 있다는 실낱같

은 희망에.

"여기 이름이 왜 돈텔파파인 줄 알아?"

불청객은 생각하고 싶지도 않다는 듯 고개를 가로저으며 말을 이었다.

"세상에 미친놈들은 넘쳐나는데, 그놈들이 돈이 많다는 게 문제지. 돈 많은 놈 비위에 거슬리면 우리 같은 놈들은 살기 힘들잖아."

난 손가락 힘만으로 링을 잡아 뽑고 그 물건을 움켜쥐었다. 이제 손을 내 몸 앞으로 빼내기만 하면 된다.

토사물에 엉망이 된 얼굴로 피와 침을 질질 흘리며 용을 쓰고 있는 내 상태를 살핀 불청객이 물었다.

"아직 살아 있는 거야?"

그는 자신의 허벅지 상처를 가리키며 말을 이었다.

"이건 아주 멋졌어. 나라도 뇌진탕 상태로는 이렇게 정확하게 찌를 순 없었을 거야. 사람을 많이 죽여 봐서 그런 건가? 대체 몇 명이나 죽인 거야?"

몸에 깔린 내 손은 꾸물거리며 몸 아래로 기어 나왔고 드디어 모습을 드러냈다. 불청객이 내 몸 아래서 뭔가 슬며시 나오는 것을 확인하기 위해 목을 앞으로 쑥 뺐을 때, 감각에 모든 것을 맡기고 레버를 눌렀다.

슉!

공기압이 터지는 소리와 함께 금속 침이 놈을 향해 날아갔고, 놈은 동물적인 감각으로 손을 들어 막았다.

하지만 그건 반사적인 동작일 뿐, 불청객에게는 아무런 도움도 되지 않았다.

불청객은 당황한 얼굴로 구멍 뚫린 손바닥을 바라보고 이어서 자신의 가슴을 바라보았다. 금속 침이 뚫고 지나간 자리에 붉은 피가 꽃처럼 피어나기 시작했다.

조금 위쪽을 노리고 날린 또 하나의 금속 침은 불청객의 이마를 뚫고 들어갔다. 두꺼운 두개골을 관통하기엔 역부족이었기에, 이마를 뚫고 들어간 금속 침은 머릿속에 들어가 궤적을 바꾸며 뇌를 휘저어 놓고는 밖으로 나오지 않았다.

불청객은 시선을 허공으로 올리며 그대로 뒤로 넘어가 다시는 일어서지 못했다. 그러자 내 몸이 마술처럼 움직여지기 시작했다. 어지럼증은 여전했지만 상체를 일으키지 못할 정도는 아니었다.

베란다 출입구에서 두 놈이 모습을 드러냈다. 거실에 있던 놈들이었다.

상황을 파악한 놈들은 반송장 상태로 벽을 기댄 채 앉아 있는 나를 발견하고는 눈에 불을 켜고 다가왔다.

아킬레스건이 끊어졌기에 걸을 때마다 고통이 심했을 텐데도, 놈들은 이를 악물고 다리를 절며 다가왔다.

나를 죽이겠다는 일념 하나로 그런 기적을 만든 것이겠지만…… 세상에 기적은 없다.

놈들이 가까운 거리에 오자마자 한 놈에게는 마지막 남은 금속 침을, 다른 한 놈에게는 칼날을 날렸다.

머리에 금속 침을 맞은 녀석은 불청객의 시체 옆에 나란히 쓰러졌고, 칼날에 목이 뚫린 녀석은 피를 쏟으며 뒷걸음질을 치다 무너졌다.

머릿속에서 윙윙거리는 소리가 들리지 않을 때까지 난장판이 된 베란다를 바라보며 잠시 앉아 쉬었다. 걸을 수 있게 되면 쪽지부터 챙겨야 한다는 생각을 하며, 이미 시체가 되어 허망하게 누워 있는 불청객을 바라보았다.

이래도 운이 아니라고? 인생은 운이다. 그게 반평생을 산 내 결론이다.

12. 미란다

따가운 햇살에 눈을 떴다. 햇볕이 쏟아져 내려 눈을 뜰 수 없을 정도였다. 손 그늘을 만들어 하늘을 바라보았다. 깨진 유리창 사이로 먼지 하나 보이지 않는 파란 하늘이 펼쳐져 있었다.

영화의 장면이 바뀌는 것처럼 아름다운 풍경이 보이길 원했지만 난 여전히 모텔 VIP 룸 베란다 벽에 기대앉아 있었고, 깨진 유리 조각과 시체 들로 난장판이 되어 있는 베란다 풍경도 그대로였다. 아무리 인적이 드문 곳이라도 모텔 안팎으로 시체가 널려 있는 이곳에 오래 있을 순 없었다. 트럭에 받힌 것처럼 아픈 몸을 억지로 일으켰다. 뻐근한 뒤통수를 만져 보니 굳어 가는 진득한 피가 손에 잔뜩 묻어 나왔다. 살짝 닿은 것뿐인데도 통증이 심하게 느껴졌다.

일어서서 제일 먼저 한 것은 불청객이 셔츠 주머니에 넣어 둔 쪽지를 찾는 일이었다. 놈이 죽었다는 것은 알고 있었지만 부릅뜨고 있는 눈을 보니 등골이 서늘해졌다. 셔츠에 손을 대는 순간 벌떡 일어나 내 목을 부러뜨릴 것 같았다. 시체 눈치나 보고 있는 게 바보 같은 짓인 줄 알면서도 몸이 내 맘대로 움직여지지 않았다.

불청객 셔츠에서 쪽지를 꺼내고는 재빨리 뒤로 물러섰다. 쪽지에는 시간과 장소를 뜻하는 정보가 적혀 있었다.

동해항 국제여객터미널, 블라디보스토크, 14:00

반사적으로 주변을 둘러보았지만 어디에도 시계는 보이지 않았다. 주머니에서 스마트폰을 찾아서 꺼냈다. 액정이 심하게 깨져서 시체들의 폰을 빌려야 했다. 불청객을 피해 다른 놈들의 몸을 뒤져 시간을 보았다. 10분 전 열한 시. 배 출항 시간까지는 세 시간 남짓한 시간밖에 남지 않았다.

이곳에서 동해항까지는 그리 멀지 않은 거리였지만 그건 차가 있을 때의 얘기였다. 이런 골짜기까지 택시가 들어올 리도 없었고 들어온다고 한들 부를 수도 없었다. 어쨌든 이곳에서 일단 벗어나야 했기에 부서진 베란다 출입구로 향했다. VIP 룸으로 향하는 동안 난장판이 되어 있는 베란다와 시체가 군데군데 널려 있는 창문 밖 풍경에 걱정이 앞섰다. 이 정도 규모의 난장판은 청소반장도 거절할 가능성이 높은데, 그러면 사장 늙은이에게 연락을 해야 할까?

복잡한 생각을 하며 VIP 룸 안으로 들어서려고 할 때, 창문 너머로 멀리서 차량 한 대가 다가오는 게 보였다. 본능적으로 자세를 낮추고 그곳을 살폈다. 스포츠카 특유의 묵직한 엔진 소음과 함께 먼지를 일으키며 다가오는 차를 알아보고는 심장이 한차례 크게 일렁였다. 바로 그 형사의 차라는 것을 알아보았기 때문이다.

여기서 잡히면 모든 게 끝이었다. 주변인이 문제가 아니라 내 인생이 끝장나는 것이다.

기대 있던 벽으로 시선이 돌아갔다. 벽에 잔뜩 묻어 있는 피를 비롯해서 내가 존재했던 모든 곳을 바라보았다. 내 피와 땀, 침은 말할 것도 없고 지문과 족적까지 모든 게 고스란히 남아 있었다. 그나마 다행인 건 '고객'들의 신분 보장을 위해 CCTV가 어디에도 설치되어 있지 않다는 점이었다. 하지만 이런 상황에서는 전혀 위안이 되지 않았다.

서둘러 VIP 룸을 벗어나 계단으로 향했다. 내 모습이 보이지 않도록 계단 안쪽으로 내려가면서도, 계단 옆으로 나 있는 창문을 통해 진입로에 다가오며 속도를 줄이는 스포츠카의 움직임에서 시선을 떼지 않았다.

1층 정문으로 나가려 했지만 형사의 차가 정면으로 보였기에 재빨리 몸을 숨기고 뒷문으로 향했다.

이성은 계획을 세우라고 아우성을 쳤지만 뇌진탕 때문인지 머리가 제대로 돌아가지 않았다. 이렇게까지 몰렸던 적이 있었나? 시체가 널려 있는 현장 한가운데서 경찰을 만나는 건 내게도 첫 경험이었다. 첫 경험은 늘 그렇듯 조급하고 긴장만 될 뿐, 어떻게 해야 할지 정리가 되지 않았다.

모텔 건물 옆에 몸을 숨기고 진입로 쪽을 바라보았다. 형사는 총을 꺼내 든 채, 나무를 들이받은 내 차를 조심스럽게 살펴보고 있었다. 그리고 그 모습을 지켜보며 내 인생은 완전히 망했다는 생각이 들었다. 글러브 박스만 열어도 마누라 이름 석 자가 박혀 있는 차량 등록증이 나올 것이고, 그것만으로도 내가 남편이라는 사실을 알아내는 건 일도 아닐 테니까. 어쩌면 그런 단계를 거치지 않고도 형사는 이미 내 차라는 것을 알았을지도 모른다. 그가 눈썰미만 좋다면 빌라 앞에서 마주친 것만으로도 이미 알아봤을 테니까.

형사는 보닛 위에 걸쳐 있는 애꾸눈의 목에 손을 대 맥을 짚어 보고는 날카로운 눈으로 주변을 둘러보았다. 심장이 주책맞게 계속 쿵쾅거리고 입술이 바싹 타들어 갔다. 시체가 발견된 것만으로도 형사는 지원 병력을 부르고 그들이 올 때까지 입구를 지키고 있을 테니까.

이 정도 사건이면 경찰은 물론 언론에게도 블록버스터급이다. 서둘러 사건 종결을 희망하는 경찰의 특성상 나는 학살을 한 희대의 살인마로 낙인찍혀 사형선고를 받고 죽을 때까지 감방에 갇힐 게 뻔했다.

그런데 형사는 그러지 않았다. 무전을 치지도 않았고 휴대폰을 꺼내지도 않았다. 총을 앞세워 사방을 경계하며 모텔 건물을 향해 천천히 다가왔다. 상황을 더 살피려는 걸까? 아니면

공을 혼자 세우려는 걸까? 명품으로 빼입은 복장과 스포츠카만으로도 일반적인 범주의 경찰은 아니라고 생각했지만 저렇게 매뉴얼을 벗어나서 행동할 줄은 몰랐다. 어느 쪽이든 내게는 천만다행한 일이었다. 불청객으로부터 날 살려 준 그 행운이 형사에게도 계속되기를 간절히 빌었다.

형사는 모텔 건물 앞까지 다가왔다. 여기저기 사살당한 시체들을 보며 그의 얼굴에 긴장이 서리는 것이 보였다. 그는 7층에서 추락한 매니저를 눈으로만 살피고 모텔 입구로 방향을 돌렸다. 몇 걸음 다가서다 나와 불청객이 대치했던 곳에서 멈춰 섰다. 그러고는 쪼그리고 앉아 카페에서 챙긴 휴지로 바닥에 떨어져 있는 총알 하나를 주워서 살폈다. 이어서 탄창이 빠져 있는 내 권총을 주워서 살핀 다음 주머니에 챙겨 넣고는 모텔을 돌아보았다. 보다 가까워졌기에 눈에 띄게 긴장한 그의 표정과 태도가 선명하게 보였다.

형사가 모텔에 들어가면 그때부터 움직이기로 했다. 모텔 안은 더 난장판이기 때문에 살피는 데 시간이 걸릴 것이고, 그 시간 동안 이곳을 빠져나가야 했다.

모텔 입구로 향하던 형사는 무슨 생각에서인지 우뚝 걸음을 멈췄다. 이어 내가 몸을 숨기고 있는 방향을 돌아보고는 다가오기 시작했다. 빌어먹을 개자식이 첫 인상부터 밉상이더니 끝까지 꼴 보기 싫은 짓만 한다. 건물 안을 살피기 전에 주변의 지형과 상태부터 살피려는 게 분명했다.

난 더욱 발소리를 죽이고 술래잡기를 하듯 뒷걸음질로 모텔 뒤쪽으로 돌아갔다. 형사는 건물 옆을 따라 뒤쪽으로 다가왔고 나는 다시 뒷문을 통해 건물 안으로 들어갔다. 이렇게 고요한 곳에서는 인기척을 오래 숨길 수가 없었기에 서둘러야 했다. 뒷문으로 들어선 나는 곧장 모텔 정문으로 향했다. 정문으로 나서자마자 몸을 낮추고 형사의 차가 있는 진입로를 향해 이동하기 시작했다.

손질을 하지 않아 허리 높이까지 자라 있는 수풀 속에 몸을 숨기고 은밀하고 빠르게 형사의 차를 향해 다가가 가장 가까운 거리라고 생각하는 곳에서 멈췄다. 차와의 거리는 약 5미터. 모텔을 돌아보았다. 형사는 건물 안으로 들어간 건지 아니면 아직 건물 뒤를 돌고 있는 건지 모르지만 보이지 않았다.

허리를 잔뜩 숙인 채 스포츠카 뒤를 돌아 반대편 문 쪽으로 다가가 또다시 쪼그리고 앉았다. 모텔 쪽을 살폈지만 형사는 아직도 보이지 않았다. 조수석 쪽 문을 열려고 손을 대려는 순간, 뒷좌석에 사람의 형상이 보였기에 소스라치게 놀라 주저앉았다. 그러다 모텔 쪽을 바라보고는 재빨리 차에 가까이 붙어 앉아 머리를 굴렸다.

분명 형사의 파트너는 아니었다. 파트너라면 혼자 차에 앉아 있을 리도 없거니와 스포츠카 뒷좌석처럼 좁고 불편한 곳에 쪼그리고 있을 이유도 없었다. 고개를 한 번 들어 안쪽을 확인하면 그만인데 그게 잘 되지 않았다.

모텔 쪽을 살피니 반대편 뒤쪽에서 나타나는 형사의 모습이 보였기에 재빨리 몸을 숙였다. 형사는 잠깐 멈춰 서서 자신의 차가 있는 곳을 잠시 쳐다봤지만 이내 모텔 앞쪽 출입구로 발걸음 뗐다. 나는 심호흡을 한 번 하고 나서 고개를 들어 뒷좌석을 들여다보았다. 진한 선팅 때문에 잘 보이지 않았지만 강한 햇살과 손 그늘 덕분에 뒷좌석을 확인할 수 있었다.

분명 사람이었다. 좁은 뒷좌석에 누울 정도로 작은 체구의 사람이었다.

얼굴을 확인하려고 창문에 머리를 더욱 바짝 대는 바람에 차가 살짝 움직였을 때, 뒷좌석 사람의 접혀 있던 손가락이 펴졌다. 그리고 햇빛에 반짝이는 손톱이 드러나며 'Yellow Rose'라는 글씨가 선명하게 보였다.

그게 내 눈에 들어왔을 때, 사고 기능이 일시적으로 멈췄다.

빌라에서 도망쳤어야 할 주변인 친구가 왜 이런 곳에, 좁아터진 형사의 차 뒷좌석에 있는 건지 이해가 가지 않았다.

주변인 친구의 펼쳐진 손이 몸을 따라 흘러내리다 시트 아래로 축 처졌다. 어떤 상황인지는 여전히 이해가 되지 않았지만 주변인 친구의 상태는 알 수 있었다. 이미 숨이 끊어진 것이다. 어제까지만 해도 멀쩡하게 숨을 쉬고 있던 친구가 왜 이렇게 된 건지도 이해가 가지 않았다. 주변인 친구의 시체를 보며 내가 처한 상황을 까먹고 홀린 듯이 조수석 문손잡이를 향해 손을 뻗었다.

손잡이를 당기는 순간, 차는 옆구리를 걷어차인 짐승처럼 소리 내어 울기 시작했다. 헤드라이트와 방향 지시등이 점멸하며 귀머거리도 들을 수 있을 정도로 소리를 질러 댔다.

곧이어 허공을 향한 두 발의 총소리가 연이어 들리고, 형사의 고함 소리가 울렸다.

"꼼짝 마! 움직이면 쏜다! 엎드려! 칼 버리고 엎드려!"

나는 멍한 상태로 목소리가 들리는 방향으로 돌아섰고, 형사는 발작적으로 더 소리를 질렀다.

"함부로 움직이지 말라고, 개새끼야! 엎드려! 엎드려!"

움직이지 말라는 건지 엎드리라는 건지 몰라서 그대로 서 있었다. 들지도 않은 칼은 또 어떻게 버리라는 걸까. 멀리서 봐서 잘못 본 거겠지.

형사는 나를 향해 총을 정자세로 겨눈 채 다가서며 소리 질렀다.

"공포탄 아니고 이제 실탄이다! 허튼수작하면 발포할 거니까 천천히 엎드려. 엎드려!"

형사의 주문이 이제야 정리가 되었기에 양손을 든 채 천천히 무릎을 꿇었다. 그다음 팔굽혀펴기를 하는 자세로 천천히 엎드렸다.

잔뜩 긴장한 형사의 거친 숨소리가 내 귓가에까지 들렸다. 그의 발이 엎드린 내 시야에 들어왔을 때 공격을 할까 생각했지만, 경찰이라는 그의 신분이 갈등하게 했고 그 짧은 순간의 갈등 때문에 타이밍을 놓쳐 버렸다.

화약 냄새가 나는 권총을 내 머리에 겨누고는 내 등에 올라타 팔을 거칠게 뒤로 꺾었다.

"살인죄를 범한 현행범으로 영장 없이 체포하는 거야. 알겠어?

진술 거부권이 있고 변호인을 선임하여 도움을 받을 수 있어."

이어 차가운 수갑이 손목을 부러뜨릴 듯이 조여 왔다.

"변명할 말이 있으면 지금 해. 할 말 없어?"

미란다 원칙을 처음부터 끝까지 들었지만 거친 말투와 행동 때문에 제대로 고지받은 것 같은 느낌이 들지 않았다. 형사가 수갑을 채운 팔을 잡고 거칠게 일으켰다. 어깨가 뒤틀리며 고통스러웠다.

형사가 나를 돌려세워 놓고 이글거리는 눈빛으로 잡아먹을 듯이 노려보며 말했다.

"처음 봤을 때부터 의심스러웠어. 표정 하나 없이 입술만 움직이면서 말하는 것부터 예민하게 구는 것까지, 처음부터 끝까지 불쾌하게 만드는 것투성이였거든. 범죄 현장마다 만나는데 의심 안 하는 게 더 힘들지 않나?"

날 바라보던 형사가 말을 이었다.

"할 짓이 없어서 미성년자들을 팔아먹냐? 차라리 살인만 하지 그랬냐, 이 빌어먹을 새끼야. 아직 네 뒷조사는 다 못 했는데, 조만간 알게 되겠지. 우리한테는 시간이 아주 많이 남았으니까."

형사가 절반은 오해를 하고 있는 것 같았지만 지금 말해 봐야 소용없다는 것을 알고 있었기에 아무 말도 하지 않았다.

그는 내 머리를 일부러 차 지붕에 찧으며 조수석에 쑤셔 넣었다. 뇌진탕의 기운이 아직 가시지 않아서 그 작은 충격만으로도 현기증이 일어났다.

형사는 차 문을 닫고 차 밖에서 나를 노려보며 어딘가로 전화를 했다. 곧 있으면 이곳에 과학수사팀과 경찰이 몰려들 것이고, 얼마 지나지 않아 기자들이 잔뜩 몰려와 취재 경쟁을 벌이며 장터로 변할 것이다. 늦어도 오늘 밤에는 인터넷판 뉴스 기사에 내 얼굴이 모자이크 처리되어 올라오겠지.

막상 수갑을 차고 나니, 주변인 생각은커녕 이번 일로 마누라가 받을 충격에 대해서만 걱정이 되었다. 형사의 통화가 예상보다 길었기에 눈을 감았다. 내가 할 수 있는 일은 없었으니까.

13. 돌이킬 수 없는

운전을 하느라 앞만 바라보고 있던 형사의 눈동자가 흔들렸다. 그리고 내가 던진 제안에 대해 한참 만에 입을 열었다.

"그게 사실이야?"

형사의 관심은 내게 마지막 기회나 마찬가지였기에 그를 향해 몸을 돌리며 말했다.

"내 상황에서 거짓말할 이유가 없잖아. 한 시간 뒤면 배는 떠날 거고 성매매 조직 잡는 건 물 건너가는 거야. 그럼 나는 성매매 브로커나 하는 놈으로 누명 쓰고 인생 끝장나는 거고. 절박한 놈은 거짓말 안 해. 아니, 못 해."

형사가 나를 힐끗 돌아보며 말했다.

"내 눈엔 침착하게만 보이는데? 그게 절박한 놈 말투야?"

"무릎 꿇고 바짓가랑이 붙잡고 울기라도 할까? 그런 헛소리

지껄일 동안에 동해항에 병력 보내 보면 알 거 아니야. 병력 보내서 봉쇄시키면 놈들은 못 나갈 거고, 거기에서 일망타진하면 된다고 세 번째 말하잖아."

"네 말만 믿고 병력 풀었다가, 그게 개소리라는 게 밝혀지면 등신 되는 건 네가 아니라 나야."

"그렇게 해서 내가 얻는 게 뭔데?"

"골탕 먹이고 싶은 거겠지."

"감방에 처박히게 될 몸이 경찰 엿 먹게 해서 좋을 게 있어? 상식적으로 당신이라면 그러겠어?"

시간은 자꾸만 흘러가고 동해항과의 거리는 점점 멀어지고 있었기에 소리를 질렀다.

"등신 되는 게 겁나서 열여섯 살짜리 애를 변태 새끼들한테 팔려 가게 놔두겠다는 거야? 그러고도 네가 대한민국 경찰이야? 당장 동해에 병력부터 보내라고, 당장!"

내 거친 반응에 형사는 차를 갓길에 세우고 총을 꺼내 들어 내게 겨누며 말했다.

"닥쳐, 개새끼야. 말 좀 들어 주니까 내가 우습게 보여?"

난 얼굴을 총 앞에 들이밀며 말했다.

"쏘든 말든 네 맘대로 해도 되는데 동해에 병력은 당장 보내라고. 다른 경찰이 공 세우는 동안 무능한 경찰로 찍혀서 한직에서 파리나 잡고 살고 싶지 않으면 전화해, 당장."

"이 새끼가……."

"그게 부담되면 네가 직접 가면 되잖아! 겨우 한 시간 거리라고, 한 시간!"

형사는 금방이라도 쏠 것처럼 총을 겨누었지만 권총 손잡이를 붙잡고 있는 손가락은 차분하게 가지런히 놓여 있었다. 진짜 흥분을 했다면 손잡이를 쥐고 있는 손가락은 땀과 긴장으로 꼼지락거리게 되어 있다. 형사는 결코 흥분한 게 아니다. 내게 뭔가를 끌어내기 위해 목적을 가지고 흥분한 척하는 것이다.

형사의 얼굴을 빤히 바라보았다. 이 친구가 원하는 게 뭔지 나는 알고 있었다. 내 생각이 틀리지 않다면 윤지 친구를 뒷좌석에 싣고 온 이유도 바로 그것 때문이 분명했다. 이대로는 동해를 갈 생각이 없어 보였기에 원하는 걸 던져 주기로 했다. 내게는 시간이 무엇보다 중요한 상황이었기 때문에.

나는 형사 차에 달려 있는 블랙박스에 전원이 들어와 있는 걸 확인하고는 뒷좌석에 구겨져 있는 윤지 친구의 시체를 돌아보며 물었다.

"이 애는 어떻게 된 거야?"

형사가 눈빛을 빛내며 되물었다.

"뭐가?"

"빌라에서는 분명히 살아 있었는데 어떻게 된 거냐고?"

형사는 결정적인 증거를 잡은 듯 말했다.

"그걸 네가 어떻게 알아? 죽어 있었는지 살아 있었는지 어떻게 아냐고?"

형사가 원하는 건 내가 당황하며 둘러대는 그림이겠지만, 나는 그렇게 하지 않았다. 놈이 원하는 그림 때문에 연기까지

할 여유는 없었기에 명확하게 대답했다.

"그 현장에 내가 있었으니까."

의외로 순순히 답하는 내 태도에 잠시 멈칫했지만, 블랙박스를 힐끗 쳐다보고는 말했다.

"방의강, 빌라에서 여자애들 네 명을 감금하고 남자애들 두 명을 죽였다는 걸 인정하는 거야?"

윤지 친구를 제외하고 여자애들은 감금 상태가 아니었다. 하지만 내가 나중에 화장실로 몰아넣은 건 사실이니 그렇다 치자. 하지만 남자애들은 그냥 지나갈 수 없다. 남자애들을 때린 건 맞지만 죽이진 않았다. 형사가 바로 발견했다면 사타구니를 맞은 놈도 살아 있어야 했다.

"그놈들이 죽었다고?"

형사는 콧방귀를 뀌며 대꾸했다.

"현장에 있었는데 살인은 안 했다? 술은 마셨는데 음주운전은 안 했다는 소리 하려는 거면 집어치워. 당신이 범인이라는 증거는 차고 넘치니까."

형사의 마지막 말에 불안해졌다. 내 표정을 힐끗 본 형사가 말을 이었다.

"빌라에 있던 여자애들이 진술했어."

그렇게 진술했겠지. 모두가 점박이 놈이 관리하는 애들이니까. 형사가 말을 이었다.

"그리고 폐가 살인 사건 흉기로 사용된 사시미 칼도 확보했어."

"뭐?"

점박이 사무실에 흘리고 온 회칼을 떠올리자 등골을 따라 식은땀이 흘러내렸다.

"궁금하지? 그게 어떻게 내 손에 들어왔는지."

형사는 그 어느 때보다 진지한 목소리로 말을 이었다.

"간단해. 자동차 번호판과 CCTV만 잘 뒤져도 대한민국 사건 90프로는 해결되니까. 네 차, 네가 타고 온 택시, 택시를 탄 장소 그리고 네가 뛰어나온 그 빌딩."

형사는 강조하듯 나를 힐끗 쳐다보고는 말을 이었다.

"거기서 주웠어. 사시미 칼."

내가 우려하던 최악의 상황이 벌어졌다. 바로 이런 상황을 우려해서 현장에 나갈 땐 택시를 고집했던 건데, 경찰의 주목을 받고 있으면 소용이 없다는 것을 깨달았다. 너무 늦게 깨달은 게 문제지만. 형사가 말했다.

"그것 때문에 폐가 살인 사건, 빌딩, 빌라 그리고 여기 모텔까지 한 번에 다 꿰어진 거야."

"그렇게 알아낸 게 내가 살인했다는 거 하나뿐이야?"

형사가 대답했다.

"아니. 성매매 조직이 있다는 것도 알아냈지."

불행 중 다행이다. 하지만 형사의 다음 말에 어이가 없어졌다.

"그건 너부터 처넣고 시작하려고."

듣던 중 이런 개소리는 처음이다.

"진담이냐?"

나의 격한 반응에 놈이 이해한다는 듯이 톤 낮은 소리로 말했다.

"이해 못 하는 건 아니야. 화가 났겠지. 친구 딸이 성매매 조직에게 넘겨질 위험에 처했으니 그냥 둘 수 없었을 거야. 말리려다가 우발적으로 칼을 휘둘렀는데 어쩌다 보니 다 죽인 거지. 그런데 친구 딸이 납치가 된 거고. 이미 살인을 했으니 경찰에는 알리지도 못하고 직접 나선 거겠지. 서에 가면 자백하고 진술해. 정상참작이 충분히 될 거야. 미성년 범죄에 예민한 요새 분위기면, 어쩌면 집행유예로 바로 나올 수도 있어. 언론만 잘 받쳐 주면 스타가 될 수도 있다고."

아무것도 모르는 형사는 내가 저지르지도 않은 범죄에 대해서 자백을 하게끔 최선을 다하고 있었다. 내가 말했다.

"일단 동해항으로 가서 윤지 안전부터 확보하고 나서 협의해."

"협의? 회사 미팅이라도 하는 거 같아? 전부 네가 죽였잖아, 새끼야! 바른대로 말해!"

그를 빤히 바라보다 대꾸했다.

"경찰이란 작자가 여중생 목숨을 담보로 자백을 강요하는 거야?"

"뭐라고?"

"내 머리 찢어진 거 봤지? 어지럽고 메스꺼워서 차에 이렇게 앉아 있는 것도 힘들어. 그런데도 병원에 가자는 게 아니라 동해로 가자고 하고 있잖아. 당신이 살인 현장을 직접 본 게 아니면 난 현행범이 아니라 목격자야. 부상당한 목격자를 응급조치도 하지 않고 범행 자백을 강요하면 현행법 위반인 거 모르나? 아니면 내가 모를 거라고 생각하는 건가?"

"어디서 법 좀 주워들어서 나불거리는 모양인데, 나 같은 현장 직원은 너 같은 새끼를 법 피해서 엿 먹일 방법 수백 가지는 알고 있으니까 개소리 그만하고 헛물켜지 마, 등신 새끼야."

더 이상 설득할 기력이 없었기에 진심으로 물었다.

"정말 후회 안 해?"

형사는 불안한 눈빛으로 나를 힐끗 보다 다소 느슨해진 권총을 다시 바짝 들며 윽박질렀다.

"허튼짓하면 사살한다."

권총을 쥔 형사의 손이 아까와는 달리 긴장한 듯 달싹거렸다. 내가 다시 말했다.

"정말 후회 안 할 자신 있냐고 묻잖아."

"어설프게 날뛰면 일만 더 복잡해져. 너한테 유리할 게 하나도 없다고. 나머지는 나한테 맡기고 그냥 얌전히 있어. 그게 그 애 위하는 일이야."

뻔한 논리, 뻔한 말.

그런 소리 듣고 있을 시간이 없었기에 마지막으로 물었다.

"어떻게든 나를 처넣을 생각이지? 범인으로 만들어서라도."

"당연히 그래야지. 네가 범인이니까."

이젠 어쩔 수 없었다. 어쩌면 내 속 편하기 위해서 내 스스로 선택의 여지를 없앤 것일지도 모른다.

형사의 총 든 손이 슬슬 내려갈 때 그에게 말했다.

"몸수색을 좀 더 제대로 하지 그랬어."

형사가 멈칫할 때 난 수갑을 푼 손으로 많은 것을 해냈다. 형사의 총을 쳐 내고 놈이 내 얼굴에 날리는 주먹을 피하면서 운전석의 안전벨트를 풀었다. 안전벨트가 풀린 걸 형사가 알아차렸을 때, 내 손은 이미 사이드브레이크를 당기며 운전대를 옆으로 꺾었다.

내가 생각한 그림은 중심을 잃은 차가 옆으로 뒤틀리며 전복되는 것이었다. 하지만 형사의 차는 후륜 구동인 스포츠카였고, 사이드브레이크에는 달리던 차가 전복될 정도의 제동력이 없다는 것을 깨달았을 땐 이미 늦은 후였다.

차는 방향을 바꾼 채 여전히 달려 나갔고 길가에 있는 나무를 들이받았다. 생각보다 강한 충돌은 아니었지만 형사가 앞유리에 머리를 박는 데는 충분했다. 차가 전복되진 않았지만 형사를 공격할 틈이 생겼기에 불행 중 다행이었다.

충격으로 주춤한 형사의 얼굴에 주먹을 날렸다. 내 상태도 좋지 않아 정타가 제대로 들어가지 않아 기절할 때까지 반복해서 때릴 수밖에 없었다. 형사는 정신없는 얼굴로도 주먹을 막기 위해 필사적으로 허우적거렸지만 결국은 턱을 얻어맞고는 기절했다.

난 잠시 숨을 고르며 그대로 앉아 있다가 차에서 내려 형사를 옆자리로 밀치고 꺼진 시동을 다시 걸었다. 힘겨워하던 엔진이 으르렁거리는 소리를 내며 걸렸을 때 차가 전복되지 않은 것이 다행이라는 생각부터 들었다. 조수석에 처박혀 있는 형사의 손목에 수갑을 채우고는 차를 반대 방향으로 돌렸다. 엔진 소리가 약간 불안정하긴 했지만 동해항까지 가는 데는 문제없어 보였다.

심적으로 약간의 여유가 생기자 현실적인 문제가 떠올랐다. 경찰을 폭행한 건 돌이킬 수 없는 짓을 저질렀다는 사실을 의미했기에 머리가 지끈거리기 시작했다.

얼마간 달려 모텔로 진입하는 길 입구가 보이자 내심 긴장이 되었다. 분명 경찰들이 벌 떼처럼 모여들었을 게 뻔했기 때문이다. 부서진 차로 경찰 앞을 지나간다는 사실 하나만으로도 의심받을 일이었다. 기절한 저 형사도 내 부서진 차를 보고 의심하기 시작해서 이렇게 된 것이니까.

그러나 예상과 달리 진입로는 빠져나올 때와 똑같이 차분하고 조용했다. 경찰차는커녕 구급차나 비슷한 차도 보이지 않았다. 다만 낡은 승합차 두 대가 진입로를 따라 천천히 이동하는 게 보일 뿐이었다. 비록 경찰차는 아니었지만 그들이 모텔 현장에 도착하는 순간 신고를 하게 될 거고 그러면 경찰이 몰려드는 건 똑같을 테니 빨리 지나치는 게 상책이었다.

경찰을 때렸다는 고민도 잠시, 쫓기듯 차를 더 빨리 몰아 그곳을 빠져나갔다.

● ●●

동해항 국제여객터미널에 도착했을 때 형사도 정신을 차렸다. 멍한 표정으로 상황을 살피던 그는 놀란 듯 상체를 벌떡 일으켰다. 운전을 하고 있는 내게 뭔가를 하려다 그제야 자신의 손목에 수갑이 채워져 있는 것을 발견하고는 나를 노려보며 말했다.

"죄목만 더 늘이지 말고 이거 풀어."

터미널의 동태를 살피면서 주차할 곳으로 향하며 대답했다.

"내 말만 들었어도 네가 수갑 찰 일은 없었지."

"네가 지금 무슨 짓을 저지르고 있는 줄이나 알아? 공무원 폭행이 얼마나 중죄인지 모르나 본데……."

안 그대로 긴장된 상황에서 앞뒤 꽉 막힌 형사의 찡얼거리는 말소리를 들으니 짜증이 확 치밀어 올랐다.

"그러니까 내가 오자고 했을 때 왔으면 이런 일 없잖아!"

버럭 지른 고함에 형사는 흠칫하며 말을 멈췄다. 차를 세우고는 터미널 출입구를 바라보았지만 특별히 이상한 점은 없어 보였다.

형사가 말했다.

"지금이라도 늦지 않았어. 이거 풀어."

"풀면? 네가 윤지 구할 거야?"

형사는 터미널을 힐끗 쳐다보며 대답했다.

"이왕 이렇게 됐으니 살펴봐야겠지."

그는 나를 다시 돌아보며 말을 이었다.

"그러니까 이제부터라도 경찰인 나한테 맡기고 넌 빠져."

그때였다. 터미널 건물 옆 상하차장에 세워 둔 승합차에서 사람들이 내리는 것이 보였다. 그들은 승합차에서 휠체어를 꺼내 펼치고는 담요로 감싼 환자를 그 위에 앉혔다. 환자의 얼굴은 가려져 있고 사람들 중에서도 아는 얼굴은 하나도 없었기에 점박이 일행인지 확신할 수가 없었다.

형사는 포기하지 않고 나를 계속 설득하려 했다.

"내 차 부순 거, 때린 거, 전부 문제 삼지 않을 테니까 일단 이거부터 풀어. 나머지는 나한테 맡기고. 응?"

이 형사 새끼는 내게 할 말이 이것밖에 없는 모양이다. 난 휠체어를 뚫어지게 바라보며 말했다.

"너한테 맡기면 해결이 되나?"

"지금 이렇게 뭉그적거릴 시간 있어? 일단 맡겨 보면 알 거 아니야."

"너 같은 놈들 뻔하지. 대충 둘러보는 척이나 하면 다행이지. 그대로 튀어서 항만경찰까지 불러들이고 나는 그 즉시 수배자가 되겠지."

"안 그러겠다고 약속하지."

그럴 생각은 아니었지만 콧방귀가 튀어나왔다. 내가 말했다.

"네가 한다는 최선에 대해서 내가 말해 주지. 그 애는 결국 해외로 팔려 나갈 거야. 그러면 너는 인터폴에 이메일 한 번 넣는 걸로 할 일 다 했다고 자평하면서 손 놓고 있겠지. 그동안 그 애는 온갖 일을 다 겪고 버려지겠지. 시체라도 찾으면 운이 좋은 거고. 대부분은 그냥 실종되겠지만."

발끈한 형사가 도끼눈을 뜨고 대꾸했다.

"너같이 공무원한테 반감 갖고 있는 새끼들 특징이 뭔 줄 알아? 개뿔도 모르면서 나대다가 사고 치고 감방에 처박히는 거야. 끌려갈 때는 공무원들이 좆같이 일해서 나설 수밖에 없었다고 기자들한테 어필하겠지. 너 같은 새끼들은 생각이 짧아서 모르겠지만, 공무원이 행동하는 데에는 모두 그럴 만한 이유가 있는 거야."

9급 공무원 시험 강의를 듣고 있을 시간은 없었지만 형사는 멈추지 않고 말을 이었다.

"러시아 애들 성향도 모르는 새끼가 물불 안 가리고 나대기만 하면 해결이 될 것 같아?"

형사의 말에 나도 모르게 그를 돌아보았다. 이 새끼 봐라? 아주 흥미로운 새끼였네.

그때 승합차 뒤쪽에서 누군가 모습을 드러내는 게 보였다. 먼 거리였기에 이목구비는 제대로 보이지 않았지만 복장과 행동거지로 볼 때 점박이가 분명했다. 점박이는 그 자리에 서서 상하차장 안쪽으로 들어가는 휠체어를 물끄러미 바라보고 있었다.

난 점박이에게 시선을 고정한 채 형사에게 수갑 열쇠를 던져 주며 말했다.

"나보다는 경찰이 낫겠지."

형사의 권총에 든 총알 수를 확인하고는 뒤춤에 꽂아 넣으며 운전석에서 내렸다. 수갑을 푼 형사가 조수석에서 내리자마자 내게 말했다.

"총 내놓고 넌 빠지라고."

"형사님, 한 번에 하나씩만 요구합시다. 수갑 풀어 줬으면 일 좀 하고 다음 걸 바라야지."

형사는 못마땅한 얼굴로 나를 노려보았지만 별수 없이 발길을 돌렸다. 시계를 힐끗 본 형사는 터미널 쪽으로 걷기 시작했고 나는 그 뒤를 조용히 따라갔다. 대합실 입구가 가까워지자 심장이 뛰기 시작했다. 이제부터는 내 목숨을 건 시험을 해야 했으니까.

대합실 입구에 이르러서 형사에게 말했다.

"난 뒤쪽 돌아보고 올 테니까 대합실 체크해 봐. 그놈들 잡는 것보다 그 애 안전이 우선이라는 거 잊지 말고."

입장이 바뀐 것 같아서 그런지 형사는 어이없다는 표정으로 바라보았지만 그를 무시하고 승합차가 서 있던 상하차장 쪽으로 이동했다. 일반인은 출입할 수 없는 곳임을 상징적으로 알리기 위해 대충 둘러놓은 펜스를 넘어 상하차장으로 들어섰다. 승합차 옆에는 점박이의 부하로 보이는 사내가 한 명 서 있었고 점박이는 승합차 옆문을 활짝 열어 놓은 채 시트에 걸터앉아 휴대폰 통화를 하고 있었다.

상선을 기다리며 늘어서 있는 박스 하나를 어깨에 짊어지고 놈의 눈에 띄지 않게 이동했다. 잘 들리지 않던 점박이의 목소리가 갑자기 터져 나왔다.

"야이 병신 같은 새끼야!"

점박이는 벌떡 일어나 긴급하게 주변을 두리번거리며 부하에게 손짓만으로 상하차장 안쪽을 다급하게 가리켰다. 부하는 고개를 끄덕이고는 그쪽으로 뛰어갔지만 점박이의 분노 섞인 통화는 계속되었다.

"쌍노무 새끼야, 그것도 하나 처리 못 해서 일을 망쳐? 뭐? 개새끼야, 그게 내 탓이야? 야이 똘아이 새끼야, 지금 들고 있는 휴대폰만 까도 너 하나 그냥 매장시키는 건 일도 아니야. 내가 그것만 갖고 있을까? 감히 어디다 대고 소리를 질러, 등신 새끼가!"

점박이는 더 많은 욕을 참는 듯이 숨을 한 번 삼키고는 말을 이었다.

"일단 이번 일 끝나고 보자. 밥값 못 하는 새끼들을 내가 어떻게 하는지 제대로 알게 될 거다."

점박이는 화난 얼굴로 잠시 귀를 기울이고 있다가 또다시 소리를 질렀다.

"그냥 배송 문제가 아니라 내 평판이 걸려 있는 일이라고! 내 평판이! Reputation! 평판!"

점박이가 신경질적으로 휴대폰을 끊었을 때 나는 이미 놈의 코앞까지 다가와 있었고, 점박이는 당황할 겨를도 없이 앞니가 부러져 나갔다. 입을 얻어맞고 몸이 뒤로 젖혀졌을 때, 놈의 몸을 안으로 밀고 들어가 차 문을 닫았다. 그리고 명치에 주먹을 한 번 더 내질렀다.

숨이 쉬어지지 않아 꺽꺽거리는 점박이의 머리채를 움켜쥐고 고개를 뒤로 젖혔다.

내가 말했다.

"모텔에 병력을 다 쏟아부은 건 알겠는데, 그래도 이건 너무 쉽잖아."

점박이는 두려움과 분노가 뒤섞인 얼굴로 나를 노려보았지만 여전히 숨을 제대로 쉬지 못하고 있었기에 대꾸를 하지는 못했다.

"윤지가 아니라 너부터 찾을 거라고는 생각 못 한 거야? 당연히 너부터 찾아야지. 우린 동창이잖아."

부러지다 만 이빨이 거슬렸기에 주먹을 한 번 더 내질렀다. 핏덩이와 함께 이빨이 침과 뒤섞여 쏟아져 나와 그의 흰 셔츠가 금세 엉망이 되었다. 한 번 더 때리려고 주먹을 치켜들었을 때 놈이 손을 들어 올리며 숨이 방금 터진 듯 외쳤다.

"그만!"

이빨이 빠져서 새는 소리로 말을 이었다.

"그마해. 그만하야고, 비여머글 개자히가.(그만해. 그만하라고, 빌어먹을 개자식아.)"

원래 계획은 놈을 인질로 윤지를 데리고 나오게 하는 것이었지만 놈의 새는 발음 때문에 이미 글렀다. 이 이상한 발음을 듣고도 점박이에게 아무 일도 없을 거라고 생각하는 등신들은 없을 테니까.

"성연이 네가 주였다며.(성연이 네가 죽였다며.)"

애꾸눈은 나 때문에 죽은 게 아니라 점박이가 놓고 갔기 때문에 죽은 것이다. 아니, 그보다 현장에 없었던 점박이가 애꾸눈 죽은 건 어떻게 알았을까? 내 목숨을 건 시험은 정답을 향해 다가가고 있었다.

"내 소으로 주이고 시퍼느데…….(내 손으로 죽이고 싶었는데…….)"

점박이는 기가 죽은 표정으로 그렇게 말을 하다 갑자기 재빠른 동작으로 총을 꺼내 들었다. 하지만 방아쇠를 당기기도 전에 비명부터 질러야 했다. 내가 놈의 총을 바깥쪽으로 휘어잡았고, 그 바람에 방아쇠에 걸려 있던 손가락이 꺾여 경쾌한 소리를 내며 부러진 것이다.

"아악!"

점박이에게 물어볼 게 많았지만 그럴 수 없는 게 아쉬웠다. 출항 시간이 다가오고 있었고, 지난 30년 동안 내 뒤를 쫓아온 점박이가 이제 와서 추적을 포기할 리도 없다는 것을 알기 때문이었다.

"점박아, 그만하자."

내 말뜻을 알아들은 점박이는 눈을 동그랗게 떴다. 순간적으로 놈의 어릴 때 얼굴이 보였지만 목을 비트는 손을 멈추진 않았다.

점박이의 총과 휴대폰을 챙기고 상하차장을 통해 화물실로 들어갔다. 화물실에서 선착장으로 이어지는 곳에 휠체어가 보였고, 양옆에 건장한 사내 두 명이 서서 배가 열리기를 기다리는 게 보였다. 불안한 건 뒤늦게 뛰어 들어간 마지막 한 놈이 보이지 않는다는 점이었다.

주변을 살피면서도 휠체어를 지키고 있는 놈들을 어떻게 덮처야 할지 생각을 짜내고 있을 때였다. 뒤쪽에서 조심스럽게 움직이는 기척이 들려 반사적으로 몸을 돌렸다. 하지만 늦었다. 뒤늦게 들어온 놈의 성난 얼굴이 이미 내 코앞까지 다가와 있었다. 내가 방어 자세를 취하는 순간, 코앞까지 다가와 있던 놈의 모습이 옆으로 사라졌다. 갑자기 나타난 형사가 온몸을 던져 놈을 옆으로 밀쳐 냈기 때문이다.

놈과 함께 나동그라진 형사는 엎치락뒤치락하며 놈과 싸웠고, 그 어수선함에 휠체어를 지키고 있던 사내들이 뒤를 돌아보았다. 두 사람 중 휠체어를 잡고 있던 사내가 권총을 꺼내 들었고, 사내의 손을 벗어난 휠체어는 바다를 향해 아래로 뻗어 있는 길을 따라 굴러 내려가기 시작했다.

가슴이 덜컹 내려앉았다.

사내의 총에서 불꽃이 뿜어져 나올 때 나도 그를 향해 총을 쏘며 휠체어를 향해 달려 나갔다. 사내와 나, 두 사람 모두 다급한 상태에서 벌인 총격전이었기에 총알은 엉뚱한 곳으로 날아갔다. 난 주춤한 사내들을 양옆으로 거세게 밀쳐 내고는 휠체어를 향해 달렸다. 휠체어에 타고 있는 사람이 누군지 아직은 모르지만, 일단은 멈춰야 한다는 생각 말고는 아무 생각도 들지 않았다.

내 뒤로 몇 발의 총성이 들렸다. 종아리에서 뜨거운 통증이 느껴졌지만 달리는 것을 멈추지 않았다. 길이 끊어지는 곳 직전에서 몸을 날려 휠체어 등받이를 잡아 옆으로 쓰러뜨렸다. 휠체어에 앉아 있던 사람은 바닥에 나동그라지며 바다 쪽으로 몇 번쯤 구르다 간신히 멈췄다. 나는 쓰러져 있는 사람을 덮고 있는 담요를 다급하게 걷어 내 얼굴부터 확인했다. 그리고 크게 한숨을 내쉬었다.

윤지였다.

보기 싫은 얼굴이 이렇게 반갑기는 처음이다. 맥을 짚어 보니 다행히 규칙적으로 뛰고 있었다.

"손 들어!"

쓰러져 있는 사내들 사이로 형사가 총을 겨누고 있는 모습이 보였다. 사내에게서 빼앗은 총을 든 채 잔뜩 긴장한 얼굴로 노려보고 있었다.

나는 형사가 오해하지 않도록 아주 천천히 손을 움직여 점박이의 휴대폰을 꺼내 통화 버튼을 눌렀다. 얼마 지나지 않아 형사의 주머니에서 휴대폰 벨소리가 울리기 시작했다. 형사의 눈빛이 심하게 요동치는 게 보였다.

나는 받으라는 듯 턱짓을 했고 갈등하던 형사는 읽기 힘든 표정으로 휴대폰을 꺼내 들었다. 휴대폰 너머로 형사의 긴장한 숨소리가 고스란히 들렸다. 내가 말했다.

"내가 어떻게 눈치챘는지는 중요하지 않아. 네 스폰서는 이미 죽었고 네가 비리 경찰이란 증거는 내 손에 있어. 더 중요한 건 네 스폰을 해 줄 의향과 재력이 내게 있다는 거야. 마침 엉망이 된 이 상황을 말끔하게 정리해 줄 공무원이 필요한데."

총소리를 듣고 달려온 항만경찰들이 형사 뒤로 모여드는 게 보였기에 휴대폰을 끊고 양손을 높이 들었다. 항만경찰들은 서로 대치하고 있는 나와 형사를 향해 총을 겨누며 에워쌌다. 형사는 신분증을 꺼내 보이며 공무 수행 중임을 알리고는 나를 힐끗 쳐다보며 외쳤다.

"성매매 조직 소탕 작전 중입니다!"

그리고 나를 손으로 가리키며 말했다.

"저분들은 피해자니까 안쪽으로 옮겨 주세요."

형사의 신분을 확인한 항만경찰들은 여기저기 무전과 전화를 하며 분주하게 움직이기 시작했고, 나는 형사를 향해 휴대폰을 살짝 들어 보이고는 뒤로 슬쩍 흘려서 바다에 버렸다.

항만경찰의 부축을 받으며 나와 윤지는 대합실로 옮겨졌다. 형사를 스쳐 지날 때 내가 말했다.

"보너스로 1계급 특진까지 하게 생겼군."

기분이 좋아져서 건넨 농담이지만 형사의 얼굴은 좀처럼 펴지지 않았다.

항만경찰들은 담요와 물을 주고는 이리저리 뛰어다녔고, 금세 달려온 구급대원들은 나와 윤지를 구급차에 태웠다. 문을 닫으려고 할 때 누군가 문을 붙잡았다. 형사였다.

형사는 누워 있는 윤지와 그 곁에 앉아 있는 나를 번갈아 보다 나를 향해 짧게 말했다.

"연락하지."

형사가 문을 닫고 출발하라는 듯 차를 탁 때렸고, 구급차는 채찍을 맞은 것처럼 사이렌 소리를 내며 앞으로 달려 나갔다.

14. 협상

눈을 뜨고도 한동안 그대로 누워 있었다. 삭막한 석고보드로 더 삭막한 콘크리트를 가린 멋대가리 없는 천장과 내 주위로 둘려 있는 간이 커튼이 제일 먼저 눈에 들어왔다. 머리 옆 링거 걸이에는 몇 가지 수액이 걸린 채 내 팔에 꽂혀 있는 주사기와 연결되어 있었다.

커튼 밖에서 울리는 어수선한 소음을 들으며 다시 눈을 감았다. 며칠은 밤을 샌 것처럼 온몸이 뻐근하고 나른했기에 이대로 다시 잠들고 싶었다. 하지만 그 안식은 오래가지 못했다. 커튼을 활짝 젖히며 등장한 의사가 내 눈꺼풀을 강제로 열고 플래시라이트를 들이밀었기 때문이다.

"일어나셨네요."

그는 링거를 체크하며 말을 이었다.

"하루 종일 주무셨어요."

오랜만에 입을 여는 것이라 목에서 갈라진 소리가 나왔다.

"피곤했어요."

"힘든 하루였죠? 경찰한테 들었습니다."

산다는 건 힘든 게 대부분이다. 그 와중에 간간이 느끼는 행복으로 버티는 것일 뿐. 의사는 주머니에 손을 꽂으며 말을 이었다.

"후두부 두개골이 골절됐어요."

금이 간 걸 의사들은 골절이라고 표현했다. 겁을 줘서 병원비를 더 뜯어내려는 건지 의학에서 쓰는 전문용어인지 모르겠지만 어느 쪽이든 맘에 들지는 않았다. 의사가 말을 이어 나갔다.

"외상은 며칠이면 아물 거고 골절도 4주 정도면 완전히 붙을 것 같긴 하지만, 뇌진탕이 좀 심하게 일어났어요. 처방을 했지만 내일까지는 어지럼증을 느낄 수 있어요."

뻔한 설명, 뻔한 말. 나는 눈꺼풀이 무거워지는 것을 느끼며 다시 잠을 청했다. 멀어지던 의사 목소리가 갑자기 크게 들렸다.

"김윤지 환자하고 어떤 관계죠?"

잊고 있던 중요한 일이 떠오른 듯 눈을 번쩍 떠서 의사를 돌아보았다.

"부모님들은 어디 계시죠? 아무래도 연락을 드려야 할 것 같은데."

나는 천천히 상체를 일으켜 앉으며 물었다.

"심각한 일인가요?"

의사는 볼펜 뒷부분으로 이마를 긁적이며 대답했다.

"뭐라고 말씀드려야 하나······. 심각하지만 잘 처리됐으니까 한숨 돌리셔도 됩니다."

껄렁껄렁한 의사의 태도가 눈에 거슬리기 시작했기에 눈썹이 위로 올라갔다. 내가 다시 물었다.

"정확히 윤지가 어떤 상태라는 겁니까?"

나를 빤히 바라보며 좀 더 뜸을 들이던 의사는, 부모도 아니니 편하게 말해도 되겠다는 판단을 했는지 직설적으로 말했다.

"난소에서 주먹만 한 크기의 종양이 터졌어요. 하혈을 한 것도 그 때문이고요. 아마 충격이 컸을 겁니다."

의사의 말에 정신이 번쩍 들었다. 난소에 종양이 자란 것도 모자라 터졌다니.

"난소암이라는 말씀인가요?"

고개를 끄덕인 의사가 말했다.

"네. 추이를 좀 더 지켜봐야겠지만 나쁜 상태는 아니에요."

열여섯 살짜리 애가 난소암에 걸린다는 거 자체가 이해가 가지 않아 의사에게 물었다.

"그러니까, 열여섯 살짜리가 난소암에 걸렸다는 거죠?"

"케이스가 드물고 없는 건 아니잖아요. 요샌 열네 살 이하 여자아이들도 걸려요. 우리 때에 비해 성장이 빠르니까."

멍한 표정으로 의사를 바라보았다. 의사가 말을 이었다.

"배가 정말 아팠을 텐데 얘기 안 했어요? 걷지도 못할 정도로 아팠을 텐데. 어린 친구가 참을성이 좋은 건 기특하긴 한데,

병에 있어서는 참을성이 없는 게 나아요. 그래야 조금이라도 빨리 발견할 수 있으니까."

주변인이 배가 아프다고 했던 게 거짓말이 아니었던 것이다. 의사가 차트를 손가락으로 톡톡 두드리며 말했다.

"백신만 제때 맞었어도 이런 일은 없었을 텐데. 어쨌든 보호자분들한테 연락을 드리는 게 좋을 것 같습니다."

어쩌면 주변인의 친아빠 때문일지도 모른다는 생각이 들었다. 너무 어린 나이에 어른들도 견디기 힘든 일을 당해서 그런 건 아닐까?

"선생님, 난소암이라는 게 성폭행이 원인이 될 수도 있는 건가요?"

의사는 멈칫하며 나를 돌아보고는 어이없어하는 표정으로 대꾸했다.

"의사로서 의학적 소견을 말씀드린다면…… 그런 소리는 난생 처음 듣네요."

의사는 콧방귀를 뀌고는 고개를 가로저으며 병실을 빠져나갔다. 나는 그대로 앉은 채 팔뚝에 꽂힌 바늘을 물끄러미 바라보았다. 바늘에서 빠져나온 피가 관을 따라 역류해 연기처럼 흩어졌다.

인생은 고난의 연속이라고 하지만 16년짜리 인생에 밀려든 파도치고는 너무 거칠었다. 친아빠에게 성폭행을 당하고, 그런 친아빠는 판사를 죽이려다 실패하고 자살했다. 그리고 성매매 조직에게 잘못 걸려 폭행과 납치를 당하고, 거기에서 벗어나자마자 암 수술을 받았다.

가만히 있을 수가 없었다. 팔뚝에 꽂혀 있는 주삿바늘을 뽑아내고 침대에서 내려왔다.

응급실을 나서자마자 현기증이 느껴졌기에 잠시 벽에 기대섰다. 어지럼증이 가라앉기를 기다려 병원 내 안내판과 푯말을 따라 천천히 걸었다.

회복실이라고 쓰여 있는 방으로 들어서자 노인과 중년 여자가 각각 누워 있는 침대가 보였고, 창가 쪽 침대에 누워 있는 주변인의 모습이 보였다. 주변인에게 다가가 얼굴을 내려다보았다. 수술 때문인지 얼굴은 물론 목까지 퉁퉁 부어 있었고 손등에는 주삿바늘 때문에 피멍이 들어 있었다. 병원 이름이 패턴으로 인쇄된 환자복을 입은 주변인의 모습은 나이보다 10년은 더 나이 들어 보였다. 안 그래도 나이보다 나이 든 얼굴인데. 쯧.

누군가 흘려 놓고 간 것처럼 침대 위에 주변인의 하얀 팔이 늘어져 있었다. 점박이 놈들에게 시달린 흔적이 팔 이곳저곳에 생채기로 남아 있었다.

신은 인간이 견딜 수 있을 정도의 고통만 허락하신다는 말은 언제나 내 귀에 거슬리게 들렸다. 신이 한 말도 아닐뿐더러 다분히 의도를 가진 말처럼 들리기 때문이다. 시련을 견뎌 내지 못하면 개인의 탓으로 돌리기 위한 개수작인 동시에 고통스러워도 어떻게든 역할을 다하라고 강요하는 파쇼적인 말이다.

17년산 위스키보다 짧게 산 16년차 인간에게 시련을 견디라고 강요하는 게 맞는 건가? 애초에 성인들이 감당해야 할 시련을 열여섯 살짜리 아이에게 액받이처럼 떠넘기고는, 그 애의 삶에 대해서 알지도 못하고 관심도 없으면서 '내 때는 너보다 더 힘들었어'라고 단언하는 늙은이들만큼이나 보기 흉한 짓거리를 하고 있는 건 아닐까?

주변인이 크게 숨을 들이쉬며 팔이 침대 밖으로 밀려 나왔다. 머뭇거리던 내 손은 밀려나온 주변인의 팔을 침대 안으로 넣어 주고는 주변인의 얼굴을 가리고 있는 머리카락을 쓸어 올려 주었다. 얼굴의 미세한 온기가 손으로 전해져 왔다. 죽었다면 느껴지지 않았을 온기가.

갑자기 울린 진동 소리에 주변을 둘러보다 주머니에 들어 있는 휴대폰을 꺼내 들었다. 형사였다. 회복실을 나오며 전화를 받았다.

"그래."

— 병원 로비야.

"알았어."

형사와 협상을 해야 할 때가 오리라는 건 알았지만, 지금처럼 컨디션이 좋지 않을 때라는 건 아쉬웠다. 형사의 전략일 수도 있지만 그렇다고 미룰 수 있는 일도 아니기에 할 말을 머릿속으로 정리하며 엘리베이터를 향해 걷기 시작했다.

●　●●

맞은편에 앉아 있는 형사의 얼굴엔 표정이 없었다. 협상을 위한 포커페이스인지 급변한 상황에 불편해진 건지 알 수가 없었다.

"어떻게 알고 왔어?"

인사를 겸한 내 질문에 형사가 대꾸했다.

"의사가 깨어났다고 연락해서."

의사 앞에서는 말을 조심해야겠다는 생각이 들었다. 다시 내가 물었다.

"정리는 어떻게 되어 가?"

"모텔하고 빌라는 소독했고 여객터미널 건은 법적으로 처리됐어. 네 진술만 빼고."

"진술 받으러 온 거야?"

형사는 고개를 가로저으며 말했다.

"아니. 그건 내가 쓸 거니까 신경 안 써도 되고. 아, 네가 흘리고 다닌 총하고 칼은 없앴으니까 참고하고."

내 소장품의 절반을 잃었지만 정리만 된다면 문제 될 게 없었다.

"상관없어."

"돈텔파파에 찌그러져 있는 차는 어떻게 할래? 비싼 차라 업자들이 재활용할 수도 있지만, 아무래도 사람 죽은 차라 뒤끝 없게 하려면 폐차가 제일 좋긴 한데."

"폐차한다고 해 놓고 재활용하는 거 아냐?"

"내가 직접 감독할 수 있어. 돈은 더 들겠지만."

승냥이 새끼가 따로 없다. 나는 고개를 끄덕였다.

"그렇게 해."

형사는 양손을 비비며 화제를 전환하듯 말했다.

"자, 그럼 이제 우리 얘기를 해 볼까? 우리끼리 정리해야 할 게 있잖아."

"뭐부터 얘기할까? 돈 얘기부터 해야 하나, 비리 경찰 얘기부터 해야 하나?"

비리라는 말에 형사가 발끈한 듯 눈을 치켜떴지만 참는 듯이 숨을 길게 내쉬며 대꾸했다.

"입조심해. 나만 다치는 거 아니니까."

난 어깨를 으쓱해 보이는 것으로 대답을 대신했다. 잠시 말을 멈췄던 형사가 물었다.

"양 사장 네가 죽였어?"

"그놈 별명이 점박이야. 내 중학교 동창이기도 하고."

내 딴청에 형사가 독촉하며 물었다.

"네가 죽였냐고?"

"그렇게 묻는 의도가 더 궁금하네. 의도가 뭐야?"

"마약단속반 감시받고 있는 놈이었어."

이 말에 형사와의 기 싸움에서 이기기 위해 의도적으로 가졌던 여유로운 표정을 유지하기 힘들었다. 점박이를 감시했다는 건 나도 감시받았을 가능성이 높기 때문이다. 형사가 말을 이었다.

"애들 수출하면서 마약 운반도 같이 시킨 모양이야."

나도 모르게 벌떡 일어섰다. 콘돔에 마약을 채워 자궁이나 항문에 넣어 운반하는 게 최근까지의 방식이라는 걸 알고 있었기 때문이었다. 주변인에게도 똑같은 짓을 했을지도 모른다는 생각에 나도 모르게 튀어 오른 것이다. 형사는 진정하라는 듯 손짓을 해 보이며 말했다.

"그 애는 아니니까 진정하고 앉아."

그래. 그럴 것이다. 자궁암 수술을 하면서 그걸 발견 못 할 리도 없고, 만약 발견했다면 병원이 이렇게 조용할 리 없을 테니까. 다시 슬그머니 자리에 앉는 나를 바라보며 형사가 물었다.

"그 애하고 진짜 무슨 관계야? 진짜 친구 딸인 게 전부야?"

"무슨 질문이 그따위야?"

거친 반응에 형사는 시선을 돌리며 말했다.

"친구 딸이 아니라 네 딸인 것처럼 보여서."

"네가 그런 거 궁금해할 때야? 점박이가 마약반 애들 감시받고 있었다며. 너는 괜찮은 거야?"

형사는 고민스럽다는 듯 눈살을 찌푸리며 대꾸했다.

"직접 걸린 건 없어. 의심하는 새끼가 있어서 문제지."

"마약반에?"

형사는 고개를 끄덕이며 말했다.

"심증은 있는데 못 터뜨리는 거지. 나도 이번에 알았는데 세관 쪽 높은 양반도 하나 엮여 있어서 터뜨리면 파장이 커질까 봐 주저하는 분위기야."

총체적 쓰레기들이다. 내가 물었다.

"그래서 점박이가 살해당한 거에 예민하게 구는 거야?"

"난 조직 내분으로 보고를 했지. 2인자의 쿠데타로."

"그런데 마약반은 그걸 안 믿는 거고?"

"믿고 싶지 않은 거지. 그렇게 되면 수년간 진행해 온 자기들 프로젝트도 접어야 하는 거니까. 어떻게든 이어 나가려면 다른 놈들의 소행으로 몰아가야 하거든."

"다른 놈들 누구?"

"러시아 마피아."

대충 그림이 그려졌다. 형사가 말을 이었다.

"마약반이 타깃으로 잡고 있는 국내 마약 조직이 있대. 러시아 애들하고 엮여 있다는 걸 증명하는 게 프로젝트의 키라고 하더군. 그런데 유일한 연결 고리인 양 사장이 혼자 죽어 버리면 두 조직의 관계도 같이 끊어져 버리는 거니까, 마약반 애들 입장에서는 이번 일에 목숨 걸고 덤빌 만하지."

"러시아 애들이 점박이를 손본 걸로 하면 점박이 없이도 두 조직을 이어 붙일 수 있게 되는 거군. 그런데 그게 나랑 무슨 상관이야?"

"양 사장 죽인 놈을 러시아 마피아 쪽 하수인으로 만들면 훨씬 일이 간단해지니까."

"그렇게 기획 수사 할 거면 죽은 놈 아무나 갖다 쓰면 될 거 아니야."

"안 그래도 그렇게 몰고 있어. 그런데 네가 현장에서 움직인 흔적이 너무 많아서 문제인 거지."

"딸 같은 아이가 납치당해서 분노한 엄마 친구가 구해 내는 스토리로는 안 되는 거야?"

"수사하는 녀석들은 영화 같은 이야기에 알레르기가 있어. 그런 아름다운 설정은 안 믿어. 현실은 그럴 리가 없으니까."

"그런데 그게 사실이잖아. 아니야?"

형사는 한숨을 내쉬고는 내게 물었다.

"경찰에 신고는 왜 안 하시고 직접 움직이셨어요?"

그의 당연하고 평범한 질문에 말문이 턱 막혔다. 형사가 말을 이었다.

"……라고 물어보면 뭐라고 대답할래?"

분하지만 할 말이 없었다. 내가 기 싸움에서 밀리기 시작한 게 눈에 보였다. 형사가 상체를 의자 등받이에 기대며 말을 이었다.

"시나리오 짜서 열심히 작업 중이니까 기다려 봐. 알아서 처리할 테니까."

말을 그렇게 뱉고 팔짱을 끼는 형사를 바라보았다. 그는 말을 더 이상 하지 않았지만 내게 하고 싶은 말이 뭔지는 명확하게 알아들었다. 내가 입을 열었다.

"점박이한테 얼마 받았어?"

내 말에 형사의 눈썹이 꿈틀거렸다. 형사가 물었다.

"몰라?"

저 짧은 말에는 많은 것이 압축되어 있었다. 내가 형사의 비리 증거를 가지고 있지 않을지도 모른다는 의심과 희망 그리고 가격을 올려야겠다는 의도까지 녹아 있는 질문이었다. 이럴 땐 국면을 전환시킬 뭔가가 필요했다.

"네가 점박이하고 뒷거래하고 있는 걸 내가 어떻게 눈치챘는지 궁금하지 않아? 의외로 쉬워. 네 스포츠카가 시작이었지. 네가 금수저일 수도 있지만 경찰 월급으로는 감당하기 힘든 차니까. 하지만 그건 그냥 관심 정도의 수준이었지. 그런데 윤지 친구 시체를 차에 싣고 모텔로 온 걸로 의심이 시작됐지. 일반적인 경찰의 행동이 아니니까. 넌 수습을 하러 빌라에 갔는데 애가 살아 있었던 거지. 그 애가 다른 경찰에게 진술을 했다간 조용히 수습하려던 네 계획이 다 틀어져 버리니까 죽인 거야. 그래서 모텔로 운반해 온 거고. 모텔 뒤에 있는 소각장이 쓰레기만 소각하는 설비가 아니라는 데 내 손모가지를 걸지."

형사는 아무 말도 하지 않고 경청만 했다. 내 추측에 자신감이 생겼기에 말을 이어 나갔다.

"이때까지도 확신은 아니었어. 그런데 차를 돌려서 동해항으로 가면서 합리적인 의심이 시작됐지. 모텔에서 날 체포하고는 어딘가로 전화를 했어. 당연히 경찰일 거라고 생각했는데, 지나는 길에 보니 경찰차가 아니라 승합차 두 대가 모텔 진입로로 들어가는 게 보이더군. 난장판이 된 모텔을 수습하러 들어간 청소차였을 거고."

올라갔던 형사의 기세가 조금씩 사그라지는 게 보였다. 결정타를 위해 잠시 말을 끊었다가 이었다.

"확신을 하게 된 건 네 입 덕분이지. 윤지가 러시아로 끌려

간다는 말을 네게는 단 한 번도 한 적이 없거든. 널 위한 작은 시험이었는데 멍청하게 굴어서 낙방한 거야. 알고 있는 걸 모르는 척한다는 게 쉬운 일은 아니니까. 점박이 휴대폰으로 전화한 건 답안지 채점하는 거나 마찬가지였고."

나는 테이블을 손가락을 톡톡 두드리고는 그에게 되물었다.

"점박이가 갖고 있는 네 비리 장부를 내가 확보를 했을까, 못 했을까?"

형사는 씩 웃으며 대꾸했다.

"블러핑이야."

나도 똑같은 미소를 되돌려주며 말했다.

"맞아. 내가 그럴 시간이 어디 있었겠어. 항에서 바로 병원으로 왔는데. 그런데 말이야, 그렇다고 해서 그 장부가 어디 있는지도 모르는 건 아니잖아."

형사는 발끈한 듯 말을 받아쳤다.

"웃기지 마. 옷장부터 PC까지 찾을 만한 곳은 내가 전부······."

형사는 말을 하다가 입을 다물었다. 방금 스스로 그 장부의 존재를 인정한 것이기 때문이다. 나는 확신할 수 없었던 비리 장부의 존재를 말이다. 난 이제부터 그 장부를 슬슬 찾아보면 된다. 못 찾아도 그만이고.

난 놓치지 않고 형사의 약점을 물어뜯었다.

"합리적으로 풀자고. 그렇게 몸 고생시키지 말고."

난 휴대폰을 꺼내 그 앞에서 들어 보이며 물었다.

"얼마를 원해?"

형사는 시선을 내리깔며 대꾸했다.

"시간을 좀 줘."

나는 휴대폰을 내리며 말했다.

"좋아. 돈 계산할 때 하나 더 추가해."

"뭘?"

"잠자리 상대로 윤지 지목했다는 새끼가 누군지 알아내. 어린애랑 자려고 러시아까지 애를 불러들이는 미친 새끼 얼굴 좀 봐야겠어."

"그건 힘들어. 그런 정보는 공유한 적이 없어."

"그러니까 돈 주겠다는 거잖아."

형사의 눈썹이 올라갔다. 형사는 잔뜩 화난 얼굴로 내게 말했다.

"조심해. 나를 네 뒤처리나 해 주는 개새끼로 착각하면 안 될 것 같은데. 적어도 지금 상황에서는 말이야."

"안 될 이유라도 있나?"

형사는 어이가 없다는 듯 콧방귀를 뀌고는 손가락으로 자신을 가리키며 대꾸했다.

"나, 현직 형사야. 직업상 뒷골목 정보를 들을 수밖에 없는 사람이라고. 무슨 뜻인지 못 알아들어?"

난 고개를 끄덕였다. 정말 무슨 뜻인지 못 알아들었기 때문이었다. 형사는 속으로 끓어오르는 분노를 미소로 승화시킨 섬뜩한 표정으로 말했다.

"돈 얘기부터 해야 할지 비리 경찰 얘기부터 해야 할지 고민할 입장은 아닌 것 같은데."

처음에 내가 했던 말을 그대로 읊어 대는 걸 보니 기억력만 좋은 게 아니라 뒤끝이 꽤 있는 놈이다. 이런 놈일수록 조심해야 하는데.

형사는 실실 웃는 표정을 매섭게 굳히며 말했다.

"프로 청부업자 얘기는 어때?"

등골이 곧추서며 몸이 돌처럼 굳어 버렸다. 철렁 주저앉았다가 심하게 뛰는 심장을 제외하고는 뇌를 포함한 내 몸의 모든 기능이 정지한 것 같았다. 형사는 잡아먹을 듯이 안광을 빛내며 말을 이었다.

"그 얘기부터 했어야 대화가 수월했으려나?"

분명히 그랬을 것이다. 나는 이미 내 온몸으로 형사의 말에 끌려가고 있다는 신호를 내보이고 있었다. 형사는 그제야 다시 미소를 지으며 말을 이었다.

"힌트를 줬을 때 알아들었어야지. 청부업계에서는 롤모델로 꼽힐 만큼 자리 잘 잡은 분이던데 좀 조심해야지. 이렇게 거드름 피우기 좋아하는 성격인 거 알려지면 팬들이 실망할지도 모르잖아."

내가 너무 순진했다. 형사 놈을 너무 만만하게 봤다. 내가 낸 간단한 시험에 떨어졌다고 너무 등신으로만 본 것이다. 형사가 아랫사람을 대하듯 내 어깨를 툭 치며 말을 이었다.

"걱정 마. 내가 입 하나는 무거운 사람이니까. 모든 형사가 나처럼 정보력이 있는 게 아니야. 나처럼 뒷골목에 발 걸친 놈만 알 수 있는 정보니까 그렇게 세상 잃은 표정으로 있을 필요는 없어."

나는 가위 눌린 몸을 간신히 풀어내듯 힘겹게 입을 열었다.

"점박이가 말했냐?"

형사는 눈썹을 꿈틀거리며 되물었다.

"양 사장은 알고 있었다는 거야?"

실수다. 나의 명백한 실수. 형사가 말을 이었다.

"양 사장, 그 새끼는 비밀이 너무 많았지. 그런 비밀 많은 새끼보다는 너 같은 놈들이 파트너로서는 훨씬 낫지."

형사는 '파트너'라는 단어에 힘을 주었다. 그리고 내 안색을 살피듯 빤히 바라보다 말을 이었다.

"내가 자폭하면 누가 잃을 게 더 많을 것 같아? 그건 머리 좋은 네가 더 잘 알겠지."

말을 마친 형사는 벌떡 일어서서 나가려다 말고 생각난 듯 물었다.

"모텔에서 죽인 놈 말이야, 그건 그냥 살려 두지 그랬어."

모텔에서 죽인 놈이 몇 명이더라? 나는 기억을 더듬으며 되물었다.

"누구?"

형사는 멈칫하더니 큰 소리로 웃음을 터뜨렸다. 카페 안의 다른 사람들이 모두 쳐다보았기에 나도 모르게 고개를 숙여 시선을 피했다. 형사는 웃는 얼굴로 말했다.

"너 아니면 아무도 못 하는 코미디였어. 센스 있네."

미친 새끼.

형사가 말을 이었다.

"괴상한 나이프 가지고 다녔던 놈 말이야. 한국에서 태어났지만 레드 마피아 밑에서 일하는 러시아 새끼야. 사람 죽이는 걸 좋아해서 스페츠나츠에서 방출된 놈을 마피아가 거둬들인 거지. 스페츠나츠 알지? 곰도 때려잡는다는 러시아 특수부대."

짐작은 하고 있었지만 막상 듣고 나니 새삼 다리가 떨려 왔다. 형사는 동네 가십거리 말하듯 말을 이었다.

"그 새끼 죽은 거 알면 러시아 애들이 가만있지는 않을 텐데 어쩌자고 그랬어? 일만 더 골치 아프게 됐잖아."

누구보다 그놈을 피하고 싶었던 건 나였다. 살려고 발버둥 치다 보니 그렇게 된 거고. 형사가 말을 이었다.

"다행히 아직은 모르니까 너무 걱정 말고. 잘하면 이대로 조용히 지나갈 수도 있잖아."

노골적인 협박이다. 러시아 마피아에게 알릴 수 있는 건 형사밖에 없으니까. 형사는 편안한 얼굴로 자리에서 일어나 나를 내려 보면서 말했다.

"그래도 능력 하나는 확실하더군. 나도 네 팬클럽에 가입하려고."

형사는 장난스럽게 엄지손가락을 치켜들어 보이고는 말을 이었다.

"곧 그 애한테 경찰이 진술 받으러 갈 거야. 있는 그대로 다 진술하라고 해. 그래야 내가 편집하기 편해. 조만간 연락하지."

그렇게 말을 툭 뱉고 나가려는 형사를 불러 세웠다. 나를 돌아보는 형사에게 말했다.

"윤지 지목한 놈, 누군지 알아봐 줘. 이건 부탁이야."

형사는 흥미롭다는 듯 나를 빤히 바라보다 대답 없이 카페 밖으로 나섰다.

마지막까지 센 척을 했지만 추위에 발동 걸린 몸을 주체할 수 없는 것처럼 온몸이 심하게 떨려 왔다. 꼭꼭 숨겨 왔던 치부를 다른 사람도 아니고 경찰에게 들킨 이 상황 자체가 믿어지지 않았다. 동시에 내 과거가 마누라의 귀에 들어가는 끔찍한 상황을 상상하니 공황장애에 걸린 것처럼 숨이 잘 쉬어지지 않았다. 운이 좋았던 내 인생의 막이 서서히 지고 있었다.

15. 비도 오고 그래서

세상에서 가장 보기 싫은 옷이 환자복이다. 세계환자복협회에서 디자인은 절대로 넣지 말자고 공동성명이라도 발표한 것 같은 모양새는 둘째 치고, 그걸 입고 있으면 멀쩡했던 사람도 병이 들 것 같기 때문이다. 대장 내시경을 할 때 입었던 사타구니가 시원하게 트인 그 바지는 내게 트라우마까지 남기고 떠났기에 환자복은 정말 입기 싫었다.

그런 내게 신기한 일이 벌어졌다. 3일 동안 이 복장으로 병원에서 지내다 보니 세상에서 이렇게 편한 옷이 또 있을까 하는 생각이 들기 시작했으니까. 심지어 환자복에 패턴으로 들어간 병원 이름에 소속감까지 생겼다. 다행히 그게 나만의 생각은 아닌 모양이었다.

"소속사가 같네요."

의식이 돌아온 주변인이 침대 곁에 앉아 있는 나를 보고 처음 한 말이었다. 완전 꼴통이다. 죽을 고비를 몇 번이나 넘기고 암 수술까지 한 놈 입에서 나온 첫마디가 그거라니.

내가 대꾸했다.

"너 죽을 뻔했어."

주변인이 힘없는 얼굴로 피식 웃으며 말했다.

"아저씨가 구한 거예요?"

"경찰이."

"잘생겼어요?"

"아니."

"에이."

"잘생겼으면 어쩌려고?"

"이왕이면 잘생긴 게 좋잖아요."

못생겼으면 숨도 크게 쉬지 말라고 했던 마누라의 말이 떠올라 나도 모르게 발끈했다.

"세상은 잘생긴 사람들이 이끌어 가는 게 아니야. 머리나 인격이 뛰어난 사람들이 이끌어 가는 거지. 위인들 중에 잘생긴 사람이 몇이나 되는 줄 알아?"

"몇이나 되는데요?"

"그건 나도 모르지. 하지만 소크라테스가 못생긴 분이었다는 건 알고 있지. 세종대왕도 비만이셨고."

"아이돌은 잘생겼잖아요."

아무래도 주변인이 생각하는 위인의 기준은 내가 생각하는 것과 다른 모양이다. 난 할 말이 없었기에 입을 다물었다. 병실이 조용해지자 창밖에서 내리는 빗소리가 선명해졌다. 주변인이 창문을 향해 고개를 돌리며 물었다.

"지금 비 와요?"

"응. 하루 종일."

"빗소리 좋네요."

주변인은 자신의 상태에 대해서 궁금할 법도 했지만, 마치 알고 있는 것처럼 물어보지 않았다. 나쁜 일은 이미 모두 지난 일이었고 수술도 잘되었기에 굳이 말을 꺼내지 않았다. 다만 정신적 충격은 외면한다고 사라지는 것이 아니기에, 차라리 지금 표출하고 지나가는 쪽이 낫지 않을까 하는 생각이 들긴 했다. 조용히 창문을 바라보고 있는 주변인을 향해 입을 열었다.

"곧 경찰들이 찾아올 거야."

그렇게 말하고 주변인의 눈치를 살폈지만 여전히 창문을 바라보고 있었기에 그냥 말을 이었다.

"그동안 겪었던 일들, 빠짐없이 진술하면 돼. 납치 감금당한 것부터 폭행당한 것까지 전부."

주변인은 아무 감정이 느껴지지 않는 목소리로 되물었다.

"전부요?"

"그래, 전부."

주변인의 말이 다시 없어졌다. 나는 격려하듯 그 애의 손등을 두드려 주고는 의자에서 일어서다가 우뚝 멈췄다. 주변인이 내 손을 붙잡았기 때문이다. 주변인이 나를 바라보며 물었다.

"어디 가요?"

"내 방에."

"아저씨 방은 어딘데요?"

"VIP 병실."

"나도 거기로 옮기면 안 돼요?"

"거기가 하루에 얼만 줄 알면 그런 말 못 하지."

"아저씨 돈 많잖아요."

"넌 돈 없잖아."

"대신 내주면 되잖아요."

"그래서 대신 내주고 있잖아. 빌붙는 주제에 VIP 병실을 쓰
겠다는 거야?"

나를 빤히 바라보던 주변인이 말했다.

"가끔은 아저씨 정말 재수 없는 거 알아요?"

"너는 매력 덩어리인 줄 알아?"

주변인은 할 말을 잃은 듯 입을 다물었지만 잡은 손을 놓지
는 않았다. 내가 손을 빼내려고 하자 손을 더 움켜쥐며 말했다.

"그럼 아저씨가 여기로 옮기면 안 돼요?"

"싫어. 진술한답시고 경찰들이 들락날락거릴 텐데, 정신 사
나워."

주변인은 나를 바라보며 거의 중얼거리듯 말했다.

"혼자 있는 거 싫어요."

떨고 있는 주변인의 목소리에 멈칫했다. 바람에 떨어져 나
갈 것 같은 약하디약한 풀잎이 내는 희미한 탄식처럼 들렸다.

그 작은 흐느낌에 내 몸은 다시 의자에 내려앉고 있었다. 주변인은 다시는 놓치지 않겠다는 듯 내 손을 꼭 쥔 채 창문으로 시선을 돌리며 말했다.

"고마워요."

누군가에게 고맙다는 말을 들은 게 언제쯤일까? 어쩌면 누군가 내게 그런 말을 했지만 내가 안 들었을지도 모른다. 고맙다는 소리를 들으려고 뭔가를 한 적도 없고, 행여나 누굴 도왔어도 의도를 갖고 한 게 아니었을 테니 말이다. 주변인의 말이 어색했기에 그냥 무시했다.

"공짜 아니야. 다 갚아."

"그럼 회사원 될 때까지 카톡해요."

"계좌 번호 알려 줄 테니까 돈만 보내."

주변인은 픽 웃으며 창밖을 바라보았다. 아무래도 농담으로 들은 모양이다. 내가 보낸 청구서를 받으면 생각이 달라지겠지.

창밖을 말없이 바라보는 주변인의 모습에 나도 창밖 풍경을 바라보았다. 시원한 장대비는 아니지만 땅이 젖고 물이 고일 정도로 내렸다.

"분명히 이런 날이었을 거예요. 비 오고 바람 불어서 외로운 날."

무슨 말인지 못 알아들었기에 가만히 있었다. 주변인은 탄식에 가까운 한숨을 내쉬고 말을 이었다.

"얼마나 외로웠을까요, 우리 아빠."

갑작스런 아빠 얘기에 나는 더욱 입을 다물었다.

"아저씨."

"응."

"우리 아빠는 자살 같은 거 안 해요."

그렇게 믿고 싶은 것과 현실은 다르다. 내 경험에 의하면 언제나, 단 한 번도 같은 적이 없었다. 주변인이 말을 이었다.

"내가 개고생할 거 알면서 나 혼자 두고 그럴 리가 없어요."

"경찰하고 내가 하는 말 들었잖아."

"아저씨가 직접 봤어요? 우리 아빠가 죽는 거 아저씨가 봤냐고요?"

"너도 못 봤잖아."

"맞아요. 우리 둘 다 못 봤죠. 우리 둘뿐만 아니라 아무도 못 봤죠."

나는 바로 고개를 끄덕였다. 일리 있는 말이었으니까. 주변인은 잘 돌아가지도 않는 고개를 돌려 나를 바라보았다. 그리고 입을 열었다.

"우리 아빠가 어떻게 돌아가셨는지 알고 싶어요."

"경찰에서 자살이라고 했잖아."

"아저씨는 그 말 믿어요?"

"나는 안 믿을 이유가 없지."

"믿을 이유도 없잖아요."

잠시 생각해 봤지만 역시 일리 있는 말이었기에 이번에도 고개를 끄덕였다. 내 면전에서 거짓말하고 사기 친 것도 형사 놈이었으니까.

"믿을 사람은 아저씨밖에 없어요."

믿을 사람이 없어서 나 같은 바닥 인생을 믿다니. 뒤집어 보면 주변인 주위에는 믿을 만한 사람이 없는 것도 사실이었다. 엄마라는 사람이 전화 한 통 없는 걸 봐도 보통의 모녀 사이로 보이지는 않았으니까. 물론 내 마누라가 내게 연락 안 하는 건 예외다. 그분은 한결같이 그래 왔다.

내가 물었다.

"그거 알아내서 뭐 하게?"

주변인은 창밖을 바라보며 말했다.

"아빠는 내 수호천사였어요. 떠나보내려면 마음의 준비가 필요하니까요."

주변인의 화법이 어려운 건지 내가 이해력이 부족한 건지 아니면 단순히 세대 차이인지 모르겠지만, 아는 단어로 하는 말인데도 무슨 말인지 못 알아들을 때가 있었다. 아빠를 마음 속에서 떠나보내는 데 마음의 준비가 필요하다는 건 이해했다. 그런데 그게 아빠의 자살 여부하고 무슨 관계가 있다는 건지 논리적으로 이해가 가지 않았다. 하지만 그냥 알아들은 척하기로 했다. 문맥상 별로 중요한 사항은 아니기 때문이다.

"그러니까 아빠 죽음에 대해서 알아야 마음의 정리를 할 수 있다는 거지?"

"사람을 떠나보내는 것보다 마음을 떠나보내는 게 더 어려운 것 같아요."

설마 암세포가 뇌까지 전이된 건 아니겠지. 어쨌든 대충의 의도는 알았으니 짚고 넘어가야 할 사항이 있었다.

"아빠가 자살하신 게 아니면 어떻게 할래? 다른 사람이 그런 거면?"

"찾아서 벌을 받게 해야죠."

"아빠가 잘못해서 벌을 받은 거면?"

주변인이 도끼눈으로 나를 노려보았다. 내 질문에 기분이 더러워진 건 이해하지만 형사에게 들은 말이 있는 나로서는 확인하지 않을 수 없었다.

"꼭 그렇다는 게 아니라, 그럴 수도 있는 거잖아. 아빠가 다른 사람에게 해를 끼쳤거나 아니면……."

급히 입을 다물었다. 주변인이 수호천사로 믿는 아빠가 주변인을 성폭행했다는 형사의 말을 차마 그대로 전할 수는 없었다.

"아니면 뭐요?"

주변인은 잡아먹을 듯한 눈으로 나를 몰아세웠다.

"아니면 뭐요!"

그냥 입을 다물었다. 흥분한 상대에게는 말을 하면 할수록 시비를 걸 빌미만 더 제공할 뿐이다. 내가 입을 다물고 대답하지 않자 주변인은 조금은 흥분이 가라앉은 목소리로 말을 이었다.

"우리 아빠가 그럴 리 없어요. 그러니까 꼭 찾아 주세요. 꼭."

부탁도 아니고 명령도 아닌 애매한 말이었다. 물론 난 대답하지 않았다. 주변인의 목숨을 구해 준 것만으로도 마누라가 부탁한 '보살핌'은 충분히 했다고 생각하니까.

주변인은 내게 화를 그렇게 내고도 내 손을 놓지 않았다. 주변인의 손이 가늘게 떨고 있었기에 얇디얇은 병원 이불 아래로 넣어 주며 슬그머니 손을 빼냈다. 손을 놓아주는 것 같던 주변인은 막판에 손가락을 꽉 움켜쥐며 물었다.

"어디 가세요?"

"화장실. 아까부터 참았어."

"같이 가요."

"정말 이럴 거야?"

"내 부탁 들어주실 거예요?"

"생각해 볼게."

"들어주신다고 했잖아요."

맹세코 그렇게 말한 적 없다.

"내가 언제?"

"아까 약속했잖아요."

난 원래 마트에서 장난감을 사 달라고 생떼를 쓰는 애들만 봐도 살의를 느낀다. 지금 주변인의 모습이 딱 그렇게 보였기에 짜증이 났다. 이걸 그냥 죽여 버릴까. 턱만 잡아 돌려도 금방인데. 하지만 그렇게 하기엔 늦었다. 미성년자 성매매 조직이 끼어 있고 비리 경찰과 협상까지 마친 지금은 그럴 수 있는 상황이 아니었다. 이런 상황에서 주변인의 부탁을 들어주려면 총부터 구하는 게 순서라는 걸 직감했다. 폐가에서 어린놈이 칼을 꺼내 들 때만 해도 일이 이렇게 커질 줄은 예상도 하지 못했다.

"알았어."

안심하라는 듯 주변인의 손등을 두드려 주고는 손을 빼냈다. 약속은 안 지키면 그만이지만 화장실은 꼭 가야 하니까.

• •• •

실탄사격장으로 향했다. 실탄사격은 내 유일한 취미 생활이었기에 한때는 이곳에 매일 출근 도장을 찍기도 했다. 사격장 주인은 자신이 실탄사격장 문화를 연 주역이라고 떠들었지만 사실을 확인할 길은 없었다. 장사가 되지 않아 중간에 레이저 사격장으로 바꾼 적도 있었지만 총에 대한 애정 때문에 다시 본업으로 돌아올 수밖에 없었다나.

"빵 형! 왜 이렇게 오랜만에 왔어?"

오랜만은, 개뿔. 최근에 온 게 불과 며칠 전이었다. 한쪽 다리를 절면서 나온 사격장 주인은 나를 곧바로 사무실로 안내했다. 솔직히 말하면 사격장 주인은 내가 선호하는 타입의 인간이 아니었다. 교감이 되기도 전에 자기 혼자 베스트 프렌드처럼 진도를 빼는 유형이었다. 상대방 말은 제대로 듣지 않는 타입이기도 하고. '빵 형'이라고 부르지 말라고도 했고 말 짧게 하는 게 불편하다고도 했지만, 그때만 알겠다고 하고 결국 자기 내키는 대로 했다.

"내가 말했잖아. 집중적으로 나오다가 안 오는 것보다는 띄엄띄엄이라도 꾸준히 나오는 게 사격 실력을 유지하는 데 도움이 된다고."

"그래 봐야 며칠 안 나온 것뿐이잖아요."

예상대로 그는 내 말을 전혀 듣지 않고 자기 하고 싶은 대로 했다.

"커피 줄까?"

"괜찮아요."

"간만에 왔는데 그냥 지나가긴 뭐하고."

여전히 오랜만에 나온 것처럼 굴고 있다. 역시 남의 말은 전혀 안 듣는 인간이다.

그는 냉장고에서 비타민 드링크를 꺼내 오는 길에 책상에서 전단지 하나를 집어 내밀었다.

"한 달 뒤에 사격 대회를 여는데 빵 형도 참가해. 빵 형은 특별히 참가비 면제해 줄 테니까. 우리 사격장 특등 사수가 참가해 줘야 다른 고객들도 자극을 받을 거 아니야."

사격장 주인은 팔만 뻗어 책상 위에 있던 노트북을 집어 내 앞으로 내보이며 말을 이었다.

"이거 봐. 랭킹 2위하고 점수 차이가 얼마 안 나잖아. 내가 특등 사수다! 뭐 이런 거 한번 보여 줘야 하지 않겠어?"

사격장 홈페이지에는 고객의 사격 점수를 업로드하고 랭킹을 매기는 시스템이 되어 있었다. 신청한 적도 없고 원한 적도 없지만 실명이 아니라 별명으로 올라가는 것이기에 그냥 놔뒀다.

"다음에."

"어허, 또 튕긴다, 또. 그런 실력은 촬영해서 유튜브에만 올려도 돈 번다니까 그러네."

내가 표정을 굳히고 바라보자 사격장 주인은 또 웃음으로 가볍게 받아넘겼다.

"알았어, 알았어. 또 정색한다. 하여튼 유튜브 얘기만 하면 정색이라니까."

주인장의 부산함은 이곳에 들어온 이후로 잠시도 멈추지 않았다. ADHD를 치료하지 못하고 그대로 자란다면 이런 모습일지도 모른다는 생각이 들었다. 이렇게 산만한 사람이 신중하게 다뤄야 할 총기 사격장을 운영한다는 것 자체가 모순처럼 느껴지기도 했다. 주인이 말했다.

"새 모델 몇 개 들어왔는데 그거 한번 쏴 볼래?"

그는 퀴즈를 내는 것처럼 말을 던져 놓고 내 반응을 기다렸다.

"글록?"

"글록은 너무 평범하잖아. 너무 많이 퍼져서 영화에서도 안 써."

"베레타?"

"빵 형이 PX4 좋아하는 건 아는데 그건 아무리 봐도 여자용이라니까. 빵 형 같은 터프가이한테는 안 어울린다고."

"뭔데 이렇게 뜸을 들여요?"

주인은 잔뜩 들뜬 표정으로 말했다.

"헤클러앤코흐."

"H&K? 언제 들여왔어요?"

"아, 역시! 빵 형은 명품을 알아볼 줄 알았다니까. 얘네들 들여오느라 아주 피똥을 쌌는데 고생한 보람이 있어. 손맛이 죽여."

"무슨 모델?"

"SFP9 라인 네 개 모델. 흥분되지? 헤클러는 쏴 본 적 없잖아. 한번 맛 들리면 중독된다니까. 가자, 가자. 간만에 나랑 레이스 한번 합시다."

나도 권총을 좋아했기에 흥미는 있었지만 그런 얘기나 하려고 온 게 아니었다. 설레발치고 자리에서 일어서는 사격장 주인부터 다시 앉혔다.

"오늘은 부탁 좀 하려고 왔어요."

그제야 사격장 주인이 자리에 앉으며 되물었다.

"부탁? 6년 동안 음료수 부탁도 안 하던 사람이 갑자기 그렇게 무게 잡고 말하니까 겁나잖아."

나는 진중한 표정으로 물었다.

"전에 나한테 왕년에 잘나갔던 얘기 했었잖아요. 외인부대 은퇴하고 무기상 밑에서 일하다가 다리 그렇게 되고 사격장 차린 거라고."

사격장 주인은 망가진 자신의 무릎을 무의식중에 문지르며 물었다.

"그 얘기는 갑자기 왜?"

"그거 사실이에요?"

늘 실실 웃는 표정이던 그의 얼굴이 굳었다.

"내가 빵 형을 좋아하는 이유는 겸손해서야. 상대가 누구든지 무시하는 태도를 보인 적이 한 번도 없거든. 그런데 오늘은 빵 형답지가 않네. 내 인생이 그다지 좋은 건 아니지만 뻥칠 정도의 삶은 아니었어. 나름 자부심도 있고.”

“사장님을 믿으니까 물어보는 겁니다. 할 얘기가 중요한 얘기거든요.”

“그게 뭔데?”

“아직 대답 안 하셨어요.”

사격장 주인은 한참 동안 나를 빤히 바라보다 입을 열었다.

“재미를 위해서 과장이 좀 들어갔을 순 있지만 살아온 길은 거짓말한 적 없어.”

“그럼 믿고 부탁 하나 하죠.”

“뭐냐니까?”

“총 좀 구해 줘요.”

당황한 듯 나를 보던 사격장 주인은 갑자기 큰 소리로 웃음을 터뜨리며 말했다.

“뭘 그런 걸 그렇게 무게 잡고 말해? 안 그래도 슬슬 제안할까 하던 차에 잘됐네. 이런 게 코드가 맞는 거라니까.”

“제안요?”

“총 좋아하는 사람들 로망이 뭐야? 자기 총 하나쯤 갖는 거잖아. 글록 몇 개 처분할 생각이었는데 빵 형한테 한 자루 분양할게. 라벨도 금박지로 해 줄게, 내가.”

실탄사격장을 운영하다 보면 은퇴해야 할 총기들이 생겨난다. 관리 당국 감독하에 폐기 처분되지만 친한 민간인에게 팔기도 한다. 하지만 말이 소유하는 거지, 위스키를 가게에 키핑하고 마시는 것처럼 권총을 실탄사격장에 맡겨 두고 이용하는 것일 뿐이다.

나는 고개를 가로저으며 말했다.

"그런 거 말고."

내 단호한 대답에 사격장 주인의 표정이 굳었다. 그는 한참 만에 입을 열었다.

"꼭 자기 집에 있어야 소유하는 건 아니잖아. 언제든지 여기 와서 쏘고 만지면 될 걸 뭐하러 골치 아프게 그래. 그 마음은 알겠는데 그냥 여기에 맡겨. 그게 편해."

"쓸 일이 있어서 그래요."

사격장 주인은 깜짝 놀란 듯 물었다.

"어디에 쓰게?"

"그런 건 묻지 않는 게 낫지 않아요?"

사격장 주인은 숨을 크게 내쉬고는 입을 다물었다. 내가 말을 이었다.

"돈은 시세보다 많이 쳐 드릴 거예요. 위험수당은 별도로 얹어 드릴 거고."

사격장 주인의 눈동자가 흔들렸다. 난 그가 돈 때문에 갈등했다고 생각했지만 그의 입에서는 예상과 다른 말이 흘러나왔다.

"빵 형, 영화 〈아저씨〉 봤어? 거기서 총 구해 달라는 사람한테 그의 친구가, 뭘 생각하는지는 모르겠지만 무조건 하지 말라면서 말리는 장면이 나와. 무슨 말 하는지 알지?"

이렇게 도덕적인 양반인 줄 알았다면 말을 꺼내지 말 걸 그랬다. 사격장 주인을 죽여야 할 일은 없길 바라며 자리에서 일어서며 말했다.

"하하, 농담한 거예요, 농담. 뭘 그렇게 정색을 해요?"

하지만 사격장 주인의 표정은 여전히 진지했다.

"제가 총 사서 뭐하게요. 장난 한번 쳐 본 겁니다, 사상님. 그냥 잊으세요."

그의 사무실에서 나오려고 할 때 뒤에서 사격장 주인의 목소리가 들렸다.

"곧 본토로 복귀할 미군 하나를 알아."

나도 모르게 발걸음이 우뚝 멈췄다. 복귀일이 얼마 남지 않은 미군들은 자신이 사용하던 무기를 지인에게 팔거나 PX를 통해 내놓기도 한다. 그 총기로 한국에서 무슨 일이 벌어지든 자신은 본토로 들어가 버리면 그만이기 때문에 용돈이나 벌자는 생각으로 그렇게 하는 것이다. 그러므로 사격장 주인의 말은 가장 현실성이 있는 제안이었다.

사격장 주인은 내 등에 대고 말을 이었다.

"그 친구를 소개시켜 줄 순 있어."

내가 돌아서며 물었다.

"소개시켜 주나 물건 배달까지 해 주나 별 차이 없잖아요."

"내가 느끼는 무게감이 다르지."

"사장님 통해서 거래하면 새로운 지인을 만들 필요가 없겠죠? 내가 낯 많이 가리는 거, 사장님도 잘 아시잖아요."

잠시 입을 다물었던 사격장 주인이 결심한 듯 입을 열었다.

"유통업체 끼면 비용이 많이 붙는 건 알고 있지?"

"나이프도 취급하나요? 이왕이면 묶음 배송으로 하고 싶은데."

"그건 모델에 따라서 달라. 좋은?"

"사장님이 새로 들여온 모델이면 좋겠네요. SFP9 SD 가능해요?"

사격장 주인은 책상에서 작업 수첩을 집어 뭔가를 살피며 대답했다.

"미국 모델명이 VP9 Tactical이니까…… 가능하겠군."

"소음기 하나, 탄창 세 개."

사격장 주인은 수첩에 열심히 적어 내려가다 멈칫하며 되물었다.

"소음기? 진심이야?"

난 그의 말을 무시하고 말을 이었다.

"탄창은 탄 가득 채워서 주시고요."

사격장 주인은 할 수 없다는 듯 고개를 가로저으며 말했다.

"그건 셀프야. 탄은 박스 단위만 가능하고."

"그럼 편한 대로 해 주세요. 언제까지 가능해요?"

사격장 주인은 휴대폰으로 어딘가에 전화를 하면서 대꾸했다.

"빠르면 오늘."

"오늘 중으로 배달되면 배송료도 얹어 드리죠."

사장은 휴대폰을 붙든 채 내게 물었다.

"그런데 정말 왜 이러는 거야?"

단단히 붙어 있는 방범창 너머로 쏟아지는 비를 바라보며 대답했다.

"그냥, 비도 오고 그래서."

"빵 형, 뉴스에 날 일은 안 했으면 좋겠어."

"준비되면 연락이나 주세요."

사격장 주인의 걱정하는 얼굴을 뒤로하고 밖으로 나서다 말고 물었다.

"단골 중에 전직 경찰 한 명 있다고 하지 않았어요? 탐정 일 하신다는 분."

"아, 유 소장? 탐정은, 개뿔. 범죄정보연구소장이라는데, 인맥으로 정보나 팔아먹는 똥파리라는 얘기지. 그런데 그 친구는 왜?"

사격장 주인은 잠시 말을 멈추고 내 눈치를 살피다가 말을 이었다.

"그것도 안 물어보는 게 낫겠지? 연락처는 문자로 보내 줄게."

"고마워요."

계획한 대로 이곳에서의 볼일을 모두 마친 나는 편안한 마음으로 다음 코스로 향했다. 중고차를 선호하지는 않지만 현금만 쥐여 주면 바로 끌고 나올 수 있다는 것 때문에 중고차를 사기로 했다. 이왕이면 대포차로.

비 오는 날이라 그런지 유독 택시가 잡히지 않았지만 다음 할 일 생각에 택시를 기다리는 시간이 지루하지는 않았다.

16. 두 개의 의뢰

— 오빠, 별일 없지?

2주 만에 걸려 온 마누라의 전화였다. 그동안 별일이 너무 많았었기에 뭐라고 대답해야 할지 얼른 떠오르지 않았다. 거짓말이라면 숨 쉬듯이 할 수 있는 나였지만, 마누라에게만큼은 이상하게 그게 쉽지가 않았다. 그렇다고 못 한다는 건 아니고.

"당연히 별일 없지. 마누라는 어때? 무지하게 즐거운 시간 보내고 있나?"

— 나? 장난 아니지. 클럽에 갔는데 나 보고 남자애들이 질질 싸더라고.

아, 저 사랑스러운 표현은 언제 들어도 적응이 안 된다. 빌어먹을.

"관광 나이트 간 거겠지. 클럽이 왜 널 들여보내 줘."

— 장난하냐? 여기선 나 완전 이십 대로 본다니까?

젊게 입고 다니는 마누라는 그렇다 쳐도, 이혼녀는 아무리 꾸며도 클럽에 갈 수 없었을 텐데.

"애 엄마는 어떻게 들어갔어?"

— 나 혼자 간 건데.

"뭐? 혼자?"

— 이참에 나도 서양 놈 한번 후려 보려고.

"지금 어디야? 이탈리아야?"

— 흥, 긴장하기는. 뻥이야, 뻥!

하, 이 인간을 죽여 버릴까…….

— 언니랑 엘레강스한 여행 중이니까 걱정 마시고. 너무 엘레강스해서 살짝 지루하긴 한데 나쁘진 않아. 시간이 천천히 가서 좋거든. 특히 미술관 들어가면 시간이 아예 멈추더라고. 하아.

사이클로 유럽을 누비고 다닌 마누라였기에 미술관 같은 정적인 여행 코스는 생소했을지도 모른다.

"이제 일주일 남았지?"

— 응, 오늘 러시아로 넘어가.

"사할린에만 일주일 있다가 오는 거야?"

— 러시아에 가는데 크렘린 궁은 봐야지.

모스크바에 들렀다가 사할린으로 넘어갈 모양이었다.

"오케이, 알았어."

— 애는 잘 있지?

"윤지? 아, 그래, 잘 있지."

— 윤지? 오호, 오빠같이 애 싫어하는 사람이 이름을 부르니까 뭔가 기분이 이상한데.

"뭐가 이상해. 이름은 부르라고 있는 건데."

— 그래서 내 친구 애들을 번호 매겨서 불렀냐? 애새끼 1호, 애새끼 2호? 로봇도 아니고, 쯧. 하여튼 노멀하지가 않아요.

마누라가 자기는 평범한 줄 안다. 어이가 없네.

— 이제 일주일 남았으니까 애 잘 챙기고, 일주일 후에 봅시다. 공항으로 나올 거지?

"그래야지. 인적 없는 데 다니지 말고. 혹시 이상한 놈 만나면 무조건 공공장소로 뛰어가는 거 잊지 말고."

— 또 잔소리네, 또. 알았으니까 오빠나 남은 휴가 잘 보내. 내가 가면 행복도 끝이니까 자유를 마음껏 만끽하라고.

사악한 웃음소리를 끝으로 마누라와의 통화가 끝났다. 전화를 끊은 난 시간이 일주일밖에 남지 않았다는 생각에 괜히 마음이 급해졌다. 가장 먼저 든 생각은 일주일 만에 주변인이 티안 날 정도로 나을 수 있을지 여부였다.

불쑥 주변인의 목소리가 들렸다.

"아줌마예요?"

입원한 지 며칠 지나서 그런지 이전과 달리 목소리가 꽤 말짱해져 있었다.

"응."

"아저씨가 무슨 생각하는지 다 알아요."

"내가 무슨 생각 했는데?"

"내가 일주일 안에 퇴원할 수 있을까 생각했잖아요. 맞죠?"

나도 모르게 흠칫했다. 이 녀석, 생각보다 눈치가 빠르군. 주변인은 픽 웃으며 말했다.

"아저씨는 아줌마가 세상에서 제일 무섭죠?"

"무섭기는 무슨. 아끼는 사람이니까 실망시키고 싶지 않은 거지."

"그게 그 말이죠. 신경도 안 쓸 사람을 무서워할 이유가 없 잖아요. 아저씨처럼 싸움도 잘하는 사람이."

동물의 세계와 비슷한 시기가 중딩의 세계라고 생각했는데 역시 중딩다운 발상이다.

"내 생각 잘 알았으면 잘 먹고 빨리 퇴원해. 입원 기간 길어 질수록 네 채무만 점점 늘어나는 거라고."

"갚는다니까요. 돈도 많으면서 쩨쩨하게 구네."

"일주일 내에 퇴원하면 이자는 안 받을게."

"이자도 받으려고 했어요?"

중학교 교과서에 채권과 채무에 대한 항목을 실어야 한다는 게 내 생각이다. 채권과 채무를 제대로 모르는 인간들이 남의 돈 귀한 줄 모르고 만만하게 보다가 콩팥 뺏기고 길바닥에 버 려지는 거니까.

"말대꾸하는 거 보니까 좀 나아지긴 했나 보네."

픽 웃는 웃음으로 대답을 대신한 주변인이 내게 물었다.

"아저씨, 제 병명이 뭔지 알려 줄 때도 되지 않았어요?"

"배 속에 혹이 있어서 떼어 냈다고 했잖아."

"그냥 혹 아니죠?"

"그게 뭐가 그렇게 중요해? 수술 잘 끝났다니까."

"그냥 혹인데 전신 스캔을 해요? 뇌까지 찍으면서 의사들이 전이가 어쩌고 하는 거 들었거든요. 그 전이라는 게 암 걸렸을 때 하는 말 아니에요?"

심리적인 안정도 중요하니까 애한테는 말하지 않는 게 좋겠다는 의사 말을 따랐을 뿐인데, 저렇게까지 궁금해하면 굳이 말을 안 해 줄 이유도 없지 않을까. 내 애도 아니고.

"맞아, 자궁암."

궁금해하던 주변인의 표정이 흠칫하는 게 보였다.

"자궁에 아기 주먹만 한 혹이 자랐는데 그게 터지면서 피가 쏟아져 나온 거야. 그게 암세포였고."

"……."

"성장기 애들은 암세포도 빨리 번지는데 다행히 아직까지 전이된 거 없으니까 걱정 안 해도 돼."

주변인은 시선을 내리깔고 조용히 듣고 있었다. 내가 말을 이었다.

"그렇다고 너무 안심하지는 말고. 암이라는 게 언제 또 재발할지 모르는 거니까."

주변인이 눈을 치켜뜨며 중얼거렸다.

"안심을 하라는 건지 말라는 건지."

"네가 알아서 할 수 있게 사실을 말해 주는 거야. 중학생이면 그런 판단력 정도는 있을 거 아니야."

"네, 네. 아저씨가 그렇죠, 뭐."

"임신에는 영향 없다니까 나중에 혹시 임신 안 되면 남자 쪽부터 의심해 보고."

"아저씨! 저 겨우 중학생이에요, 중학생!"

중학생이면 뭐 어쩌라고.

"저래서 어른이 되면 애가 있어야 한다니까."

"그건 내가 알아서 할 테니까 퇴원이나 신경 써. 앞으로 일주일이다. 그 기간 지나면 법정금리 최고치로 받을 테니까 그렇게 알고."

"아저씨, 하나도 재미없거든요?"

"내가 농담하는 캐릭터로 보여? 나중에 내용증명 받고 이럴 줄 몰랐다는 둥 그딴 소리 하지 말고 새겨들어."

"내용증명이 뭐예요?"

그때 휴대폰 진동이 울렸다. 사격장 주인이 소개해 줬던 유소장의 전화였다.

"인터넷 찾아봐."

주변인의 병실에서 나서며 전화를 받았다.

"네, 소장님."

— 방 사장, 연락이 좀 늦었지?

사격장 주인도 그렇고 죄다 반말하는 놈들뿐이다. 유 소장은 내가 사건 의뢰하는 자리에서도 "말씀 많이 들었어요." 이후로 줄곧 반말이었다. 하지만 내 쪽이 부탁하는 입장이었고 나이도 훨씬 많아 보였기에 그냥 넘기기로 했다.

— 다른 때는 이렇게 오래 안 걸리는데 이번 건은 좀 어렵네.

앓는 소리부터 하는 종자들은 결국 돈 얘기로 귀결된다.

— 돈 밝히는 녀석이라 실비가 조금 더 들어갔어. 실비는 별
도 해 주기로 한 것 같은데. 그렇지?

"물론이죠. 영수증만 있으면."

— 그런 건 원래 영수증 못 끊는 거 알잖아. 일종의 특수 활
동비니까. 안 그래?

그건 국정원 얘기고 당신은 아무것도 아니잖아. 내 속마음
을 읽은 듯 유 소장이 말을 이었다.

— 그런데 방 사장이 워낙 똑 부러지는 사람인 거 같아서,
아주 어렵게 부탁해서 그 친구 명함에다 숫자하고 서명만 받았
어. 괜찮지?

사실 비용 처리를 할 수도 없는 돈이었기에 영수증을 굳이
받을 필요도 없었다. 다만 유 소장이 업무를 대하는 태도를 진
지하게 생각하도록 관리하는 차원에서 요청한 것이다. 호구로
보이면 일은 뒷전이고 내 등쳐 먹을 생각만 하게 될 테니까 말
이다.

"그 정도면 괜찮아요. 그래서 사건에 대해서는 알아냈어요?"

유 소장은 한결 가벼워진 말투로 말했다.

— 김태권 사건은 알아냈지. 페이퍼 상으로는 평범해. 그런
데 사건 순서가 뭐랄까…… 좀 어색해.

김태권이 바로 주변인의 생부다. 자살했다는 주변인의 친

아빠.

— 문서로 사건을 보면, 김태권이 마누라가 김태권이를 딸 성폭행범으로 신고를 해. 경찰이 체포하러 왔는데 김태권이가 도망쳐서 수배를 때려. 잠수를 탔던 김태권이가 나타나서 판사를 죽이려고 했다가 실패하고 도망쳐. 그리고 자살을 해.

내용상으로는 전혀 어색하지 않다. 어느새 나는 병원 옥상 정원으로 나와 있었다. 운동을 겸한 산책을 하는 환자들이 많았지만 말없이 산책에만 열중하는 분위기였기에 오히려 유 소장의 말에 좀 더 집중할 수 있었다.

"어느 부분이 어색하다는 거예요?"

— 사건 기록은 김태권 마누라가 신고한 걸로 시작되는데, 그에 앞서서 김태권이가 경찰에 신고한 기록이 있어.

"무슨 신고요?"

— 그게 문제야. 신고한 날짜 기록은 있는데 내용이 없어. 원래 날짜 기록은 센터 시스템에 들어 있는 거라 임의대로 손 못 대거든.

"전화로 신고한 거면 신고 내용도 녹취되지 않나요?"

— 그렇지. 그런데 오래전 녹취 기록은 파기하거든. 벌써 10년도 넘은 사건이잖아.

"다른 건으로 신고할 수도 있는 거잖아요."

— 그럴 수도 있지. 그런데 그게 찜찜해. 신고한 다음 날 아침에 마누라가 남편을 딸 성폭행범으로 신고했거든. 그리고 사건 처리 날짜를 보면 마누라 신고는 거의 분 단위로 진행이 돼.

거의 국회의원 뒤치다꺼리할 때처럼 광속으로 처리가 됐어. 체
포 영장이 마누라가 신고한 그날 오후에 발부됐지. 이거 현실
적으로 말이 안 되거든.

너무 뻔하게 돌아가는 느낌이었다. 영화에서, 드라마에서,
심지어 뉴스에서도 봤던 바로 그런 스토리. 거꾸로 보면 생각
보다 일이 어렵게 진행될 수도 있다는 얘기가 되는 거고. 난 도
전 정신 같은 거 없기에 복잡해질 것 같으면 바로 손을 뗄 생각
이다. 어차피 주변인하고 약속한 것도 아니었으니까 조용히 손
털면 그만인 거다.

— 그리고 말이야, 상식적으로 생각해 봐. 내가 범죄자인데
누가 나를 신고했어. 그럼 신고한 놈을 노리지 영장 발부한 판
사를 노려? 이상하잖아. 판사야 검사가 영장 청구하니까 영장
끊어준 건데, 그 양반이 뭔 잘못이야?

체포 영장 발부를 너무 빨리해서 열 받았나 보지.

"김태권, 그 사람 직업은 뭐였어요?"

— 잡화 회사에 가죽을 납품했어.

김태권의 신고 내용이 너무 궁금했다. 직업을 알면 짚이는
게 있지 않을까 했지만 생소한 분야였기에 전혀 감이 오지 않
았다.

"그때 사건 관련된 사람들 주소 같은 건 확보했어요?"

— 담당 형사 주소는 알아냈어. 최이새라고, 그 사건 종결되
자마자 은퇴하고 지금은 지방에서 살아.

"주소 좀 보내 주세요."

— 만나 보게?

"직접 들어봐야죠."

— 그래도 될까 모르겠네. 불쾌하게 생각할 텐데.

"그러면 안 돼요?"

— 검사, 판사하고 친분이 좀 있다고 들었거든. 종종 판검사들하고 볼 좀 치고 하는 모양이더라고. 그런 놈 잘못 건드리면 안 되잖아.

"무슨 말씀인지 알아들었어요. 제가 알아서 할게요."

전화를 끊고 뒤로 돌아서다 깜짝 놀랐다. 언제 왔는지 형사 자식이 전자 담배를 만지작거리며 나를 바라보고 있었기 때문이다.

"언제 왔어?"

형사는 전자 담배를 여전히 만지작거리며 대꾸했다.

"방금. 근데 뭘 알아서 한다는 거야? 사고 칠 준비 하는 거야?"

"당신하고 관계없으니까 신경 꺼."

그는 전자 담배를 들고 주변을 둘러보며 말했다.

"금연인지 아닌지 알 수가 없네."

"병원은 전 구역 금연이야."

"전자 담배도 안 돼?"

"그건 담배 아니야?"

"아쉽네. 네 덕에 좋은 걸로 하나 장만했는데."

나는 벤치로 자리를 옮기며 물었다.

"무슨 일이야?"

"스폰서한테는 대면 보고 하는 게 예의니까."

네 면상 안 보여 주는 게 예의야. 나는 벤치에 편하게 앉아 그에게 물었다.

"알아냈어?"

형사는 앉지 않고 벤치 옆에 서서 말했다.

"돈이 좋긴 하네. 이렇게 앉아서 전화로 시키기만 하면 원하는 정보가 들어오잖아. 아까 그건 무슨 일이야? 사건 어쩌고 하는 거 보니까 내 쪽 분야인 거 같은데."

"네가 알아서 뭐하게?"

"설마 나 못 믿어서 크로스 체크하고 뭐 그런 건 아니지? 만약 그런 거면 내가 겁나 열 받을 것 같은데."

"그럴 이유가 있나? 먹었으면 먹은 만큼 일을 해야 하는 게 당연한 건데."

"밥값 못 하면 어떻게 할 건데?"

나는 그를 빤히 바라보며 되물었다.

"어떻게 할 것 같아?"

형사는 옆에 있는 다른 벤치에 앉으며 말했다.

"협박하는 거야? 왕년에 큰손들하고 어깨동무 좀 해 봤다고 나 같은 건 우습게 보이는 거지?"

협박은 형사가 하고 있었다. 큰손 얘기를 꺼내는 걸 보니 내 과거에 대해서 파는 모양이었다. 내가 말했다.

"하라는 일은 안 하고 내 뒤나 파고 다니는 모양이네."

"스폰서가 어떤 사람인지는 알아야 성향에 맞게 일할 수 있는 거니까."

"그런 건 그냥 물어보지 그랬어. 내가 어떤 성향인지는 내가 제일 잘 알잖아."

형사는 장난하듯이 물었다.

"말 나온 김에 묻자. 넌 어떤 사람인데?"

"그 큰손들 등을 쳐 먹었는데도 멀쩡하게 살아갈 정도의 머리도 있고, 여러 놈이 다구리 놓는 양아치들하고는 달리 여태까지 독고다이로 버틸 체력도 있지. 한번 찍은 놈은 안 놓치는 근성도 있고. 그리고……."

난 형사의 멱살을 붙잡아 확 잡아당겼다. 갑작스런 내 몸짓에 당황한 형사의 주머니 이곳저곳을 뒤져 보이스리코더를 꺼내며 말을 이었다.

"이런 짓거리 하는 새끼들 정말 싫어하고."

형사는 붙잡혔던 옷깃을 펴면서 말했다.

"그건 직업상 가지고 다니는 거야. 녹음 같은 건 안 했어. 내 발등 찍는 일을 뭐하러 하나? 못 믿겠으면 틀어 보든가."

난 고개를 가로저었다.

"안 그럴 거야. 녹음이 안 되어 있으면 민망할 거고, 녹음이 되어 있으면 그냥 지나칠 수가 없게 되니까."

보이스리코더를 그 자리에서 부수며 말을 이었다.

"네 휴대폰까지 확인하고 싶지는 않으니까 할 말 있으면 앞으로 전화로 해. 내 얼굴이 보고 싶어서 미칠 것 같으면 영상통화를 하든가."

"……."

"뒤처리해 준 건 고마운데……."

보이스리코더의 부속품이 밖으로 쏟아져 나올 때까지 밟아 뒤꿈치로 쳐서 벤치 밑으로 밀어 넣었다. 그리고 형사를 돌아보며 말을 이었다.

"뒤처리 다 끝났잖아. 옛날에 도와준 일 가지고 자꾸 꺼내서 공치사하는 것만큼 꼴불견도 없지."

형사는 붉게 달아오른 얼굴로 대꾸했다.

"나한테 이러면 안 될 텐데?"

이 형사 새끼의 허세가 오늘따라 유난히 거슬렸다. 짜증이 났기에 나도 모르게 발끈해서 되물었다.

"왜 안 되는데?"

"뭐?"

"일하러 와서 개소리나 하고 있는 인간한테 같이 노라기라도 풀까? 네가 내 친구냐? 자꾸 쓸데없는 짓 할래? 내가 큰손들 등친 것만 알아내고 내가 그 사람들하고 어떤 관계인지는 못 알아낸 모양이지? 전화 한 통이면 네 회사에서 매장시킬 수도 있고 진짜로 매장시킬 수도 있는데. 어떻게, 내 말이 허풍인지 아닌지 시험 한번 해 보든가."

물론 허세였다. 내가 그 양반들하고 연락하고 지낼 사이도 아닐뿐더러 그 양반들 연락처도 모른다. 하지만 내 뒤를 캔 형사 놈은 내가 그 큰손들하고 어떤 식으로든 관계가 있었다는 것은 사실로 확인을 했으니 쉽게 보진 못할 것이다. 형사에게는 아는 게 독이 된 경우다. 내가 말을 이었다.

"그런데 이건 무를 수가 없는 패니까 각오는 하고. 나도 함부로 쓸 수 있는 패가 아니거든."

내 허세에 형사는 쉽게 입을 열지 못하고 노려보기만 했다. 허풍인지 아닌지 간을 보고 있는 거겠지. 할 수 없이 휴대폰을 꺼내 들었다. 아주 오래전에도 한 번 써먹었던 방법이 통하기를 기대하며.

내가 휴대폰을 꺼내 큰손 중 한 명의 이름을 찍었다. 전화번호는 예전에 모셨던 상관의 연락처였지만 이름만큼은 큰손 중 한 명의 이름이 떴다. 통화 버튼을 누르려고 하자 형사가 휴대폰을 든 내 손목을 잡으며 말했다.

"왜 쓸데없는 데 힘을 쓰나? 득 될 것도 없는데."

난 그의 손을 걷어 내며 말했다.

"내 돈 처먹으면서 하라는 일은 안 하고 엉뚱한 데 힘을 쓰고 다니는 어떤 비리 경찰 새끼가 쓸데없이 기 싸움을 자꾸 걸어와서."

"……"

"내 말 알아들었으면 이제 일 얘기 할까? 그 새끼가 누군지 알아냈어?"

형사는 감정 전환이 잘 되지 않는지 양손으로 얼굴을 문지르며 대답을 미뤘다. 이런 것까지 몰아붙일 생각은 없었기에 그에게 시간을 좀 주기로 했다. 야구에서도 공수 전환 시간은 있는 법이니까. 형사는 습관처럼 전자 담배를 꺼냈다가 다시 집어넣으며 말했다.

"러시아 애들 통해서 의뢰가 들어왔어."

"그럼 윤지 지목한 놈이 러시아 놈이란 거야?"

형사는 고개를 가로저었다.

"러시아 애들 거래처는 동남아부터 동유럽까지 범위가 넓어. 러시안이라고 특정할 순 없어."

"그렇게 대상을 찍어서 의뢰하는 경우가 흔한 건가?"

"아니. 대부분은 자기 이상형에 맞는 애로 사진 보고 고르지."

이상형이 애일 수도 있다는 게 이질적으로 느껴졌다.

"그럼 윤지를 최소한 한 번은 봤다는 얘긴데, 외국 놈이 윤지를 어떻게 알고 찍어? 한국에 관광 나왔다가 봤다는 거야, 뭐야?"

"외국인이 아닐 수도 있지."

생각지도 못한 그의 말에 깜짝 놀라 되물었다.

"한국 놈이라고?"

형사는 어깨를 으쓱해 보이며 대꾸했다.

"상식적으로 그럴 확률이 제일 높잖아."

"그럴 거면 점박이 새끼한테 의뢰하면 되지 뭐하러 말도 안 통하는 러시아 애들한테 의뢰를 하지?"

"양 사장은 러시아 애들한테 공급만 하지, 지명까지 처리하지는 않아. 가출한 애들 받아 넘기는 것보다 돈이 많이 드니까."

"이번엔 그랬잖아."

"거기서 막혔어. 죽으려고 그런 건지 평소에 안 하던 짓을 했지. 문제는 왜 그랬냐는 거야."

"왜 그런 것 같은데?"

"이제 알아봐야지."

형사 이 새끼, 사실상 알아낸 것도 별로 없는 것 같다.

"어떻게 할 건데?"

"해외수사팀 애들 통해서 러시아 조직에 대해서 알아보고, 거꾸로도 접근해 봐야지."

"거꾸로?"

"애 주변 사람들부터 하나씩 까 나가는 거지. 네 말대로 애를 지목했다는 건 구면일 확률이 높다는 뜻이니까."

형사의 말에 고개를 크게 끄덕였다. 형사가 지껄인 말 중에 가장 영양가 있는 말이었다. 형사는 자리에서 일어서며 말했다.

"그래서 말인데, 애하고 얘기 좀 나눌 수 있을까?"

"필요하다면."

고개를 끄덕이고 출구로 향하는 형사를 불러 세웠다. 그리고 손가락 다섯 개를 활짝 펴 보이며 강조해서 말했다.

"앞으로 5일이 데드라인이야."

형사가 난감한 듯 고개를 옆으로 기울였기에 내가 말을 덧붙였다.

"데드라인 지키면 별도로 포상도 있을 거야."

그는 한숨을 내쉬었지만 알겠다는 듯 고개를 끄덕여 보이고는 옥상을 벗어났다. 그가 실내로 완전히 사라진 것을 확인하고는 휴대폰을 열고 유 소장이 보낸 문자를 확인했다.

최이새의 연락처와 주소를 확인한 뒤 휴대폰을 닫고 잠시 옥상 난간 너머 풍경을 감상했다. 내게도 데드라인은 일주일밖에 남지 않았지만, 다행히도 돈이 있었다. 시간과 돈은 반비례 관계이면서 서로 대체재라는 걸 뼈저리게 느꼈었기에 돈이 내 시간을 아껴 줄 수 있을 거라 믿었다. 그러다 안 되면 말고. 내 일도 아니니까.

17. 전원주택

잠복을 하거나 미행을 할 땐 튀지 않는 게 핵심이다. 그래서 실제로 스파이를 뽑을 때는 금방 잊히는 평범하게 생긴 외모에 크지도 작지도 않은 키를 한 사람들로 선발한다. 영화 007 시리즈의 제임스 본드 같은 미남은 스파이가 될 수 없다는 얘기다. 그래서 이번에 뽑은 중고차가 꽤 맘에 들었다. 내수 고객을 호구로 아는 한국 회사 차라는 게 맘에 들지는 않았지만 눈에 띄지 않기엔 또 이만한 차가 없으니까. 내 차를 끌고 나갔다가 경찰에게 꼬리를 밟혔던 쓰라린 경험을 반면교사 삼아 이번엔 웃돈을 주고 구한 대포차였기에 한결 마음이 편안했다. 차에서 이상한 냄새가 나는 것 같긴 하지만.

창문 너머로 잘 지어진 전원주택을 바라보았다. 애초에 금수저가 경찰을 한 게 아닌 바에야 경찰로 은퇴해서 저렇게 좋은 집에서 살 수 있는 확률이 얼마나 될까? 유 소장 말에 따르면 최이새는 금수저는커녕 가난한 축에 속하는 가정에서 자랐다. 젊은 시절에 꽤 긴 방황을 했다가 편모가 사망하면서 정신을 차리고 경찰학교에 들어갔다. 하지만 능력이 뛰어난 편은 아니었는지 그저 그런 경찰 생활을 하다가 김태권 사건을 맡으면서 1계급 특진을 했고, 사건이 종결되자마자 경찰복을 벗었다. 경찰관 시절일 땐 그럭저럭 잘 지내던 가정생활도 은퇴 후 몇 개월 만에 이혼으로 파탄이 났다. 의심스러운 건 위자료와 재산 분할로 와이프에게 꽤 많은 돈을 줬음에도 하는 일도 없이 먹고사는 데 지장이 없을 정도의 재산을 가지고 있다는 점이었다.

최이새의 케이스만 봐도 김태권의 사건엔 뭔가 있는 것이 분명했다.

전원주택 현관에 불이 들어와 상체를 바짝 세웠다. 하지만 석간신문을 돌리는 오토바이가 지나가며 신문을 던졌기에 센서가 작동되며 불이 들어왔을 뿐이라는 걸 깨닫고는 다시 등받이에 등을 기댔다.

"돈이 많은 거냐, 아니면 비밀이 많은 거냐."

최이새에게는 돈으로 정보를 살 생각으로 연락을 했다. 하지만 놈은 김태권 사건이라는 말을 하기 무섭게 귀찮게 하지 말라는 말만 남기고 전화를 끊어 버렸다. 심지어 내가 누군지, 자신의 연락처는 어떻게 알았는지 궁금해하지도 않았다. 그 이후로 그의 전화는 꺼져서 다시는 켜지지 않았다. 그런 어설픈 접근 때문에 이렇게 차에서 햄버거나 먹게 된 것이다.

인적이 드물어서 지루한 마당에 배까지 부르니 졸리기 시작했다. 과식 때문인지 방검 셔츠 가장 아래쪽에 꽂아 둔 나이프 손잡이가 자꾸 배를 찔렀다. 여간 불편한 게 아니었기에 칼을 뽑아 글러브 박스에 던져 넣고 닫아 버렸다.

지루했다. 놈이 모습을 드러내야 돈을 먹이든 칼을 먹이든 정보를 뽑아낼 텐데 도무지 집에서 나올 생각을 하지 않았다. 그때 편안한 추리닝 바지에 후드티를 입은 사람이 놈의 전원주택으로 향하는 게 보였다.

처음엔 그냥 지나쳐 갔기에 그러려니 했지만, 그 사람은 집을 크게 한 바퀴 돌고 다시 같은 방향에서 나타났다. 그냥 지나쳤던 처음과 달리 이번엔 쭈뼛거리며 최이새의 집 대문을 몇 번 힐끗거리더니 또다시 지나쳐 갔다. 체형과 옷차림새로 보아 십 대에서 이십 대 여자인 듯했지만 얼굴은 모자에 가려 잘 보이지 않았다. 혹시나 하고 유심히 지켜봤지만 그 사람은 이번에도 집을 그냥 지나쳐 뒤로 돌아갔다. 그리고 예상한 대로 같은 방향에서 또다시 모습을 드러냈다.

유 소장이 제대로 확인했다면 최이새에게는 아들만 한 명 있었고 그마저 이혼한 전처와 살았다. 새로 만나는 사람일 수도 있지만 연인의 집을 저런 식으로 지나다니는 사람은 없다.

수상한 후드티는 드디어 최이새 집 대문 앞에 멈춰 섰다. 대문이라고 해 봐야 허리 높이밖에 오지 않는 있으나 마나 한 문이었지만, 머뭇거리는 손짓으로 초인종을 누르고 기다렸다. 초인종 소리가 희미하게 들렸기에 현관문이 열리길 기대했지만 덜컹거리는 소리와 함께 무성의하게 대문만 열렸다. 안으로 들어간 후드티는 들어가는 길에 바닥에 떨어져 있는 석간신문을 집어 들고 익숙한 듯 현관문을 열고 안으로 사라졌다. 어쨌거나 배편도 없는 섬처럼 닫혀만 있던 최이새의 집이 열린 것이다. 내게 출입증이 생긴 것이다.

그렇게 한 시간 정도 지난 후에 후드티가 다시 모습을 드러냈다. 배웅하는 사람도 없이 대문 밖으로 나온 후드티는 지친 기색으로 몇 걸음 걷다가 잠시 멈춰 서서 아랫배를 잡고 웅크리고 앉았다. 한동안 그렇게 앉아 있던 후드티는 천천히 일어나 다시 걷기 시작했다.

나는 차에서 내려 후드티 뒤를 밟기 시작했다. 불편한 걸음걸이로 앞서가는 후드티 뒤를 따라 걸으며 어떻게 접근을 해야 할지 고민을 하다 보니 어느새 전원주택들이 모여 있는 주택가의 예쁜 풍경은 사라지고 낡은 주택이 하나둘 보이기 시작했다. 골목마다 밝게 빛을 내고 있던 보안등의 수도 눈에 띄게 줄었다.

"야!"

후드티가 골목길을 가로질러 갈 때 골목길 안쪽에서 누군가 부르는 소리가 들렸다. 멈칫했던 후드티는 골목 안쪽으로 방향을 바꿔 들어갔다. 골목 안쪽에는 세 명의 남자애들이 있었다. 그중 파마머리가 후드티에게 말했다. 그는 작은 목소리로 말했지만 주변이 충분히 조용했기에 껄렁거리는 그의 목소리가 선명하게 들렸다.

"또 쌩까지? 매번 이따위로 구니까 여기까지 수금하러 나오는 거 아냐. 응?"

파마머리는 후드티의 머리를 한 대 때리고는 손을 내밀었고 후드티는 내키지 않는 동작으로 주머니에서 봉투를 꺼냈다. 후드티는 봉투를 든 채 그들에게 말했다.

"언제까지 이럴 거야?"

파마머리가 대꾸했다.

"넌 언제까지 물어볼래?"

"도대체 언제까지 이럴 거냐고!"

후드티가 고함을 지르자 파마머리의 인상이 험악하게 구겨졌다.

"미쳤어? 어디서 악을 써. 뒈질래?"

"이제 그만해! 줄 만큼 줬잖아!"

"이 쌍년이!"

파마머리는 기어코 후드티의 뺨을 때렸다. 그리고 말을 이었다.

"그럼 네가 그 짓 그만하면 되잖아, 그만하면. 응?"

후드티가 들고 있는 봉투를 파마머리가 거칠게 후려치자 바닥에 떨어지며 만 원짜리 지폐 여러 장이 쏟아져 나왔다. 파마머리 옆에 있던 빡빡이 녀석과 귀걸이를 한 녀석이 앞으로 나서서 돈을 줍기 시작했지만 파마머리는 개의치 않고 말을 이어 갔다.

"이거 봐. 그만한다는 말은 죽어도 안 하지."

후드티가 부들거리는 목소리로 말했다.

"내 맘대로 할 수 없는 일이라고."

파마머리는 짜증 난다는 듯 후드티 얼굴을 가리고 있는 후드를 쳐서 뒤로 벗겼다. 열여덟 살이나 됐을까? 앳된 얼굴이 드러났다. 파마머리는 후드티의 이마를 손가락으로 밀치며 말했다.

"좋아서 하는 일이면 즐겁게 하자. 개소리 그만하고. 응?"

후드티는 떨리는 목소리로 대꾸했다.

"이제 다 끝내고 싶어."

파마머리가 그녀의 멱살을 잡으며 말했다.

"누구 맘대로? 접시로 팔고 다니는 년이 어디서 협박질이야?"

후드티는 말없이 떨고 있었지만 그녀의 얼굴은 분노로 눈을 치켜뜨고 굵은 눈물을 흘리고 있었다. 파마머리가 말했다.

"좋게 말할 때 그냥 하던 대로 해. 나 만나기 전에도 그렇게 살았잖아."

후드티가 더욱 격렬하게 떨더니 큰 소리로 고함을 질렀다.

"더는 안 해, 이 나쁜 새끼야! 네 맘대로 해!"

"이 개 같은 년이!"

나는 헛기침을 하며 골목 안으로 들어섰다. 양아치 삼인방의 시선이 내게로 집중되었다. 내가 말했다.

"학생들, 싸우는 거예요? 친구들끼리 그러면 안 되지."

빡빡이가 중얼거리는 소리가 들렸다.

"저건 또 뭐야. 아휴, 꼰대 냄새."

귀걸이가 나서서 말했다.

"아무것도 아니니까 그냥 가세요. 별일 아니에요."

내가 다가서며 말했다.

"에이, 별일 아닌 게 아닌 것 같은데. 그 나이 때는 싸울 수도 있는데 여학생 한 명 두고 그러는 건 좀 아닌 것 같네."

빡빡이가 쌍욕과 침을 함께 뱉고는 앞으로 나서며 말했다.

"아저씨, 그냥 가라고. 응?"

"학생들, 그러지 말고……."

빡빡이가 버럭 소리 질렀다.

"아이 쌍, 짜증 나게 왜 자꾸 학생이래? 네 눈에 젊어 보이면 다 학생이야? 때려치운 지가 언젠데 학생이야? 야, 너 나 알아?"

빡빡이는 말을 하면서 점점 흥분을 하며 다가섰다. 귀걸이가 옆에서 그냥 보내 주라는 듯 말렸지만 빡빡이는 그를 밀치며 내게 다가왔다. 생긴 대로 성격도 포악하다. 아니, 그냥 캐릭터를 그렇게 잡은 건가?

내가 물었다.

"그거 캐릭터냐? 단순무식 캐릭터 말이야. 헤어스타일에 맞춘 거냐고."

"뭐라는 거야, 똘아이 꼰대 새끼가. 뒈질래?"

장담하는데 저놈이 말은 저렇게 해도 사람을 죽여 본 적은 없을 게 분명하다.

"죽여 봤어?"

난 궁금해서 물어본 건데 빡빡이는 도발로 받아들였는지 눈을 번뜩거렸다.

"이 미친 새끼가!"

귀걸이의 만류에도 놈은 나를 향해 달려와 몸을 공중에 띄웠다. 이것만 봐도 초짜라는 걸 알 수 있다. 영화 주인공은 공중을 날아다녀도 괜찮지만 실전에서는 몸을 절대 띄워서는 안 된다. 공중에 떠 있는 동안엔 방향 전환을 할 수 없고, 그 제약만으로도 승부에 결정적인 영향을 미치기 때문이다. 내가 공중에 뜬 놈에게 한 짓이라고는 옆으로 살짝 비켜서서 놈의 몸을 툭 밀친 것뿐이었다.

균형을 잃은 놈은 밀려서 바닥에 떨어졌고 당황한 얼굴은 간단한 내 발길질 아래로 사라지며 상황이 종료됐다.

내가 돌아서자 귀걸이는 물론 파마머리도 당황한 얼굴로 서 있었다. 많이 본 표정들이다. 두려움과 허세 사이에서 갈등하는 표정.

"그 여학생 이리 보내."

"지랄하지 마, 꼰대 새끼야!"

귀걸이와 파마머리가 동시에 칼을 꺼내 들었다. 저 나이 또래 애들이 허세로 가지고 다니는 오토 나이프였다. 내가 어렸을 땐 저런 칼을 전부 '잭나이프'라고 불렀다. 파마머리는 후드티를 인질처럼 붙잡았고 귀걸이는 공격할 듯이 칼을 앞으로 내밀며 경계했다.

내가 다가서며 물었다.

"도검소지 허가증은 있나? 오토 나이프는 크기 상관없이 무조건 허가증 있어야 하는데."

"네가 뭔데 남의 일에 끼어들고 지랄이야? 지금이라도 그냥 가라. 배때기 확 쑤셔 버리기 전에."

귀걸이의 위협에 나는 주변을 한 번 둘러보고는 재킷 앞섶을 열어 젖혔다. 방검 셔츠에 나란히 꽂혀 있는 나이프 네 자루의 손잡이가 모습을 드러냈다. 홀스터에 꽂혀 있는 나이프 중 가장 큰 놈을 골라 꺼내 들자 녀석들의 표정이 하얗게 변했다.

나는 귀걸이에게 다가서며 말했다.

"이렇게 큰 칼도 소지 허가증이 필요해. 물론 나는 그런 거 없지."

천천히 다가서던 나는 빠르게 귀걸이에게 다가서서 칼을 든 놈의 팔목을 잡으며 금방이라도 절단할 듯이 큰 칼을 높이 치켜들었다. 파마머리를 힐끗 보고 팔뚝을 칼로 내리치는 시늉을 하자 귀걸이는 비명을 지르며 그 자리에 주저앉았다. 난 여전히 귀걸이의 팔목을 잡은 채 파마머리에게 말했다.

"어떻게 할래? 네 친구 팔목 날아가는 거 구경하고 있을래?"

파마머리는 엉겁결에 인질처럼 잡고 있던 후드티를 풀어 주었다. 하지만 나는 귀걸이의 팔목을 놓아주지 않고 파마머리에게 말했다.

"날 좀 도와줬으면 하는데, 용돈도 생기고 절대 잊지 못할 추억도 만들 수 있을 텐데. 어때, 생각 있어?"

파마머리가 선뜻 대답을 하지 않았기에 붙잡고 있던 귀걸이의 팔목을 향한 칼을 또다시 치켜들었다. 귀걸이가 다급하게 말했다.

"하, 할게요! 하겠습니다!"

귀걸이는 원망이 가득한 얼굴로 파마머리를 돌아보며 소리
질렀다.

"이 개새끼야! 빨리 대답 안 해? 빨리 대답하라고!"

그 고함 소리에 빡빡이의 정신이 돌아오는 듯 신음 소리가
들렸다. 파마머리는 기절했다가 깨어나는 빡빡이와 팔목을 잘
리기 직전인 귀걸이를 번갈아 보고는 하얗게 질린 얼굴로 고개
를 끄덕였다. 나는 귀걸이의 팔목을 놓아주며 후드티에게 다가
가 격려하듯 말했다.

"아저씨 도와주면 나도 널 도와줄 수 있는데."

후드티는 잔뜩 겁먹은 얼굴로 나를 바라보았다. 내가 말을
이었다.

"세상엔 개새끼들만 있는 게 아니라는 점도 알려 주고 싶고.
어때, 괜찮지?"

후드티는 대답하지 않았지만 동의한 걸로 간주하고 네 사람
을 데리고 최이새의 집으로 향했다. 계획에도 없던 건장한 청
년 인력을 네 명이나 얻었기에 최이새의 집으로 향하는 동안
시시껄렁한 농담도 해 보았지만 웃는 사람은 아무도 없었다.

예상대로 후드티는 최이새 집의 출입증이었고 후드티가 보
이자마자 기쁜 마음으로 대문과 현관이 열렸다. 현관이 열린
순간 몸을 숨기고 있던 내 부대원들이 현관 안으로 뛰어 들어
갔다. 우당탕거리는 소리를 들으며 마당에서 돌멩이를 하나 주

워 현관 입구에 달려 있는 CCTV를 향해 던져서 깨뜨렸다. 그리고 주변을 둘러보고는 주머니에서 비니를 꺼내 뒤집어쓰고 현관 안으로 들어섰다.

"젠장."

현관 안쪽 거실의 풍경은 내가 상상했던 그림이 아니었다. 빡빡이는 유도 기술로 넘어간 듯 거실 TV 앞에 널브러져 기절했고, 파마머리는 소파 모서리에 머리를 찧었는지 피를 흘린 채 쓰러져 있었다. 그 한가운데 서 있는 최이새는 귀걸이 것으로 짐작되는 칼을 들고 귀걸이 목에 들이대고 있었다. 전직 경찰이었다는 사실을 새삼 떠올리며 경계심을 끌어올렸다.

"너 뭐야! 누가 보냈어!"

최이새는 갑작스런 습격에 잔뜩 흥분한 목소리로 내게 외쳤다.

"누가 보냈어!"

금방이라도 찌를 듯 칼에 힘을 주자 귀걸이의 목에서 피가 흘러나오기 시작했다. 나는 차분하게 현관문을 닫고 들어와 실내용 슬리퍼로 갈아 신었다. 그리고 부엌으로 가서 고무장갑부터 챙겼다. 최이새는 내가 움직이는 대로 노려보며 잔뜩 경계했다. 거실 TV 아래 있는 낮은 서랍장에 걸터앉아 고무장갑을 끼며 처음으로 그에게 입을 열었다.

"일단 앉으시죠."

최이새는 소파를 권하는 내 손짓을 무시하고 물었다.

"누가 보냈냐고 묻잖아!"

내가 말했다.

"누가 보내서 온 건 아니고, 그냥 몇 가지 물어볼 게 있어서."

"물어보러 온다는 모양새가 이거야?"

"당신이 전화기를 꺼 놓은 데다 집 밖으로 나오질 않는데 방법이 있어야지."

최이새는 나를 빤히 바라보다 어이가 없다는 듯 물었다.

"아까 전화했던 놈이냐? 김태권 사건 물어본 놈?"

"맞아."

최이새의 표정이 한결 더 진지해졌다. 그가 물었다.

"너 뭔데 썩어 문드러진 사건을 헤집고 다니고 지랄이야?"

"정신 사나우니까 일단 앉으라고. 그래야 대화를 하지."

"지랄하지 말고 대답해."

"물어보러 온 사람은 나잖아. 당신이 아니라."

"닥치고 대답하라고!"

저런 막무가내 성격인 줄 알았으면 대화부터 시도하지 않았을 것이다. 내가 물었다.

"여기 지하실 있나?"

최이새는 황당해하는 표정으로 대꾸했다.

"뭐? 그건 왜?"

그가 대답하는 순간 앞으로 튀어나가 칼을 든 그의 손목을 움켜쥐었다. 내 갑작스런 돌진에 놀란 최이새는 멈칫한 채로 움직이지 못했다. 칼을 든 최이새의 손목을 잡아 귀걸이의 목을 향해 밀었다. 칼끝이 귀걸이의 목에 얕게 박히자 겁먹은 비명 소리와 함께 피가 흘러내렸다.

최이새가 뿌리치려고 하는 만큼 나는 더욱 세게 손을 움켜쥐고 놓지 않았다.

"뭐, 뭐 하는 짓이야?"

"임대로 먹고산다며? 사람 죽어 나가면 이 집도 똥값으로 떨어질 텐데 괜찮아? 갖고 있는 부동산마다 시체 하나씩 넣어 줄수도 있는데."

그 말에 놀란 건 최이새가 아니라 귀걸이였다. 귀걸이는 하얗게 질린 얼굴로 이미 거의 울고 있었다. 최이새는 심각한 표정으로 나를 바라보다 중얼거렸다.

"너, 진짜 뭐 하는 놈이냐?"

반복된 질문 끝에 이제야 내 정체에 대한 질문이 나왔다. 그러다 최이새는 뭔가에 화들짝 놀라며 귀걸이를 앞으로 밀쳐냈다. 귀걸이는 자신이 지려 놓은 오줌 위로 철퍼덕 넘어지자마자 기어서 구석으로 갔다. 녀석의 오줌이 내 신발에 묻지 않도록 뒤로 물러서며 최이새에게 말했다.

"질문 몇 개만 할 거야. 나도 듣고 온 게 있으니 사실대로만 말하는 게 서로에게 좋을 것 같고."

최이새는 나를 향해 칼을 겨누며 말했다.

"경찰 부르기 전에 꺼져. 난 아는 게 아무것도 없어."

이성을 뚫고 짜증이 치밀어 올랐다. 밀고 당기는 짓거리는 내 성향에 맞지 않는다는 걸 새삼 깨닫고는 지하실 문을 찾으려고 부엌 쪽을 바라보았다.

냉장고 옆에서 후드티가 웅크리고 있는 모습이 보였다. 난 재킷 지퍼를 천천히 내리며 최이새에게 물었다.

"몸매를 보니…… 운동 안 하지? 은퇴했어도 운동은 해야지."

"이거 미친 새끼 아니야?"

"지하실하고 방, 둘 중에 하나 택해."

"아까부터 지하실은 왜 자꾸……."

놈의 얼굴을 때릴 것처럼 하면서 상체를 숙이고 들어가 하체를 잡고 쓰러뜨렸다. 그리고 품에서 뽑아낸 칼을 놈의 목에 들이댔다. 놈은 이런 때를 대비해서 운동을 했어야 했다. 어둠에 발을 조금이라도 담근 놈은 그래야 한다. 어둠은 얌전히 있다가도 빈틈만 보이면 기어오르는 법이니까.

기절했던 녀석들이 하나둘 깨어나는 소리가 들렸기에 칼자루로 최이새의 턱을 후려쳐서 기절시켰다. 내게는 값싸고 젊은 인력이 많이 있었으니까.

18. 고백

누군가의 인생을 5분 동안 다 들을 순 없다. 하지만 주어진 시간이 그것뿐이었기에 어쩔 수 없었다. 양아치 삼인방이 최이새를 의자에 꼼꼼히 묶는 동안 후드티의 얘기를 들었다. 이야기가 길어질 것 같으면 말을 자르고 질문을 던져 결론만 들었다. 최이새가 거의 다 묶였기 때문에 마지막으로 중요한 질문을 던졌다.

"네 상황이 해결되면 어떻게 살래?"

후드티는 울음을 터뜨리며 말했다.

"공부 열심히 할 거예요. 정말 열심히."

공부만이 정답은 아니라고 말하고 싶었지만 꼰대로 보이기 싫어서 말을 아꼈다. 시간도 없었고.

"그렇게 될 거야. 네 인생에서 나는 아예 없었던 걸로 치면 말이야. 투명인간이나 유령 같은 존재. 할 수 있어?"

후드티가 대답을 어떻게 하느냐에 따라 앞으로 쓰게 될 이야기가 달라진다. 그러니까 신중하게 대답해. 죽고 싶지 않으면.

"그럴게요. 맹세할게요."

내 속내를 눈치라도 챈 듯 후드티는 간절한 표정으로 말했고, 난 그 애를 집으로 돌려보냈다.

양아치 삼인방은 그 애만 보내 주는 게 못마땅했는지 억울한 표정으로 나를 바라보았지만 개의치 않았다. 어차피 내 맘이니까.

빌어먹게도 이 집엔 지하실이 없었다. 대신 센서가 달린 차고가 있었다. 고급 승용차가 차고를 가득 메우고 있었기에 차고 대신 옷 방으로 자리를 옮겼다. 창문도 없는 옷 방엔 연예인도 아니면서 사방이 옷으로 둘러 있었다. 죄다 우중충한 옷들뿐이지만 어느 정도 방음장치 역할을 할 수 있었기에 대화 장소로 적당했다.

집으로 돌려보낸 후드티를 제외하고 우리 다섯 사람은 모두 옷 방에 모여 앉았다. 양아치 삼인방은 구석에 무릎을 꿇고 있었고 최이새는 집에 굴러다니는 전선으로 의자에 묶여 있었다. 그리고 나는 최이새 맞은편에 의자를 갖다 놓고 앉았다.

이제 최이새와의 대화만 남은 상태지만 대화할 수가 없었다. 놈이 아직도 안 깨어났기 때문이다. 영화에서는 뺨 툭툭 치면 깨어났지만 이 자식은 따귀를 후려쳐도 눈을 뜨지 않았다. 이럴 줄 알았으면 칼자루 말고 주먹으로 칠걸.

최이새의 상태로 보아 깨어나려면 시간이 좀 걸릴 것 같아 아이들에게 물었다.

"너흰 그 여자애하고 무슨 일로 엮인 거야?"

녀석들은 선뜻 대답하지 않고 서로 눈치만 보았다. 양아치 삼인방이 최이새를 묶는 동안 후드티와의 짧은 대화로 대충 상황은 들었지만, 원래 말은 양쪽의 얘기를 모두 들어 봐야 하는 법이다.

"먼저 말하는 놈은 보내 줄게."

내 말이 끝나기가 무섭게 귀걸이가 입을 열었다.

"걔가 조건 하고 다니는 걸 저희한테 걸렸어요."

동료들이 눈을 험악하게 뜨고 노려봤지만 귀걸이는 말을 이었다.

"소문 내지 말아 달라고 부탁해서 그럼 입 다물어 주는 조건으로 돈을 나누기로 했어요."

"아까 보니까 나누는 게 아니던데."

이번엔 파마머리가 입을 열었다.

"이번이 마지막이라서 다 받고 끝내려고 했던 거예요."

귀걸이가 파마머리를 힐끗 보고는 맞장구를 쳤다.

"맞아요. 정말 마지막이라서 그랬어요."

듣고 있던 빡빡이가 동료들에게 말했다.

"씹새들, 못 들어 주겠네."

그렇게 중얼거린 빡빡이는 짜증 난 얼굴로 말했다.

"그년이 원래 옛날부터 소문난 걸레였어요, 걸레. 별명이 접시였으니까 말 다 했지."

"접시가 뭐야?"

빡빡이는 그것도 모르냐는 듯 말했다.

"떡 한 번이 한 코, 한 코가 열 번이면 한 접시. 그것도 몰라요?"

귀걸이가 말했다.

"한 접시가 열 코라고? 백 코가 한 접시 아니고?"

빡빡이가 대꾸했다.

"그럼 열 접시면 떡을 천 번 친 거라고? 하루에 한 번씩 해도 3년이 걸린다, 정신 나간 새끼야."

귀걸이가 말했다.

"그년은 하루에 세 번씩 한다며."

"뭔 미친 소리야? 하루에 세 번을 어떻게 하냐? 머신이냐?"

"네가 그랬잖아, 븅신아."

"그렇게 해 대면 뒈져, 새끼야. 이거 순 똘아이 아니야?"

애새끼들의 쓸데없는 말싸움에 나까지 정신이 사나워졌다.

"그만, 대충 알아들었으니까 얘기나 계속해. 그래서?"

빡빡이가 팔꿈치로 귀걸이를 세게 치고는 내게 말을 이었다.

"그러다 이 새끼네 집에 거의 매일 드나드는 걸 봤어요. 이 새끼가 혼자 사는 거 아니까 대충 눈치깠죠. 그래서 생활비라도 벌려고 그런 거예요. 서로 좋은 게 좋은 거니까."

내가 물었다.

"여긴 왜 드나들게 된 거지?"

빡빡이가 자연스럽게 양반다리로 자세를 바꿔 앉으며 말했다.

"이 새끼 지갑에 손댔다가 걸렸대요. 전직 경찰인 줄 알았으면 안 그랬겠죠. 어쨌든 감방 가느니 돈이라도 벌자는 생각인 거죠."

녀석들의 얘기를 들으면서 병원에 누워 있는 주변인이 떠올랐다. 회사와 범죄 세계를 다 경험한 나는 더 이상 낯선 세상은 없을 거라 생각했었다. 하지만 십 대의 세상은 내 상상을 초월했다. 물론 주변인을 만나기 전엔 십 대 생활에 대해 관심이 없어서 그런 것이겠지만.

"너희 뭐야!"

갑작스런 목소리에 나도 모르게 깜짝 놀라 몸을 들썩였다. 정신이 돌아온 최이새는 험악한 얼굴로 나를 노려보며 말했다.

"이거 안 풀어?"

상대하기 싫은 유형 중에 하나가 에너자이저 타입이다. 도무지 지칠 줄을 모른다. 이런 인간을 상대하다 보면 뭘 알아내기도 전에 내 기운이 먼저 빠진다.

나는 일어나서 고무장갑을 낀 손으로 최이새의 뺨을 후려쳤다. 예상대로 뺨 한 대에 물러설 놈이 아니었다. 찰진 소리에 양아치 삼인방은 움츠러들었지만, 정작 얻어맞은 최이새는 나를 노려보며 소리 질렀다.

"이걸로 되겠냐?"

뺨을 또 때렸지만 이번에도 놈은 이를 가는 목소리로 대꾸했다.

"나갈 때는 나 죽이고 가는 게 좋을 거다. 살려 두면 끝까지 찾아서 죽여 버릴 테니까!"

물론 나는 뺨을 또 때렸다. 원래는 고막을 터뜨려서 균형 감각을 잃게 하는 게 순서였다. 그렇게 만들면 당황해서 조용해지기 마련이니까. 하지만 고막이 터지면 내 질문을 제대로 알아들을 수가 없을 테니 온전하게 두기로 했다.

최이새의 뺨을 때릴 때마다 놈은 나를 노려보았고, 놈의 기세가 꺾이는 것보다 내 손이 먼저 아려 왔다. 뺨을 계속 때리면 손에 피가 몰려 터질 것 같은 피로감을 느끼게 된다. 그래서 방법을 바꾸기로 했다. 내가 아픈 건 싫으니까.

"저것 좀 가져와."

살벌한 구타 현장을 지켜보고 있던 빡빡이에게 옷걸이에 걸려 있는 벨트를 가리켰다. 빡빡이는 벌떡 일어나 벨트를 들고 와 공손하게 건네주었다. 넓은 통가죽으로 되어 있는 카우보이 버클 벨트가 내 손에 쥐어지는 것을 본 최이새의 눈동자가 처음으로 흔들렸다.

내가 말했다.

"동물 가죽 벗기는 거 본 적 있어? 너도 그거 봤으면 가죽 벨트는 안 샀을 텐데."

최이새가 물었다.

"워, 원하는 게 뭐야?"

놈의 질문을 무시하고 벨트로 뺨을 후려쳤다. 벨트가 닿은 놈의 얼굴에 벨트 모양 그대로 빨간 자국이 생겼다.

"아악! 이 미친 새끼야!"

한 대 더 때리자 최이새는 신음 소리도 내지 못했다. 그의 눈에서 눈물이 흘러내리는 게 보였다. 아파서 흘린 눈물이 아니다. 맞으면 그냥 나오는 눈물이다. 앞으로 한 대만 더 때리면 보랏빛으로 바뀔 것이다. 그때 한 대 더 때리면 피부가 찢어지면서 몰린 피가 한꺼번에 쏟아져 나온다. 그때가 가장 아프다. 그 이상 때리면 통점이 서서히 마비되어 가기 때문에 견딜 만해지게 된다.

또다시 벨트를 치켜든 것을 최이새가 뒤늦게 발견하고 뭔가 말을 하려 했지만 기다리지 않고 내리쳤다.

뺨이 찢어지며 양아치 삼인방에게 피가 튀었다. 찢어진 뺨에서 흘러나온 피가 최이새의 셔츠로 떨어져 내렸다. 난 놈이 흘린 피에 벨트를 적시며 물었다.

"김태권 사건에 대해서 말해."

최이새는 고개를 부들부들 떨면서 말했다.

"말하면 난 죽어."

지겹게 들은 대사. 그런 말을 들을 때마다 내 입도 자동 응답기처럼 대꾸했다.

"말 안 하면 지금 죽어."

"어떤 놈들이 얽혀 있는지 몰라서 그래."

피에 적당히 젖은 벨트를 다시 손에 쥐며 말했다.

"모르니까 묻는 거잖아."

최이새는 벨트를 빤히 바라보다 중얼거렸다.

"지난 10년 동안 제대로 잔 날이 없어."

고통이 차 있는 시선으로 나를 돌아보았다. 내가 말했다.

"불면증 견디려고 미성년자하고 잤다는 얘기는 하지 마."

"자그마치 10년이라고. 10년 동안 매일 악몽을 꿨어. 3650일 동안 하루도 빠짐없이 매일."

"그러니까 왜 그렇게 된 거냐고?"

최이새는 멍한 표정으로 허공을 바라보다 말했다.

"나도 하고 싶어서 그런 건 아니야."

"뭘 했는데?"

"김태권이…… 내가 죽였어."

그의 자백에, 양아치 삼인방에게서 마치 드라마를 보던 시청자에게서나 나올 것 같은 작은 탄성이 흘러나왔다. 내가 돌아보자 그들은 흠칫하며 시선을 다시 돌렸지만 그들의 귀는 여전히 최이새의 말에 집중하고 있었을 것이다.

최이새의 자백은 좋은 시작이었다. 가장 큰 잘못을 시인하고 나면 나머지는 아무것도 아닌 것처럼 느껴지기 때문이다. 그렇게 털어놓다 보면 자신을 그 꼴로 만든 놈들에 대한 분노가 커지면서 관련자들을 모두 불게 된다. 그런 면에서 아주 좋은 시작이다. 보다 편한 대화 분위기를 위해 벨트를 아예 구석에 던져 버리고 말했다.

"힘들었겠지. 나도 비슷한 경험이 있어서 잘 알아."

허공에 떠 있던 최이새의 시선이 내게로 맞춰졌다. 내가 말했다.

"나도 고백 하나 하지. 열여덟 살짜리 여자애를 죽인 적이 있어."

양아치 삼인방의 입에서 탄식이 나오다 다급하게 멈췄다. 내가 말을 이었다.

"성매매하던 애였어. 그러다 같이 잔 남자가 어릴 때 자기를 버린 아빠란 걸 알게 됐지. 하지만 그 아빠란 인간도 자기 딸이라는 걸 눈치챘던 거지. 그래서 나를 애한테 보낸 거야. 죽이라고."

빡빡이가 물었다.

"아저씨, 킬러예요?"

난 놈의 질문을 무시하고 말을 이었다.

"출세 가도를 달리던 놈이었거든. 그래서 오점을 지우려고 했던 거지. 까발려지면 아주 치명적이니까."

양아치 삼인방 중 하나가 '개새끼'라고 중얼거리는 소리가 들렸다. 난 최이새와 시선을 똑바로 맞추며 말했다.

"사실 이게 두 번째 털어놓는 거야. 처음 다른 사람한테 털어놓을 땐 정말 떨렸는데, 막상 그렇게 하고 나니까 속이 편해지더군. 더 이상 악몽을 꾸지 않아."

난 그를 향해 고개를 끄덕여 보이며 말을 이었다.

"털어놔. 원래 비밀은 다시는 보지 않을 사람한테 털어놓는 거야."

최이새는 입을 열기 전에 눈물부터 흘렸다. 이번엔 맞아서 그냥 흘러나오는 눈물이 아니었다. 강해 보이는 사람일수록 한 번 무너지기 시작하면 걷잡을 수 없게 된다. 최이새의 입에서 흐느낌이 흘러나오다 나중엔 아이처럼 엉엉 울기 시작했다. 양아치 삼인방은 당황스런 표정이었지만 나는 그가 마음 놓고 울도록 놔뒀다.

• •‌•

소파가 꽤 편했다. 몸이 거의 파묻히도록 푹신하면서도 허리와 등을 제대로 받쳐 줬다. 최이새의 패션 감각은 빵점이지만 소파를 보는 눈만큼은 인정할 수밖에 없었다. 소파에 앉아 쉬면서 옷 방을 바라보았다. 투덕거리는 소리를 들으니 아직 끝나지 않은 모양이었다.

조금 전에 최이새가 했던 말을 떠올렸다.

'내가 죽이지 않으면 날 죽이겠다고 했어.'

실컷 울고 나서 이렇게 시작한 최이새의 이야기는 내게 신선하게 다가왔다.

세상엔 참으로 다양한 종자들이 살고 있다는 생각이 새삼 들었다.

• •‌•

최이새에게 내가 물었다.

"누가 협박했는데?"

"박형주, 보도방이나 하는 좆밥 새끼야. 빌빌거리면서 나한테 상납이나 하던 새끼가 어떻게 했는지 검사하고 일을 하고 있더라고."

비리 경찰과 보도방 업주 그리고 검사.

"검사가 딸 성폭행 혐의로 김태권이 사건을 내게 직접 들고 왔어. 체포 영장까지 받아 가지고 와서 바로 체포하러 가자고 하더군. 그런 경우는 없었기에 이상하다 싶었지만, 체포만 하면 1계급 특진을 시켜 준다는데 내가 안 할 이유가 없잖아. 숟가락만 들고 먹으면 되니까."

"체포했어?"

최이새는 고개를 가로저으며 말했다.

"이미 도망치고 없더군. 아주 자신만만해하던 검사 새끼 얼굴이 하얗게 변하더라고. 그때, 이 새끼들 뭔가 있구나, 그런 생각이 들었지. 곧바로 수배가 떨어졌어. 연쇄살인범도 그렇게 빨리 처리하지는 않았을 거야. 검사하고 판사가 마치 한 몸이나 되는 것처럼 영장 발부하고, 접고, 다시 발부하고. 아주 대단했지. 죄질이 더러운 인면수심 범죄자라 그렇다나."

"수배가 떨어져서 잡은 거야?"

"아니. 김태권이가 먼저 찾아왔지."

"뭐?"

최이새는 묶여 있으면서도 자신의 이야기에 빠져들어서인지 불편함도 잊은 듯이 말을 이어 나갔다.

"아직도 이해가 안 가. 왜 판사를 노렸는지."

형사에게서, 또 유 소장에게서 이미 들었던 이야기다.

"김태권이가 테러를 했어. 판사 집 근처에 잠복해 있다가 출근하려고 나오는 판사 차를 들이받고 칼로 찔렀지."

왜 그랬을까? 체포 영장 발부한 게 못마땅해서?

최이새는 뭘 생각하는지 혼자 고개를 가로저으며 말을 이었다.

"그런데 재수 없는 놈은 뒤로 넘어져도 코가 깨진다고, 칼끝이 넥타이핀에 걸리는 바람에 미끄러졌어. 덕분에 판사는 베이기만 했고. 순찰하던 경찰들이 나타나는 바람에 못 죽이고 도망쳤지."

"난리가 났겠군."

"당연하지. 감히 판사 몸에 손을 대? 그런 분위기였으니까. 검사 새끼도 미쳐 날뛰면서 언론이란 언론은 다 불러들여서 이 사실을 떠벌렸지. 딸 성폭행범이 영장 발부한 판사에게 불만을 가지고 테러를 한 사건이라며 한참 시끄러웠지. 수배를 내리고 언론에서 떠들어도 김태권이는 유령처럼 나타나질 않았어. 언론에서 잠잠해질 때 즈음해서, 박형주 그 새끼한테서 전화가 왔지. 김태권 잡았으니까 나오라고. 내가 직접 잡은 걸로 해야 1계급 특진 받을 거 아니냐면서 불러내더라고. 그때 나가지 말았어야 했어."

"무슨 일이 있었는데?"

"박형주한테 갔더니, 전국을 다 뒤져도 못 찾았던 김태권이가 바닥을 기고 있더군. 얼마나 때렸는지 숨만 붙어 있는 수준이었어. 박형주가 밧줄을 집어 주면서 말하더라. 죽이라고. 죽이지 않으면 날 죽인 다음에 자기가 상납했던 것까지 언론에다 터뜨려서 자자손손 쪽팔리게 해 주겠다고."

최이새는 당시를 회상하는 듯 멍한 얼굴로 중얼거렸다.

"그냥 놔뒀으면 두세 시간 살았을 거야. 난 시체를 매단 거나 다름없어."

"베테랑 경찰치고 상납금 조금 안 먹은 놈도 있나?"

최이새는 말문을 연 이후로 처음 머뭇거리다가 조심스럽게 입을 열었다.

"난 다른 걸 상납 받았거든."

박형주가 보도방 업주라는 걸 떠올리고는 되물었다.

"여자?"

최이새는 고개를 끄덕이며 대답했다.

"박형주는 좀 색다른 여자를 취급했지."

여기에 드나들었던 후드티가 미성년자라는 사실이 떠올랐다. 이놈이나 저놈이나 똑같다는 생각이 들었다. 내가 물었다.

"그래서, 죽였어?"

최이새는 어깨를 으쓱해 보이며 대답했다.

"자살로 처리됐지. 사건은 일사천리로 종결되었어. 용의자가 사망했는데도 난 1계급 특진을 했고 박형주가 돈까지 챙겨 주더군. 하지만 계속 다닐 수가 없었어. 그래서 그만둔 거야."

"김태권이하고 검사, 판사 사이에서 무슨 일이 있었던 거야? 누가 봐도 관계가 있잖아."

"있지. 분명히 있지. 하지만 거기까지야. 검사가 종결 사건

들추는 새끼 있으면 가만 안 두겠다고 으름장을 놓았거든. 들취낼 이유도 없고. 딸 따먹은 천하의 개새끼가 뒈졌는데 잘됐다고 생각하지 누가 신경이나 쓰겠어?"

김태권이 자살을 한 게 아니라는 사실은 알아냈다. 이젠 김태권이 왜 판사를 죽이려고 했는지만 알아내면 되는 것이다.

최이새가 물었다.

"내가 아는 건 이게 다야. 이제 어떻게 할 거야?"

"생각 중이야."

"죽일 거야?"

최이새의 질문에 양아치 삼인방이 놀란 눈으로 나를 올려보았다. 솔직히 판단이 잘 서지 않았다. 최이새를 죽이면 여기 있는 모두를 죽여야 할지도 몰랐다. 내가 반문했다.

"내가 어떻게 하는 게 좋겠어?"

최이새는 한숨을 내쉬며 말했다.

"네가 날 찾아온 건 언젠가 알려질 테고, 그러면 난 어차피 온전하지 못해. 도망가서 숨는 수밖에."

그렇긴 하다. 내가 움직이면 최이새가 내게 어떤 얘기를 털어놨는지 놈들도 알게 될 테니 가만있지는 않겠지. 나는 고개를 끄덕이다 양아치 삼인방에게도 물었다.

"너희도 그렇게 생각해? 그냥 둬도 되겠어?"

녀석들은 그냥 이 상황이 빨리 끝나기를 기대한 건지 아니면 분위기를 감지한 건지 죽어라고 고개를 끄덕였다.

"그러자, 그럼."

난 방을 나섰고 녀석들은 앞다퉈 방 밖으로 나왔다. 거실로 나온 나는 빡빡이를 불러 세웠다.

"빡빡이."

"네, 넵!"

"여자애는 어떻게 할 거야? 앞으로 친하게 지낼 생각이야?"

무슨 말인지 못 알아들어 잠시 멍하니 서 있던 빡빡이는 나중에야 알아듣고 다급하게 소리쳤다.

"아닙니다! 근처에도 안 가겠습니다! 절대로!"

"정답."

"가, 감사합니다!"

"여자애한테 문자 보내. 사과 문자."

"네, 알겠습니다."

잠시 멀뚱거리고 서 있는 녀석에게 눈을 부라리며 말했다.

"뭐 해? 문자 보내라니까."

"지, 지금요? 아, 네!"

난 놈이 후드티에게 사과 문자 보내는 걸 곁에서 지켜보았다. 놈이 다 보낸 걸 확인하고는 놈에게 말했다.

"내가 나가고 정확히 30분 후에 저 아저씨 풀어 줘."

"그럼 집에 가도 됩니까?"

나는 고무장갑을 뒤집어 벗어 주머니에 넣고 현관을 나서며 대꾸했다.

"그건 알아서 하고."

40분 남짓한 시간이 흘렀을 뿐인데 길게 느껴졌다.

내 차에 막 올라탔을 때 사격장 주인으로부터 문자가 왔다.

— 준비됐어.

— 내일 가죠.

회신 문자를 보내고 곧바로 주택가를 빠져나왔다. 큰길에 접어들 때 경찰차 한 대가 주택가 골목으로 들어가는 게 보였다. 사이드미러로 경찰차가 골목 안으로 사라질 때까지 지켜보았다. 미세먼지 때문에 꼭꼭 처닫아 두었던 창문을 열었다. 차 안에서 나는 퀴퀴한 냄새보다는 미세먼지가 나았다. 밤공기가 안으로 흘러들어 와 생각보다는 상쾌하게 느껴져 창문 네 개를 모두 열었다.

약간은 습한 바람이 기분 좋게 흘러들어 왔다.

19. 절체절명

실탄사격장 출입문에는 'Closed'라는 팻말이 걸려 있었다. 손잡이를 잡고 흔들어 보았지만 문이 잠겨 있었기에 전화를 걸려고 하는 순간 빗장이 열리는 소리가 들렸다. 사격장 주인이 고개를 내밀었다.

"왔어?"

"원래 쉬는 날이었어요?"

"그런 게 있을 리가 없잖아. 고객들은 1년 365일 스트레스를 받는다고. 고객이 필요로 하면 항상 그 자리에 있어야지."

그는 사무실로 가는 내내 주절거렸고 소파에 앉아서도 떠들었다. 내가 오기 직전까지 계속 보고 있었는지, TV 뉴스 채널에서 아나운서까지 끊임없이 조잘대고 있었기에 정신이 하나도 없었다.

"오늘은 빵 형 때문에 문 닫은 거잖아. 우리에겐 중요한 비즈니스가 있으니까."

"무슨 비즈니스?"

사격장 주인은 눈을 동그랗게 떴다. 그제야 그 비즈니스라는 게 권총이라는 걸 깨달았다.

"총요? 난 또 뭐라고."

"그게 무슨 뜻이야? 난 지금 빵 형을 위해서 목숨을 걸고 있는 거라고. 그뿐이야? 내 사업 철학을 역행하는 짓이지."

"알았어요."

"내 눈 퀭한 거 안 보여? 이것 때문에 내가 불면증이 다 생겼어."

"알았으니까 물건 좀 보여 줘요."

"정말 나한테 감사해야 해. 내가 원래 이런 거 안 하는 사람이야. 그런데 빵 형이 워낙 바른 사람으로 보이니까 돕는 거라고."

그 이후로도 끊임없이 떠들면서 책상 아래서 뭔가를 들고 왔다. 'MEAL, READY-TO-EAT'이라고 인쇄된 미군 식자재 종이 박스였다. 그는 소파 테이블 위에 박스를 내려놓았다. 내가 손을 대려고 하자 그는 양손으로 박스를 탁 붙잡으며 말했다.

"낙장불입이야. 이거 구해 준 새끼는 오늘 새벽 비행기 타고 본토로 날아갔고, 환불도 안 돼."

"환불이 안 된다고요?"

"어허, 빵 형! 그렇게 안 봤는데 못 쓰겠네. 그럼 이게 환불이 되겠어? 고장 나면 A/S 센터에 맡길래?"

일리 있는 말이다.

"모델은 맞아요?"

사격장 주인은 아무렇지도 않게 대꾸했다.

"그건 나도 모르지."

"그게 무슨 말이에요? 물건 확인 안 했어요?"

"택배는 원래 포장 뜯는 맛이거든."

농담하는 게 아니라면 권총 오타쿠 자식이 물건 확인도 안 한 모양이다.

"열었는데 달랑 벽돌 하나 들어 있으면 어떻게 할래요?"

"그럴 리가. 나하고 거래한 게 얼만데……."

그는 말을 하다 말고 입을 다물었다. 그럼 그렇지. 이런 일 처음이라더니.

"알았어요."

그의 손을 치우고 박스를 뜯자 촌스러운 베이지색 밀봉 팩이 여러 개 담겨 있었다.

"전투식량이에요?"

"일단 벽돌은 아니잖아."

팩을 하나 집어 흔들어 보고는 뜯었다. 그러자 투명 비닐에 담긴 작은 베이지색 밀봉 팩이 들어 있었다. 만져 보니 말랑거리는 음식뿐이었다. 어이없다는 표정으로 사격장 주인을 바라보자 사격장 주인이 다급하게 나머지 팩을 만져 보며 말했다.

"남은 것도 다 열어 봐야지. 성격이 왜 그렇게 급해?"

그는 밀봉 팩을 하나 둘 손으로 주물러 보다가 계속 물컹물

컹하게 눌리자 거칠게 잡아 뜯기 시작했다.

"이, 이럴 리가 없는데?"

난 소파 등받이에 몸을 기대고 그가 하는 양을 지켜보았다. 나야 돈 안 주면 그만이니까. 사격장 주인은 내용물을 죄다 밖으로 쏟아 내며 중얼거렸다.

"개새끼가 이번에 들어가면 전역한다더니 진짜였네. 찢어 죽여도 시원찮을……."

히스테리컬하게 팩을 주무르던 사격장 주인이 멈칫하며 말도 멈췄다. 그는 팩 하나를 꺼내 감정이라도 하듯 손으로 주물러 보고는 거칠게 잡아 뜯고 진공포장 되어 있는 속 봉투까지 찢어서 음식물을 쏟아냈다. 토사물처럼 쏟아진 음식물 속에서 뭔가를 집어서 내게 보여 주었다.

"뭐예요?"

그가 뭉쳐 있던 것을 펼치고 나서야 그게 콘돔이라는 것을 알았다. 마약 운반에도 쓰이고 총기 포장에도 쓰이고. 콘돔이 본래 목적 외에 참 다양하게 쓰이고 있다는 사실이 새삼 흥미로웠다. 콘돔 안에 들어 있던 쇳덩어리 하나를 꺼내 내게 보여주며 말했다.

"뭐긴. 총이지."

권총의 부품이었다. 내게 권총을 구해 줬던 예전의 놈들이 그리워졌다. 나와 사격장 주인은 머리를 맞대고 분해되어 있는 권총 부품을 찾기 시작했다. 봉투마다 찢어서 부품만 꺼내고 나머지는 버리기를 반복했다.

"이러고 있으니 어릴 때 인형 눈깔 붙이던 게 생각나는군."

사격장 주인의 말에 나도 모르게 픽 웃었다. 나도 같은 생각을 했기 때문이다. 물론 인형 눈깔을 진짜 붙여 본 적은 없지만. 그가 말을 이었다.

"요새도 가내수공업 하는 데가 많다지?"

"설거지 수세미 그렇게 만드는 건 봤어요. 아크릴로 짜는 게 다 손으로 짜는 거라고 그러더라고요."

"인공지능 얘기가 오가는 요즘에도 그런 게 있다는 게 믿기질 않는다."

"가난은 형태만 다르니까."

"빵 형은 예전에 뭐 했어? 이젠 그런 거 물어봐도 되는 사이잖아."

"아마 아닐걸요."

"서운하네."

"서로에 대해서 잘 모르니까 친해질 수도 있는 거예요."

"그 말도 일리가 있네."

말은 그렇게 주고받아도 두 사람의 신경은 온통 부품 찾는데 혈안이 되어 있었다. 그가 말했다.

"개놈의 새끼. 그냥 완제품으로 보내 줘도 되는구먼 이 지랄을 해 놨네, 짜증 나게. 어디 보자, 하나, 둘, 셋, 넷……. 다 찾은 거 같은데?"

"확실해요? 조립했는데 방아쇠만 빠져 있고, 그런 거 아니에요?"

"이래 봬도 건 마스터야. 총알 들어가는 건 뭐든지 눈 감고 조립하는 사람이라고. 잠깐만 기다려."

그는 부품들을 모아 책상으로 들고 가서 컴퓨터 모니터를 보며 조립하기 시작했다.

"건 마스터라며 무슨 인터넷을 보고 조립해요?"

"확인차 보는 거야, 확인차."

음식물과 콘돔으로 엉망이 되어 있는 소파 테이블을 바라보며 중얼거렸다.

"아깝네. 맛있게 생겼는데."

"그럼 가져가서 먹든가."

고개를 가로저었지만 멀쩡해 보이는 쿠키를 하나 집어 입에 물었다. 그러고 보니 어제 이후로 먹은 게 하나도 없었다.

사격장 주인이 조립에 집중하자 사무실이 고요해졌기에 슬그머니 일어나 사무실 밖으로 나왔다. 쉬는 날인데도 화약 냄새가 미세하게 느껴졌다. 하지만 이곳의 화약 냄새는 내가 아는 화약 냄새와 달랐다. 비릿한 피 냄새가 없었기 때문이었다.

휴대폰이 울렸다. 발신자를 확인하자 나도 모르게 미소가 지어졌다. 주변인의 전화였다.

"응, 어디야?"

— 어디겠어요?

"아, 미안. 습관이 돼서."

— 너무 성의 없는 거 아니에요?

지금 내가 온몸으로 보이고 있는 성의를 알게 된다면 그딴 개소리 절대 못 하지.

"몸은 어때?"

— 이젠 화장실도 혼자 가요. 며칠만 더 있으면 퇴원할 수도 있대요.

"젊음이 좋긴 좋네. 무슨 일이야?"

— 서운하네요. 꼭 무슨 일 있어야 통화하는 거예요?

휴대폰이 없었던 시절엔 공중전화에 '용건만 간단히'라고 쓰여 있었다. 지금은 공중전화 자체도 줄었지만 그런 문구는 어디에도 붙어 있지 않았다.

"용건도 없이 전화를 뭐하러 해."

— 목소리 듣고 싶어서 전화한 거예요.

다른 사람이 내게 그렇게 말했다면 손가락을 오그라들게 한 죄로 혀를 잘랐을지도 모른다. 지금쯤이면 경찰에게 사건에 대한 진술을 했을 것이고 그 과정에서 유일한 친구가 죽었다는 소식도 들었을 것이다. 물론 난 그런 애를 친구라고 생각하지는 않지만.

주변인이 말했다.

— 오늘 혜주네 아줌마가 왔어요.

주변인의 유일한 친구 이름이 혜주라는 걸 떠올리느라 시간이 좀 걸렸다.

"뭐라고 그러셔?"

— 내 탓이래요. 나 때문에 죽은 거라고 살려내라고 그러시던데요.

말문이 막혔다. 어떤 리액션을 해야 할지 몰라 그냥 듣기만 했다.

— 그래도 다행이었어요. 왜 나만 혼자 살아 있냐고 할까 봐 무서웠거든요.

"어때 보여?"

— 뭐가요?

"혜주네 엄마. 위험해 보여? 널 공격할 것 같다거나……."

주변인이 한숨을 내쉬며 대답했다.

— 아저씨, 제가 아저씨 이상하다고 말했던가요?

"여러 번."

— 상담치료 선생님한테 다른 사람 얘기처럼 하면서 아저씨 얘기 했었거든요. 그런데 아저씨 한번 만나 보고 싶다던데요.

"왜?"

— 검사 한번 해 봤으면 좋겠대요.

"무슨 검사?"

— 그건 나도 모르죠. 자기 연구에 도움이 될 것 같다나 뭐라나. 어때요, 한번 받아 볼래요? 돈도 준대요. 아저씨는 필요 없겠지만.

난 상담치료를 받을 수가 없다. 내 속이 다른 이에게 파헤쳐지는 것도 싫지만, 그렇게 해서 알게 된 내 본모습을 감당할 자신도 없었다. 보고 싶지 않은 건 의심하지 말고 묻어 둬야 한다. 정면으로 볼 자신이 없으면 눈을 감아야 한다.

사무실에서 사격장 주인이 완성된 권총을 들고 나와 나를 향해 흔들어 보였다.

"나중에 통화하자."

— 아저씨, 아저씨! 언제 올 거예요?

"저녁에."

— 그럼 떡볶이 좀 사다 줘요.

"그런 거 먹어도 돼?"

— 선생님이 무조건 많이 먹으라고 그랬어요. 그래야 빨리
회복한다고.

"알았어."

— 매운 걸로 사다 줘요. 김말이 세 개하고 만두 두 개도 같
이. 늦을 것 같으면 미리 전화하고요. 배고프면 짜증 나니까.

"그래."

전화를 끊고 사격장 주인이 자랑스럽게 내민 권총을 받아들
었다. 틀림없는 헤클러사의 VP9 Tactical 모델이었다.

"실제로 보니 아주 잘빠졌네요. 그런데…… 비린내 나지 않
아요? 스팸 냄새."

"닦는다고 닦았는데도 그러네. 향수 좀 뿌릴까? 근데 총에서
향수 냄새 나면 좀 변태 같지 않을까?"

"됐어요."

"몇 번 쏘고 나면 화약 냄새에 가려져. 그냥 써."

사격장 주인은 선반 위에서 총알이 들어 있는 손바닥만 한
박스를 내리다가 TV에 시선을 멈추고 중얼거렸다.

"난 요새 애들이 진짜 무서워. 저게 어딜 봐서 애들이야? 안

그래?"

TV 화면에는 폴리스라인이 쳐진 주택 현관이 보였다. 화면 하단에는 '십 대 치정극, 가정집에서의 살인과 자살'이라고 크게 떠 있었다. 금세 흥미를 잃은 사격장 주인은 탄 박스와 탄창을 쇼핑백에 담고 마지막으로 소음기를 흔들어 보이며 물었다.

"그런데 진짜 어디다 쓸 거야?"

나는 소음기를 빼앗아 쇼핑백에 넣으며 대꾸했다.

"쓰긴 어디 써요. 당연히 소장용이지."

사격장 주인은 잠시 멍하니 바라보다가 큰 소리로 웃음을 터뜨렸다.

"참, 나만 미친놈 됐네. 난 또 어디 이상한 데 쓰려는 줄 알고……. 그런 거면 그냥 그런 거라고 진작 말을 하지, 왜 그렇게 무게 잡고 구해 달라고 했어?"

"안 구해 주실까 봐 그랬죠."

"알수록 싱거운 사람이네."

현금 다발이 들어 있는 두툼한 봉투를 그에게 건넸다.

"확인해 봐요."

봉투를 슬쩍 열어 본 사격장 주인은 눈을 동그랗게 뜨며 말했다.

"얘기했던 것보다 더 들어 있는 거 같은데?"

"목숨 걸고 구하셨다면서요. 목숨값은 드려야죠."

아직도 '전원주택 살인 사건'이라고 타이틀만 바뀌었지 똑같은 뉴스만 반복하고 있는 TV를 힐끗 보며 말을 이었다.

"유 소장님 소개비도 좀 넣었고요."

"안 그래도 술 한 잔 하려고 연락했는데 어제부터 연락이 안 되네. 또 술 처먹고 뻗어 있는 건지."

총에 탄창을 끼우고 사격실에 들어가 시험 사격을 했다. 사격장 주인은 그런 내 모습을 흐뭇하게 바라보며 총소리 틈틈이 말했다.

"언제 봐도 자세가 좋아. 교범이야. 겉멋 부리지도 않고."

탄착군을 확인하고 나서는 탄창 세 개를 금세 소비했다. 그렇게 하고 나서야 비로소 손에 조금 익었다. 사격장 주인이 말했다.

"그 정도면 됐어. 오늘은 탄값 안 받을 테니까 거기까지만 해."

탄창에 총알을 끼우며 말했다.

"방금 목돈 드렸는데 이 정도 서비스도 안 돼요? 너무하네."

"관광객 끊어져서 요새 힘들어. 자, 자, 대신 이거 줄게."

5만 원짜리 백화점 상품권이었다.

"이게 뭐예요?"

"어떤 놈이 사격 실컷 해 놓고 이것밖에 없다고 해서 할 수 없이 받았어. 5만 원짜리면 뭐 남는 장사니까."

"수백만 원 쓰고 가는 사람한테 5만 원짜리 상품권 주는 거예요?"

사격장 주인은 내 등을 떠밀며 딴청을 피웠다.

"총은 어때? 쓸 만하지?"

아직 익숙하지 않을 뿐 확실히 쓸 만했다. 짐을 챙겨 들며 말했다.

"나쁘지 않네요."

"그래그래, 좋다니까. 또 필요한 거 있으면 언제든지 연락하고."

"어렵다고 앓는 소리 하더니, 현찰 보니까 생각이 달라지셨나 봐요?"

"요새 힘들다니까."

"알겠어요. 이만 가 보겠습니다."

"그래, 빵 형. 자주 좀 오고, 응? 상품권 그거 현금 바꾸면 4만 7천 원은 건질 거야, 아마."

사격장 밖으로 나와 차에 올랐다. 방금 받은 상품권을 창문에 비춰 보니 위조는 아닌 듯했다. 상품권을 쥐어 준 사격장 주인의 태도가 재미있기도 해서 픽 웃으며 글러브 박스에 던져 넣고 차를 출발시켰다. 그리고 형사에게 전화를 걸었다. 신호음이 두 번을 넘기기도 전에 끊어졌다가 잠시 후 다른 전화번호로 걸려 왔다.

"여보세요."

— 내 휴대폰으로 연락하지 말라고 했잖아.

"대포폰 번호를 잊어버려서."

— 저기요, 방의강 씨. 지금 이 번호 저장해 두셨다가 이걸로 전화하시라고요. 귓구멍에 시멘트 처발라서 잘 안 들리시면 문자라도 다시 넣어 드릴까요? 네?

짜증을 내는 형사의 말을 무시하고 용건만 물었다.

"어떻게 됐어?"

— 알아보고 있다고 했잖아.

"그 소리만 다섯 번째야."

— 다섯 번이나 전화를 하니까 다섯 번째 같은 소리를 했겠지.

차를 몰고 가다 비상등을 켜고 갓길에 세웠다. 아무래도 형사 놈에게 내가 물주라는 사실을 상기시켜 줘야 할 때가 온 듯했다.

"이용호 형사님, 지금 어디십니까?"

— 그건 왜?

"좀 만나서 얘기해야 할 것 같아서."

— 그건 힘들겠네요, 방의강 씨. 당신이 부탁한 일 하느라 뭐 빠지게 뛰어다니고 있어서요.

나는 마른침을 삼키고 잠시 심호흡을 하며 치밀어 오르는 화를 가라앉혔다. 역시 만나지 않는 편이 좋을 것 같았다. 이런 기분으로 만나면 내 손이 놈을 어떻게 할지 장담할 수 없었다.

"그래, 바쁘면 할 수 없지. 그럼 그동안 알아낸 것만이라도 말해 봐."

놈도 짜증을 참는지 잠시 동안 긴 숨소리만 들렸다.

— 그 애 의뢰한 게 한국 놈이래.

"한국 놈?"

— 김철수라는 이름으로 블라디보스토크 호텔 부킹한 걸 확인했어. 당연히 가명이고. 그런데 돈 좀 있는 놈인지 스위트룸

을 예약했더라고. 거기서 따먹을 생각이었나 보지.

"지금 어디 있는데?"

— 아, 또 시작이네. 아저씨, 그 새끼가 어디 있는지 알아냈으면 진작 연락드렸겠죠. 나도 당신 보채는 소리 때문에 스트레스가 이만저만이 아니거든. 부킹한 거 취소도 안 하고 안 나타났어.

"다른 건?"

— 없어. 양 사장 죽고 나서 러시아 애들까지 갑자기 움직임이 없어져서 알아내기가 더 힘들어. 그러니까 양 사장은 왜 죽여 가지고…….

양 사장이 안 죽었으면 네가 죽었겠지. 정보 캐는 데 한 명이면 충분하니까.

— 뉴스 봤지? 십 대 애새끼들끼리 찔러 죽인 거. 하필이면 전직 경찰까지 죽여서 골치 아파 죽겠다. 그것도 뒤가 구린 놈이 죽어서 상부에서도 신경이 곤두섰어.

"애들 사건은 너 혼자 다 하냐?"

— 내 말이! 양 사장 뒤 봐주느라 애새끼들 사건 좀 챙겼더니 언제부터인지 관할에서 미성년자만 살해당하면 나부터 찾아요, 개새끼들이.

"그래."

— 다시는 내 휴대폰으로 연락하지 마라. 분명 경고했…….

전화를 끊어 버리고 다시 차를 출발시켰다. 당장은 꼬리를 놓친 '김철수'라는 놈보다 보도방 업주를 찾는 게 더 중요했기 때문이다.

• ••

차를 세운 곳은 보도방 업주가 운영한다는 노래방 앞이었
다. 동네에 하나씩 있는 노래방이 아니라 지상 3층짜리 건물에
2, 3층을 통째로 쓰는 대형 노래방이었다. 보도방 사업이 꽤 잘
되는 모양이었다. 노래방의 규모를 보니 돈 세탁의 양이 만만
치 않을 것 같았다. 권총에 소음기를 끼우고 홀스터에 꽂아 넣
었다. 다른 모델 전용 홀스터였기에 끼워 넣는 게 힘들었지만
욱여넣으니 들어가긴 했다.

노래방 입구로 가던 중 휴대폰이 울렸다. 박 세무사 전화였
다. 무시하려다가 혹시나 세금 납부에 문제가 생겼나 싶어 전
화를 받았다.

"네, 박 세무사님."

— 아이고, 사장님. 안녕하셨습니까. 잘 지내시죠?

"네, 안녕하셨어요. 무슨 문제라도 생겼나요?"

— 문제는요 무슨. 그냥 안부 인사차 연락드렸습니다.

안 그래도 부담스러운 타입인데 점점 더 비호감 쪽으로 기
울고 있다.

"그렇군요. 제가 지금 좀 바빠서 그런데 다음에 통화해도 될
까요?"

— 아유, 그럼요. 바쁘신데 죄송하네요. 그런데 사장님, 건

물주분들 좀 만나 뵐 수 있을까요?

"그건 전에도 말씀드린 것 같은데."

— 알죠, 알죠. 그런데 저도 월급쟁이다 보니까 저희 대표님이 목을 졸라서 어쩔 수 없이 연락드렸습니다.

영업을 열심히 하는 건 좋지만 내게는 여간 귀찮은 게 아니다.

"그럼 다음에 대표님하고 차 한 잔 하게 자리 만들어 주세요."

— 아, 그럼 날짜를 언제로 할까요? 이번 달은 안 넘겼으면 하······.

"다음 달에 하시죠."

다음 달까지 내가 살아 있다면 말이다.

— 이번 달은 좀 힘드실까요?

"일정이 꽉 차 있어서요. 다음 달에 하죠. 다음에 연락드리겠습니다."

절대로 내가 먼저 연락하지는 않겠지만 세무사의 말이 길어질까 봐 마무리 멘트를 하고 휴대폰 전원을 꺼 버렸다. 가뜩이나 심란해 죽겠는데, 쯧.

심호흡을 한 번 하고 2층으로 올라갔다. 영업 중일 거라는 기대와 달리 방화문까지 닫혀 있고 손잡이에 'Closed' 푯말과 함께 문이 잠겨 있었다. 방화문을 두드리고 손잡이를 돌려 봤지만 굳게 잠겨 있었다. 한바탕할 각오로 온 만큼 허무했다. 저녁에 다시 올 생각으로 몸을 돌렸을 때 잠금장치 풀리는 쇳소리가 들렸다. 곧바로 방화문이 열리고 직원으로 보이는 남자가 머리를 빠끔히 내밀었다.

"무슨 일이십니까?"

"박형주 사장님 좀 뵈러 왔습니다. 혹시 안에 계신가요?"

사장님 손님이라는 것을 알게 되어서인지 직원이 훨씬 더 친절한 얼굴로 말했다.

"아, 네, 계십니다."

직원은 문을 활짝 열고 내가 들어오기를 기다렸다가 다시 문을 순서대로 잠갔다. 그는 상냥한 얼굴로 복도 쪽으로 손을 들어 보이며 말했다.

"이쪽으로 오시죠."

직원을 따라 노래방 복도를 걸었다. 직원이 물었다.

"성함이?"

"김철수라고 합니다."

갑작스런 질문에 튀어 나간 이름. 무의식이 한 일이었기에 왜 그 이름이 튀어 나갔는지는 모른다.

직원은 가장 끝에 있는 큰 방으로 안내하며 말했다.

"여기서 잠깐 기다려 주세요. 차 한 잔 드릴까요?"

"괜찮습니다."

밝은 라운지와 달리 이 방은 창문도 없고 어두웠다. 노래방이라기보다 클럽의 룸에 더 가까웠다. 그러고 보니 희미하게라도 노랫소리가 들리지 않는 걸로 보아 손님도 없는 모양이었다.

문이 벌컥 열리며 건장한 사내가 뒷짐을 진 채 안으로 들어섰다. 많이 봐도 삼십 대 중반이나 됐을까. 키는 나보다 약간 큰 편이지만 두꺼운 살집 아래 근육이 붙어 있는 근육돼지형

몸집은 내 두 배는 되는 것처럼 느껴졌다. 하지만 그런 위압적인 몸과 달리 얼굴은 상냥한 편이었다.

근육돼지가 문을 정성스럽게 닫고 웃는 얼굴로 말했다.

"안녕하세요. 어떻게 오셨습니까?"

"박형주 사장님 되십니까?"

"처음 뵙는 분 같은데……."

"최 형사님 소개로 왔습니다."

"최 형사요?"

근육돼지가 모르는 사람인 것처럼 되물었기에 추가 설명을 해야 했다.

"지금은 은퇴했지만 최이새 형사라고…… 모르십니까?"

근육돼지는 나를 위아래로 한 번 훑어보고는 잠시 생각하는 표정으로 서 있었다. 그러다 그제야 알겠다는 듯 고개를 끄덕이고는 악수를 청하는 자세로 한 손을 내밀며 다가왔다.

"아, 최 형사님요. 네, 잘 알죠. 확인해 본 겁니다."

"네?"

"안 그래도 기다리고 있었어요."

그 말에 의구심보다 소름이 먼저 돋았다.

근육돼지가 앞으로 내민 손이 갑자기 방향을 바꿔 내 뒷목을 움켜쥐었고 동시에 다른 손은 내 아랫배를 향해 빠르게 날아들었다.

회칼이었다. 손잡이에 복싱용 밴디지가 감긴 회칼.

방검 원단을 겹겹으로 쌓아 만든 셔츠라도 뚫리지만 않을 뿐 칼을 맞는 순간의 충격은 똑같이 전해진다.

무방비 상태에서 근육돼지가 준 충격으로 다리가 순간적으로 흔들렸다. 주먹에 맞았다면 그대로 풀썩 주저앉았을 것이다.

충격으로 주춤거리고 있을 때 근육돼지는 빠른 동작으로 두어 번 더 배를 찔렀다. 그러고는 칼끝에 걸린 손맛이 평소와 다르다는 걸 느꼈는지 아주 짧은 순간 의아해하는 표정으로 날바라보았다.

그 순간이 내가 놈의 손아귀에서 빠져나올 유일한 기회였다.

나이프를 꺼내 칼을 쥔 놈의 손목 힘줄을 베어 내는 것을 시작으로, 몸에 입력된 동작으로 칼을 휘저었다.

시야를 방해하기 위해 내민 놈의 손가락은 싹둑 잘려 나갔고, 두꺼운 살집은 칼날이 할퀼 때마다 허옇게 벌어지며 피가 배어 나왔다.

첫 일격을 실패한 근육돼지는 거의 무방비 상태로 당했다. 놈은 손가락이 잘린 커다란 손으로 나를 강하게 밀쳐 테이블 위로 쓰러뜨렸지만, 힘줄이 끊기고 손가락이 잘린 양손으로는 칼을 쥘 수 없었기에 그가 할 수 있는 일은 방을 벗어나는 것뿐이었다.

목과 가슴, 배를 다 찔리고도 아직 서 있는 놈에게 엄지를 척 들어 주고 싶었다. 근육돼지는 고통스런 표정으로 출입문으로 향했다. 놈의 맷집에 질려 지켜보고 있다가, 뒤늦게 화들짝 놀라 놈의 등 뒤에 올라타 가슴을 몇 번이고 찔렀다.

출입문 밖으로 내보내는 순간 난 독 안에 든 쥐가 되는 것이다.

근육돼지는 가슴으로 칼침을 받아 내면서도 팔을 휘저으며 나를 떨어뜨리려 했다. 하지만 마지막 칼이 심장을 찢어 놓자 고목나무가 넘어가듯 그대로 뒤로 쓰러졌다.

난 놈에게 깔리며 테이블 위로 떨어졌고, 우리 두 사람의 무게를 견디지 못한 테이블이 요란한 소리를 내며 부서졌다. 테이블 모서리에 찧었는지 등에 통증이 심하게 느껴졌다. 숨을 거둔 근육돼지는 축 늘어져 더욱 무거워졌기에 빠져나오기가 힘들었다.

그때 여러 명의 다급한 발소리가 들리며 출입문 쪽으로 소리가 가까워졌다.

근육돼지의 등 밑으로 힘겹게 손을 넣어 더듬어서 권총을 찾았지만, 빌어먹을 새끼 때문에 쉽지가 않았다. 다행히 권총 손잡이를 잡는 데는 성공했지만 이번엔 뽑히질 않았다.

그제야 맞지 않는 홀스터에 권총을 억지로 끼워 넣었던 게 떠올랐다.

코앞까지 발소리가 몰려들었기에 둘 중에 하나를 선택해야 했다. 권총을 뽑거나, 시체 밑에서 빠져나오거나.

둘 중에 하나도 하지 못하면, 난 죽는다.

"여기야?"

문 너머로 냉담하고 걸걸한 목소리가 들렸다. 근육돼지가 문을 잠갔는지 손잡이가 덜컥거리기만 할 뿐 열리지 않았다. 난 그 모습을 보며 빠져나오기 위해 안간힘을 썼다.

"비켜."

잠시 후 '쾅' 하는 소리와 함께 문고리가 부서지며 문이 활짝 열렸다. 하얀 정장 바지 주머니에 손을 꽂은 거무스름한 얼굴의 사내가 한 발짝 안으로 걸어 들어왔다.

안으로 들어서던 사내는 잔혹한 풍경에 멈칫하며 멈춰 섰다. 피로 난장판이 된 방 안을 둘러보고는 사납게 변한 표정을 한 채 화를 삭이는 목소리로 물었다.

"나를 찾았다고?"

사내는 피로 범벅이 되어 있는 나를 향해 신경질적으로 명함 한 장을 날리며 말했다.

"내가 박형주다, 새끼야."

이놈이 진짜 보도방 업주였다. 그의 말에 머릿속이 하얗게 비어 버렸다. 내가 습격을 한 것이 아니라 매복에 당한 것이라는 사실을 깨달았기 때문이다.

20. 취조

보도방 업주는 하얀 바지에 피가 묻을까 봐 신경이 쓰였는지 주머니에 손을 꽂은 채 다가오려 하지 않았다. 노래방 입구만 왔다 갔다 하다 간혹 멈춰 서서 나를 노려보는 게 전부였다. 정말 다행인 점은 놈이 내 연기를 아직 눈치채지 못했다는 것이다.

문이 열리기 직전 시체 밑에서 빠져나와 가장 먼저 한 일은, 근육돼지가 찢어진 심장으로 쏟아 낸 피를 내 배에 잔뜩 묻히고 중상을 입은 것처럼 숨을 몰아쉬는 것이었다. 근육돼지가 칼로 찔렀던 아랫배를 움켜쥐고 목숨이 얼마 남아 있지 않은 듯 짧고 빠르게 숨을 쉬었다.

보도방 업주는 나를 어떻게 다뤄야 할지 고민하는 모습이 역력했다. 아무래도 내가 남 좋은 일만 시키고 죽을 놈으로 보이지는 않은 모양이었다. 내가 놈에게 궁금한 게 많은 만큼 놈도 내게 물어보고 싶은 게 한두 개가 아닐 것이다. 그러니 협박과 회유 사이에서 갈등하는 건 당연했다.

보도방 업주가 우뚝 멈춰 서더니 입을 열었다.

"칼 제대로 먹은 것 같은데, 견딜 만해?"

놈은 회유를 선택했다. 놈의 시선을 따라 내 배를 바라보았다. 셔츠가 피에 젖어 번쩍일 정도였다. 경황이 없긴 했지만 그래도 너무 많이 묻혔다. 이 피가 진짜 내 피였다면 이미 쇼크가 왔어야 정상이다.

침까지 흘리며 힘없이 고개를 가로젓자 보도방 업주가 안심시키듯 살짝 웃어 보이며 말했다.

"당장은 안 죽어."

그는 손목시계를 힐끗 보고는 말을 이었다.

"5분 거리에 의사가 상주하고 있으니까 묻는 말에 대답만 잘하면 살 수도 있어. 면허도 없고 성병 전문이지만 우리 애들 때문에 칼빵 치료라면 이골이 난 사람이라 걱정 안 해도 돼."

소처럼 눈을 힘없이 껌뻑이는 걸 잊지 않으면서 놈을 물끄러미 바라보는 것으로 대답을 대신했다. 나를 빤히 바라보던 보도방 업주가 손짓을 하자 문 주변에 들어차 있던 부하들이 방 밖으로 나가 문을 닫았다. 단둘이 되자 보도방 업주가 한층 부드러운 말투로 입을 열었다.

"갑자기 네가 튀어나와서 지금 내가 골치가 엄청나게 아파졌어. 무슨 말인지 모르겠지? 그러니까 잘 들어 봐. 전에 같이 일하던 동업자가 있었어. 아니, 난 동업자라고 생각했었지. 그런데 알고 보니 날 부리고 있는 거였더라고. 그럼 내가 기분이 어떻겠어? 좆같겠지? 그래서 아주 칼을 가는 마음으로 딴 주머니 차서 2년 전에 독립을 했어. 그 독립기념일이 언제냐면 바로 어제야. 뭘 했겠어? 미국도 독립기념일은 파티 하잖아. 그래서 나도 애들이랑 파티 했지. 좋았어. 아주 좋았어."

회유를 하려는 것인지 원래 그런 것인지 모르지만 첫 인상과 달리 말이 많았다. 하지만 듣다 보면 내가 알고 싶어 하던 얘기까지 흘러나올 수도 있기에 얌전하게 듣기만 했다. 침을 흘리는 연기는 계속하면서. 보도방 업주가 말을 이었다.

"한창 흥이 올랐을 때 애들한테 전화가 왔어. 어떤 놈이 최 형사 뒤를 캐고 다닌다고 하더라고. 네가 어디까지 아는지 모르겠는데, 최 형사 그 새끼가 나하고 엮인 게 많아. 그래서 그 새끼 아가리를 관리해 온 거야. 그 짓을 몇 년 한 줄 알아? 10년이야. 자그마치 10년. 10년 동안 별 탈 없이 얌전하게 지내더라고. 그래서 이젠 슬슬 관리 그만해도 되겠다고 생각하던 참이었는데 그 전화가 온 거지. 최 형사 뒤를 캐는 놈이라고 해서 다른 조직 애들인 줄 알고 살짝 긴장했는데, 알고 봤더니 이빨 나간 퇴물 경찰 새끼더라고. 범죄연구소장인지, 흥신소장인지 그 낙타같이 생긴 새끼."

난 지그시 눈을 감았다. 유 소장에 대한 깊은 분노와, 그를 소개해 준 실탄사격장 주인에게 얹어 준 돈 생각에 짜증이 났다. 그 멍청한 유 소장 때문에 내가 이 꼴을 당한 거라고 생각하니 칼 맞고 죽어 가는 연기 하기가 쉽지 않았다. 유 소장을 찾아서 돈을 되돌려받고 싶었지만 아마도 그럴 수는 없을 것 같았다. 보도방 업주가 그를 가만 놔뒀을 것 같지 않았으니까.

내 속도 모르고 보도방 업주는 말을 이었다.

"그래서 확인을 하려고 최 형사네 집으로 애들을 보낸 거야. 마침 그때 네가 그 집에서 나오는 걸 본 거지. 네가 떠난 직후에 경찰차가 들이닥치고 뉴스에서 전원주택 살인 사건이라면서 난리가 났더만. 그 짭새 새끼가 죽은 건 다행인데 그 새끼 만나고 나간 네가 누군지 모르니 불안해서 가만히 있을 수가 있어야지. 낙타같이 생긴 새끼도 너에 대해서는 모르는 거 같고."

그래서 내가 이 꼴이 됐다는 얘기다. 계속 왔다 갔다 하며 말을 하던 보도방 업주가 우뚝 멈추며 물었다.

"10년 전 김태권 사건 파고 다닌다며?"

유 소장, 이 낙타같이 생긴 놈이 내가 의뢰한 내용을 전부 불어 버린 모양이다. 머릿속에 세워 두었던 계획을 전면 수정할 수밖에 없었다. 보도방 업주는 구석에 떨어져 있던, 근육돼지가 쓰던 회칼을 주워 들며 말했다.

"다 끝난 일을 왜 쓸데없이 후비고 다니나?"

난 슬그머니 재킷 안쪽으로 손을 넣고 연기를 끝낼 타이밍을 봤다. 이 방에 들어왔던 놈들이 머릿수의 전부라면 권총 하나로 충분했다. 물론 놈들이 총을 가지고 있지 않을 경우에 한해서지만. 보도방 업주는 회칼을 대충 들고 선 채 빤히 바라보다 천천히 다가서며 물었다.

"이러는 이유가 뭐야?"

이젠 나도 질문을 해야 할 시점이었기에 중상을 입은 연기는 포기할 수밖에 없었다. 난 재킷 속에 있는 권총 손잡이를 잡으며 숨을 크게 내쉬고 말했다. 생생한 목소리로 뚜렷하게.

"왜 죽였어? 김태권, 그 사람."

멀쩡한 내 목소리에 다가서던 보도방 업주가 깜짝 놀라며 그 자리에 멈춰 섰다. 그리고 재킷 안으로 들어가 있는 내 손에 시선을 고정시켰다. 난 힘을 줘서 권총을 뽑아 들고는 놈에게 겨누었다. 홀스터에서 총이 잘 빠지지 않았기에 총을 꺼내는 팔이 탈춤을 추는 것처럼 다소 과장되게 휘둘러졌다. 총을 본 놈의 얼굴이 흙빛이 되었다. 갑자기 나타난 총 때문이 아니라 혼이 담긴 내 명연기 때문이 분명했다. 전에도 말했지만 난 열 살 때 탤런트 전운 선생님이 여의도에서 운영하던 연기 학원을 다녔고, 그곳에서 인생 연기를 배웠다.

총으로 소파를 가리키자 보도방 업주는 들고 있던 회칼을 바닥에 던지고 소파에 앉았다. 난 소파 밑에 기댄 채 바닥에 다리를 뻗고 앉아 있는 지금의 자세가 편했기에 그대로 다시 물었다.

"왜 죽였냐고?"

동공이 심하게 흔들리던 보도방 업주가 나를 바라보며 대답했다.

"친딸을 성폭행한 짐승 새끼를 그냥 놔둘 수 없잖아."

나도 모르게 웃음이 나왔다. 저 자식도 전운 선생님의 연기 학원을 다녔으면 좋았을 것을.

"아, 그래서 죽였어?"

"최 형사가 죽였지."

"그래, 들었어. 네가 숨만 붙여 놨다고 하더라. 자기는 시체를 매단 거나 마찬가지라나."

보도방 업주가 픽 웃으며 대꾸했다.

"그런 것까지 얘기했어? 진작 죽일 걸 뭐하러 살려 두라고 해 가지고."

놈의 말이 예사롭지 않게 들렸다. '살려 두라고' 하는 건 제삼자가 시켰을 때나 나올 법한 문법이니까. 내가 물었다.

"김태권이 딸 성폭행했다는 거, 사실이야?"

"거짓말인데 영장이 발부될 리가 있어? 그런 새끼는 죽여야 돼. 빵에서 몇 년 살다가 전자 발찌 차고 나올 거 아니야. 마약 중독보다 더 무서운 게 살인하고 강간이야."

"그래서 너는 미성년자 성매매나 알선하는 거고?"

다른 곳으로 시선을 돌렸던 보도방 업주가 나를 돌아보았다. 그는 노기 띤 눈으로 나를 바라보며 입을 열었다.

"애들이 가출하면 생활비를 어떻게 벌 것 같아? 편의점에서 착실하게 알바 해서 벌 것 같아? 여자애들은 몸 팔고 남자애들은 뒤 봐주고, 이미 생태계가 다 갖춰져 있다고. 하지 말라고 하면 안 하나? 콧방귀를 뀌지. 그런데 그게 얼마나 위험해? 사이코 새끼들이 좀 많아? 어차피 그렇게 살 거면 제대로 보호받고 검증된 손님 만나게 해 주는 게 현실적이잖아. 거기다 벌이도 더 좋고. 안 그래?"

생각보다 굉장한 놈을 만난 것 같다. 마치 공익사업이라도 하는 양 말하는 게 무척이나 논리적이어서 하마터면 고개를 끄덕일 뻔했다. 나는 처음의 질문을 다시 던졌다.

"김태권이 왜 죽였어?"

보도방 업주가 나를 노려보며 말했다.

"지금 뭐 하는 거야? 치매야?"

"대답은 안 하고 자꾸 개소리를 하니까 그러잖아. 이번에도 그러면 백바지 버리게 될 거야. 대답해. 왜 죽였어?"

보도방 업주는 잠시 갈등하다가 말했다.

"친딸 강간한 새끼는 죽어 마땅하지."

그가 개소리를 뱉는 동안 나는 자리를 털고 벌떡 일어났다. 놈은 말을 하면서도 자신에게 다가서는 나를 불안하게 바라보았다.

품에서 칼을 꺼내 놈의 허벅지에 꽂았다. 놈이 반사적으로 나를 향해 주먹을 휘둘렀지만 칼을 비트는 순간 비명과 함께 손을 떨어뜨렸다. 하얀색 바지가 순식간에 검붉은 피로 물들었다.

보도방 업주가 비명을 질렀지만 부하들은 들어오지 않았다. 비명 소리는 전부 비슷해서 소리만 듣고 누구의 것인지 구분하기가 힘들기 때문에 정황상 내 비명 소리로 알았을 게 분명했다. 권총을 그의 머리에 겨누며 말했다.

"쓸데없이 시간 끌지 말자. 왜 그랬어?"

이번에는 칼을 반대로 비틀었다. 보도방 업주의 입에서 고

문을 당하는 듯한 비명이 터져 나왔다.

놈이 이를 악물며 말했다.

"나쁜 새끼니까! 나쁜 개새끼니까!"

근성은 칭찬할 만하지만 그런 근성은 매운 짬뽕을 먹을 때나 발휘해야 하는 것이다. 지금은 그러지 말았어야지.

총을 놈의 입속에 강제로 쑤셔 넣고 허벅지에 박혀 있던 칼을 비틀어 당겼다. 칼등 톱날에 걸린 살점이 너덜거리며 떨어져 나왔다. 놈이 비명을 지르려 했지만 총신을 목구멍까지 쑤셔 넣었기에 구역질 때문에 소리를 지를 수가 없었다. 그 상태로 허벅지에 구멍 몇 개를 더 뚫어 주었다. 피리에 구멍이 몇 개더라? 아홉 개였나?

허벅지의 고통과 막힌 목구멍으로 인한 호흡 곤란 탓에 발버둥 치는 놈을 온몸으로 내리누르다 놈의 입에서 권총을 빼내며 뒤로 물러섰다. 그러자 놈은 앞으로 몸을 숙이며 심하게 구토를 했다. 구토 때문에 숨을 쉴 수 없었던 놈은 눈물과 콧물을 질질 흘리며 숨이 넘어갈 것처럼 괴로워하다 나를 올려 보았다. 나는 그의 머리채를 휘어잡고 다시 입에 총을 쑤셔 넣으려고 했다. 놈은 필사적으로 발버둥 치며 다급하게 소리쳤다.

"검사가 시켰어! 검사가!"

난 멈칫하며 다시 물었다.

"뭐라고?"

"검사가 시켰다고!"

최이새에게 얘기를 들을 때부터 어렴풋이 짐작은 했다. 문제는 왜 시켰냐는 것이다.

"검사가 왜? 그냥 감방에 처넣으면 될 걸 굳이 죽인 이유가 뭐야?"

보도방 업주의 눈에 두려움이 서리는 게 보였다. 드디어 누가 갑인지 인식을 한 것 같았다.

"정확한 건 잘 몰라."

내가 총을 입에 넣을 듯이 위협하자 양손을 휘저으며 다급하게 말을 이었다.

"기, 김태권이가 죽기 전에 이상한 말을 했어."

"무슨 말?"

무슨 이유에선지 보도방 업주는 또다시 갈등을 했다. 그때 노크 소리와 함께 문이 벌컥 열렸다.

"사장님, 장 검사한테 전화가……."

문을 열고 들어온 녀석과 내 눈이 마주치는 순간, 녀석은 순간적으로 몸이 굳었지만 나는 아니었다. 놈의 얼굴에 총을 쏘고는 곧장 방 밖으로 나섰다. 입구에 어정쩡하게 서 있던 놈의 머리에도 총을 쏘고 카운터 뒤로 숨는 또 다른 놈의 뒤통수에도 총알을 박아 넣었다. 날 속인 놈이었기에 특별히 한 발 더.

내 기억이 맞는다면 한 명 더 있다. 잠시 움직임을 멈추고 귀를 기울이자 화장실 물이 내려가는 소리가 어렴풋이 들렸다. 화장실 문을 열고 들어가자 손을 씻고 있던 놈이 거울을 통해 날 보고 놀라 그대로 멈췄다. 놈의 머리를 뚫고 나간 총알은 거울까지 산산조각 내고 타일로 된 뒷벽에 박혔다.

노래방에 있던 모든 놈들을 죽인 나는 보도방 업주가 있는 방으로 거의 달려서 되돌아왔다. 방으로 돌아와 가장 먼저 본 것은 손을 떨며 휴대폰으로 전화를 걸고 있는 보도방 업주였다. 놈은 허벅지에 박혀 있던 칼을 뽑아 내게 던졌지만 소용없었다. 나는 품속에서 큰 나이프를 꺼내 휴대폰을 들고 있는 손목을 향해 휘둘렀다.

보도방 업주는 손목이 잘린 것을 믿을 수 없다는 듯 멈칫했다가 비명을 지르며 팔을 움켜쥐고 몸부림쳤다.

"아악!"

놈을 발로 밀어 차 구석에 처박아 두고, 휴대폰을 쥔 채 바닥에 떨어져 있는 놈의 손을 주워 들었다. 손에 쥐어져 있는 휴대폰 화면엔 '장 검사'라는 글씨와 함께 컬러링 음악이 흘러나오고 있었다. 빠른 박자에 나도 모르게 발을 굴러 리듬을 타다가 불쑥 들린 목소리에 정신을 차렸다.

— 박 사장, 전화 한 번에 안 받을래?

통화음을 스피커로 전환하고 보도방 업주에게 건네주며 총구를 그의 이마에 갖다 댔다. 보도방 업주는 고통으로 일그러진 얼굴로 나를 바라보면서도 띄엄띄엄 입을 열었다.

"장 검사님, 죄송합니다."

— 목소리가 왜 그래? 어디 아프냐?

"아닙니다. 그런데 무슨 일이십니까?"

— 최씹새 죽은 거 알고 있지? 그거 때문에 오늘 종일 정신이 하나도 없었다. 그 새끼를 내가 괜히 씹새라고 부르는 게 아

니라니까.

"뉴스 봤습니다."

— 발표는 양아치들이 죽인 걸로 일단 했는데, 진범이 따로 있는 거 같아.

그의 말에 나와 보도방 업주의 시선이 동시에 마주쳤다.

— 전문가 솜씨야. 흔적을 하나도 안 남겼어.

보도방 업주는 내 눈치를 보며 물었다.

"양아치들이 죽인 거겠죠, 뭘 그렇게 열심히 일하십니까."

— 다른 놈이었으면 그렇게 했겠지. 그런데 최씹새잖아. 엮인 게 한두 개여야 무시하고 지나가지.

"그래서 어떻게 하시려고요?"

— 일단 발표 내용대로 종결은 시킬 건데, 진범이 누군지는 알아내야지. 최씹새가 그런 덜떨어진 새끼들한테 당할 놈이야? 웃기지 말라 그래. 어떤 새낀지 모르지만 다른 놈은 속여도 나는 못 속이지.

"수사하실 겁니까?"

— 씹새 그거 최근에 문제없었어? 고딩하고 엮인 거 같던데.

"조용했습니다."

— 마킹 제대로 한 거 맞냐?

보도방 업주는 간간이 고통을 참느라 이를 악물었다가 최대한 부드러운 목소리로 대답했다.

"10년쨉니다. 새삼스럽게."

— 너 진짜 괜찮냐? 목소리가 왜 그렇게 병신같이 들려?

"모, 몸살이라 오한이 들어서 떨리나 봐요."

— 너는 짐작 가는 놈 없고?

"저야 사업에만 집중하고 있는 거 아시잖습니까."

장 검사가 말했다.

— 아, 말 나온 김에, 이 와중에 꼰대가 삼계탕 한 숟가락 하고 싶단다. KM으로.

"해외 나간다 하지 않았어요?"

— 틀어졌어. 10년 만에 다시 보는 거라고 들떠 있었는데, 빠그라져서 예민한 상태니까 신경 좀 각별히 써라. 취향은 너도 알지?

보도방 업주는 신경질적인 표정으로 대답했다.

"잘 알죠."

장 검사가 가볍게 웃은 후 물었다.

— 그래, 사업은 잘되냐?

"검사님 덕분에요."

장 검사의 목소리가 갑자기 살벌해졌다.

— 이 미친 새끼, 말하는 거 봐라. 내 덕이라고? 네가 무슨 사업하는지 내가 어떻게 알아? 정신 안 차려?

그때 보도방 업주의 눈빛이 희번득 돌아가는 게 눈에 띄었다. 그는 여태까지와는 다른 표정으로 말했다.

"사이코도 아니고, 이젠 말 받아 주는 것도 짜증 나서 못 해 먹겠네."

— 뭐? 이 새끼가 처돌았나. 주둥이 다시 한 번 놀려 봐.

"검사님, 어디서 어린애 처먹고 와서 맛이 좋았다면서요. 수요가 꽤 될 것 같다고 한번 해 보라면서요. 그 정도면 검사님 덕 아닙니까?"

손목을 잘리고도 말싸움에 집중할 수 있는 사람이 있을까? 난 자신 없다.

— 아하하! 이 새끼, 너 약했냐? 지금 어디야? 노래방이야?

"김태권이가 죽기 전에 저한테 이상한 얘기 한 거 말씀 안 드렸죠?"

불같이 화를 내던 장 검사의 목소리가 갑자기 조용해졌다. 보도방 업주가 말을 이었다.

"김태권이 딸 먹은 게 판사라던데? 오장육부가 영글지도 않은 48개월짜리 애 먹은 게 그 판사라고 이를 갈더라고."

보도방 업주의 말에 정신이 번쩍 들었다. 동시에 풀리지 않던 수수께끼가 한 번에 풀리는 기분이었다.

— 아가리 안 닫아, 이 개새끼야!

보도방 업주의 눈에 살기가 서렸다. 그는 통증도 잊고 미친 개처럼 눈알을 번뜩거리며 같이 소리 질렀다.

"좆 까, 이 개새끼야! 내가 이렇게 된 것도 다 너 때문이야! 너 때문이라고, 이 개새끼야! 그 짭새처럼 너도 이제 좆 된 줄 알아! 알겠어? 너도 이제 좆 됐다고, 이 좆같은 새끼야!"

— 이게 약을 처먹었…….

보도방 업주가 갑자기 폭주를 하는 바람에 전화를 끊을 수밖에 없었다. 전화는 끊어졌지만 보도방 업주는 욕설을 멈추지 않았다. 흥분해 있는 놈의 머리에 총구가 향해 있다는 걸 상기시켜 주고 나서야 진정시킬 수 있었다.

내가 물었다.

"판사가 그랬다고?"

보도방 업주는 열 받은 얼굴로 말했다.

"김태권이가 자기 딸 성폭행한 게 판사라고 했어. 신고를 했는데도 경찰은 수사조차 하지 않았고, 언론에 알렸는데도 기사는 한 줄도 안 나왔대. 그래서 인터넷에 올렸는데, 어느새 자기가 딸 성폭행범으로 되어 있었대. 곧 뒈질 거 알면서도 억울하다고 하소연을 했지. 자기 죽이는 놈을 붙잡고 하소연을 했다고, 그 미친놈이. 그때는 안 믿었는데 이제 알겠네. 이 개새끼 태도 보니까 확실히 알겠어."

다소 충격적인 상황에 나도 모르게 잠시 멍하니 서 있었다. 이 자식의 말이 사실이라면, 판사는 자신의 범죄를 덮기 위해서 피해자의 부친을 성범죄자로 누명을 씌운 것이다.

침묵이 흐르는 방에서 문자 하나가 날아드는 소리가 들렸다. 보도방 업주의 폰이었다.

— KM. 경기도 별장. 25

내가 문자 내용을 보여 주자 보도방 업주는 어이없다는 얼굴로 콧방귀를 뀌었다.

"상납은 해야겠나 보지? 미친 새끼."

휴대폰을 흔들며 그에게 물었다.

"이거 뭐야? KM은 또 뭐고?"

보도방 업주가 독기를 품은 얼굴로 물었다.

"나 죽일 거지? 학살을 해 놓고 그냥 갈 리가 없잖아."

"하는 거 봐서."

그는 콧방귀를 뀌며 말했다.

"개소리하고 있네."

"뭘 원해?"

보도방 업주는 잠시 허공을 바라보며 한숨만 내쉬었다. 그러다 결심한 듯 나를 돌아보며 말했다.

"검사, 판사, 그 새끼들도 나처럼 만들어 줘. 더도 말고 덜도 말고 딱 나처럼만."

"그렇게 비장하게 말할 필요 없어. 넌 살 수도 있으니까."

보도방 업주는 내가 들고 있는 휴대폰을 가리키며 말했다.

"Korea, Middle의 약자야. 한국 국적, 여중생. 나머지는 장소하고 날짜고."

"일본 여고생은 JH고?"

"똘똘하네. 25일에 경기도 별장으로 애를 데려가면 돼. 판사 새끼가 삼계탕 다 먹고 그릇 내놓을 때까지 기다렸다가 챙겨서 돌아오면 되는 거야. 별장 주소는 휴대폰에 있고."

이놈이 말하는 삼계탕은 내가 아는 삼계탕이 아닐 것이다.

"애는 어디서 구해?"

"그런 건 알아서 해야지, 똘아이 살인마 새끼야."

놈은 잘린 손목을 겨드랑이 밑에다 꼭 끼며 말을 이었다.

"내가 알려 줄 수 있는 건 다 말했어. 이제 어떻게 할 거야?"

내가 물었다.

"그놈들 이름."

"너무 날로 먹으려는 거 아니야?"

보도방 업주는 신경질적으로 웃으며 말을 이었다.

"판사 새끼는 몰라. 본 적도 없으니까. 그런데 유별나다는 소리는 들었지. 주짓수인가 뭔가 유단자라서 남들 골프 얘기할 때 UFC 얘기만 한다더군."

"검사 이름은 뭔데?"

그는 어지러운 듯 고개를 가로젓고는, 내 질문을 무시하고 다른 말을 꺼냈다.

"가족은 있어? 결혼은?"

"알아서 뭐하게."

"너에 대해서 알고 싶은 거뿐이야."

"너는?"

보도방 업주는 소파 등받이에 머리를 기대며 말했다.

"있었지. 2년 전에 이혼했지만."

"애는?"

"여편네가 데려온 여자애가 하나 있었지. 그년은 재혼이었거든."

"딸이 있는데도 이런 일이 하고 싶냐?"

그는 잘린 손목의 통증으로 얼굴이 일그러진 상태에서도 콧방귀를 뀌며 대꾸했다.

"그건 내 전처한테 물어봐. 나도 이해 안 가는 년이었지. 미친 또라이 년."

놈에게서는 더 이상 끄집어낼 이야기는 없었다. 그가 다시 물었다.

"그래서, 넌 결혼은 한 거야?"

"몰라도 돼."

그의 이마를 향해 방아쇠를 당겼다. 경쾌한 총소리와 함께 놈의 뇌수가 벽에 뿌려졌다.

갑자기 쏟아져 들어온 정보를 정리하기 위해 머리를 뒤로 기댄 채 조용해진 놈의 곁에 앉았다. 안 그래도 칙칙한 노래방 안이 피 때문에 더욱 어둡게 보였다. 무심코 바닥을 내려 보았다가 얼른 발을 소파 위로 올렸다. 근육돼지가 심장으로 싼 피가 발밑까지 고였기 때문이다.

몇 년 동안 묵혀 뒀던 전화번호를 찾아 통화 버튼을 눌렀다. 한참 동안 울리던 끝에 청소반장의 목소리가 들렸다. 예상과 달리 경쾌한 목소리가 아니었다.

— 너무 반갑네. 진심이야.

"반가운 목소리가 왜 이렇게 처져 있어?"

— 잠을 못 자서 그래. 어제 접대하느라 술을 새벽까지 마셨 거든.

"접대?"

— 말 하지 않았나? 특수 청소 한다고 말했던 거 같은데.

특수 청소라면 범죄 현장이나 고독사한 시체가 있던 장소를 청소하는 일이었다.

"그럼 예전 일은 안 하는 거야?"

— 내 딸이 다섯 살이야. 언제까지 몰래 시체 처리하는 일을 할 수 있겠어. 그 일에서 손 뗀 지 벌써 몇 년 됐어.

그는 한숨을 내쉬고는 숙취 때문에 갈라진 목소리로 물었다.

— 또 사람 죽인 거야? 병원 가 봐. 당신 그거 병이라니까. 중독이라고, 중독.

"사정이 있었어."

— 당신이랑 통화하는 거 자체가 우리 애한테 죄책감 들게 하니까 이만 끊자.

"사업은 잘돼?"

가만히 있던 청소반장이 씁쓸하게 웃으며 대꾸했다.

— 이러지 말자. 당신이 지금 무슨 수작을 부리려는 건지 알겠는데, 이러지 말자고. 나 좀 떳떳하게 살게 해 달라고.

"그럴 생각이었으면 연락처를 바꿨어야지."

— 당신 연락 기다리느라 안 바꾼 줄 알아? 오랜만에 전화해서 늘어놓는 헛소리치고 규모가 좀 되네. 어쨌든 안 하니까 앞으로 전화하지 마.

"예전 가격에서 더 쳐줄게. 두 배 어때?"

— 돈 문제가 아니라니까.

"세 배는?"

— 상당히 모욕적이네. 돈 문제가 아니라고 말했잖아. 왜 사람 말을 곧이곧대로 안 들어? 서로 어두운 과거는 그냥 묻고 모르는 사이로 살자고. 이만 끊는다.

나는 다급하게 말했다.

"건물주 될 생각 없어?"

— …….

청소반장이 이만 끊겠다는 전화는 여전히 끊어지지 않았다. 그는 숨소리만 내며 통화를 유지하고 있었다. 나는 노래방 내부를 훑어보며 말을 이었다.

"3층 건물이야. 자리도 좋고."

— 돈지랄하는 건 여전하네.

"돈지랄하는 거 맞아. 재수 없게 보일 것도 알고. 그런데 진짜 당신 도움이 필요해서 그래. 도와줘."

잠시 말이 없어졌던 청소반장이 물었다.

— 방금 뭐라고 그랬어? 다시 한 번 말해 봐.

한 번도 청소반장에게 도와 달라는 말을 한 적이 없었다. 일 시킨 만큼 돈만 주면 그만이었으니까. 하지만 이번엔 달랐다.

"도와 달라고."

— 거절하면 어떻게 할 건데?

"부탁할 사람이 당신밖에 없어."

— 오우, 이거 뭐지? 꽤 진솔하게 들리는데?

"진지해."

— 그렇단 말이지. 흠…… 건물은 어때?

"3층짜리 노래방 건물이야. 번화가 한가운데 있고."

— 통째로 주는 거야?

"50프로."

― 그럴 줄 알았어.

"여기 비싼 동네야. 대신 투자 금액 절반만 건지면 다 넘겨줄게. 양도세든 뭐든 내가 다 알아서 할 거니까 세금 문제는 걱정 말고."

― 그래서, 할 일이 뭔데?

"똑같아. 노래방에 시체들이 좀 있거든."

― 잠깐, 잠깐. 지금 넘기려는 건물에 시체가 있다는 거야?

"응. 왜?"

― 사람 죽어 나간 건물은 재수가 없다잖아!

"당신이 청소하면 소문날 일 없잖아. 건물값 떨어질 일도 없고."

― 그 얘기가 아니라 재수가 없다고, 재수가.

"굿이라도 해 줘? 그냥 좀 하자."

잠시 갈등하는 듯 숨소리만 내던 청소반장이 대꾸했다.

― 그래, 하자. 조물주 위에 건물주지.

"그래, 잘 생각했어. 고마워."

― 그런데 이래도 되겠어? 내가 재산이 많아지면 많아질수록 당신 부탁은 안 들어줄 확률도 높아질 텐데.

"나도 이번이 마지막이야."

묵직한 내 발언에 청소반장도 침묵했다. 그가 말했다.

― 그래, 일부터 하자. 이야기는 나중에 들어도 되니까. 주소나 찍어.

"아, 그리고 어디서 여중생 하나 구할 수 없을까? 죽어도 되는 애로."

— 뭔 소리야? 죽어도 되는 애라니.

내가 생각해도 이상하다.

"농담이야."

— 그런 농담 하지 마. 소름끼치니까.

"알았어. 고마워."

— ……혹시 애 낳았어?

"갑자기 무슨 소리야?"

— 아니, 뭔가 좀 변한 거 같아서. 상냥해진 것 같다고 할까.

"듣던 중 가장 개소리네."

청소반장은 혼자 웃음을 터뜨리고는 전화를 끊었다. 심적으로 여유가 생긴 나는 잠시 눈을 감았다가 휴대폰을 꺼내 전화를 걸었다.

특유의 하이 톤 목소리가 흘러나왔다.

— 아이고, 사장님! 금방 연락을 주셨네요. 생각이 바뀌셨습니까?

"뭐 좀 여쭤 보려고요."

— 네, 네, 뭐든지 말씀하십시오.

나는 방 안을 둘러보며 말했다.

"건물을 하나 사고 싶은데, 그런 것도 하시나요?"

— 저희 회사 이름 잊으셨습니까? 고객님에게 돈이 되는 건 전부 합니다. 세무, 법무, 회계, 가리지 않아요. 최고급 전문가들로 구성된…….

난 그의 말을 자르고 물었다.

"주소만 알려 드리면 주인 찾아서 인수할 수 있나요?"

— 그런 건 문제가 안 됩니다. 주인이 팔 생각이 있는지가 중요한 거죠. 건물 매입하시게요?

"혹시 건물주가 갑자기 사망한 경우에는 어떻습니까?"

— 유족하고 협의를 해야죠.

옆에 앉아 있는 보도방 업주를 힐끗 쳐다보며 말했다.

"유족이 없는 것 같은데."

— 아, 그래요? 절차가 좀 까다롭긴 한데…… 처리 못 할 일은 아닙니다. 거기 주소 한번 보내 주시겠습니까?

"일단 알겠습니다. 확정되면 연락드릴게요."

— 아, 네, 감사합니다.

전화를 끊고 나서야 내가 무슨 짓을 저지른 건지 깨달았다. 잘 알지도 못하는 동네의 노래방을 매입할 생각을 하다니 귀신에 홀린 게 분명했다. 사방이 시체였지만 내 머리는 생각지도 않은 거액의 지출 때문에 지끈거렸다. 지금이라도 그냥 돈을 더 주겠다고 할까? 그래도 청소반장이 청소를 해 줄까? 갑자기 착하게 살겠다고 고집 피우는 청소반장이 썩 맘에 들지는 않았다.

난 한동안 한숨을 내쉬며 그렇게 앉아 있었다.

21. 죽어도 되는 아이

들고 있는 검은 비닐봉투가 거치적거렸다. 손에 뭔가 드는 걸 싫어해서 휴대폰과 지갑, 열쇠 말고는 아무것도 안 가지고 다니는 나였기에 바지에 비닐봉투가 스치는 것 자체가 짜증 났다. 마누라가 해외여행을 떠나면 당분간 심부름은 안 할 줄 알았는데.

병원 로비로 들어서자마자 제일 먼저 눈에 띈 건 입술까지 깨물며 스마트폰 게임에 열중하고 있던 형사였다. 그의 맞은편에 자리를 잡고 앉으며 물었다.

"몇 살이야?"

형사는 시선도 주지 않고 답했다.

"혼자만 90년대 사는 거야? 요새 게임 회사 매출이 얼만지 알면 놀라 자빠지겠네."

"당신 같은 사람들 때문에 돈을 버는 거겠지."

"게임에는 절대로 현금 안 써. 일종의 자존심 같은 거지."

형사는 곁눈질로 비닐봉투를 힐끗 보며 물었다.

"뭐야? 저녁이야?"

"응. 떡볶이, 김말이, 만두."

"그쪽 취향이었어?"

"알 거 없고. 알아냈다는 게 뭐야?"

"인터폴에 있는 친구한테서 그 러시아 조직에 대해서 알아냈지."

듣던 중 반가운 소식이다.

"이제 밥값 좀 하는군."

형사는 스마트폰을 손가락으로 미친 듯이 두드리다가 김샜다는 얼굴로 혀를 차고는 주머니에 넣었다. 그제야 나를 바라보며 입을 열었다.

"그래서 든 생각이, 스폰 금액이 너무 적은 게 아닌가 싶더라고."

"욕심 때문에 단명하는 거야."

"두 배, 세 배, 이렇게 달라는 게 아니야. 듣지도 않고 말을 그렇게 해? 20프로만 인상하자. 이번 달만. 인터폴 새끼하고 비공식적으로 통화하느라 통화료가 많이 나와서 그래. 떡값도 집어 줘야 했고."

"일단 듣고."

형사는 못마땅한 얼굴로 나를 바라보다 픽 웃으며 말을 시작했다.

"러시아 조직인 건 맞는데, 역사와 전통을 자랑하는 레드 마피아는 아니야. 몇 년 전부터 사할린에서 여자 장사를 시작했던 조직인데 사고를 크게 친 적도 없고 조용히 지내서 경찰에서는 그냥 놔두고 있는 구멍가게랄까. 호텔 몇 개 운영하는 게 전부고. 사할린, 블라디보스토크 그리고 모스크바 변두리에도 하나 가지고 있고. 네가 죽인 러시아 군바리도 양 사장 감시 목적으로 이 조직에서 보낸 놈이야."

"한국에서 애들을 납치해서 그 호텔에서 성매매시키는 거야?"

형사는 허공에 손을 이리저리 옮기며 말했다.

"그렇겠지. 다른 나라 애들이랑 자매결연도 맺고 한국 애들은 러시아로, 러시아 애들은 동남아로, 동남아 애들은 한국으로, 그렇게 무역하는 거지. 글로벌 시대잖아. 다양한 인종을 경험하고 싶은 고객은 늘어나고, 전부 애들이니까 국적에 관계없이 쫄깃한 건 마찬가지고."

형사는 중요한 얘기를 하려는 듯 상체를 살짝 숙이고 작은 목소리로 말을 이었다.

"그런데 신기한 게 뭔 줄 알아? 이건 정말 나니까 알아낸 정보인데 말이야."

"뭔데?"

"20프로 올려 줄 거야?"

아, 이 짜증 나는 새끼. 스토리가 클라이맥스로 치닫고 있을 때 튀어나오는 광고만큼이나 짜증 났다.

"10프로."

"15프로."

이놈과 내 관계가 아름답게 끝나지는 않을 것 같은 예감이 들었다. 내가 말했다.

"콜."

형사는 소기의 목적을 달성해서 기분이 좋아진 듯 씩 웃으며 말했다.

"그 조직 대가리가 여자야. 한국 여자."

"고려인이야?"

"한국 여자라고. 한국인."

형사의 말을 듣는 순간, 뭔가 명확하게 보이는 느낌이 들다가 금세 뿌옇게 변해 버렸다. 형사가 말을 이었다.

"이름이랑 얼굴은 알려진 적이 없는데 짧게 목소리가 녹취되어서 성별만 알아낸 거라더군. 그거 말고는 철저히 베일에 싸여 있어서 못 찾았다고 하더라고. 굳이 말썽도 안 피우는데 들쑤실 필요도 없고."

애들 납치해서 수출입을 하는 데다 성매매까지 시키고 있는데 말썽을 피우는 게 아니라니.

"알아낸 게 그게 전부야?"

형사는 뻐기는 표정으로 말했다.

"김철수가 누군지 알아냈어."

이게 내가 진짜 알고 싶었던 것이다. 상체가 나도 모르게 형사를 향해 불쑥 나갔다.

"그게 누구야?"

"내가 비행기 예매표하고 부킹 시간을 일일이 대조해 가면서……."

"서론은 적당히 해. 돈 더 달라고 하면 주긴 하겠지만, 그러면 네 손가락 하나는 내가 가질 거야."

형사는 나를 빤히 바라보다 콧방귀를 뀌며 대꾸했다.

"무서워서 어디 거래하겠나. 돈 더 달라고 할 생각 없었어."

"김철수가 누구야? 윤지 불러낸 놈이?"

"이렇게 생긴 놈이야."

그는 휴대폰에서 사진을 하나 보여 주었다. 약간 벗겨진 머리에 뿔테 안경, 덥수룩한 수염이 자란 얼굴이었다. 생긴 것부터 변태 같았다.

"이름이 뭐야?"

"몰라."

이 자식이 장난하나. 얼굴은 알아냈는데 이름을 모른다고? 어이없다는 표정으로 형사를 바라보았다. 형사는 예상했다는 듯 어깨를 으쓱해 보이며 말했다.

"위조 여권이야. 여권 이름도 김철수고."

"그게 다야?"

"그게 다라니. 그거 찾느라 얼마나 고생했는데."

"얼굴로 사람 찾는 시스템은 없어?"

"있지. 직원이 일일이 CCTV 뒤져서 찾는 거."

결국 안경 벗고 수염 밀면 못 알아볼 만한 사진 하나 건진 게 전부였다.

"그럼 이 사진으로 할 수 있는 게 뭔데?"

"뭘 할 수 있는지도 이제부터 알아봐야지."

나는 더 이상 할 말이 없었기에 벌떡 일어섰다. 더 있다가는 형사의 얼굴을 함몰시킬지도 몰랐다.

"누군지 알아내는 대로 연락해."

"빨리는 안 나올 거야. 대한민국에 김철수가 한둘이겠어?"

"그럼 우선 다른 것부터 확인해 줘. 10여 년 전에 친딸 성폭행하고 도망쳤던 용의자가 자살한 사건이 있어. 용의자 이름은 김태권이고. 당시 담당 판사하고 검사 이름 좀 알아봐 줘. 오늘 내로."

"담당 판검사 알아보는 건 어렵진 않은데, 그건 또 무슨 일이야? 지금 일하고 관계된 거야?"

"나하고 관계된 일이 곧 당신하고도 관계된 일이겠지. 문제 있어?"

멍하니 나를 바라보던 형사가 물었다.

"나한테 뭐 화난 일 있어?"

나는 비닐봉지를 챙겨 들고 자리를 뜨며 말했다.

"알아내는 대로 문자 보내."

나는 의아해하는 그를 홀로 남겨 두고 주변인이 있는 병실로 향했다.

• • •

"꼭 그래야겠어?"

"환자니까요."

이해하고 싶어도 할 수가 없다. 주변인은 누운 채 컵라면 뚜껑을 깔때기처럼 말아서 입에 물고 떡볶이를 그 안에 하나씩 떨어뜨려 먹었다. 씹을 때에도 컵라면 뚜껑은 마술처럼 입에 붙어 있었다. 기괴한 모습은 그것만이 아니었다. 오랜 시간 운 것처럼 얼굴이 퉁퉁 부어 있었지만 그 어느 때보다 밝은 표정으로 누워 있었기에 마치 연기하는 것처럼 이질감이 느껴졌다.

"컵라면은 또 언제 먹었어?"

"배고파서요. 아저씨가 늦게 오셨잖아요."

누워서 깔때기를 입에 문 채 오물오물 처먹는 모습을 물끄러미 바라보았다. 깔때기를 두 번만 더 접으면 사람 죽이는 데 부족함이 없는 흉기로 쓸 수 있다. 특히나 저렇게 입에 문 상태라면 내려치는 것만으로도 목을 찢어서 피로 익사시킬 수 있다.

"아저씨는 안 드세요?"

주변인이 먹는 모습을 본 사람이라면 입맛이 없을 것이다.

"배 안 고파."

"오, 제가 먹는 것만 봐도 배부른 거예요?"

지난번에 비해 몸 상태가 훨씬 좋아진 것 같지만 뇌는 더 나빠지고 있다. 암이 뇌에 전이된 걸까?

"의사는 뭐래?"

"며칠만 있으면 통원치료 받아도 된대요."

누굴 귀찮게 하려고 통원이야?

"다 나을 때까지 입원해 있어."

주변인은 깔때기를 떡볶이 그릇에 퉤 뱉고는 나를 돌아보며 말했다.

"오, 좀 전에 약간 심쿵했어요. 아저씨가 절 그렇게까지 생각하는 줄 몰랐어요."

내가 뭐라고 그랬는데?

"있잖아요, 아저씨. 제가 부탁드린 일은 어떻게 되는 거예요? 말이 통 없으셔서."

"부탁? 무슨?"

주변인이 눈을 동그랗게 뜨며 되물었다.

"설마 까먹은 거예요?"

"부탁한 게 한두 개가 아니잖아. 떡볶이도 이렇게 사 왔고. 김말이 세 개, 만두 두 개."

주변인이 벌떡 일어나 앉으며 말했다.

"우리 아빠요! 우리 아빠 어떻게 돌아가셨는지 알아봐 주신다고 했잖아요."

"내가?"

"에이, 장난하지 마시고요."

장난도 약간의 애정이라는 게 있어야 하는 거다. 난 절대로 애새끼들한테는 장난치지 않는다. 내 굳은 표정을 읽은 주변인의 얼굴에서 조금 남아 있던 미소가 빠져나갔다.

"정말 기억 안 나요?"

"안 난다고 했잖아."

나를 물끄러미 바라보던 주변인이 말했다.

"아저씨, 저 정말 싫어하는 거예요?"

갑작스러운 진지한 질문에 선뜻 대답하기가 힘들었다.

주변인이 맘에 드는 것은 아니지만 그렇다고 싫어하는 것도 아니다. 난 원래 십 대들 자체를 싫어하기 때문에, 주변인이 그 종족 중에 하나라는 걸 감안하면 싫어하지 않는 것만으로도 파격적인 대우다.

"왜 그렇게 생각해?"

"저를 무시하잖아요."

"무시하면 싫어하는 거야?"

"좋아한다면 무시하는 게 아니라 그 사람이 원하는 건 뭐든지 해 주고 싶은 거잖아요."

도무지 중간이라는 게 없다. 핀트가 정교하게 어긋난 저 궤변에 피로감이 급히 몰려왔다. 좋아한다는 뜻을 알고도 우기려고 하는 말인지 그런 개념조차 없어서 아무 말이나 던지는 건지 알 수가 없었다.

"무시한 적 없어."

"그럼 왜 기억 못 해요? 지난번에 분명히 약속했잖아요."

"난 원래 약속 같은 거 잘 안 해."

"그럼 지금 제가 거짓말하고 있다는 거예요?"

"그건 모르지. 난 기억이 없으니까."

"지난번에 분명히……."

주변인은 말도 다 맺지 못하고 눈시울을 붉혔다. 그렇게 나를 노려보던 주변인은 신경질적으로 침대에 돌아눕고 입을 다물었다. 그러니 병실이 독서실처럼 조용해졌다. 진작 이럴걸. 먹다 남긴 떡볶이를 냉장고에 넣고는 자리를 털고 일어섰다. 문으로 향하는 내 뒤에 대고 주변이 말했다. 여전히 화난 목소리였다.

"어디 가요?"

"집에."

"여기 온 지 30분도 안 됐잖아요."

"종일 돌아다녔더니 피곤해서."

"뭐 하느라 그렇게 돌아다녔어요?"

"건물 좀 사느라고."

"와, 부자는 부자네. 무슨 건물을 편의점에서 컵라면 사듯이 사요?"

"그럴 만한 사정이 있었어. 이번 일은 나도 피해가 커."

"건물 볼 시간은 있으면서 제 부탁 들어줄 시간은 없었나 봐요?"

주변인에게 필요한 건 논술 학원이다. 전부터 느꼈던 거지만, 비꼬는 말조차 논리에 어긋나서 기분 나쁘게 만드는 것도 실패한다.

내가 말했다.

"그렇게 비꼬고 싶을 땐 네 요구 사항보다 가치가 떨어지는 걸 비교 대상으로 해야 하는 거야. 예를 들어서 '떡볶이 살 시간은 있으면서 제 부탁 들어줄 시간은 없었나 봐요?' 이렇게.

건물과 네 부탁 중에 내가 뭘 더 중요하게 생각할까?"

"재수 없어."

주변인은 중얼거렸다고 중얼거린 모양이지만 너무나 잘 들렸다.

"예의 없이 굴면 병원비 다 토해 내게 만든다."

"맘대로 하세요. 어차피 아저씨는 못 받을 테니까."

베개로 눌러 죽이고 싶은 충동이 일었지만 그동안 들어간 병원비가 아까워 그럴 수 없었다. 취직시켜서 월급을 차압하는 편이 훨씬 건설적이다.

"낫기나 해. 나으면 네 부탁 들어줄 테니까."

"정말요?"

"그래."

"이래 놓고 나중에 또 딴소리하는 거 아니죠?"

"지난번엔 약속한 적 없지만 이번엔 내가 약속했잖아."

"믿어도 되죠?"

"그래."

"그럼 더 놀다가요. 집에 아무도 없잖아요."

"혼자 있는 거 좋아해."

"할 일도 없으시잖아요. 서재에서 책이나 읽겠지."

쏘아붙이고 싶은 말이 목구멍에서 간질간질했지만 그냥 삼키고 병실 밖으로 나왔다. 그때 청소반장으로부터 전화가 왔다. 난 복도 끝 창가로 걸어가며 전화를 받았다.

"도착했어?"

그의 목소리에는 짜증이 가득 배어 있었다.

— 아주 개판을 쳐 놨네. 내 청소 인생 손가락에 꼽혀. 대단해.

"건물 어때? 그 정도면 월세 받기 딱 좋지? 아담하니 관리하기도 편하고."

— 피 내지 말고 죽이라고 귀에 못이 박히도록 얘기했건만, 도대체가 듣지를 않아. 목을 부러뜨려도 되고 졸라도 되고. 방법은 나보다 훨씬 많이 알고 있는 사람이 꼭 이렇게 난장을 피워 놓지.

"노래방 할 생각 없어? 인테리어 아주 잘해 놨던데."

— 계속 딴소리할 거야?

난 한숨을 내쉬며 물었다.

"원하는 게 뭐야?"

— 건물은 됐고, 돈으로 줘. 정찰가 다섯 배.

환호성을 지를 뻔했다. 하지만 너무 기뻐하면 내 진정성마저 의심받을 수 있기에 최대한 아쉬워하는 목소리로 물었다.

"건물이 별로야?"

— 여기서 나오는 임대 수입으로 우리 딸 학비를 내고 싶지는 않아. 시체들 보니 딱 범죄자들이네. 창고에 있는 시체는 자기가 그런 거 아니지?

"창고?"

— 고문당하고 죽은 거 보니까 한패거리는 아닌 거 같은데. 이 양반은 어떻게 할까?

유 소장이 분명하다.

"유족한테 알릴 수 있어?"

— 미쳤어? 유족한테 알리면 경찰이 개입할 텐데, 그러면 골치 아파져.

"그럼 그냥 같이 치워. 그리고 보수는 내가 좀 더 생각해서 넣을게."

— 그러면 고맙고. 그런데 정말 이게 마지막이다. 알겠어?

"이번에도 웬만하면 연락 안 하려고 했었어. 일이 버거울 정도로 커져 버리는 바람에 어쩔 수 없었지만."

— 계좌 번호 갖고 있지?

"아마도."

— 혹시 모르니 문자 한 번 더 보낼 테니까 그쪽으로 입금하시고.

"그래."

— 참, 그리고 아까 그건 무슨 말이야? 죽어도 되는 여중생 찾았잖아.

"농담이라니까."

— 곰곰이 생각해 봤는데, 당신이 나한테 농담한 적이 한 번도 없어. 게다가 당신은 충분히 그럴 수 있는 사이코잖아.

"말 좀 가려서 하지그래."

— 일 때문에 필요한 거야?

갈등했다. 농담이라고 하면 여중생을 어디서 구해야 할지 막막해지고, 그렇다고 진담이라고 하면 진짜 사이코가 될 테니까. 잠시 갈등을 하다 조심스럽게 입을 열었다. 배경을 설명하면 좀 나을까 싶어서.

"10여 년 전에 어떤 애 아빠가 자살한 사건이 있었어. 석연
치 않은 구석이 있어서 조사를 했는데 자살이 아니더라고."

— 의뢰받은 거야?

"그건 아니고. 어쨌든 범인이 누군지 파악은 했는데 그놈한
테 가까이 접근하려면 여중생이 필요해. 소아성애 변태라서."

— 애를 미끼로 접근하겠다는 거야? 애한테 너무 위험한 거
아냐?

"지금으로서는 그 방법밖에 없어. 내가 시간이 없거든. 혹시
지금 딸이 몇 살이지?"

— 야 이 미친놈아!

"욕하지 마. 그냥 궁금해서 물어본 거야."

— 아무리 당신이지만 애한테 너무 위험해. 변태라며? 변태
가 괜히 변태겠어? 궁지에 몰리면 무슨 짓을 할지 모른다고.

"그러니까 그런 애를 구해 줄 수 있다는 거야, 없다는 거야?"

— 내가 그런 애를 어디서 구해?

아냐, 이 개 같은…….

— 이제 일해야 하니까 그만 끊자.

"더 얹어 주는 보수는 없었던 걸로."

청소반장의 항의 소리가 들렸지만 무시하고 끊어 버렸다.
그러고는 무심코 뒤로 돌아서다가 너무 놀라 몸이 굳어 버렸
다. 환자복 차림의 주변인이 내 뒤에 서 있었기 때문이었다. 표
정이 굳어 있는 걸로 봐서 내 통화 내용을 들은 듯했다.

어색하게 웃으며 물었다.

"왜 나와 있어? 누워 있지. 그럼 잘 자고, 내일 봐."

재빨리 마무리 인사를 하고 주변인 곁을 지나쳐 가려는 순간, 주변인이 내 팔을 붙잡아 세웠다. 강한 힘도 아니었는데 나는 마술이라도 걸린 것처럼 발걸음이 그 자리에 묶여 버렸다.

"내가 할게요."

뒤돌아서 주변인을 바라보았다. 주변인은 여전히 창문 쪽을 바라보고 서서 다시 말했다.

"내가 할게요."

"하긴 뭘 해? 가서 잠이나 자."

"내가 한다고요."

엄한 표정으로 주변인을 바라보았지만 아무 말도 할 수 없었다. 나보다 더 엄한 표정으로 나를 바라보고 있었기 때문이다. 주변인이 듣지 말아야 할 얘기를 들은 게 분명했다.

주변인의 손을 뿌리치며 단호하게 말했다.

"안 돼."

주변인이 나를 돌아보며 말했다.

"우리 아빠 일이잖아요. 내가 해요."

"귀찮게 하지 말고 가서 자."

"내가 한다고요!"

주변인이 버럭 지른 고함 소리에 복도를 다니던 환자들과 간호사가 쳐다보았다. 어느새 주변인의 눈에서는 눈물이 흘러내리고 있었다.

내가 물었다.

"어디서부터 들은 거야?"

주변인은 눈물을 훔쳐 냈지만 한번 터져 나온 눈물은 좀처럼 멈추지 않았다. 여전히 울면서 대답했다.

"처음부터."

내가 부주의했다. 평소에는 이런 실수 하지 않는데 갑자기 왜 이러는 걸까?

내가 말했다.

"네가 나한테 의뢰한 일이잖아. 맞아?"

"그런 적 없다고 그랬잖아요."

"네가 쓸데없는 일을 벌일까 봐 그런 거야. 바로 지금처럼."

"아빠 일이잖아요."

"나한테 의뢰했으면 해결할 때까지는 내 일이야. 그러니까 넌 빠져."

"우리 아빠 일이라고! 우리 아빠 일!"

주변인은 여전히 울면서 또 고함을 질렀다. 간호사가 다가와 말했다.

"다른 환자분들께 방해되니까 다른 곳으로 가 주시겠어요?"

"죄송합니다."

급히 주변인을 병실로 데리고 들어와 침대에 앉혔다. 주변에 아무도 없어서인지 들어와서 엉엉 소리를 내며 더 크게 울기 시작했다. 왜 저러는 걸까. 아빠의 죽음에 대해 알게 되어서 그런 건 알겠지만 저렇게까지 울 일인가 싶었다. 간호사가 쫓아 들어와 한 소리 할까 봐 조마조마했다.

난 옆 침대에 걸터앉아 주변인에게 말했다.

"내가 알아서 할 테니까 치료에나 신경 써."

울던 주변인이 나를 보며 물었다.

"어떻게 하시려고요?"

"알아서 한다는 거에는 그 '어떻게'도 포함되어 있는 거야."

"죄도 없는 모르는 애를 납치라도 해서 데려가실 거예요?"

"안 데려가면 되지."

"그러다 눈치채고 도망치면요? 더 꽁꽁 숨어 버리면 어떻게 하실 건데요?"

나는 한숨을 내쉬고 말했다.

"마음은 알겠어. 아빠 일이니까 어떻게든 도움이 되고 싶겠지. 그런데 딸이 그렇게 위험한 일에 뛰어드는 걸 아빠가 원하실까?"

주변인은 우는 얼굴로 나를 바라보며 더 이상 말을 하지 않았다. 울음소리가 거슬리기 시작했기에 자리에서 일어났다. 병실 문을 여는 순간 뒤에서 주변인의 힘없는 목소리가 들렸다.

"말기예요."

생뚱맞은 소리에 나도 모르게 뒤를 돌아보았다. 주변인이 다시 말했다.

"췌장암이래요."

콧방귀를 뀌며 대꾸했다.

"아, 그러세요? 그래서 얼마나 산대? 백 년에서 약간 모자라대?"

주변인은 눈물을 훔쳐 내고는 차분한 목소리로 말했다.

"6개월요."

심상치 않은 주변인의 목소리에 잠시 동안 물끄러미 바라보다가 물었다.

"누가 그래?"

"간호사 언니들이 몰래 하는 얘기 들었어요."

영화가 떠올랐다. 다른 환자 얘기를 자기 얘기로 착각하고 죽음을 준비하는 내용의 블랙코미디가.

"그런 상황이었으면 나한테 진작 연락했겠지. 의사가 수술 깔끔하게 잘 끝났다고 한 거 너도 들었잖아. 잠이나 자."

병실을 나왔다. 암이란 게 그 주변으로 전이되는 건 봤어도 생뚱맞게 췌장이라니. 간호사 데스크를 찾아갔다.

"김윤지 환자 보호자인데요······."

내가 질문을 하기도 전에 안쪽에 있던 나이 든 간호사가 나를 보자마자 호통부터 쳤다.

"왜 이렇게 전화를 안 받으세요?"

"네? 전화요?"

그제야 병원에는 일할 때 쓰는 대포폰 번호가 아니라 내 개인 휴대폰 번호를 남겼다는 사실을 떠올렸다. 그 순간 불길한 느낌이 뒷골을 따라 전신으로 퍼졌다.

"무슨 일 있습니까?"

간호사는 작은 목소리로 말했다.

"담당 선생님께 직접 말씀을 들어야 하는데⋯⋯."

"췌장암 얘기예요?"

간호사의 깜짝 놀란 표정이 오히려 어이가 없었다. 간호사는 당황한 표정으로 물었다.

"담당 선생님하고 통화하셨어요?"

"애가 그러던데요. 췌장암 말기라고."

간호사의 얼굴에서 핏기가 가시는 게 보였다.

"6개월 남았다는데, 사실입니까?"

당황한 간호사는 해명하듯 띄엄띄엄 말을 했다.

"놀라셨겠지만 일단 진정하시고요."

우황청심환이 필요한 건 내가 아니라 간호사였다. 간호사는 손까지 떨면서 말했다.

"어떻게 알게 된 건지 모르지만 환자분이 알게 된 건 유감입니다. 하지만 보호자분에게 먼저 여러 차례 연락을 드렸는데 통화가 안 된 거지, 저희가 의무를 다하지 않아서 그런 게 아니니까⋯⋯."

왜 이렇게 긴장했나 했더니 의료 소송으로 번질까 봐 우려하는 모양이었다. 내가 말을 잘랐다.

"6개월 맞아요?"

"암이 많이 진행된 건 맞지만 그건 아니에요. 자세한 건 정밀 검사를 받아야 알 수 있는데 보호자분 동의가 필요하거든요. 그런데 보호자분께서 전화를 안 받으시니까⋯⋯."

"전화 얘기는 알아들었으니까 그만하시고, 어떻게 된 건지 말씀해 주세요. 전이가 된 건가요?"

"그건 제가 말씀드리기 어렵고요. 정확한 내용은 내일 담당 선생님께서 말씀을…….."

데스크를 내리치자 말을 하던 간호사는 물론 주변에 있던 간호사들까지 깜짝 놀라 돌아보았다.

"담당 의사 불러 주세요."

"퇴근하셨어요."

"그럼 전화 연결이라도 해 주시죠."

간호사는 근엄한 표정으로 말했다.

"마음은 충분히 이해합니다만 이렇게 소란 피우시면 곤란합니다."

소란 피우는 게 뭔지 안 겪어 본 모양이다. 나는 데스크에 있는 수화기를 집어서 간호사에게 내밀며 말했다.

"연결하시라고."

"보호자분, 막무가내로 이러신다고 해결되는 일이 아닙니다."

나는 잠시 숨을 크게 들이켰다가 내쉬고는 차분하게 입을 열었다.

"병원에서 검사를 한 게 몇 번인데, 췌장암을 이제 발견했다는 게 이해가 갑니까? 말기면 병원에 입원하기 전부터 상당히 진행이 됐다는 얘긴데 이해가 가나요?"

"그거에 대해서 담당 선생님이 잘…….."

앵무새처럼 내용 없는 말만 반복해서 하는 간호사의 입을 수화기로 쳐 버리고 싶었다. 대신 데스크를 수화기를 툭툭 두

드리고는 조용히 말했다.

"통화 한 번 하자는 게 무리한 요구예요?"

간호사는 무표정한 내 얼굴을 빤히 바라보다 어딘가로 전화를 걸었다. 그리고 한참 만에 머리를 조아리며 말했다.

"죄송해요, 선생님. 보호자분이 통화를 꼭 해야겠다고 하셔서요. 김윤지 환자 보호자분이요. 췌장암이라는 걸 어떻게 들었는지……. 네, 죄송합니다. 하지만 저희 간호사들은 규정을 잘 지키고……. 죄송합니다."

나는 간호사가 들고 있는 수화기를 빼앗아 들었다.

"퇴근하셨는데 미안합니다. 김윤지 환자 보호잡니다."

— 아, 네. 보호자분께 종일 연락을 드렸는데 전화를 안 받으…….

"애가 췌장암이라면서요. 어떻게 된 겁니까?"

— 보호자분, 약간 흥분하신 것 같은데 일단 진정하세요.

난 흥분하지 않았다.

"선생님, 주저리주저리 늘어놓는 거 별로 안 좋아하니까 간결하게 얘기해 주셨으면 좋겠네요. 왜 발견을 못 한 거예요?"

— 쉽게 설명을 드릴게요. 자궁경부암은 MRI로 검사를 해야 잘 볼 수 있습니다. 췌장 쪽은 CT로 봐야 선명하게 보이고요. 그런데 CT가 방사선 장비다 보니 애한테 많이 써서 좋을 게 없거든요. 그러다 보니까 제 밑에 의사가 놓친 모양입니다.

결국 오진을 했다는 어이없는 상황을 둘러대는 동시에 책임을 아래 직원에게 넘기는, 긴 개소리였다. 의사가 다급하게 말을 이었다.

— 윤지 학생 아버님이 아니시라니까 말씀드리는 건데, 병원에 왔을 때 이미 많이 진행된 상태였어요. 병원에 왔을 때 발견했어도 지금과 크게 다르지 않았을 겁니다.

하혈을 하는 바람에 자궁암이 주목받았을 뿐, 주변인을 죽이는 진짜 병은 따로 있었던 것이다.

"췌장암 증상이 뭐죠?"

— 여러 가지가 있지만 복통이 제일 심하죠.

"입원할 때 복통이 있었다고 말씀드린 거 같은데."

— 자궁암에도 복통이 수반되거든요. 그것만으로 판별하긴 힘들어요.

"췌장암이 자궁으로 전이된 건가요?"

— 그건 확정하기 어려워요. 부위가 부위인 만큼 각각 발병했을 수도 있고. 그래서 PET 검사를 할 겁니다.

"하세요."

— PET 검사를 받으면 치료 방법이 바뀔 수도 있어요.

"하시라고요."

— 비용이 꽤 나올…….

"하라고!"

버럭 내지른 고함 소리에 의사도, 간호사들도 그리고 지나가던 사람들도 놀라거나 불쾌한 표정으로 돌아보았다.

"이 양반, 마이 웨이 스타일이네! 하라는데 왜 자꾸 여러 번 말하게 만드나?"

— 알겠습니다. 일단 진정하시고요. 저희가 연락을 드리려고 노력했다는 것만 알아 주셨으면 좋겠네요. 부모님 연락은 여전히…….

진정하라는 말을 반복해서 들으니 더욱 진정이 되지 않았다. 의사의 말이 끝나기도 전에 수화기를 간호사에게 건네주고는 복도 끝 창문이 있는 곳으로 향했다. 이 사실을 알리면 마누라는 그 모든 짜증을 나에게 낼 게 분명했다. 항복을 권하러 적국에서 온 사신을 화풀이로 죽이는 것처럼 말이다.

휴대폰을 꺼내 마누라 전화번호까지 눌렀지만 손가락은 통화 버튼 주변에서 한참 동안 방황했다. 그때 누군가 달그락거리는 소리를 내며 뒤로 다가와 내 허리를 살며시 감싸 안았다. 링거 거치대를 끌고 나온 주변인이었다. 링거 주사와 비닐관이 주렁주렁 달려 있는 애처로운 팔이 내 허리에 감겨 있었다. 내 등에 얼굴을 묻은 주변인이 말했다.

"하지 마요."

주술에 걸린 것처럼 몸이 잘 움직여지지 않았다. 그대로 서서 물었다.

"왜?"

"그럴 필요 없으니까."

"엄마잖아."

"엄마는 맞지만 엄마였던 적은 한 번도 없어요."

무슨 뜻인지 알 수는 없었지만 어렴풋이 그 느낌은 전해져 왔다. 지금 이 사실을 알린다고 해서 불같이 화를 내는 마누라와 그 마누라에게 억울하게 당하고 서 있는 나 말고 달라지는 건 아무것도 없었다. 감겨 있는 주변인의 팔을 풀어내고 뒤로 돌아섰다. 울어서 퉁퉁 부어 있는 주변인의 서글픈 얼굴이 보였다.

내가 말했다.

"너 말기 아니래. 6개월 아니라고."

내 말을 들은 건지 아닌지, 주변인은 그냥 내 품에 안기며 말했다.

"조금만 이러고 있을게요."

죽기 직전에 내 품을 비집고 들어오던 다희 양의 모습이 보였다. 다희 양이 외로웠던 것처럼 주변인 너도 외롭구나.

손을 어색하게 뻗어 주변인의 등을 감싸 주었다. 주변인이 말했다.

"저는 아저씨 만나서 좋았어요. 조금 더 일찍 알았다면 친해질 시간이 더 있었을 텐데."

"나 만나서 좋을 일이 있었나? 고생만 했잖아."

주변인은 고개를 뒤로 젖혀 활짝 웃는 얼굴로 대답했다.

"부자잖아요."

나도 모르게 피식 웃으며 말했다.

"중딩 주제에 돈이 무슨 필요가 있어."

주변인은 놀란 표정을 지었다가 이내 웃는 얼굴로 말했다.

"역시 아저씨는 정신과에 가 봐야 해요."

"사실을 말했을 뿐이야."

"너무 그러지 마세요."

다시 내 품에 얼굴을 묻는 주변인에게 물었다.

"옷이나 사러 갈까? 지난번에 못 샀잖아."

주변인이 나를 올려 보며 되물었다.

"그래도 돼요?"

"항암 주사 맞고 머리털 다 빠지기 전에 사는 게 낫지 않을까?"

주변인은 기분 상한 표정으로 말했다.

"그만해요. 상처 받는다니까요."

사람에게 상처를 주는 건 쉽다. 솔직한 말이라는 포장으로 사실을 말하면 그게 상처가 된다. 그게 신기하다. 사실을 말해서 상처를 받지 않는 사람은 거의 보지 못했다. 사람들은 사실을 자신에게 좀 더 유리하게 해석하며 살아가고 있다는 의미가 아닐까?

"너 검사받아야 한대."

주변인이 다시 올려 보며 물었다.

"무슨 검사요? 조직 검사까지 다 받았는데."

그러고 보니 조직 검사까지 했는데도 암을 못 잡아냈다는 사실이 새삼 어이가 없었다.

"PET인가 뭔가 비싼 거 있대. 그걸 받아 봐야 정확히 알 수 있대."

"뭘 정확히 안다는 거예요? 제 삶이 얼마나 남았는지 알려 주는 거예요?"

"몰라. 의사가 하자니까 하는 거지."

고개를 가로저으며 말했다.

"싫어요."

"비싼 거야. 내 맘 바뀌기 전에 받아."

"아저씨, 그런 얘기는 나중에 하면 안 돼요?"

"나중에 언제? 네 장례식 때?"

"하아, 아저씨 말투 이젠 지친다, 진짜."

옆 병실에서 나오던 중년 여자가 부둥켜안고 있는 우리를 보고 흐뭇한 표정으로 말을 걸었다.

"아유, 부녀 사이가 좋네. 아빠가 그렇게 좋아요?"

주변인은 중년 여자를 힐끗 보고는 웃는 표정으로 대답했다.

"네! 우리 아빠예요!"

그렇게 말하고는 더욱 세게 끌어안는 주변인의 체온이 싫지 않았다.

그래서 복도 끝 창문 앞에서 한동안 그렇게 부둥켜안은 채 서 있었다.

22. Business Trip

차를 타고 가는 내내 남자 아이돌 노래를 들어야 했다. 주변인은 미동도 하지 않고 차 문에 팔을 걸친 채 창밖을 보고 있었지만 손가락만큼은 노래에 맞춰 까닥거리며 움직이고 있었다. 차에 타자마자 이상한 냄새가 난다며 투덜거리던 것과는 상반된 모습이었기에 약간은 불안했다.

"무슨 생각 해?"

주변인은 여전히 창밖에 시선을 둔 채 말했다.

"아무 생각 안 해요."

생각을 안 한다는 건, 하나에 몰두하지 않을 뿐 생각이 많다는 거다. 생각이란 건 내 의지대로 쉽게 없앨 수 있는 게 아니다.

"다른 노래 들어도 될까?"

"들을 만한 거 있어요?"

"어쩌면."

휴대폰을 카오디오에 연결해 Ed Sheeran의 'Shape of you'를 플레이했다. 통통 튀는 시작과 잘게 쪼갠 박자 때문에 듣게 된 노래다.

"좋은 차 놔두고 왜 이런 똥차를 산 거예요? 돈도 많으면서."

"쓰기 편해서."

글러브 박스를 열어 본 주변인이 뭔가를 꺼내 들었다.

"이런 거 갖고 다녀도 돼요?"

나이프였다. 최이새 집 앞에서 하나 빼 뒀던 게 떠올랐다.

"위험하니까 넣어 놔."

"내가 애도 아니고."

"내가 다칠까 봐 그래."

"칫. 삐짐."

"귀여운 척인지 뭔지 모르겠지만, 그거 하지 마."

"왜요?"

꼴 보기 싫다고 솔직히 말하면 또 뭔 짓을 어떻게 할지 몰라서 그냥 둘러댔다.

"안 어울려."

말꼬리를 잡힐까 두려워 재빨리 혼잣말을 했다.

"그런데 이 친구는 왜 연락이 없어?"

김태권 사건 담당 판검사를 알아봐 준다던 형사에게선 연락이 없었다. 대포폰으로 전화를 해도 안 받고 회의 중이라는 문자조차 보내지 않았다. 그래서 원래 휴대폰으로 전화를 해 봤지만 이건 아예 전원이 꺼져 있었다. 이 빌어먹을 자식이 돈이 필요 없어진 건가? 이런 식으로 나오면 재미없는데.

글러브 박스를 열었다 닫았다 반복하는 주변인에게 물었다.

"오늘 가서 어떻게 해야 한다고 했지?"

"얼굴만 보이고 차에 잠깐 가지러 갈 게 있다고 하고 돌아와서 문 잠그고 기다릴 것."

"휴대폰은?"

"긴급통화 준비 상태로 바로 쓸 수 있도록 켜 둘 것."

숙지는 제대로 하고 있는 것 같아서 고개를 끄덕였지만, 역시 주변인이 같이 가는 건 맘에 들지 않았다. 주변인에게 물었다.

"꼭 가야겠어?"

주변인이 말했다.

"왜 또 그래요. 이미 가고 있잖아요."

"너 때문에 나까지……."

"……다칠까 봐 그런다면서요. 수십 번은 말했어요. 안 다치게 할 테니까 걱정 마세요. 저한테도 생각이 있어요."

뇌도 덜 자란 게 생각이 있다니 더 불안해졌다.

"생각하지 마. 아무것도 하지 마. 얼굴 보이는 것도 하지 말고 그냥 차에 앉아 있어."

"알겠어요. 그럴게요."

도심 풍경에서 갑자기 산과 숲이 나타났기에 주변인은 아예 몸을 돌리고 창밖을 바라보았다.

"서울에서 이렇게 가까운 곳에도 시골이 있었네요."

"교외는 한 번도 안 와 봤어?"

"교회요?"

"교외, 서울 근교."

"아, 진작 그렇게 말하지. 제가 갈 데가 어디 있어요. 집, 학교, 학원, 집, 학교, 학원. 이게 전부지."

"엄마랑 여행도 안 갔어?"

주변인은 콧방귀로 대답을 대신하고 창문을 열었다. 숲에서 풍겨 오는 나무 향과 함께 바람이 흘러들어 왔다.

"아저씨! 우리 소풍 갈래요? 도시락 싸 들고 경치 좋은 데로요."

"그래. 검사받고 나면."

"뭐든지 조건 거는 거, 그거 나쁜 버릇이에요."

휴대폰 내비게이션이 목적지에 도착했음을 알림과 동시에 숲길 안쪽에서 별장으로 보이는 목조건물 하나가 서서히 모습을 드러냈다. 별장이 보이자 누가 먼저랄 것도 없이 우리 두 사람 모두 말이 없어졌다. 나는 차를 천천히 멈춰 세우고 별장을 살피며 물었다.

"어떻게 해야 한다고?"

"……."

주변인의 대답이 없어서 돌아보니 긴장한 게 역력한 얼굴로 별장을 뚫어져라 바라보고 있었다. 손까지 가늘게 떨고 있었다.

"안 해도 돼. 강요한 사람 아무도 없어. 지금이라도 차 돌려서……."

주변인이 고개를 가로저었다.

"아니에요. 해야죠. 아빠를 위해서."

"그렇게 떨면서 뭘 할 수 있다고 그래? 현장 일은 의지만 갖고 되는 게 아니야. 일단 돌아가자."

"싫어요. 여기까지 와서 그럴 순 없어요. 나 약한 애 아니에요."

그건 알고 있다. 폐가에서 애꾸눈과 남자애들에게 둘러싸여서도 물러서지 않는 모습을 똑똑히 봤으니까. 먼저 가서 주변을 익히려면 여기서 실랑이 벌일 시간은 없었다.

"내가 얘기해 준 대로만 하면 아무 문제 없어."

차를 천천히 움직여 별장 앞 공터에 세웠다. 아직 차가 없는 것으로 보아 계획대로 먼저 도착한 듯했다.

"30분쯤 후에 차가 들어올 거야. 너 데리고 온 사람 어디 있냐고 하면 담배 사러 갔다고 해. 같이 들어가자고 하면 의심하지 않게 일단 따라가. 현관 여는 걸 확인하고 나서, 물건 놓고 왔다고 차에 잠깐 다녀온다고 하고 차에 있어. 그럼 나머지는 내가 알아서 할 테니까. 이해했지?"

"무서워요."

"겁나면 안 해도 돼."

"그래도 할 거예요. 우리 아빠 일이니까."

주변인에게 고개를 끄덕여 보이고는 차에서 내렸다. 주변인에게 무기들을 보이고 싶지 않아서 재킷을 목까지 올리고 있었더니 셔츠 안은 한증막이었다.

차 문을 잠그라는 손짓을 해 보이고 별장과 거리를 두고 서서 CCTV부터 체크했다. 현관 바로 앞에 있는 CCTV 말고는 전면에는 더 이상 없었다.

주변 기척에 귀 기울이는 걸 게을리하지 않으면서 건물 뒤편으로 향했다. 뒤편으로 갈수록 숲이 우거져 있었기 풀 냄새가 점점 더 진해졌다. 건물 뒤쪽엔 장작과 장작을 패는 그루터기가 있었다. 장작을 패는 도끼는 보이지 않았지만 그 모습만으로도 숲 속의 별장 느낌이 물씬 느껴졌다.

건물의 후면엔 주방으로 통하는 뒷문 하나와 작은 창문이 전부였다. 뒷문 손잡이를 돌려 보니 예상대로 잠겨 있었다. 하지만 창문은 아니었다. 알루미늄 섀시 형태인데도 여닫이식으로 되어 있었다. 작은 크기지만 몸을 옆으로 하면 들어갈 수 있을 듯했다.

별장은 생각보다 작아서 구조와 퇴로를 익히는 데 많은 시간이 들지는 않았다. 문제는 건물 뒤편 숲 안쪽으로 나 있는 타이어 자국이었다. 방금 생긴 것임을 알려 주듯, 타이어의 요철을 따라 난 자국이 바람에 마모된 부분 없이 선명했기 때문이다.

타이어 자국을 따라 숲 안쪽으로 들어가니 잘 보이지 않던 길이 보였고, 그 길 끝에는 고급 SUV가 한 대 서 있었다. 누군가 먼저 온 것이다.

곧장 내 차가 있는 곳으로 뛰었다. 차 안에 있어야 할 주변인이 보이지 않았고, 설상가상으로 열려 있는 글러브 박스에는 나이프가 보이지 않았다.

"까아악!"

희미하지만 십 대 특유의 원숭이 울음소리 같은 비명 소리
가 들렸다. 별장 창문 옆에 붙어서 창문을 가리고 있는 커튼 사
이로 안쪽을 엿보았다.

중년 남자가 피를 흘리는 손으로 주변인의 머리채를 잡고
흔들고 있는 게 보였다. 우려했던, 그리고 하지 말라고 신신당
부했던 최악의 일을 주변인이 저지르고 만 것이다.

●　●●

"오빠 기억 안 나? 우리 10년 전에 사귀었었잖아."

주방에 숨어들고 난 후 제일 먼저 들은 소리였다.

"예쁘게 컸네, 우리 윤지."

주변인은 울음 섞인 숨소리만 낼 뿐이었고 판사의 목소리만
계속 이어졌다.

"지난 10년 동안 일부러 널 찾지 않았어. 사진도 안 봤지. 바
로 이 순간을 위해서. 그런 나한테 칼을 휘두른 건 너무하잖아."

조심스럽게 움직여 거실 쪽으로 다가가 꺼 둔 휴대폰을 꺼
내 거울처럼 거실 쪽을 비춰서 살폈다. 까만 액정 화면에, 바
닥에 주저앉아 있는 주변인과 소파에 앉아 상처에 붕대를 감는
판사의 모습이 보였다.

판사는 붕대를 감으며 말을 이었다.

"둘이서 오붓한 시간을 보내려고 해외여행을 계획했었어. 러시아에서 시작해서 이탈리아, 프랑스를 돌고 오려고 했었지. 엄마가 말씀 안 해 주셨어?"

심장이 덜컥 내려앉았다. 식은땀이 나고 손이 떨렸다.

주변인의 엄마가 내 마누라와 함께 프랑스와 이탈리아를 거쳐 러시아에 있다는 사실을 굳이 떠올리지 않아도, 더러운 일에 마누라까지 끌어들였다는 사실만으로도 심장이 불규칙하게 뛰었다. 눈앞의 식탁 위 누군가 먹다 만 컵라면을 무의식중에 바라보며 판사의 말에 귀를 기울였다.

"그런데 계획이 취소되어 버렸어. 갑자기. 당연히 화가 났지. 10년 동안 고대했던 여행을 이유도 가르쳐 주지 않고 일방적으로 취소시켰으니까. 하지만…… 어쨌든 이렇게 다시 만났으니까 거기에 의미를 두자."

나이 처먹은 중년이 아이에게 연인 대하듯 말하는 것이 역겨웠다.

"그동안 다른 애들도 만나 봤는데, 내 이상형은 역시 너야. 네가 다섯 살 때 첫눈에 반해 버렸지. 그런데 얼굴이 이게 뭐야? 유리 조각에 긁혔어? 상처 안 나게 조심하라고 그렇게 당부를 했건만. 쯧! 하지만 걱정 마. 엄마한테는 우리가 만난 거 알리지 않을 생각이니까. 너희 엄마가 안다고 생각하면 어딘지 모르게 마음이 좀 불편하거든."

소름끼치는 저 말을 더 이상 듣고 있을 수 없었다. 이 거리라면 주변인에게 피해 없이 단숨에 놈의 명줄을 끊어 놓을 수 있을 것 같았다. 살려 두고 문답 시간을 갖지 못하는 게 아쉽지만 어쩔 수 없었다.

품속에서 칼을 꺼내 튀어 나가려는 순간, 구석에서 작게 바람 부는 소리가 들렸다. 멈칫하며 돌아보자 냉장고 옆 작은 쪽문 앞에 누군가 권총을 든 채 서 있었다. 형사였다.

주방에 숨어들 땐 아무도 없었던 곳에 형사가 서서 얌전히 있으라는 듯 손가락을 입에 대 보이고 있었다. 전화도 안 받던 놈이 여기 있는 것도 이해가 안 가고, 내게 총을 겨누고 있는 상황도 납득이 가지 않았다. 지금 이게 어떤 상황인지 파악이 되지 않아 엉거주춤한 자세 그대로 있을 수밖에 없었다.

판사의 말이 이어졌다.

"이제 괜찮아. 방해되는 건 다 치웠으니까. 이 형사, 내 말이 맞나요?"

판사의 말에 놀란 건 나뿐인 모양이었다. 형사가 내게 총을 흔들어 보이며 거실로 나가라는 손짓을 보내오고 나서야 상황이 이해되었다. 형사가 날 팔아넘긴 것이다.

나는 천천히 일어나 판사와 주변인이 있는 거실로 걸어 나갔다. 판사는 말없이 나를 따라 시선을 움직였다. 그제야 놈의 얼굴을 명확하게 볼 수 있었다. 둥글넓적한 얼굴형이 어디서 본 듯한 느낌이었다.

판사는 씩 웃으며 형사에게 물었다.

"이분이 그분이에요?"

형사는 익숙하게 내 품속에 있는 무기들을 하나씩 꺼내며 대답했다.

"네."

얄미운 놈이 칼을 하나씩 뽑아 판사 뒤쪽으로 던지고 마지막에 뽑은 권총은 자신이 챙겼다. 그 모습을 바라보고 있던 판사가 놀란 듯 멈칫했다가 이내 웃는 얼굴로 말했다.

"무서운 분이셨네. 칼을 몇 자루나 가지고 다니는 거예요?"

판사의 시선이 나를 향해 있었기에 내게 던진 질문이라는 것은 알았지만 그냥 입을 다물고 있었다. 형사가 나를 무장해제시키고 뒤로 물러서자 판사가 소파에서 일어나 내 쪽으로 다가와 악수를 청했다.

"김정훈이오."

나는 손을 잡을 생각이 없었지만 놈은 강제로 내 손을 붙잡았다. 손을 빼내려고 했지만 그럴수록 놈은 더욱 꽉 쥐며 말을 이었다.

"아, 김철수로 알고 있죠?"

짐작은 했지만 놈의 입으로 직접 그 말을 듣자 새삼 충격에 빠졌다. 점박이를 통해 주변인을 요청한 놈도, 주변인의 아빠를 죽이도록 사주한 놈도, 지금 눈앞에서 징그럽게 미소를 짓고 있는 놈도 모두 동일 인물이었다.

더러운 오물을 만진 것 같아 거칠게 손을 흔들어 빼려고 했다. 그때였다. 판사의 표정이 매섭게 변하더니 내 손을 더욱 세게 움켜쥐었다. 내가 놈의 동작을 인지한 것은 그게 마지막이었다.

몸이 기우뚱하면서 시야가 이리저리 어지럽게 움직이더니 어느새 나는 바닥에 쓰러져 있었고 놈은 두 발을 내 목과 가슴에 걸치고는 왼팔을 가랑이 사이에 넣어 당겼다. 주짓수 대표 기술인 암바였다. 빠져나오려고 발버둥을 쳤지만 팔을 붙잡은 놈은 꿈쩍도 하지 않더니 갑자기 팔을 잡아 꺾었다.

"아악!"

굵은 줄이 터져 나가는 소리와 함께 형용할 수 없는 고통이 솟구쳤다. 팔이 부러지고 나서야 보도방 업주가 했던 말이 떠올랐다.

'주짓수인가 뭔가 유단자라서 남들 골프 얘기할 때 UFC 얘기만 한다더군.'

판사는 볼일을 다 본 사람처럼 손을 털고 일어났다. 놈은 옷매무새를 가다듬으면서 고통으로 바닥에서 몸부림치는 내게 말했다.

"초면이면 기본적인 예의는 지켜야지. 응?"

내가 고통스러워하는 모습에 주변인도 덩달아 비명을 지르며 내게 달려오려 했지만 판사가 주변인의 머리채를 붙잡았기에 다가올 수가 없었다. 주변인을 소파 위로 던진 판사는 주변인 옆에 앉아 아이의 어깨에 팔을 두르며 내게 말했다.

"이 형사 말로는 업계에서 알아주는 청부업자였다며. 맞아?"

나는 뒤로 꺾여 있는 팔꿈치의 고통이 너무 심해서 대답할 여력이 없었다. 이를 악문 채 판사를 노려보기만 할 뿐이었다. 판사가 형사에게 말했다.

"이 형사, 대답 좀 잘하시게 팔꿈치 좀 펴 드려요."

형사는 고개를 끄덕이고는 내게 다가와 앞으로 튀어나와 있는 팔꿈치를 발로 밟았다.

"야 이 개새끼야!"

형사에게 욕설을 퍼부었다. 미칠 듯이 고통스러웠기에 발을 동동 굴렀지만 전혀 도움이 되지 않았다. 팔꿈치는 우두둑거리는 소리를 내며 원상태로 돌아왔지만 팔은 조금도 움직일 수 없었다. 인대가 완전히 끊어진 것이다.

형사를 노려보며 이를 악물고 물었다.

"왜! 왜!"

말하는 것도 힘들어서 길게 묻지도 못했다. 형사는 나를 내려 보며 말했다.

"왜 갈아탔냐고? 곰곰이 생각해 봤는데 돈보다는 사회적 지위가 더 중요한 것 같아서. 아직 젊잖아."

"개새끼."

형사는 이죽거리며 대꾸했다.

"워, 워, 애 앞인데 말조심해. 네가 자초한 일이야. 김태권 사건 담당 판사님 알아봐 달라고만 하지 않았으면 이럴 일도 없었을 거야. 담당 판사님을 찾는데 김철수 여권에서 본 얼굴이 떡하니 있더라고. 나름 변장을 하신 모양이지만 못 알아볼 리가 없지."

형사의 말에 판사가 민망하다는 듯 키득거리며 웃었다. 형사가 말을 이었다.

"그래서 둘 중에 한 사람을 택해야 했지. 대법원장까지 바라보고 계신 명망 높은 판사님이냐, 아니면 돈 많은 은퇴한 살인 청부업자냐. 이쯤 되면 답은 금방 나오잖아. 이번 일이 다 끝나고 나면 네가 날 죽이지 않는다는 보장도 없고. 특히 너처럼 아쉬울 게 없는 놈은 더더욱. 하지만 저기 계신 판사님은 다르지. 잃을 게 정말 많은 분이니까."

판사도 형사의 속내는 처음 듣는지 어이없다는 듯 콧방귀를 뀌었지만 이내 수긍의 의미로 고개를 끄덕였다. 형사가 말을 이었다.

"그게 네가 여기 누워 있는 이유야. 그리고 여기서 죽는 이유고."

판사는 형사의 말이 끝나기를 기다려 주변인의 허벅지를 쓰다듬으며 내게 말했다.

"넌 이 애를 강간한 혐의로 수배가 될 거야. 그리고 자살한 시체로 발견되겠지. 이 형사는 1계급 특진을 하게 될 거고."

김태권이 죽은 것과 똑같은 레퍼토리였다. 그 시나리오대로라면 최이새가 그랬던 것처럼 형사의 말로도 비참할 게 분명했다. 하지만 말을 해도 형사는 듣지 못할 것이다. 아니, 안 들을 것이다. 그때 주변인이 떨리는 목소리로 판사에게 말했다.

"저 사랑하신다고 그랬죠? 그럼 절 봐서 아저씨는 살려 주세요. 제발요."

살짝 웃는 표정이던 판사의 얼굴이 싸늘하게 굳었다. 그 얼굴로 주변인을 노려보다 입을 열었다.

"사랑? 누구를?"

주변인은 당황한 표정으로 입을 다물었다. 판사는 쓰다듬던 주변인의 허벅지를 꽉 움켜쥐며 말을 이었다.

"오버하지 마. 너도 다시 볼 일 없어."

판사는 벌떡 일어서며 주변인의 머리끄덩이를 잡고 일으켜 세웠다. 주변인의 비명 소리가 들렸지만 내가 할 수 있는 건 아무것도 없었다. 판사는 주변인의 머리에 코를 대고 킁킁거리며 말했다.

"난 열 살 이상은 상대 안 해. 너니까, 내 첫사랑이니까 특별히 만나는 거야. 알겠니?"

판사는 눈으로 형사에게 신호를 보내고는 주변인을 끌고 침실로 들어갔다. 침실 문 너머로 저항하는 주변인의 비명 소리가 들렸다. 침실 문을 노려보고 있는 내 다리를 형사가 툭 찼다.

"일어나. 다리가 부러진 것도 아니잖아."

둥근 탄창을 가득 채우고 있는 총알이 유난히 커다랗게 보였다. 경찰에 지급된 22구경 리볼버 권총은 구식인 데다 파괴력도 별로였지만 내 머리통 하나 날리기에는 충분할 만큼 강력했다. 처형 시간이 된 것이다. 천천히 일어나며 머리를 굴렸지만 뾰족한 수가 떠오르지 않았다. 형사가 아니라 일반인이었다면 급습으로 어떻게 할 방법이 있을 법도 했지만, 상대가 이런 일에 익숙한 형사였기에 섣불리 행동할 수 없었다.

"뒤뜰로 가자."

형사는 총으로 내 등을 쿡 찌르며 앞으로 밀쳤다. 뒷문이 있는 주방이 가까워질수록 마음이 점점 더 조급해졌다. 마음이 조급해지니 머리는 더욱 굴러가지 않았다. 형사가 말했다.

"저 변태 새끼는 내가 적당한 시점에서 손봐 줄 생각이니까 너무 억울해하지 마. 저런 변태 새끼가 대법원 실세라니 기가 찰 노릇이다."

나는 형사에게 말을 하며 식탁 위에 퉁퉁 분 컵라면을 바라보았다.

"최이새라고 아나? 김태권 사건을 실드 쳤던 비리 경찰이었지. 그 자식도 결국 죽었어. 너도 똑같이 버려질 거라고."

"알아. 사건 파일이라면 어제 밤새도록 읽었거든. 그런데 그 양반하고 난 머리 쓰는 게 근본적으로 달라. 은퇴를 하지 말았어야지."

컵라면에 꽂혀 있는 나무젓가락이 눈에 들어왔다. 형사에게 말했다.

"넌 저 판사 자식 못 이겨. 하수인으로 부리다가 필요 없어지면 버리겠지."

"그건 내가 알아서 할 테니까 걷기나 해. 거북이도 아니고 왜 이렇게 느려?"

내가 물었다.

"컵라면 네가 먹던 거야?"

"그래. 오늘 첫 끼니였는데 네 덕분에 다 먹지도 못했네."

"내가 좀 먹어도 되나?"

"뭐? 지금?"

"사형수도 마지막 식사는 푸짐하게 주잖아. 좀 먹을게."

나는 그의 대답을 기다리지도 않고 컵라면에 손을 뻗었다. 형사가 말했다.

"무슨 개수작인지는 모르겠지만, 하지 마. 아무것도 하지 말라고."

그의 말이 끝났을 땐 내 손에 이미 컵라면이 쥐어져 있었다. 그 컵라면을 형사에게 뿌렸다.

형사는 반사적으로 국물을 피해 몸을 뒤로 뺐다.

나는 그 순간을 놓치지 않고 놈의 목에 나무젓가락을 꽂았다. 왼팔이 자유로웠다면 일이 금세 끝날 수도 있었겠지만, 성한 팔이 오른팔이라는 것에 감사하는 마음으로 최선을 다했다. 그런 다음 동그란 탄창이 돌아가지 못하도록 오른손으로 움켜잡고는 이마로 놈의 코를 들이받았다.

놈은 냉장고 쪽으로 주저앉으면서도 방아쇠를 당겼지만, 단단히 움켜잡힌 탄창이 돌아가지 않았기에 총알은 발사되지 않았다.

총을 쥔 채 목에 꽂아 둔 나무젓가락을 무릎으로 망치질했다.

젓가락이 내 무릎에도 상처를 냈지만 개의치 않고 반복해서 때려 넣었다.

놈은 주저앉은 채 놀라고 당황한 얼굴 그대로 총을 놓쳤다.

권총을 빼앗아 허리춤에 꽂아 넣은 나는 형사의 목에 박혀 있던 나무젓가락을 붙잡았다.

젓가락 뒷부분이 부러져 나가 짧아진 데다 피범벅이 되어 미끄럽기까지 해서 뽑아내기가 힘들었지만 이를 악물고 뽑아냈다.

젓가락이 뽑히자 뚜껑이 열린 주스처럼 피가 뿜어져 나왔다. 형사는 목을 붙잡고 버둥거리며 내게 달려들었지만 이미 기운이 많이 빠진 상태였기에 효과는 없었다.

싱크대 위에 있던 주방 칼을 들고 놈에게 다가섰다. 조금 전까지만 해도 덤비려고 했던 형사의 눈동자가 구걸하는 눈빛으로 바뀌어 있었다. 목숨을 두고 갑과 을이 뒤바뀌면 이렇게 극단적으로 입장이 바뀐다.

시간이 없었기에 한 번만 찔러도 될 일이었지만, 뒤통수를 친 배신자를 그냥 보낼 수는 없었다.

칼날을 옆으로 뉘어서 놈의 왼쪽 목에 깊게 찔렀다. 그리고 놈의 가슴을 발로 고정시키고 목뼈를 지렛대 삼아 칼날을 앞으로 잡아 뺐다.

칼날이 무뎠기에 두세 번에 걸쳐서 잡아당겼고, 칼날은 결국 놈의 성대와 식도까지 자르고 앞으로 튀어나왔다.

목이 반쯤 잘린 형사는 엄청난 양의 피를 쏟아 내며 고개를 숙인 채 움직임을 멈췄다.

형사의 권총을 내 바지 뒤춤에 꽂아 넣고는, 형사가 빼앗아 갔던 내 총을 챙겨 들고 곧장 침실로 향했다.

침실 문 너머로 주변인의 저항하는 소리가 들리다가 어느 순간 인기척이 갑자기 사라졌다. 잠시 문에 귀를 대고 기척을 느끼려 했지만 조용히 내쉬는 내 숨소리 말고는 쥐 죽은 듯이

고요했다.

조용히 침실 문을 열었다. 문이 열리면서 방 안의 풍경이 점점 넓어져 갔다. 침대의 아랫부분이 보이더니, 주변인의 발과 다리가 차례로 나타났다. 기절을 시켰는지 미동조차 없는 주변인의 몸이 보일 때쯤, 침대 위에는 주변인밖에 없다는 사실을 깨달았다.

바로 그때였다. '부웅' 하는 소리와 함께 옆에서 매서운 칼바람이 느껴졌다. 화들짝 놀란 나는 허둥거리며 뒤로 물러섰고, 칼바람은 들고 있던 총을 후려치고 지나갔다. 강한 충격에 총을 놓치며 주저앉는 순간, 기다렸다는 듯이 방 안쪽에서 속옷 차림의 판사가 커다란 도끼를 들고 모습을 드러냈다.

판사는 장작을 패듯 도끼를 양손으로 높이 치켜들고 나를 향해 내리찍었다.

몸을 옆으로 굴려 간신히 피한 다음 뒤춤에 숨겨 둔 형사의 권총을 뽑으려 했지만 아무것도 잡히지 않았다.

다급하게 둘러보니 판사 바로 옆에 권총이 떨어져 있는 게 보였다.

총을 발견한 것은 판사도 마찬가지였다. 놈이 바닥에 깊이 박힌 도끼를 포기하고 권총을 집어 들었기에 내가 할 수 있는 건 온몸으로 돌진하는 것뿐이었다.

주짓수 유단자와 몸을 섞는 것 자체가 자살행위였지만 선택의 여지가 없었다. 이렇게 몇 초씩이라도 생명을 연장해야 기회라는 것도 있기 때문이다.

이마로 놈의 얼굴을 들이받으려고 했지만 놈의 머리는 순식간에 아래쪽으로 사라졌다.

놈은 자세를 바짝 낮춰 내 하체를 붙잡고 뒤로 쓰러뜨리려고 했지만, 난 거의 엎드린 자세로 놈의 공격을 막아 냈다.

나도 똑같이 자세를 낮추자 마치 황소 두 마리가 머리를 맞대고 싸우는 형국이 되었다. 나는 순간적으로 눈에 보인 놈의 귀를 물어뜯었다.

"아악!"

판사가 놀라서 물러섰지만 나는 물러서지 않고 놈의 움직임을 따라 밀고 들어갔다. 이번엔 코가 보였다.

"으아악!"

귀는 완전히 잡아 뜯는 데 성공했지만 코는 콧기름과 피 때문에 미끈거려서 코끝만 뜯어낼 수 있었다.

정신을 못 차리는 놈의 머리를 이마로 다시 노렸다.

이마에 묵직한 충격이 전해지며 놈의 코가 주저앉는 느낌이 확실히 들었다.

허둥대던 판사는 자신이 흘린 피를 밟고 미끄러져 엉덩방아를 찧었다. 나는 그 순간을 놓치지 않고 놈의 얼굴을 향해 무릎을 날렸다.

하지만 놈은 노련하게 피해 내고는 내 다리를 붙잡았다.

놈에게 다리를 붙잡힌 순간 소름이 돋았다. 놈이 내 다리에 자신의 다리를 감아 쓰러뜨리는 순간 무릎이 먼저 작살날 것이고, 그다음엔 목이 부러질 게 분명했기 때문이다.

바닥에 박혀 있던 도끼를 옆으로 밀어서 뽑아 들고 놈의 등을 향해 있는 힘껏 내리쳤다.

"헉."

판사의 입에서 짧은 숨소리가 튀어나왔다. 장작 패는 도끼는 날이 날카롭지 않기에 놈의 등에 꽂히지는 않았지만, 몽둥이처럼 묵직한 도끼날에 작지 않은 충격을 입은 것만큼은 분명했다. 놈의 팔에서 힘이 빠져나가는 게 느껴졌다.

나는 재빨리 다리를 빼내고 놈의 어깨를 향해 도끼를 내리찍었다. 이번엔 장작패기 도끼의 용도에 맞게 제대로 박혔다.

도끼날은 놈의 발달한 승모근을 가르고 쇄골을 부수며 멈췄다.

그 상태에서도 놈이 내가 흘린 권총을 집으려고 손을 뻗었기에, 어깨에 박았던 도끼를 뽑아 권총으로 향하는 손을 내리찍었다.

판사의 비명 소리는 내가 질렀던 소리보다 훨씬 크게 터져나왔다. 한 손으로 휘두른 어설픈 도끼질이었기에 손목을 자르진 못했다. 피부를 찢고 들어간 도끼날은 팔뚝 뼈에 부딪혀 튕겨 나왔다.

판사는 코와 귀, 어깨에서 피를 흘리며 지치고 고통스런 얼굴로 주저앉아 있었지만, 놈의 힘과 기술을 직접 겪은 나로서는 안심이 되지 않았다.

난 도끼로 놈의 팔꿈치를 있는 힘껏 다시 내리쳤다.

"아악!"

놈의 오른쪽 팔꿈치가 옆으로 돌아가 있는 걸 확인하고 나서야 안심이 되었다. 팔을 못 쓰는 주짓수는 아무것도 아니니까. 판사는 엉덩이를 끌고 뒤로 가더니 벽에 상체를 기대앉았다.

한차례 광풍이 휩쓸고 지나갔기에 판사는 물론 나도 너무 지쳐 있었다.

판사가 코에서 흘러나오는 피를 입으로 불어 내고는 입을 먼저 열었다.

"내가 너무 얕봤어. 청부업자라고 해서 몰래 습격이나 할 줄 알지 기술은 없을 거라고 생각했거든."

"이해해. 여럿이 몰려다니면서 야구 배트로 때려죽이는 걸로 청부업자 명함 파고 다니는 세상이니까."

"나 차차기 대법원장 후보라고. 내가 값을 빚 하나 남겨 둬서 나쁠 거 없다는 얘기야."

"협상하자는 거야?"

"그런 셈이지."

대법원장을 알아 둬서 나쁠 건 없다. 아니, 완전 좋다. 세상이 바뀌었어도 이런 놈들은 있을 거고 사법고시 출신이면 검찰에도 잘나가는 동기가 한둘은 있을 것이다. 내가 물었다.

"나한테 뭘 해 줄 수 있는데?"

판사는 씩 웃으며 대꾸했다.

"지금까지 있었던 모든 일에서 너는 빠질 거야. 그리고 앞으로 일어날 일에서도."

"너도 이 형사처럼 배신할 수 있잖아."

판사는 고갯짓으로 사방을 가리키며 말했다.

"이 모든 게 누구 약점이겠어? 이 형사가 말했듯이 잃을 게 많은 건 네가 아니고 나야."

"김태권 씨도 그렇게 생각했겠지. 그래서 언론에도 제보하고 인터넷에도 터뜨렸겠지. 그런데 어떻게 됐어? 결과는 네가 더 잘 알잖아."

판사의 낯빛이 심각해졌다. 그가 말했다.

"누구 때문에 이렇게 된 줄 알아?"

판사는 방 안에 기절해 있는 주변인을 턱으로 가리키며 말을 이었다.

"저 애 엄마 때문이야."

"잠깐."

주변인이 혹시나 깨어나서 듣게 될까 봐 방문을 닫고 나서 판사에게 말했다.

"계속해."

"그년이 원래 뭐 하던 년인 줄 알아? 포주였어. 원래부터 미성년자를 전문으로 취급하는 미친년이었지. 상류층 상대로 장사를 하다가 단속에 걸려서 잡혀 온 거야. 성매매만으로도 형량이 많은데, 하물며 그게 미성년자다? 형량으로 따지면 다시는 햇빛 못 보지."

"그런데 어떻게 풀려난 거야?"

"그 미친년이 담당 검사한테 딸을 바쳤거든."

지금 듣고 있는 게 실화라는 사실이 꿈처럼 느껴졌다. 차라리

리투아니아 같은 잘 알지도 못하는 나라에서 일어난 일이길 바랐다. 아니다. 그 어떤 곳에서도 일어나서는 안 되는 일이었다.

내가 물었다.

"검사? 장 검사?"

판사는 고개를 끄덕이며 말했다.

"그년도 운이 참 좋지. 검사가 마침 로리타 취향이었어. 미성년자 단속팀을 스스로 만들 정도로 애를 좋아했거든. 실적이 없을 때는 잡아넣고, 실적이 좋을 때는 대가를 받고 풀어 주고. 그 새끼한테는 천국이었지."

"그 새끼 뒤 봐준 게 당신이고?"

"검찰 내 단단한 라인에 넣어 줬을 뿐이야. 정말 그뿐인데 권력의 꿀맛을 봐서 그런지 녀석이 알아서 충성을 하더군. 내가 거절할 이유는 없잖아. 이런 취향 공유하는 동지를 만난 것도 천운인데."

동지라는 표현에 나도 모르게 헛웃음이 흘러나왔다. 판사가 말을 이었다.

"그 포주 년 잡아서 여태까지 있었던 일 다 씌워서 처넣는 걸로 마무리하자고."

"넌 그 짓거리 계속하려고?"

"포주를 처넣으면 내가 애를 어디서 구해? 난 그런 능력은 없어. 동영상으로 만족하고 사는 수밖에 없지."

그것도 농담이었는지 스스로 웃기다고 생각한 듯 피식거렸다.

내가 물었다.

"여기 별장은 누구 소유야?"

"장 검사."

"장 검사?"

"스트레스 받을 때마다 와서 노는 곳이야. 파티도 하고 맛있는 것도 먹고."

"장 검사라는 인간, 이름이 도대체 뭐냐?"

"장강순."

분명 입에 붙는 게 어디서 들어 본 듯한데 기억은 나지 않았다. 얘기를 듣느라 자세를 낮췄던 나는 허리를 곧추세우며 말했다.

"그럼 여긴 그 자식이 알아서 수습하겠네."

판사는 불길한 생각이 들었는지 다급하게 말했다.

"수, 수습이라니? 무슨 수습?"

놈이 집으려다가 실패한 권총을 집어 지문을 닦아 내고는 주방 쪽으로 던지며 말했다.

"무슨 뜻인지 알잖아."

"이러지 마. 충분히 같은 편이 될 수 있어. 너도 외롭잖아. 우리처럼 비밀이 있는 사람들은 외톨이로 살 수밖에 없어. 같은 처지끼리 터놓고 지내면 좋잖아. 정말 다른 세상을 경험하게 될 거야. 우리 이러지 말자. 응?"

연인에게 쓸 법한 저 말투가 새삼 역겨웠다. 난 도끼를 집어 들었다. 제대로 내려치기 위해 손잡이를 고쳐 잡으며 말했다.

"난 외로운 적 없었어."

도끼로 놈의 머리를 내리찍었다. 이번에도 빗맞아 찢어진 머리 가죽만 들춰 놓고 도끼가 옆으로 미끄러졌다. 충격을 받은 판사는 뇌진탕을 일으킨 듯 눈을 허옇게 뒤집었다.

"쯧."

도낏자루를 짧게 쥐고 다시 한 번 내리쳤다. '퍽' 하는 소리와 함께 도끼가 머리에 깊숙이 박혔다. 손을 떼었지만 도끼는 판사의 머리에 단단하게 박혀 있었다. 이번엔 제대로였다. 한 손 도끼질 능력이 조금은 상승한 기분이었기에 약간의 보람이 느껴졌다.

바닥 여기저기 흩어져 있던 내 나이프들을 챙겨 방검 셔츠 홀스터에 하나씩 정성스럽게 꽂아 넣었다. 이어 새로 장만한 권총을 주워 들고 살폈다. 슬라이드에 도끼날 자국이 선명하게 찍혀 있었지만 사용하지 못할 정도는 아니었다. 권총을 홀스터에 꽂아 넣으려 했지만 여전히 잘 맞지 않아 넣기가 쉽지 않았기에 바지 앞춤에 대충 찔러 넣고, 빠뜨린 것이 없는지 주변을 살폈다.

"아, 휴대폰."

대포폰일 게 뻔한 판사의 휴대폰을 챙기고는, 더 이상 생각나는 게 없었기에 침실 문을 열고 들어갔다.

침대 주위로 거칠게 찢긴 옷이 널려 있었고 침대 위에는 여전히 정신을 잃은 주변인이 알몸으로 죽은 듯이 누워 있었다. 이불로 주변인의 몸을 둘둘 말아 감싸고 찢어진 옷 조각을 이불 속에 대충 쑤셔 넣었다.

번데기처럼 된 주변인을 오른쪽 어깨에 둘러메려고 했지만 등과 허리가 쑤셔서 잠시 쉬어야 했다.

"끙차!"

나도 모르게 아재의 기합 소리가 튀어나왔다.

주변인을 둘러메고 뒷문으로 빠져나와 차로 향했다. 이렇게 무거울 줄 알았으면 대형 여행 가방이라도 준비할걸. 차에 도착해서는 시체를 싣던 습관대로 트렁크를 열었다가, 혼자 화들짝 놀라 다시 닫고는 뒷좌석에 싣고 차를 출발시켰다. 별장을 빠져나오는 길은 올 때와 달리 어둡고 을씨년스러웠지만, 내 기분만큼은 정반대였다.

시간을 확인하고 마누라에게 메시지를 보냈다.

— 아직 사할린이지?

한참 만에 회신이 왔다.

— 응, 무슨 일 있어?

— 그 언니랑 좋은 시간 보내고 있어?

— 호텔에서 야식 중. 왜? 부럽냐?

— 그럼 안 부럽냐? 호텔 사진이나 하나 찍어서 보내 봐. 나도 구경이나 하게.

— 잠깐만.

잠시 후에 사진이 날아왔다. 선해 보이는 이혼녀와 나란히 앉은 마누라가 손가락으로 'V' 자를 그린 사진이었다. 내가 보고 싶은 건 즐거워 보이는 마누라나 이혼녀가 아니었다. 그들 주변에 있는 비품들에 새겨진 호텔 이름이었다.

'Noble Voyage'. 두 사람이 묵고 있는 호텔이었다.

— 우와, 좋아 보이네.

— 설마 오려고 그러는 거 아니지?

— 며칠 있으면 만날 텐데 뭘. 잘 놀다 와.

— 오케이. 오빠도 잘 자. 뽕!

마누라의 기분이 좋은 걸로 보아 다행히 아직 아무 일도 없는 듯했다. 하지만 이혼녀의 정체를 알 게 된 이상 그냥 둘 순 없었다. 마누라에게 접근한 것이 우연일 리 없다. 주변인을 맡긴 것부터 시작해서 내게 접근한 속셈이 무엇인지가 가장 신경 쓰였다.

운전을 하는 틈틈이 스마트폰으로 인천발 사할린행 왕복 항공 티켓을 예약하고는 곧장 병원으로 향했다.

23. 무엇보다 자연스러운

　비행기는 유즈노사할린스크 공항에 다소 거칠게 내려앉았다. 횡풍이 심하게 부는 날이었기에 동체를 옆으로 반쯤 틀어서 내려앉기 시작했고, 바퀴가 활주로에 닿기 직전에야 똑바로 방향을 잡아 착륙했다. 그 진동으로 몸이 흔들릴 정도였다.

　비행기에서 내려 입국 수속을 밟는 내내 병원에서의 일이 떠올랐다. 병원에서는 팔꿈치 수술부터 해야 한다고 했지만, 인대가 모두 끊어져서 인공 인대로 대체하는 수술은 꽤 큰 수술이었기에 당분간은 깁스만으로 버틸 수밖에 없었다. 대신 주변인에게 필요한 모든 검사를 하라는 주문을 병원 측에 했다.

　주변인은 췌장암 말기라는 소리를 들었을 때보다 더 말이 없어졌고 침울해져 있었다. 말을 하지는 않지만 판사가 한 말 때문에 충격을 받은 게 분명했다. 성인인 나도 판사의 말에 적잖은 충격을 받았기 때문에 주변인이 충격을 받는 건 당연한 일이었다.

주변인의 정신이 돌아왔을 때, 가장 필요한 질문을 주변인에게 던졌다.

"새아빠 이름이 뭐야?"

주변인은 멍하니 병원 천장을 바라보며 건조한 목소리로 말했다.

"박형주요."

보도방 업주였다. 짐작은 했지만 확신이 없어서 찜찜했던 마지막 퍼즐 조각이 맞춰진 느낌이었다. 주변인에게 진작 새아빠 이름을 한 번만 물어봤더라면 이렇게까지 어렵게 돌아오진 않았을 거란 생각이 들었다. 주변인에 대한 모든 상황과 인물 관계가 한 번에 정리되면서 내 머릿속은 그 어느 때보다 선명해졌다. 더 이상 주변인에게 확인할 게 없었기에 그 아이의 손을 꼭 잡아 주고는, 다음 할 일을 위해 이곳으로 곧장 날아온 것이다.

사할린에 도착했을 땐 이미 오후가 시작된 시간이었다. 공항에서 가장 먼저 한 일은 공항 내 매장에서 꿀을 사는 것이었다. 향이 강한 꿀을 축구공만 한 단지째로 사 들고 택시에 올라탔다.

"Noble Voyage Hotel, please."

택시 기사는 고개만 살짝 끄덕이고는 나를 싣고 호텔로 향했다. 종종 출장 나온 곳이었지만 오늘은 기분이 달랐고, 풍경도 달랐다. 한적했던 풍경은 삭막하게 보였고, 고요함은 폭풍

전야의 정적으로 느껴졌다.

앞쪽에 호텔 이정표가 보였기에 그 전에 기사에게 주문했다.

"Full over, here."

"Here?"

"Yes, right now."

둘 다 영어가 서툴렀기에 짧은 영어 몇 마디로 대화가 끝났다. 그에게 지폐를 건네고 잔돈은 가지라는 뜻으로 어깨를 가볍게 두드려 준 뒤 차에서 내렸다. 꿀단지를 안은 채 주변을 둘러보고는 호텔 맞은편 카페로 향했다.

꿀단지를 들고 카페 안으로 들어서자 관광객으로 보이는 사람들이 잠시 내게로 시선을 줬다가 다시 각자의 이야기에 열중했다. 호텔 정문이 잘 보이는 창가에 자리를 잡고 커피를 마시며 기다리기 시작했다. 대형 호텔은 아니었지만 그렇다고 동네 모텔급 건물도 아니었기에 사람 출입이 좀 있을 것으로 예상했지만, 출입 차량은 생각보다 많지 않았다.

이윽고 고급 승용차 한 대가 호텔 정문 앞에 멈춰 서는 게 보였다. 운전석에서 경호원으로 보이는 건장한 사내가 내려 뒷문을 열어 주었고, 두 명의 여자가 차에서 내렸다. 두 여자의 복장과 움직임만으로도 마누라와 이혼녀라는 걸 한눈에 알아보았다. 두 사람은 밝은 표정으로 수다를 떨며 호텔 안에 있는 레스토랑으로 들어갔다. 그동안 경호원은 차를 끌고 호텔 구석 지상 층에 있는 VIP 전용 주차장에 주차시켰다.

마누라와 이혼녀가 뭐가 그리 즐거운지 계속 웃으며 레스토랑 창가에 자리를 잡고 앉는 게 보였다. 잠시 후 점원이 와인을 가져와 두 사람의 잔을 채워 주었다. 이혼녀는 건배를 제안하듯 잔을 살짝 부딪치고는 양해를 구하며 자리에서 일어났다. 그녀가 호텔 밖으로 나오자 차에서 대기하고 있던 경호원이 빠른 걸음으로 다가갔다.

이혼녀는 경호원을 향해 입술을 빠르게 놀리며 뭔가를 주문했다. 말소리는 들리지 않았지만 이혼녀가 레스토랑에서 혼자 와인을 즐기고 있는 마누라 쪽을 손으로 가리키는 모습은 선명하게 보였다. 경호원은 마누라가 있는 쪽을 힐끗 보고는 고개를 끄덕였다. 임무를 지시하는 이혼녀의 표정은 냉정하다 못해 냉혹해 보였다.

경호원은 이혼녀가 호텔로 다시 들어가자마자 휴대폰을 꺼내 어딘가로 전화를 했다.

내 육감은 갑자기 예민하게 돌변하며 내 몸을 자리에서 일으켜 세웠다. 소중한 꿀단지를 안고 카페 밖으로 나가 무단 횡단을 하며 호텔로 향했다. 그동안에도 내 시선은 레스토랑에 있는 두 사람에게 고정되어 있었다. 이혼녀는 마누라에게 건배를 한 번 더 제안한 다음 양해를 구하듯 고개를 살짝 숙여 보이고는 다시 레스토랑을 빠져나왔다.

이혼녀는 호텔 통유리를 통해 밖에 있는 경호원에게 눈짓을 살짝 하고는 엘리베이터를 타고 위로 올라갔다. 잠시 후 마누라가 시계를 내려다보고는 레스토랑에서 나와 호텔 문 쪽으로 걸음을 옮겼다. 내 시선은 재빨리 경호원에게로 향했다.

경호원의 통화가 끝나는 순간, 길을 따라 또 다른 승용차 한 대가 다가와 호텔 정문에 멈춰 섰다. 너저분한 차와 운전자 그리고 약간 거리를 두고 뒤쪽에 서 있는 경호원의 포지션은 호텔에서 나오는 사람을 납치하기에 딱 좋은 위치와 각도였다. 그리고 지금 밖으로 나오는 사람은 마누라가 유일했다.

나는 호텔 앞에 정차한 너저분한 차에 재빨리 올라타며 말했다.

"Airport, please."

택시로 착각하고 올라탄 멍청한 관광객 역할에 놈들이 속을지 의문이었다. 호텔 정문에 마침 마누라가 나오는 것이 보였기에 재빨리 고개를 반대편으로 돌리고 다시 말했다.

"Mister! Airport, please."

그러자 운전석에 앉아 있던 사내가 러시아 억양이 강한 짧은 영어로 명령하듯 말했다.

"Get out."

"What?"

"This is not a taxi. Get out."

"I don't understand."

운전석의 사내는 짜증 난 표정으로 뒤를 돌아보며 러시아어로 중얼거렸다. 그러자 호텔 입구 옆에 있던 경호원이 차를 앞으로 빼라는 듯 손짓을 해 보였다. 그의 손짓을 본 사내는 VIP 주차장에 주차해 둔 차량 뒤쪽까지 차를 몰고 가서 멈춰 섰다. 그러고는 뒷좌석을 돌아보며 위협적인 얼굴로 말했다.

"You……."

말을 끝내기도 전에 놈의 이마를 들이받고 정신을 못 차리는 틈을 타서 턱을 붙잡아 뒤쪽으로 빠르게 돌렸다. 목에서 뼈가 어긋나는 소리와 함께 놈의 움직임도 멈췄다. 왼손 대신에 이마를 쓰는 것이 경지에 이른 것처럼 익숙해졌다.

룸미러를 조정해 뒤쪽을 바라보자 경호원이 의심하는 표정으로 이쪽을 노려보고 있었다.

마누라는 호텔 정문에서 잠시 기다리다가 지루해졌는지 다시 레스토랑 안으로 들어가 와인을 마셨다. 코스 요리를 시켰는지 음식이 하나 둘 나오기 시작했다. 첫 번째 요리를 본 마누라는 휴대폰으로 사진을 찍었고, 뭔가를 조작하자 잠시 후 내 휴대폰이 울렸다. 자랑질하려고 먹음직한 음식 사진을 보낸 게 뻔했다.

경호원은 피우고 있던 담배를 바닥에 던져 버리고 내가 타고 있는 차를 향해 다가왔다. 가까이 오면서 재킷 단추를 푸는 것을 보고는 바짝 긴장이 되었다. 놈의 재킷이 살짝 벌어지며 권총 손잡이가 슬쩍 보였기 때문이다. 무기 대국 러시아다웠다. 놈이 쓰는 권총 모델이 뭔지 알 수는 없었지만 맞으면 죽는 건 똑같기에 긴장 상태로 놈을 지켜보았다.

놈이 차 뒷문에 가까이 오기를 기다렸다가, 지나치기 직전에 문을 열고 놈의 코앞에서 내렸다. 나와 부딪힌 놈이 경계하며 주춤했지만 내 손에는 이미 놈의 허리춤에서 뽑아낸 권총이 들려 있었다. 토카레프. 잘 아는 모델이었기에 익숙하게 안전장치를 풀고 당황한 놈의 배를 쿡 찌르며 자동차 안으로 밀어 넣었다. 그리고 놈의 배를 총으로 거의 찔러 죽일 듯이 꾹 누르고 방아쇠를 당겼다. 놈의 두꺼운 뱃살이 소음기 역할을 했기에 총의 반동에 비해 소리와 불꽃은 작았다.

자기 배에서 일어난 작은 폭발에 당황한 놈은 곧 무서운 통증을 느꼈는지 얼굴을 심하게 일그러트렸다. 총알이 지방과 근육을 뚫지 못했을 가능성을 대비해 한 번 더 동일한 방법으로 총을 쏘았고, 이번엔 두어 번의 숨소리 끝에 숨이 멎었다. 놈의 주머니를 뒤져 휴대폰을 챙긴 다음 토카레프 권총을 깁스한 붕대와 팔걸이 사이에 안 보이게 숨겨 놓고 호텔 정문으로 향했다.

호텔로 가는 길에 내 휴대폰에서 또다시 메시지가 도착했음을 알리는 진동이 울렸다.

— 씹냐?

— 편의점 좀 다녀왔어.

— 어때? 맛있겠지?

이 메시지 아래로 연속 세 장의 음식 사진이 올라왔다.

— 맛있겠네. 언니랑 밥 먹는 거야?

— 아니. 혼자. 언니가 갑자기 볼일 있다고 하면서 방에 올라갔어.

— 못됐네. 우리 마누라 혼자 두고. 그 여자 방이 어디야? 죽여 버리게.

— 아, 그래요? 스위트룸에 있으니까 오세요. 오빠, 스위트룸 한 번도 안 가 봤지? 여기 완전 좋아. 방 크기가 우리 집 두 배야.

— 다음에 같이 가자. 이따 전화할게.

— 흥, 나도 끊으려고 했거든? 뿅!

내 발걸음은 이미 스위트룸으로 향하고 있었다. 9층은 이 호텔의 꼭대기 층이었고 스위트룸이라고는 두 개밖에 없었기에 찾는 건 어렵지 않았다. 문제는 어떻게 문을 열게 하느냐는 것이었다.

주머니를 뒤지자 네 대의 휴대폰이 나왔다. 하나는 내 명의의 개인 휴대폰, 다른 하나는 대포폰 그리고 나머지 두 개는 각각 판사와 이혼녀 경호원의 휴대폰이었다.

경호원 휴대폰의 벨소리를 최대치로 올린 후, 잘 들리도록 스위트룸 방문 앞에 내려놓았다. 그리고 판사에게서 빼앗은 휴대폰을 열었다. 휴대폰엔 딱 두 개의 번호만 저장되어 있었다. 그중 하나는 박형주에게 전화를 했던 장 검사의 번호와 같았기에 제외하고, 남은 전화번호에 기대를 걸며 통화 버튼을 눌렀다. 문에 귀를 대고 기다리자 안쪽에서 희미하게 벨소리가 들렸다.

빙고.

벨소리가 한참 동안 울리고 난 다음 목소리가 들렸다.

— 아휴! 오빠, 웬일이세요? 지난번 일로 토라져서 연락도 없더니.

나는 말없이 듣기만 했다. 이혼녀가 말을 이었다.

— 지난번 일은 정말 미안해. 다시는 그런 일 없을 테니까 이번만 그냥 지나가자. 응?

천박하게 비치던 색기 어린 얼굴이 떠올랐다. 내가 말했다.

"그 오빠는 걱정 마. 죽었거든."

이혼녀는 내 말이 끝나자마자 전화를 끊었다. 내가 다시 전화를 걸었지만 예상대로 이혼녀는 전화를 받지 않았다.

잠시 후 경호원의 휴대폰에서 갑자기 터져 나온 벨소리에 나도 깜짝 놀라 움찔했다. 벨소리는 복도를 가득 채울 정도로 크게 울리다가 끊겨졌다. 그렇게 잠시 쉰 휴대폰은 또다시 벨소리를 크게 뱉어 냈다. 이어서 굳게 닫혀 있던 스위트룸 문이 호기심 섞인 모습으로 조심스럽게 열렸다.

이 순간만을 기다렸기에 있는 힘껏 발로 차고 안으로 밀고 들어갔다.

문에 부딪혀 주저앉은 이혼녀는 놀란 얼굴로 날 올려 보고 있었고, 나는 다짜고짜 이혼녀의 목을 밟고 몸부터 뒤졌다. 이곳은 무기 대국 러시아였으니까. 이혼녀는 캑캑거리면서도 벗어나기 위해 필사적으로 몸부림쳤지만 내 완력을 이겨 낼 순 없었다. 난 이혼녀의 허리춤은 물론 허벅지 안쪽과 사타구니까지 샅샅이 뒤져서 무기가 없다는 것을 확인하고 나서야 발을 뗐다.

이혼녀는 나의 등장을 전혀 예상치 못했는지 놀란 얼굴로 눈치를 보며 거친 숨을 몰아쉴 뿐 말이 없었다. 결국 내가 먼저 입을 열었다.

"나에 대해서 얼마나 알고 있어?"

이혼녀는 비교적 안정을 되찾은 얼굴로 말했다.

"물 좀 마시게 해 줘요."

"숨이라도 쉴 수 있는 걸 다행으로 생각하고 대답이나 해."

"물 좀 마시……."

내가 이혼녀의 뺨을 후려쳤기 때문에 말을 이을 수 없었다.

말없이 뺨을 세 대 더 후려치자 코피가 터져 나왔다. 테이블 앞에 있던 의자를 끌어와 앉으며 말했다.

"와이프가 엮이면 예민해져. 아주 심하게. 내 와이프한테 접근했다는 건 나에 대해서도 조사했다는 뜻이겠지. 그럼 내가 어떤 성격인지도 알아냈을 거고. 그렇지?"

이혼녀는 뺨을 얻어맞고 코피가 터졌어도 차분했다. 그녀가 코피를 옷소매로 닦아 내며 말했다.

"살려 주면 궁금한 거 다 얘기해 줄게."

갑자기 튀어나온 반말에 흠칫했다. 참 변화무쌍한 종자다. 난 안됐다는 듯 고개를 가로저으며 말했다.

"네 전남편 박형주도 죽었고 그걸 도왔던 최이새도 죽었어. 김정훈 판사는 어떻게 됐을 것 같아?"

"……."

"그러고 보니 애들 공급하던 양 사장도 죽었네. 그 새끼 뒤 봐주던 이용호 형사도 죽었고. 아, 네가 양 사장 감시 역으로 보낸 스페츠나츠가 그놈들 중에서 제일 먼저 죽었어."

이혼녀의 얼굴은 비교적 평정심을 가진 듯했지만 눈동자만큼은 심하게 흔들렸다. 나는 이혼녀에게 잠깐 동안 생각할 시간을 주고는 물었다.

"이제 어떻게 할래?"

이혼녀가 세상에서 가장 불쌍한 표정을 지으며 말했다.

"다른 건 아무래도 좋으니까 살려만 주세요. 우리 윤지를 위해서라도 살려 주세요. 윤지 예쁘잖아요. 그런 애를 고아로 만들 거예요? 아니잖아요."

나도 모르게 픽 웃음이 났다. 자기 입에서 무슨 말이 나가고 있는지도 모르고 아무 말이나 막 던지는 게 보였다. 나는 주저리주저리 늘어지는 이혼녀의 말을 자르고 물었다.

"왜 나한테 접근한 거야?"

불쌍한 표정으로 바라보던 이혼녀는 한참 동안 내 얼굴을 살피더니 다시 반말로 툭 뱉었다.

"나도 죽일 거지? 그렇지?"

"그건 모르지."

"아니야, 죽일 거야. 넌 사이코패스니까."

아무리 살기 위한 몸부림이라지만 이렇게 아무 말이나 막 던지는 건 도리어 마이너스다.

"그럼 둘 중에 하나 택해. 지금 죽든가, 다 털어놓고 살 기회를 한 번 더 만들어 보든가."

눈알을 굴리던 이혼녀가 나와 시선을 맞추며 말했다.

"물 좀 마시게 해 줘."

원하는 건 다 가지는 성격이었기에 조금의 제약에도 견디지 못하는 것이다. 사소해 보이지만 협상에서 유불리로 작용할 수 있기에 의도적으로 고집을 부렸다.

"싫다고 말했잖아."

"그게 뭐가 어렵다고!"

"너야말로 갈증 좀 참는 게 뭐가 어렵다고 이 지랄이야? 물타령 그만하고 묻는 말에나 대답해. 내 와이프한테 접근한 이유가 뭐야?"

표독스런 얼굴로 노려보던 이혼녀가 시선을 내리깔며 말했다.

"건물 여러 채를 갖고 있는 줄 알았어. 그래서 접근한 거야. 부자들의 숨겨진 욕망을 끄집어낼 줄 아니까. 작업하려고 좀 더 자세히 알아보니 건물주가 아니라 관리인이더라고. 그래서 손을 떼려고 했어. 그런데 건물주들이 수상하다고, 분명 페이퍼로는 존재하는데 실체가 없는 것 같다고……."

"누가?"

"장 검사가."

"장강순?"

고개를 끄덕이는 그녀를 보며 이어서 물었다.

"장강순은 그걸 어떻게 알았는데?"

이혼녀는 도리어 의아해하는 얼굴로 말했다.

"FYM 대표잖아. 당신 세무 처리해 준 회사."

박 세무사가 했던 말이 어렴풋이 떠올랐다.

'저희 대표님이 직접 찾아뵐 수도 있습니다. 검사 생활을 오래하셔서 법조계는 물론 세금 쪽에서도 장강순 변호사라고 하면 모르는 사람이 없을 정도로 인맥이 빵빵한 분이니까 알고 지내시면 좋으실 것 같은데.'

그제야 장강순이라는 이름이 귀에 익었던 이유를 알 수 있었다. 놈은 부자들의 세무 처리를 해 주면서 얻은 정보로 적당한 사냥감을 고른 것이다. 이번엔 내가 그 타깃이 된 거였고.

이혼녀에게 물었다.

"장강순이 정보를 넘기면 네가 하는 일은 뭐야?"

"작업 들어가는 거지. 돈 많은 놈들치고 영계 안 좋아하는 새끼 못 봤으니까. 애들 엮어 주고, 약점 잡고, 재산 좀 적당히 받아 내고, 풀어 주고."

윤지를 내게 맡긴 이유를 비로소 알게 되었다. 엄마로서 딸의 인생을 망쳤다며 길길이 날뛰면 대부분은 당할 수밖에 없을 것이다. 만에 하나 놈들의 이러한 수법이 통하지 않으면, 사냥감을 미성년자 성매수범으로 만들거나 강간범으로 엮어서 넣어 버리면 그만이다. 경찰과 검사 그리고 판사까지 한 팀으로 움직이니 일단 찍힌 사람은 벗어날 길이 없는 것이다.

사이코 왕국에 혼자 걸어 들어온 기분이 들었다. 이미 모든 상황에 대해서 알게 되었지만, 설사 모르는 것이 있다 해도 더 이상 알고 싶지 않았다. 나는 스마트폰으로 번역기를 켜면서 이혼녀에게 말했다.

"경비실에 전화해서 오늘 자 CCTV 전부 지우고 30분 정도 꺼 놓으라고 해. 네가 여기 소유주인 거 알고 있으니까 못 한다는 말은 하지 말고. 아. 구글 번역기 성능이 꽤 좋으니까 허튼소리는 하지 않는 게 좋아."

이혼녀의 목소리가 스마트폰에 정확히 입력되도록 가까이 댔다.

이혼녀는 인터폰을 들고 내 눈치를 힐끗 살피고는 러시아어로 말을 했다. 번역기는 그녀의 목소리를 실시간으로 번역해서 한국어로 보여 주었다. 이혼녀는 내가 지시한 대로 말을 전달

했고, 이어서 다음 지시를 기다리듯 나를 바라보고 있었다. 내가 물었다.

"와이프는 어디서 자? 여기서 같이 자?"

"그래."

나는 식탁 위에 올려놓은 이혼녀의 핸드백을 챙겨 주며 말했다.

"그럼 나가자."

이혼녀는 일어서며 내게 말했다.

"어디 가는데?"

"가 보면 알아."

나는 방을 나서기 전에 꿀단지를 챙기는 것을 잊지 않았다.

복도에 있는 CCTV 불빛이 꺼진 것을 확인한 나는 다정한 연인처럼 이혼녀의 팔짱을 낀 채 엘리베이터에 올라탔다. 방으로 올라오는 와이프와 마주칠까 봐 조마조마했지만 강화유리로 만든 관광 엘리베이터였기에 누가 타고 있는지 확인할 수 있어서 다행이었다.

레스토랑 앞을 지나치며 혼자 코스 요리를 먹고 있는 마누라의 모습을 확인하고는, 곧장 밖으로 나가 VIP 주차장에 있는 고급 승용차 운전석에 이혼녀를 태우고 조수석에 자리를 잡고 앉았다.

"와이프한테 일 때문에 어딜 좀 급히 가야 한다고 전화해. 나중에 귀국해서 보자는 인사도 하고."

이혼녀는 불안한 얼굴로 되물었다.

"뭐 하려는 거야?"

"시키는 대로 하라고, 제발. 그만 토 달고."

이혼녀가 마누라에게 통화를 하는 동안 휴대폰 건너편으로 마누라의 아쉬워하는 목소리가 간간이 들렸다. 말이 길어질 것 같아 적당한 선에서 휴대폰을 빼앗아 꺼 버리며 말했다.

"출발해."

"어디 가는 건데?"

"그냥 시키는 대로 가기나 해."

그때 내 주머니에서 휴대폰이 울렸다. 전화기가 네 대나 되었기에 어느 것에서 울리는지 알 수가 없었다. 손가락으로 가야 할 방향을 가리켜 보이며 내 개인 명의 휴대폰을 꺼내 들었다. 병원이었다.

"네, 선생님."

— 좋은 소식입니다.

"암이 아니에요?"

내 말에 이혼녀가 반응을 보이며 돌아보았다. 의사는 약간은 하이 톤으로 대답했다.

— 암은 맞는데 말기는 아니고 3기 정도 됩니다.

"그게 좋은 소식입니까?"

— 임상 실험 중인 약이 있어요. 췌장에서 암세포를 잘라 내고 임상 실험 약을 주사하면 완치될 확률도 있고요. 어떻게 하시겠습니까?

"하세요."

— 임상 실험은 부모 동의를 받아야 해요.

내가 말했다.

"이젠 내가 보호자예요."

전화를 끊고 이혼녀에게 직진하라는 듯 손짓을 했다. 이혼녀가 말했다.

"계속 가면 숲밖에 없어."

"알아. 계속 가."

창밖으로 지나치는 빌딩이 눈에 띄게 줄어들더니 금세 벌판이 나타났다. 벌판 끝에는 울창한 숲이 빌딩을 대신해서 다가왔다.

숲길에 접어들었을 때 우회전하라고 손짓을 했다. 이혼녀는 불안한 표정으로 말했다.

"어디 가는 거야?"

"여기 와 봤어?"

"아니."

"그래서 좋은 데 구경시켜 주려는 거야. 산중 드라이브만큼 좋은 게 없거든. 사할린은 아직 공기도 좋고."

창문을 열고 흘러들어 오는 바람을 느끼며 말했다.

"윤지, 암에 걸렸어."

"무슨 암?"

남의 사정 듣는 것처럼 건조한 이혼녀의 말투에 그녀를 돌아보았다. 잘 알지도 못하는 이웃 사람의 얘기를 듣듯이 표정 또한 건조하기 그지없었다.

내가 말했다.

"자궁암, 췌장암."

이혼녀는 놀란 눈으로 나를 힐끗 돌아보며 물었다.

"두 개나? 보통 그러기 힘들지 않나?"

"네 딸 애기 중이라는 건 알고 있지?"

"사람은 누구나 죽어. 나도 지금 죽으러 가는 거잖아."

이혼녀를 빤히 바라보며 이해하려고 했지만 쉽지 않았다.
이번엔 이혼녀가 물었다.

"내가 왜 윤지를 그렇게 했는지 알아?"

"판사한테 들었어. 감방 가기 싫어서 그랬다며."

이혼녀는 그럴 줄 알았다는 듯 비웃는 표정으로 말했다.

"그것보다 더 근본적인 이유."

"그게 뭔데?"

"나 어릴 때 트라우마에 관한 거."

난 콧방귀를 뀌었다. 부모에게 학대당하며 자랐다는 둥, 왕
따였다는 둥, 이런 개소리나 지껄이고 동정표를 얻어 보려는
수작이다.

"안 궁금해."

"계부한테 강간을 당했어. 다섯 살 때부터 열여섯 살 때까지."

"그렇겠지. 유감이야."

"안 믿는 거야?"

"아니. 그냥 네 인생에 관심이 없는 거야. 아, 저기 세워."

아직 저녁이 되기 전이었지만 울창하게 우거진 숲 속 길은
나무 그림자에 가려 어두웠다.

"왜 세우라는 거야?"

"내가 세우라고 했으니까."

하지만 이혼녀는 차를 세우지 않았다. 할 수 없이 팔에 숨겨 둔 권총을 꺼내 들며 말했다.

"꼭 이걸 써야겠어?"

이혼녀의 동공이 심하게 흔들렸다. 다시는 이런 기회가 없는 것처럼 다급하고 빠르게 말을 쏟아 냈다.

"그 개새끼한테 강간을 당하는 12년 동안 엄마는 나를 감싸지도 않고 그냥 내버려 뒀어. 내가 가출했다가 돌아오기라도 하면 창녀는 죽어야 한다면서 죽도록 때렸어."

"차 세워."

이혼녀의 눈에서 눈물이 흘러나왔지만 그녀가 쏟아 내는 말의 속도는 전혀 줄어들지 않았다.

"열일곱 살에 가출했어. 그리고 다시는 돌아가지 않았지. 어떻게 살았겠어? 몸 팔면서 살았어. 신기하게도 전부 계부 같은 중년 늙은이 새끼들이었지. 웃기지 않아? 그 개새끼가 싫어서 나왔는데 그런 새끼들 때문에 먹고산다는 게."

나는 권총을 그녀의 머리에 겨누며 경고하듯 말했다.

"마지막이야. 차 세워."

이혼녀는 오히려 가속페달을 밟으며 말을 이었다.

"손님과 약속하고 나갔는데 글쎄 많이 보던 새끼가 앉아 있는 거야."

할 수 없이 허벅지 바깥쪽을 권총 손잡이로 내려쳤다. 비명 소리와 함께 발을 치우자 차의 속도가 급격히 줄었다.

"브레이크."

그녀는 브레이크를 밟았지만 방금 맞은 것 때문인지 몸이 흔들릴 정도로 덜컹거리다 서툴게 급정거했다.

여자는 눈물로 범벅된 얼굴로 고통에 찬 신음 소리를 내면서도 말을 이었다.

"바로 계부였어. 계부, 그 새끼가 나라는 걸 알면서 부른 거야. 그러면서 뭐라고 그러는지 알아? 용서해 줄 테니 돌아오래. 싫다고 하니까 따귀를 때리더라. 내가 놀라서 빤히 바라보니까 갑자기 무릎을 꿇으면서 잘못했다고 비는 거야. 그러면서 사랑한대."

모두가 미쳤다. 그런 인간들이 쌓여 세상이 미쳐 돌아가는 것이다. 나는 총으로 그녀의 머리를 쿡 찌르며 말했다.

"내려."

하지만 이혼녀는 내리지 않고 이야기를 마저 이었다.

"그때 싱크대에 있는 과도가 보이더라고. 그래서 그걸 집었어. 무릎을 꿇고 있는 그 새끼 눈을 찔렀지. 날 바라보는 그 새끼 눈깔이 정말 싫었거든."

"사람 참 지치게 하네. 독백은 나 없을 때 하고 내리라고."

이혼녀는 아픈 다리를 절뚝이면서 차에서 내렸지만 말을 멈추지는 않았다.

"아파서 뒹구는 놈 위에 올라타니까 기분이 좋아졌어. 처음으로 그 새끼 위에 올라가 보는 거였어. 강간당할 땐 언제나 내가 아래 깔려 있었거든."

나는 소중한 꿀단지를 안은 채 여전히 중얼거리는 이혼녀의 팔을 잡고 숲으로 갔다.

"과도를 두 손으로 꼭 모아 쥐고 찔렀어. 어디를 어떻게 찔렀는지 몰라. 안 움직일 때까지 계속 찔렀으니까."

나는 큰 나무에 그녀를 세워 두고 배를 힘껏 때렸다. 그러자 그 자리에 푹 주저앉으며 한동안 말을 하지 못했다. 이번엔 내가 말했다.

"사할린에서 활동했다는 사람이 여기도 몰라? 지역 사람들한테는 꽤 알려진 곳인데."

곱게 모셔 온 꿀단지 뚜껑을 열고 이혼녀의 머리에 정성스럽게 쏟기 시작했다. 달콤한 향이 널리 주위로 퍼져 나갔다.

"최상급 제품이야. 2만 루블이나 줬지. 한국 돈으로 40만 원짜리."

꿀을 뒤집어쓰고도 이혼녀는 힘겹게 입을 열었다.

"엄마를 내 손으로 못 죽인 게 한이야. 내가 죽이러 갔을 땐 이미 저세상 사람이었어."

난 이혼녀의 접혀 있는 다리를 발로 툭툭 차서 앞으로 쭉 뻗게 했다. 내가 말했다.

"우리가 지금 대화를 하는 건지 머리 맞대고 각자 중얼거리는 건지 잘 구분이 안 되긴 하는데, 윤지 얘기니까 잘 들어."

이혼녀는 그제야 말을 멈추고 나를 올려 보았다.

"윤지, 좋은 애야. 네가 엉망으로 키웠어도 바르게 자랐어.

너같이 못난 부모 탓이나 하면서 막산 인생하고는 다르게 아주 강한 아이야. 어른이 될 때까지 내가 보살필 거고. 일단은 네가 엄마라니까 예의상 말하는 거야. 알아들었어?"

이혼녀는 멍한 얼굴로 바라보다 갑자기 미소를 지으며 물었다.

"너도 그년 색기에 넘어갔냐? 다섯 살 때부터 색기가 넘쳤지. 창녀 같은 년. 그런 년은 죽어도 돼. 죽어도 되는 년이라고."

반드시 태어나야만 하는 아이가 따로 있는 게 아닌 것처럼, 세상에 죽어도 되는 아이는 없다.

"사내새끼들은 다 똑같아. 스무 살이건 칠십 살이건 간에 언제나 어린년들만 찾아. 그 짓이 아니면 삶의 이유가 없는 짐승새끼들."

내가 물었다.

"윤지를 나한테 보낸 이유가 그거지? 이도저도 안 되면 날 강간범으로 몰려고. 그게 너희 수법이잖아. 안 그래?"

이혼녀는 아무 말도 하지 않고 날 노려보기만 했다. 참 이해하기 어려운 캐릭터다. 전 남편이었던 박형주가 그녀에 대해서 명확히 표현했다.

'나도 이해 안 가는 년이었지. 미친 또라이 년.'

이혼녀의 무릎을 발로 힘껏 밟아 인대를 끊었다. 이혼녀의 비명 소리에 숲 속에 있던 새들이 동시에 날아올랐다.

"마지막 손님이 될 거야."

그녀를 뒤로한 채 차가 있는 곳으로 돌아왔다. 차를 돌려 숲

길을 빠져나와 포장도로에 올라탄 직후 마누라에게 전화를 걸었다.

— 전화 요금 많이 나오게 왜 전화질이야?

핀잔을 주면서도 약간은 좋아하는 마누라의 목소리에 나도 마음이 한결 편안해졌다.

"나 지금 어디게?"

— 설마?

"사할린에 왔지!"

— 이 인간이 진짜! 내가 쫓아오지 말라고 했어, 안 했어? 응? 이혼녀 약 올릴 일 있어?

"사진 보낸 거 보고 참을 수가 있어야지. 같이 먹자."

— 그래서 지금 어딘데? 공항이야?

"응, 막 택시 탔어. 어느 호텔이라고 그랬지?"

— Noble Voyage.

"오케이, 얼마 안 걸릴 거야. 저녁 같이 하자."

— 스케줄 좀 그러네. 언니가 갑자기 일이 생겼다고 모스크바로 급히 갔거든.

"그래? 그럼 입국은 어떻게 되는 거야?"

— 몰라, 전화도 안 받아.

"매너가 똥이네. 잘됐네. 나랑 같이 들어가면 되지. 아예 짐 싸 가지고 나와. 힐튼으로 가자. 간만에 기분도 내고."

— 간만에 기분 잡치겠네.

24. 필연을 가장한 우연

주변인은 꽤나 잘 적응하고 있었다.

임상 실험용 약에 약간의 부작용도 있었지만 주변인은 다른 임상 실험자들에 비하면 예후가 좋은 편이라고 의사가 말했다. 난 인대 수술을 받았기에 또다시 입원을 해야 했다. 늙어서 칠칠치 못하게 넘어지기나 한다는 핀잔을 마누라에게 듣긴 했지만 생각보단 덜 구박받았기에 나름 선방했다고 생각했다.

링거가 매달린 거치대를 끌고 주변인의 병실로 갔다. 누워 있을 줄 알았던 주변인은 창틀에 턱을 괴고 앉아 창밖 풍경을 바라보고 있었다. 나는 주변인 옆으로 다가서며 물었다.

"잘돼 가?"

주변인은 나를 힐끗 쳐다보고는 대꾸했다.

"또 같은 소속사네요. 아저씨는 잘돼 가요?"

"그럭저럭. 아직 할 일이 하나 더 남아 있긴 하지만."

"아줌마는 언제 오세요?"

"몰라. 라이딩하러 갔으니까 저녁에나 들를걸."

"오토바이 타신다고 그랬죠? 아줌마 진짜 멋있어요."

"집에 나 같은 노예가 있으니까 가능한 일이겠지?"

주변인은 픽 웃으며 말했다.

"좋아서 하는 거면 노예가 아니죠."

"내가 좋아서 설거지하고 빨래하는 걸로 보였다면 완전히 착각한 거야. 난 마음만 먹으면 한 달 내내 침대에 누워 있을 수도 있는 사람이야."

주변인은 고개를 가로저으며 말했다.

"저는 이제 누워 있는 거라면 지겨워서 못 하겠어요. 할 수만 있으면 똥도 서서 누고 싶어요."

"하지 마. 잘 안 나와."

주변인이 깜짝 놀란 얼굴로 돌아보며 물었다.

"해 봤어요?"

"응."

어이없다는 표정으로 다시 물었다.

"왜요?"

"그럴 만한 사정이 있었어."

주변인은 실망한 표정으로 다시 창밖을 바라보며 말했다.

"쳇, 맨날 그럴 만한 사정이 있었다고 하죠. 말도 안 해 주면서."

"서서 똥 싼 얘기가 그렇게 궁금해?"

"그 정도는 아니고."

우리 두 사람은 잠시 동안 말없이 창밖을 바라보았다. 아주 맑은 날씨라서 병원 앞에 조성해 둔 작은 공원 벤치에는 환자와 보호자, 행인 들이 어우러져 돌아다니고 있었다. 주변인이 물었다.

"근데 나오긴 나온다는 거네요. 엉덩이가 딱 붙어 있어서 안 나올 줄 알았는데."

"정 궁금하면 해 보든가. 병원에서 해라. 우리 집에서는 안 돼."

"왜요?"

"남의 집에서 막 똥 싸고 그러는 거 아니야. 그런 건 학교에서 안 가르쳐 줘?"

"그러게요. 그런 건 아무도 안 가르쳐 주네요. 그런데 더럽게 계속 똥 얘기 할 거예요?"

"네가 시작했잖아."

"그랬나요?"

휴대폰으로 뉴스를 검색하느라 잠시 대화가 끊어졌지만 이제는 전혀 불편하지 않았다. 해외 토픽에 실린 사할린 지역 뉴스가 검색되었다.

한국인 여성 사할린에서 곰에게 습격, 사망

뉴스를 읽느라 좀 더 길어진 침묵을 깨고 주변의 목소리가 들렸다.

"아저씨."

"응."

"그분은요?"

주변인은 내 앞에서 엄마를 엄마라고 부른 적이 한 번도 없었다. 항상 그분이라고 불렀다. 오손도손 살고 있는 러시아 아기 곰 가족에게 풍성한 저녁 식사를 대접했다고 하면 좀 나을까?

"글쎄."

고개를 끄덕이던 주변인이 말했다.

"아저씨, 우리 경기도에 있는 별장에 갔었잖아요."

갑작스러운 별장 얘기에 나도 모르게 긴장이 됐다. 주변인이 말을 이었다.

"그런데 되게 답답한 게, 간 건 기억이 나는데 그다음부터 기억이 안 나요."

"정말?"

주변인은 천진난만한 표정으로 나를 돌아보며 말했다.

"네, 답답해 죽겠어요. 거기서 무슨 일이 있었던 거예요? 그리고 난 거기서 나온 기억이 없는데 눈떠 보니까 병원이고."

주변인의 얼굴을 면밀히 살폈지만 속이는 것 같지는 않았다. 만약 정말 기억이 안 난다면 두 개 중 하나다. 판사가 기절시킬 때 뇌에 산소가 부족해져서 생긴 부작용이거나, 심리적 방어기제가 작동하면서 괴로운 순간의 기억을 스스로 차단해 버린 것이다. 어쩌면 내가 걱정할까 봐 생각나지 않는 척을 하는 것이든가. 물론 덜 자란 뇌를 가진 인간으로서는 가장 확률이 낮은 일이긴 하지만.

"답답해 죽겠어?"

"네."

"그럼 죽어."

"아, 진짜 아재 개그. 쯧. 아저씨는 알고 있죠?"

절대 잊을 리가 없다. 거친 내 인생 중에서도 하이라이트에 꼽히는 험악한 경험이었으니까. 판사의 머리를 도끼로 쪼개던 것을 떠올리며 말했다.

"장작만 엄청 패다가 왔다. 손이 까지도록. 그래서 팔도 이렇게 된 거잖아."

"인대 끊어졌다면서요?"

"응, 그래서 새거로 끼웠어."

"죽은 사람 걸로 끼우는 거예요? 그러면 찜찜하지 않나?"

"그럼 산 사람 인대 뜯어다가 끼우겠냐? 그 사람은 팔 병신 만들고?"

"그래서 죽은 사람 걸로 끼우는 거냐고 물은 거잖아요. 되게 무안하게 하네."

"근데 나는 인공 인대로 끼웠어. 일종의 사이보그가 된 거지."

"개핵노잼."

휴대폰이 울렸기에 발신자 번호부터 확인했다. FYM의 박 세무사였다. 나는 주변인에게 말했다.

"치료 끝나면 아줌마랑 같이 소풍 가자. 도시락은 안 싸 갈 거니까 그렇게 알고."

신난 듯 엄지손가락을 들어 보이는 주변인을 뒤로하고 병실 밖으로 나오며 전화를 받았다.

"네, 세무사님."

— 아이고, 사장님! 연락을 너무 늦게 드렸죠? 우리 방 사장님이 먼저 보자고 하실 때 뵈어야 하는데 일이 좀 꼬여서 연락을 못 드렸습니다.

"그러게요. 어떻게 된 겁니까? 보자고 독촉하실 때는 언제고."

— 저희 대표님께 골치 아픈 일이 생겼나 봐요. 식사도 제대로 못 하시고 술만 드시는 게, 요새 안색이 아주 말도 못 합니다. 썩었어요, 썩었어.

"그래서 못 보는 건가요?"

— 그게 좀…… 당분간 힘들 것 같습니다.

"그럼 전화는 왜 하신 거예요?"

— 아, 오늘은 참 여러 가지 죄송한 말씀만 드리게 되네요. 지난번에 말씀하신 노래방 건물 있잖습니까. 그거 저희가 못할 것 같습니다.

"왜죠?"

— 저희 대표님이 맡지 말라고 하셔서요. 그것참, 죄송하다는 말씀 말고는 더 드릴 말씀이 없네요.

"장강순 대표님이 저한테 무슨 감정 있으신 건가요?"

박 세무사는 화들짝 놀라며 말했다.

— 에이! 사장님! 그런 거 아닙니다! 저희 대표님이 왜 사장님한테 감정이 있으시겠어요. 뵌 적도 없는데. 에이, 정말 개인 사정 때문에 그러세요. 자세히는 말씀 안 하시는데 최근에 가까운 지인들이 많이 돌아가셨나 보더라고요. 절대 감정이 있거나 그런 거 아니니까 정말 오해 안 하셨으면 좋겠습니다, 사장님.

"이러면 곤란하죠, 세무사님. 건물주분들한테도 다 말씀드려 놨는데."

— 면목이 없어서 어쩌죠? 저라도 괜찮으시면 찾아뵐까요?

"그럼 제가 뭐가 됩니까. 세무사님을 무시해서가 아니라, 대표님하고 자리하기로 말을 다 했는데."

— 그럼 어떻게 할까요?

"대표님께 말씀드리지 말고 오후에 어디 계시는지만 알려주세요. 제가 우연히 만난 것처럼 찾아갈 테니까. 설마 마주쳤는데 모른 체하시지는 않겠죠."

— 하아, 이거 참. 그래도 되나 모르겠네.

"세무사님 말씀은 절대 안 할 테니까 걱정 마시고요. 저도 괜히 업체 바꾸고 하면 처음부터 다시 설명해야 되고, 뭐 여러 가지로 귀찮잖아요."

— 아, 그럼요, 그럼요. 같이 일하던 데가 훨씬 편하죠. 아, 그러면…… 이거 진짜 비밀인데, 스트레스 받으실 때마다 가시는 오피스텔이 있어요. 아마 저녁엔 거기에 계실 겁니다. 근처에 맛집도 있고 하니까 밥 먹으러 가셨다가 만나신 것처럼 하면 어떠실까 싶은데.

"아, 좋네요. 주소만 찍어 주세요. 나머지는 우리 세무사님 모르게 제가 알아서 잘할 테니까."

─ 고맙습니다.

"저야말로."

나는 박 세무사가 알려 주는 곳으로 가지 않을 것이다. 만약을 대비한 내 알리바이를 위해 작은 증거가 될 것이다. 그리고 장강순 전 검사도 그 오피스텔로 가진 않을 것이다. 그들이 스트레스를 받으면 찾는 데는 다른 곳이었으니까. 별장에서 두 명이나 죽어 나갔기에 그곳을 찾지 않을 가능성도 있었지만, 결국 궁지에 몰리면 가장 좋았던 기억이 있는 장소로 가게 되어 있다. 그 변태의 기억에 별장은 늘 즐거운 향락이 기다리고 있는 곳일 테니까.

"남은 일 하러 가시는 거예요?"

갑자기 들린 주변인의 목소리에 뒤를 돌아보았다. 주변인은 링거 거치대를 지팡이 삼아 서서 나를 바라보고 있었다.

"응, 마지막 일."

주변인은 표정 없는 얼굴로 나를 빤히 바라보다가 조용히 다가와 안아 주었다. 그리고 작게 말했다.

"조심해요."

나는 어색하게 손을 들어 주변인의 머리를 쓰다듬으며 대답했다.

"걱정 마. 올 때 떡볶이 사 올게. 김말이 세 개, 만두 두 개랑 같이."

주변인은 말없이 고개를 끄덕이며 나를 놓아주고는 조용히 병실로 들어갔다. 그 뒷모습이 왠지 쓸쓸해 보였지만 지금은 감상에 젖을 때가 아니었다. 성격상 마무리되지 않은 일이 남아 있으면 마음 한구석이 늘 불편하기 때문이다.

● ● ●

밤이 되도록 장 검사는 별장에 나타나지 않았다. 노래방에서 문자를 받은 박형주의 휴대폰으로 전화를 걸어 볼까 했지만, 그건 놈을 더욱 숨어 버리게 만들 게 분명했기에 손으로 만지작거리기만 할 뿐이었다.

몸을 쓸 때는 위를 비워 둬야 했기에 저녁은 굶었다. 배에서 계속 아우성을 질러 댔다. 결국 더 이상 버티지 못하고 차를 돌려 되돌아 나갔다. 요기라도 할 생각으로 가장 가까운 시내가 있는 곳으로 차를 몰았다.

늦은 시간이라 마을 식당들 대부분은 문을 닫았기에 밥집을 찾는 게 쉽지는 않았다. 생뚱맞게 금이빨을 산다는 구두 수선집만 늦게까지 문이 열려 있었다. 다행히 구두 수선집에서 얼마 떨어지지 않은 곳에 순댓국집이 문이 열려 있었다. 두 번 생각하지도 않고 곧장 식당 앞에 차를 세웠다. '24시간'이라는 간판의 글을 보고 안심하며 차에서 내리려다 멈칫했다. 그제야 지갑을 두고 온 것이 생각났기 때문이다.

사람 잡는 일을 하러 나갈 땐 신분이 노출되지 않도록 신분

중은 물론 신용카드도 모두 두고 나온다. 내 생명과 직결되는 일이었기에 예전에 다녔던 청부 회사에서 배운 규정은 여전히 유효했다. 그런데 마누라가 오토바이 라이딩을 나가면서 내 현금을 몽땅 집어 가는 바람에 한 푼도 없이 나온 게 이제야 떠올랐다. 하아, 우리 마누라.

차를 이곳저곳 뒤져 봤지만 백 원짜리 하나 나오지 않았기에 거의 포기할 때쯤, 글러브 박스 안쪽에 붙어서 잘 보이지 않던 상품권이 눈에 띄었다. 사격장 주인이 준 5만 원짜리 백화점 상품권이었다. 순댓국집에서 가맹도 되어 있지 않은 상품권을 받아 줄까? 잠시 망설이다가 아직 불이 켜져 있던 구두 수선집을 떠올리고는 그쪽으로 향했다. 구두 수선집에서 상품권 매매를 하는 경우를 많이 봤기 때문이었다.

제법 쌀쌀한 밤바람 탓인지 수술한 곳이 살짝 시렸기에 깁스를 들어 올렸지만 별 도움은 되지 않았다.

사람은커녕 차도 한 대 없는 한적한 도로 끝에서 헤드라이트가 번쩍이며 달려오는 게 보였다. 불빛이 커지는 속도로 보아 꽤나 속도를 내고 있었기에 도로에서 최대한 거리를 두고 걸었다. 하지만 빠르게 달리던 차는 마을에 들어서는 순간 속도를 낮추고는 길가에 멈춰 섰다. 운전자가 차에서 내리더니 흐느적거리는 걸음걸이로 길을 건너오기 시작했다. 딱 봐도 술에 취한 모습이었다.

"저기요!"

낯선 이가 다가오는 것에 거부감을 갖고 있는 나였기에 못

들은 척하고 지나쳐 갔지만, 이 눈치 없는 인간은 계속 부르며 빠른 걸음으로 쫓아왔다. 그가 가까워지자 술 냄새가 확 풍겨왔다. 더 이상 무시할 수 없었기에 경계를 늦추지 않고 그를 돌아보았다.

금테 안경을 쓴 남자는 전반적으로 날카로운 인상이지만, 지금은 무슨 일인지 비굴한 미소를 지으며 바라보고 있었다.

"저기요, 죄송한데 담배 하나만 빌릴 수 있을까요? 무슨 놈의 동네가 문을 연 곳이 없네요. 한두 번 오는 것도 아닌데, 쯧."

"담배 안 피웁니다."

짧게 말하고 지나가려는데 그가 다시 붙잡으며 말했다.

"진짜 안 피우세요? 냄새가 나는 거 같은데."

나는 태어나서 단 한 번도 담배를 입에 물어 본 적이 없는 사람이다.

"안 피운다고요."

"에이, 그러지 말고 하나만 좀 빌립시다."

"술 많이 드신 것 같은데 그냥 가세요. 음주운전하지 마시고."

갈 길 가려는 나를 붙잡으며 그가 말했다.

"아저씨, 나는 음주 단속에 걸리지 않는 사람이에요."

"단속 피하자고 음주운전하지 말라는 게 아니잖아요. 죽으려면 혼자 곱게 죽어요. 괜히 억울한 사람 치어서 죽이지 말고. 가세요."

그의 표정이 싸늘하게 변하는 게 보였다.

"어이, 말이 좀 심하시네."

488

아, 짜증 난다. 술 취한 사람 상대하는 것만큼 지치는 일도 드물었기에 짧게 말했다.

"네, 네, 죄송합니다. 가던 길 가세요."

"거기 서. 거기 서, 새끼야!"

말대로 멈춰 섰다. 그의 말을 들어서가 아니라 욕을 들었기 때문에 나도 그냥은 못 지나가게 되었다. 내가 돌아보자 그가 바지 주머니에 손을 꽂은 채 거만한 자세로 다가왔다.

"야, 너 내가 누군 줄 알고 까부는 거야?"

"아저씨, 까분 건 아저씨잖아요. 서로 기분 나쁜 걸로 퉁치고 갑시다."

"이게 화투냐, 새끼야, 퉁치게? 너 이름 뭐야. 이름 뭐야?"

허탕을 친 데다 배까지 고파서 짜증 지수가 올라간 상태라 이대로는 나도 위험했다. 우발적 살인은 순간적으로 일어나는 것이니까.

난 그를 무시하고 걸었고 그는 뒤쫓아 오며 중얼거리기 시작했다.

"내가 누군지 알아? 변호사야, 변호사! 왕년에는 검찰에서 이름 날리던 검사였고. 알아?"

그의 말에 나도 모르게 발걸음이 멈췄다. 놈은 내가 서든 말든 개의치 않고 말을 계속했다.

"조심해라. 내가 전화 한 통만 하면 너 끝장이야, 새끼야."

그의 말 한마디 한마디에 흥미가 생기기 시작했다. 그는 여전히 바지 주머니에 손을 꽂은 채 계속 중얼거렸다.

"꼴통 하나가 어디서 나타나 가지고 전부 엉망진창이 됐네, 썅. 최씹새, 그 새끼만 안 뒈졌어도 이런 일은 없었잖아."

그가 뱉은 한 단어에 귀가 완전히 열렸다. 역시 인생은 운이다.

"아니지, 진작 묻어 버렸어야 했나? 아, 허무하다, 허무해."

나는 박형주의 휴대폰을 꺼내 통화 버튼을 눌렀다. 길게 느껴지는 짧은 시간이 지나고 어딘가에서 벨소리가 들렸다. 이 텅 빈 거리에는 나하고 술주정뱅이만 있었기에 벨소리가 유난히 크게 들렸다. 중얼거리며 멍하니 서 있던 남자가 갑자기 주머니 이곳저곳을 뒤지다가 왼쪽 셔츠 주머니에 꽂아 두었던 휴대폰을 꺼냈다. 그는 잘 보이지 않는지 인상을 찡그리며 발신자 번호를 확인했다.

"응? 뭐지?"

그가 전화를 받았다.

"여보세요."

눈앞에 있는 놈의 목소리가 내 휴대폰을 통해 선명하게 들렸다. 내가 말했다.

"반갑습니다, 장 검사님."

장강순은 아무것도 모르는 표정으로 대꾸했다.

"야이 새끼야. 내 전화도 씹고 말이야. 우리가 겨우 그런 일로 틀어질 사이야? 꼰대 죽은 거 아냐? 모르지? 무정한 새끼. 당연히 모르겠지. 내가 몰래 치웠거든. 아주 더럽게 뒈져서 내가 아주 개고생을 했다. 찜찜해서 팔려고 내놨는데 그게 또 잘 안 되더라. 너도 알지? 내가 힘들 때마다 여기 와서 회포도 풀고……."

말을 하다가 뭔가 이상한 것을 느꼈는지 말끝을 흐리던 장강순은 나를 빤히 바라보았다. 내가 휴대폰에 대고 말했다.

"그 꼰대, 내가 죽였어."

장강순의 얼굴에서 알코올 기운이 한꺼번에 빠져나가는 게 보였다. 돌처럼 굳어 있던 놈은 몸을 돌리더니 냅다 길 건너편 차를 향해 뛰기 시작했다. 격투를 했던 판사와 달리 장강순은 전혀 운동한 몸이 아니었다. 살이 찐 건 아니지만 뒤뚱거리며 뛰는 폼이 운동하고는 거리가 있어 보이는 녀석이었다.

주변에 있던 적당한 막대기 하나를 주워 들고 놈의 뒤를 따라 뛰었다. 놈이 운전석에 거의 도착했을 때 놈의 뒤통수를 잡고 차 지붕에 머리를 세게 찧었다.

"윽!"

충격으로 휘청거리는 놈을 운전석 안으로 밀어 넣고 주먹으로 턱을 후려쳤다. 둔탁한 소리와 함께 놈의 머리가 옆으로 크게 돌아갔다. 무의식중에 깁스를 한 왼팔이 튀어 나가다 팔걸이에 막혀서 멈췄다. 놈에게는 궁금한 것도 없었고 화난 것도 없었다. 그냥 빨리 일을 마무리하고 싶다는 생각만 있었기에 기계적으로 반대쪽 턱을 또 한 번 때렸다.

딱 두 대를 맞은 놈은 잠깐 기다리라는 듯이 손을 들어 보이고는 입을 오물거리다가 뭔가를 손 위에 뱉어 냈다. 피와 함께 부러진 어금니 네댓 개가 한꺼번에 쏟아져 나오자 놈은 깜짝 놀란 듯 나를 바라보았다.

"어쩌라고."

놈의 이빨을 쳐서 바닥에 떨어뜨리고는 다시 뒤통수를 잡고 운전대에 입을 부딪쳐 앞니를 부러뜨렸다. 비명을 지르려는 놈의 입을 틀어막고는 말했다.

"그러니까 음주운전하지 말라고 했잖아."

놈이 정신을 못 차릴 정도로 얼굴을 연속 때리고는, 기어를 넣고 가속페달과 운전대 사이에 주워 온 막대기를 끼웠다.

자동차는 굉음을 내며 앞으로 튀어 나가 돌진하기 시작했다. 힘차게 달려 나간 차는 '쾅' 하는 소리와 함께 전봇대를 들이받으며 뒷바퀴가 들리도록 우뚝 멈췄다. 그 소리에 순댓국집에 있던 몇몇 사람들이 뛰어나왔고 나도 그들처럼 소리를 듣고 나온 것처럼 놀란 표정으로 서 있었다.

"어이! 무슨 일이에요?"

구두 수선집 주인이 머리를 내밀고는 내게 물었다. 나는 참혹한 장면을 목격한 것처럼 겁에 질린 표정으로 말했다.

"사고 났나 봐요!"

"뭐요?"

구두 수선집 주인은 놀라 밖으로 나와 멀리 보이는 사고 난 차를 바라보았다. 나는 짐짓 무서워서 그러는 체 양팔을 감싸 안으며 구두 수선집으로 다가갔다.

"제 옆을 스치면서 갔거든요. 정말 놀랐네요."

"저 빌어먹을 양반, 음주운전했네. 에이, 쯧쯧."

다시 안으로 들어가는 주인을 따라 구두 수선집으로 들어서며 물었다.

"사장님, 이렇게 늦은 시간까지 뭐 하세요?"

"손주 놈이 좀 늦는다고 해서 기다리고 있지."

"그럼 혹시 금니 팔 수 있을까요?"

"아, 그럼! 한번 봅시다."

금니가 덧씌워진 어금니 한 개를 그에게 내밀며 말했다.

"이렇게 드려도 되나 모르겠네요."

어금니를 본 주인은 웃으면서 물었다.

"아이고, 이빨을 통째로 가져왔어? 방금 빠진 거 같은데, 이거 누구 거요?"

어금니라면 마침 나도 하나가 없다. 빌어먹을 스페츠나츠 놈 덕분에.

"제 겁니다. 엿 먹다가 이렇게 됐어요."

"하하, 그럴 때 있지. 금만 뜯어내 달아 봐야 해서 시간이 좀 걸리겠는데?"

나는 순댓국집을 가리키며 물었다.

"저기 순댓국 얼마예요?"

"6천 원."

"그럼 6천 원만 주세요. 밥이나 사 먹게."

"진짜? 그래도 몇만 원은 될 텐데?"

"앓던 이라서 액땜한 셈 치려고요."

"그래도 그럴 순 없으니까, 눈대중으로 2만 원 드리지. 어때?"

"좋습니다. 밥 한 끼만 하면 되니까요."

"아이고, 그럼 그렇게 합시다."

주인은 돈을 챙기면서도 창문 너머로 사고 난 곳을 힐끗힐끗 돌아보며 물었다.

"그러니까 왜 음주운전을 하는 거냐고. 괜찮은지 모르겠네."

그때 가게 전화가 울렸다. 주인은 내게 돈을 건네고는 느긋하게 전화를 받았다.

"응, 나여. 아, 봤지. 지금도 잘 보이는구먼. 사람은 어때? 튕겨 나왔다고? 아이고, 많이 상했겠네. 죽었어? 어허, 그러니까 왜들 그렇게 술을 마시고 운전을 하는 거냐고. 경찰은 불렀고? 그래그래, 속상하네. 아무래도 읍사무소에 민원을 넣어야할까 봐. 작년에도 외지 사람 하나 죽었잖아."

뒷일은 걱정되지 않았다. 가속페달과 운전대 사이에 받쳐둔 막대기는 충돌과 함께 퉁겨 나가 차 안 어딘가에 떨어졌을 테고, 엉망이 된 장강순의 얼굴은 사고의 여파라고 여겨질 것이기 때문이다. 시체의 혈액 속에서 검출될 다량의 알코올은 그 상황을 납득시키는 가장 확실한 증거로 작용해 줄 테고.

주인의 통화가 길어질 것 같아 그에게 가볍게 고개를 숙여 보이고는 곧장 순댓국집으로 향했다.

사고 현장 주변에 사람들이 몰려 있었지만 아무도 다가서려고 하지는 않았다. 멀리서부터 경찰차 소리가 들리기 시작했기에 순댓국집으로 들어가 '순댓국(특)'이라고 쓰인 메뉴를 골랐다. 가게 주인도 음식을 내오는 내내 사고 얘기뿐이었다. 심지어 깍두기를 뜨다 말고 구경하는 바람에 입맛만 다시며 기다려야 했다.

내 개인 명의 휴대폰이 울렸다. 주변인이었다.

— 아저씨, 언제 와요?

"늦을 것 같아."

— 떡볶이는 안 사 오셔도 돼요. 아줌마가 사 오셨어요.

"김말이랑 만두도?"

— 음, 아니요.

"에헤이. 그게 빠지면 안 되지. 근데 아줌마랑 있는 거 불편하진 않아?"

— 아니에요. 아줌마가 아저씨보다 훨씬 상냥하시거든요.

"아줌마하고 너무 친해지지는 마. 친해지는 순간 대우가 달라질 거야."

— 아, 그래요? 그럼 더 잘 보여야죠.

주변인의 자라다 만 뇌는 내 말을 거꾸로 알아들은 것 같다.

"아줌마한테 조금 늦을 것 같다고 말씀드려 줘."

— 네. 그럴게요.

드디어 나온 순댓국의 향을 잠시 음미하고는 고기부터 건져 먹기 시작했다. 직장인 시절, 야근 후에 먹는 야식을 떠올리며 나도 모르게 피식 웃음이 나왔다. 그 시절이 아주 가끔은, 정말 아주 가끔은 그리울 때도 있으니까.

경찰차는 빨갛고 파란 불빛을 사방으로 쏘며 사고 현장을 조사하기 시작했고, 말하기 좋아하는 사람들은 서로 나서서 경찰에게 목격자 진술을 했다.

내 시선은 사고 현장으로 향해 있었지만 머릿속은 소풍 갈 곳을 정하느라 분주하게 움직였다.

그리고 병원으로 돌아갈 때 김말이와 만두를 사 가야겠다고 생각했다.

김말이 세 개와 만두 두 개만.

END